Sabine Kornbichler

DAS BÖSE KIND

Kriminalroman

PIPER
München Berlin Zürich

Mehr über unsere Autoren und Bücher:
www.piper.de

Von Sabine Kornbichler liegen im Piper Verlag vor:
Das Verstummen der Krähe
Die Stimme des Vergessens
Das böse Kind
Gefährliche Täuschung
Klaras Haus
Im Angesicht der Schuld

MIX
Papier aus verantwortungsvollen Quellen
FSC® C083411

Originalausgabe
Oktober 2015

Umschlaggestaltung: Hauptmann und Kompanie Werbeagentur, Zürich,
unter Verwendung eines Fotos von Roy Bishop/Arcangel Images
Satz: Kösel Media GmbH, Krugzell
Gesetzt aus der Bembo
Druck und Bindung: CPI books GmbH, Leck
Printed in Germany ISBN 978-3-492-30832-8

1

Im Schein der Straßenlaterne tanzten bizarre Schatten über die Wand. Sie folgten dem Rhythmus, den der Wind ihnen vorgab. Spätestens in einer halben Stunde würde die Morgendämmerung sie verschluckt haben. Leise glitt ich unter der Decke hervor und suchte auf dem Boden meine Sachen zusammen. Einer meiner Stiefel fehlte. Ich kniete mich hin und tastete unters Bett. Zwischen Staubflusen bekam ich ihn zu fassen. Nachdem ich ihn hervorgezogen hatte, lauschte ich auf Martins gleichmäßigen Atem. Dann wandte ich mich auf Zehenspitzen zur Tür. Gedanklich war ich bereits im Flur, als ich gegen etwas stieß, das mit einem Klirren umfiel. Das Geräusch war unverwechselbar: Ein Glas war zu Bruch gegangen. Ich versuchte, mich zu erinnern, wie es dorthin gekommen war. Wir hatten Rotwein getrunken und die Gläser mit ins Schlafzimmer genommen. Und dann hatten wir sie irgendwo abgestellt. Nein, nicht irgendwo, sondern auf dem Boden. Weil die Fensterbank einen Umweg bedeutet hätte.

Ich machte einen großen Schritt, um den Scherben auszuweichen, und trat doch mitten hinein. »Au!«, schrie ich und biss mir auf die Unterlippe.

Sekunden später war das Zimmer in Licht getaucht. »Was ist passiert?«, fragte Martin verschlafen.

Nackt, wie ich war, hüpfte ich auf dem unversehrten Fuß zurück zum Bett und ließ mich darauf fallen. »Ich bin in Scherben getreten.« Ich setzte mich so, dass Licht auf meine Fußsohle fiel. Mehrere Splitter hatten sich in die Haut gebohrt, an den Wundrändern bildeten sich Blutstropfen.

»Scherben?«

»Ich habe ein Glas umgeworfen. Hast du eine Pinzette und ein paar Pflaster?«

Allmählich wurde er wach. »Wolltest du dich heimlich davonstehlen?«

»Ich wollte dich nicht wecken. Und jetzt hilf mir bitte!« Während Martin den Scherbenteppich auf dem Weg ins Bad geschickt umrundete, schlüpfte ich in mein Jeanshemd und knöpfte es zu.

Als er zurückkam, trug er Boxershorts und Turnschuhe mit offenen Schnürsenkeln. Er setzte sich neben mich und nahm meinen Fuß in beide Hände. »Lass mal sehen!« In Nullkommanichts hatte er den ersten Splitter mit der Pinzette herausgezogen.

»Au!« Vergeblich versuchte ich, ihm meinen Fuß zu entwinden.

»Halt still, sonst tut es noch mehr weh!«

Bei den restlichen Splittern biss ich die Zähne zusammen. Erst als das Desinfektionsspray in den Wunden brannte, schrie ich wieder auf.

Martin tupfte alles fein säuberlich ab, bedeckte die Schnitte mit Pflastern und besah sich sein Werk. »Abergläubige könnten jetzt meinen, das sei die Strafe für deinen Versuch, dich davonzuschleichen.«

»Wie gut, dass wir beide Realisten sind.«

»Also ich bin Romantiker. Deshalb habe ich auch extra Kakao für dich besorgt. Den trinkst du doch nachts immer, wenn du nicht schlafen kannst, oder?«

»Hast du etwa ein Dossier über mich angelegt?«

»Auch Detektive haben Berufskrankheiten.«

»Und was steht drin?«

»Dass du mit einer Krähe redest …«

»Die Krähe heißt Alfred.«

Er nickte, als würde er es im Geiste vermerken. »Dass du

zur Entspannung gerne auf Bäume kletterst, dass du dir für deine Toten ein Bein ausreißt, dabei aber manchmal unkalkulierbare Risiken eingehst …«

»Ich kalkuliere sie, nur liege ich hin und wieder falsch. Noch mehr?«

»Dass du immer allem auf den Grund gehen musst …«

»Was soll daran negativ sein?«

»Die Aufzählung ist wertfrei.« Er musterte mich. »Du bist dickköpfig, und ich vermute, du lügst, wenn du dich in die Enge gedrängt fühlst.«

»Lügen kann sehr viel zeitsparender sein als lange Erklärungsversuche oder Rechtfertigungen. Was noch?«

Er gähnte und tat so, als müsse er überlegen. »Ach ja, du bist deinen Eltern eine liebevolle Tochter, du bist eine verlässliche Freundin und du wirst panisch, wenn jemand unpünktlich ist.«

»Das würdest du auch, wenn du die Erfahrung gemacht hättest, dass Menschen spurlos verschwinden. Und damit meine ich nicht deine berufliche Erfahrung als Detektiv, sondern meine ganz persönliche.« Ich dachte an meinen Bruder Ben und spürte plötzlich die Schnitte in meiner Fußsohle, als seien es tiefe Wunden. Ich legte eine Hand darauf und drückte leicht dagegen.

»Tut's weh?«

»Ziemlich.«

»Warum kuschelst du dich nicht einfach wieder ins Bett und ich bringe dir einen Kakao?«

»Weil der Kakao dann kalt würde.« Ich streifte seine Lippen mit einem Kuss und entzog mich seinen tastenden Händen.

»Habe ich übrigens schon erwähnt, was dick und fett über dem Dossier steht?« Er strich mir eine Strähne hinters Ohr.

»Dass du besser die Finger von mir lässt?« Ich stand auf und schlüpfte in meine Jeans.

»Dort steht: Wenn du dich in sie verliebst …«

Blitzschnell legte ich ihm einen Finger auf die Lippen. »Scht! Ich will das nicht hören. Wir haben eine Nacht zusammen verbracht, mehr …«

»Eine halbe«, unterbrach er mich, »und die war wunderschön.«

»Zugegeben. Das mit der halben, meine ich.« Ich ließ meinen Blick über sein Gesicht gleiten, über die breite Stirn unter den dunkelblonden Haaren, über seine wachen Augen und die hohen Wangenknochen.

Martin hob eine Augenbraue.

»Okay, das mit dem wunderschön stimmt auch. Aber …«

»Das Aber heißt Simon, ich weiß.« Er stand auf und wandte den Blick ab.

»Martin?«

»Keine Sorge, es ist alles okay. Während du dich anziehst, mache ich dir den versprochenen Kakao. Ich will schließlich, dass du wiederkommst.«

Vorsichtig trat ich auf und zog mich fertig an. Aus der Hosentasche zog ich eine Spange und fasste meine Haare damit zusammen. Dann sah ich mich im Schlafzimmer um, ob ich etwas vergessen hatte. Bislang hatte ich den Raum gar nicht richtig wahrgenommen. Jetzt ließ ich meinen Blick über das gemütliche Bett wandern, auf dessen Ablage am Kopfende sich Bücher und Zeitungen stapelten. Gegenüber vom Bett stand ein großer Biedermeierschrank, dessen Tür ein wenig schief in den Angeln hing und einen Spalt offen stand. Vor dem Fenster befand sich ein Rennrad in einer Halterung, die es zum Hometrainer umfunktionierte. Auf dem Boden daneben lagen Hanteln.

Ich kniete mich hin, sammelte vorsichtig die größten

Scherben auf und brachte sie humpelnd in die Küche. Als Martin mich kommen sah, öffnete er den Mülleimer.

»Der Kakao ist fertig.« Er stellte den Becher auf eine Glasplatte, die auf Bücherstapeln ruhte, und ließ sich auf das mit dunkelblauem, verblichenem Samt bezogene Biedermeiersofa fallen. Nachdem er einen Packen mit Schnellheftern und Laptop unters Sofa geschoben hatte, klopfte er auf die frei gewordene Fläche neben sich.

Ich setzte mich und sah einen Moment lang durch das geöffnete Fenster hinaus in die Dämmerung. Vogelstimmen begrüßten den Morgen und mischten sich mit dem Geräusch raschelnder Blätter, die der Wind vor sich hertrieb. Während ich einen Schluck Kakao probierte, spürte ich Martins Blick auf mir ruhen. Vielleicht lief vor seinem inneren Auge auch gerade der vergangene Abend wie ein Film ab. Wir waren im Kino gewesen, hatten auf einer Parkbank im Englischen Garten Döner gegessen und uns schließlich auf den Heimweg gemacht. Anstatt nach Obermenzing waren wir nach Pasing gefahren und in Martins Wohnung in der rosa gestrichenen, etwas heruntergekommenen Gründerzeitvilla gelandet, die er samt Mobiliar vor einigen Jahren von seiner Großmutter geerbt hatte.

»Warum hat Simon eure Beziehung eigentlich auf Eis gelegt?«, fragte er.

»Das weißt du doch. Weil er mit angehört hat, wie ich am Telefon mit dir geflirtet habe.«

»Und was ist der wirkliche Grund?«

Ich stöhnte leise. »Simon möchte mit mir zusammenziehen, während ich an meiner Wohnung hänge.«

»Warum zieht ihr dann nicht einfach in deine?«

»Weil ich mich in der auch alleine ganz wohlfühle. Außerdem möchte ich Kinder, während Simon sich schon vor langer Zeit für ein Leben ohne entschieden hat.«

»Für mich klingt das nach unüberbrückbaren Differenzen.«

»Mach dir keine falschen Hoffnungen. Bitte ... Ich möchte dich nicht auch noch verlieren.«

»Erstens weiß ich nicht, was an Hoffnungen falsch sein könnte. Und zweitens verlierst du mich nicht. Wir sind Freunde, schon vergessen?«

Ich stellte den Becher ab, rutschte näher an ihn heran und lehnte meinen Kopf an seine Schulter. »Freunde gehen nicht miteinander ins Bett.«

»O doch, das tun sie. Meine Großmutter hat über ihre große Liebe immer gesagt, er sei ihr bester Freund gewesen. Sie waren fünfundfünfzig Jahre miteinander verheiratet.«

»Du bist wirklich ein Romantiker.«

»In meinen Ohren klingt das wie ein Kompliment.« Er beugte sich zur Seite und küsste mich.

Einen wunderbaren Moment lang ließ ich es geschehen. »Martin, ich muss gehen.«

»Solange du wiederkommst, ist alles gut.«

»Ich ...«

Dieses Mal verschloss er meinen Mund mit einem Finger. »Lassen wir es einfach auf uns zukommen, okay?«

Auf dem Heimweg hatte ich mich über mich selbst gewundert. Ich hatte mit einem schlechten Gewissen gerechnet, mit einem Kater, der mich die vergangene Nacht bereuen ließ. Aber nichts dergleichen geschah. Die Gedanken daran, was es für Simon bedeuten würde, wenn er davon erfuhr, schob ich beiseite. Seitdem er sich eine Pause ausbedungen hatte, behandelte er mich wie eine gute Bekannte. Ich hatte ein paarmal versucht, mit ihm zu reden, nur um mir anhören zu müssen, dass er noch Zeit bräuchte. Wochenlang hatte mich das wütend gemacht, jetzt, zum ersten Mal, spürte ich einen Anflug von Trotz. Und etwas, das ich nicht genau definieren wollte. Es hatte mit Martin zu tun und mit dem Gefühl, verliebt zu sein.

Eineinhalb Stunden später saß ich in meinem Büro und wälzte Akten. Meine To-do-Liste für diesen Tag hatte ich bereits geschrieben. Am Vormittag würde ich ein paar Anrufe erledigen und zwei Nachlassfälle endgültig abschließen. Einer davon hatte mich zweieinhalb Jahre lang beschäftigt, da ein Querulant eine Einigung innerhalb der Erbengemeinschaft immer wieder erfolgreich torpediert hatte. In mühseliger Kleinarbeit war es endlich gelungen, ihn umzustimmen.

Mit mehreren alten Fällen und fünf neuen, die vor einigen Wochen fast gleichzeitig hereingekommen waren, waren Funda und ich für die nächste Zeit mit Arbeit eingedeckt. Eine weitere Anfrage vom Nachlassgericht hatte ich wegen Auslastung eigentlich ablehnen wollen, mich dann jedoch umentschieden. Es ging um den Nachlass einer Frau, die in einer Wohngemeinschaft gelebt hatte und tödlich verunglückt war. Ihre Erben mussten ausfindig gemacht und das WG-Zimmer schnellstmöglich aufgelöst werden, um weitere Mietkosten zu sparen. So, wie es aussah, würde sich all das schnell erledigen lassen. Es würde Fundas erster eigener Fall sein.

Ich sah auf die Uhr. Fast gleichzeitig hörte ich den tiefen, satten Klang der Kirchturmuhr von St. Georg, die acht Mal schlug. Funda würde jeden Augenblick hier sein. Ich ging in die Küche und setzte Teewasser für sie auf. Während es heiß wurde, goss ich mir den dritten Kaffee an diesem Morgen ein und setzte mich in den kleinen Vorgarten.

Nach ein paar windstillen, sonnigen Tagen hatte über Nacht das Wetter gewechselt. Der Wind trieb graue Wolken vor sich her und bewegte das Laub an den Bäumen, das sich ganz allmählich verfärbte. Die kühle Herbststimmung würde sich bereits morgen wieder verflüchtigt haben. Laut Wetterbericht sollte es bis weit in den Oktober hinein noch einmal warm werden.

Ich zog den Pulli über, den ich mir um die Hüften geschlungen hatte, schloss die Augen und dachte an Martin. Vor einem Jahr hatte ich ihn im Rahmen meiner Arbeit kennengelernt. Er hatte als Detektiv für Theresa Lenhardt gearbeitet, die Frau, deren Testament ich vollstrecken sollte. Ein Testament mit ungeheuren Tücken, weil mir damit die Aufklärung eines Justizirrtums aufgebürdet werden sollte. Die Ablehnung hatte mir schon auf der Zunge gelegen, als ich in den Unterlagen der Verstorbenen einen Hinweis auf meinen verschwundenen Bruder fand. Ich hatte Theresa Lenhardt damals für ihr Testament verflucht, letztlich war ich ihr jedoch dankbar. Ohne sie und ihren letzten Willen wäre der Tod meines Bruders vermutlich nie aufgeklärt worden.

Martin hatte mir damals bei meinen Recherchen geholfen. Genauso wie meine Freundin Henrike und Funda, die längst nicht mehr nur Mitarbeiterin, sondern auch Freundin geworden war. Ich musste daran denken, wie Henrike Martin immer nannte – den *Unbeschädigten*. Weil ich ihr einmal gesagt hatte, er wirke so unbeschädigt vom Leben. Im Gegensatz zu Simon, der seine Kindheit bei einem trinkenden, schlagenden Vater und einer selbstsüchtigen, ignoranten Mutter immer noch wie einen Rucksack mit sich herumtrug.

Warum musste es nur so kompliziert sein? Warum war in meinem Herzen nicht die eine Tür zugefallen, bevor sich die andere geöffnet hatte? Etwas zog mich zu Martin, aber es gab auch etwas Starkes, das mich bei Simon hielt. Über kurz oder lang würde ich mich entscheiden müssen.

»Guten Morgen«, flötete eine muntere Stimme in meinem Rücken und riss mich aus meinen Gedanken.

Ich wandte mich zu Funda um und erwiderte ihren Gruß mit einem Lächeln. »Hol dir einen Tee und setz dich zu mir. Das Wasser hat schon gekocht.«

Sie wedelte vor meiner Nase mit einer Papiertüte herum. »Dann kannst du auch gleich ein Schokocroissant probieren. Die habe ich gestern gebacken.«

»Ein Rezept von deiner Mutter?«

»Internet.«

Ich hörte sie in der Küche mit Geschirr klappern. Kurz darauf stellte sie ihr Teeglas und zwei Teller auf den Tisch. Zum Schluss holte sie noch ein zu einem Drittel mit etwas Undefinierbarem gefülltes Schälchen, das sie neben Alfreds Blechdose mit den Walnüssen stellte.

»Was ist das?«, fragte ich.

»Eine kleine Abwechslung für Alfred. Immer nur Walnüsse – das wird doch selbst einer Krähe irgendwann langweilig.«

Ich beugte mich vor und besah mir die Abwechslung.

»Apfel und gekochtes Ei, klein gehackt und vermischt«, erklärte sie. »War er heute Morgen schon hier?«

Ich schüttelte den Kopf, nahm einen Schluck von meinem Kaffee und biss in das Croissant. »Mhm, daran könnte ich mich gewöhnen.«

»Joachim auch, er hat sich gleich zwei mit in die Agentur genommen.« Sie betrachtete mich eingehend. »Hast du heute mal länger geschlafen? Du siehst so rosig aus.«

Alfred ersparte mir die Antwort, als er über die Hecke hinweg auf den Tisch segelte. Wie immer klopfte er mit dem Schnabel auffordernd auf die Dose.

Funda nahm das Schälchen und schob es in seine Richtung. Dann lehnte sie sich im Gartenstuhl zurück und wartete ab. Mindestens genauso gespannt wie sie sah ich dabei zu, wie Alfred erst auf dem Tisch hin und her hüpfte, den Kopf schief legte und schließlich den Schnabel in das Schälchen versenkte. Die Abwechslung schien ihm zu schmecken, er ließ nur einen winzigen Rest übrig, bevor er zurück in den Park flog.

»Komm, lass uns loslegen«, sagte ich, nahm den Rest des Croissants und ging voraus ins Büro.

»Wieso humpelst du?«, fragte Funda.

»Ich bin in Glasscherben getreten.«

»Ich hoffe, du hast die Wunde gleich desinfiziert. Im Fernsehen gab es neulich einen Bericht über Blutvergiftung. So etwas kann tödlich enden, wenn man nicht rechtzeitig etwas dagegen tut.«

»Keine Sorge, ich sterbe nicht«, erwiderte ich mit einem amüsierten Lächeln.

»Es gibt übrigens auch Pflaster, die desinfizierend wirken«, schickte sie mit ihrer Zimmerbrunnenstimme hinterher, als ginge es darum, mich zu beruhigen. »Falls du …«

»Es ist alles gut!« Ich setzte mich auf meinen Bürostuhl und legte den verletzten Fuß über das Knie. »Die Wunden sind bestens versorgt, und ich verspreche hoch und heilig, jeden Tag die Pflaster zu wechseln. Unter sterilen Bedingungen, versteht sich!«

Sie setzte sich an ihren Schreibtisch und zog eine Schnute. »Du machst dich über mich lustig.«

»Nur ein bisschen, entschuldige.«

»Kommt es mir nur so vor, oder bist du heute in einer seltsam aufgekratzten Stimmung?«

»Das kommt dir nur so vor. Es ist alles wie immer.«

»Ich bekomme schon noch heraus, was nicht wie immer ist«, murmelte sie vor sich hin und warf mir einen strengen Blick zu. Dann straffte sie ihre Schultern. »So, und jetzt erklär mir bitte, wie ich bei dem Nachlass mit dem WG-Zimmer vorgehen soll.«

»Bist du jetzt verstimmt?«, fragte ich.

»Das kommt dir nur so vor. Es ist alles wie immer«, konterte sie mit bierernster Miene.

Dann brachen wir beide in Lachen aus und machten uns an die Arbeit. Wir hatten beschlossen, dass Funda diesen Fall weitgehend alleine abwickeln sollte. Um zehn Uhr hatte sie einen Termin mit Bruno Weber, dem Hauptmieter der Wohnung, der mit der Verstorbenen einen Untermietvertrag geschlossen hatte.

»Michaela Breuer, vierunddreißig, ist bei einem Verkehrsunfall ums Leben gekommen«, las Funda mir aus den Informationen vom Nachlassgericht vor, stockte und sah zu mir. »Sie war erst vierunddreißig! Wenn ich mir vorstelle, mein Leben wäre in sechs Jahren zu Ende, einfach so, von einem Moment auf den anderen …« Sie schluckte. »Diese Frau … sie ist morgens aufgestanden, hat nichts Böses geahnt, hat sich angezogen, sich vielleicht auf den Tag gefreut und dann ist es ganz plötzlich vorbei.« Funda schnippte mit den Fingern. »Einfach so. Und dann kommen wir und räumen hinter ihr auf. Und wenn wir fertig sind, bleibt vielleicht gerade mal ein Grabstein. Mir macht das Angst.«

»Warum ausgerechnet bei ihr? Warum bei keinem der anderen Verstorbenen, deren Nachlässe du bisher mit bearbeitet hast? Ist es, weil sie so jung war?«

»Menschen sollten ein Leben haben, bevor sie sterben, sie sollten nicht zu früh herausgerissen werden. Mich macht das traurig.«

Mein Bruder war mit vierundzwanzig herausgerissen worden. Sechs Jahre lang hatte ich geahnt, dass er nicht wiederkommen würde. Seit einem Jahr wussten wir es. Die Ungewissheit war quälend und manchmal unerträglich gewesen. Aber auch die Trauer hatte viele Gesichter. Es gab Tage, da rieselte sie wie Sand, und dann gab es solche, da traf sie mich mit voller Wucht. »So etwas ist auch traurig«, sagte ich leise.

Sie schlug sich mit der Hand gegen die Stirn und sah mich schuldbewusst an. »Ich lamentiere hier über Menschen, die zu früh sterben, und … ich habe Ben nicht vergessen, im Gegenteil, vielleicht ist es, weil ich miterlebt habe, was sein Verschwinden für euch alle hier bewirkt hat. Durch diese Frau musste ich wieder daran denken, und dann habe ich versucht, mir meine Familie ohne mich vorzustellen … ach, Kris, entschuldige, ich rede heute Morgen nur Unsinn.«

»Wäre es dir lieber, wenn ich diesen Fall übernehme?«

»Aber du hast doch gesagt, er wäre als Übung ideal für mich, weil er so überschaubar ist«, wandte sie halbherzig ein.

»Übung gibt es genug. Und mir macht es nichts aus.«

»Ist das dein Ernst?«

»Mein voller Ernst!«

Im Vergleich zu der benachbarten Türkenstraße wirkte die Nordendstraße wie eine unscheinbare, etwas vernachlässigte Verwandte. Ihr Reiz bestand ausschließlich in der Nähe zu dem bunten Leben, das die Türkenstraße auf jedem einzelnen Quadratmeter versprühte. Das Haus, in dem Michaela Breuer gewohnt hatte, war ein zweckmäßiger Bau ohne einen Funken Charme. Nur ein einziger der Balkone beherbergte ein paar Pflanzen, auf den anderen schimmerten durch die Milchglasbrüstung Wäscheständer, Bierkästen oder Fahrräder. Vor einigen Fenstern waren die Jalousien heruntergelassen.

Ich stieß die Haustür auf und folgte der Treppe in den dritten Stock, wo Michaela Breuer in einer Wohngemeinschaft mit zwei Studenten gelebt hatte. Normalerweise wurde ich mit derartigen Fällen gar nicht betraut. In der Regel lösten Familienangehörige oder Freunde ein solches WG-Zimmer auf. Aber Michaela Breuers Eltern waren gestorben, Geschwister hatte sie keine. Mögliche Verwandte aufzuspüren würde meine Aufgabe sein. Die Beerdigung war von Corinna Lutz, einer Freundin der Verstorbenen, organisiert worden. Sie hatte auch angeboten, das WG-Zimmer aufzulösen, aber Bruno Weber, der Hauptmieter, hatte ihr den Zugang zum Zimmer verweigert.

Am fünfzehnten Juli war Michaela Breuer in die WG gezogen, am vierzehnten August war sie verunglückt. Sie hatte keinen Dauerauftrag für die Miete eingerichtet und war ihrem Vermieter zwei Monatsmieten schuldig geblieben, weshalb er sich ans Nachlassgericht gewandt und darum ersucht hatte, die Angelegenheit schnellstmöglich zu regeln.

Weber/Kapoor/Breuer stand am Klingelschild. Der dritte Name würde bald durch einen neuen ersetzt werden. Ich drückte auf die Klingel und wartete, bis drinnen Schritte zu hören waren und kurz darauf die Tür geöffnet wurde.

»Frau Seidel?«, fragte ein präzise gescheitelter Typ mit käsig-weißem Teint, den ich auf Anfang zwanzig schätzte.

»Kristina Mahlo, Frau Seidel musste kurzfristig umdisponieren.«

»Bruno Weber«, stellte er sich vor. »Haben Sie eine Legitimation dabei?«

Ich reichte sie ihm und sah dabei zu, wie er sie studierte, als versuche er, einer Fälschung auf die Spur zu kommen. Schließlich nickte er und bedeutete mir mit einer knappen Geste, ihm zu folgen.

Die einzige Tür, die offen stand, war die zur Küche. Der Flur war mit Laminat ausgelegt, an den Wänden hingen nichtssagende, gerahmte Fotografien. Bis auf einen großen, rechteckigen Korb, der bis oben hin mit Altpapier gefüllt war, stand nichts herum.

Bruno Weber zog einen Schlüssel aus der Hosentasche und öffnete eine Tür. »Dies ist das Zimmer, das Frau Breuer bewohnt hat. Es wird wohl keine große Sache sein, es zu räumen. Was meinen Sie, wie lange es dauern wird?«

»Das kann ich noch nicht sagen, ich muss mir erst einmal einen Überblick verschaffen.«

»Mehr als drei oder vier Tage aber doch sicher nicht, oder? Und dann ist da noch die Sache mit der Miete. Frau Breuer hatte noch keinen Dauerauftrag eingerichtet.« Er sah sich im Zimmer um und schien den Wert der einzelnen Gegenstände zu taxieren.

Kein Wort des Bedauerns, dass sie gestorben war. Typen wie ihm war ich bei meiner Arbeit zur Genüge begegnet. Was ihn von den anderen unterschied, war allein seine Jugend, mit der er aber allem Anschein nach nicht viel anzufangen wusste. Er war ein alter Mann in einem jungen Körper.

»Wer hatte nach Frau Breuers Tod Zugang zu diesem Raum?«, fragte ich.

»Nur mein Mitbewohner und ich. Und natürlich die Polizeibeamten, die den Unfall aufgenommen haben und Michaelas Ausweis brauchten. Ich habe das Zimmer danach sofort abgeschlossen.«

Sekundenlang kam er mir vor wie jemand, der in Siegerpose einen Fuß auf seine am Boden liegende Beute stellte. Ich verscheuchte das Bild und versuchte, einen neutralen Blick zu wahren.

»Eine Freundin von Frau Breuer war schon hier und wollte sich ein Andenken mitnehmen. Einfach so. Unglaublich! Aber dem habe ich natürlich einen Riegel vorgeschoben.«

»Dann nehme ich den Schlüssel jetzt am besten an mich und lege los.« Ich zog ihn aus dem Schlüsselloch und ließ ihn in meine Hosentasche gleiten.

»Aber …« Die Sorge, ich könnte ihm seine Beute streitig machen, stand ihm ins Gesicht geschrieben.

»Je ungestörter ich arbeiten kann, desto schneller geht es.«

Er hatte den Wink verstanden und verzog sich widerwillig, ließ die Tür jedoch offen stehen. Ich schloss sie hinter ihm und sah mich in dem nach Norden ausgerichteten Zimmer um.

Michaela Breuer hatte dem Mangel an Sonne getrotzt und den Raum in lichten, freundlichen Naturtönen gehalten. Alles hier drin ließ den tristen Flur vergessen. Bett, Paravent, Schrank, Bücherregal, Schreibtisch, Sofa und Lampen hatten jeweils einen anderen Stil, gemeinsam bildeten sie einen ganz eigenen. An der Wand hing nur ein einziges Bild. Es zeigte einen ausladenden Olivenbaum, dessen Schatten mich an die ausgebreiteten Schwingen eines Adlers erinnerte. Auf dem Schreibtisch standen Fotos. Sie zeigten ein älteres Paar, vermutlich ihre Eltern. Eine feine Staubschicht hatte sich darübergelegt. Auf fast jeder freien Fläche stapelten sich Bücher, die in dem Regal, das aus allen Nähten platzte, keinen Platz mehr fanden.

Ich ging zum Fenster, öffnete es weit und fixierte es mit einem der Bücherstapel. Dann begann ich damit, Schubladen zu durchsuchen. Ich fand den Mietvertrag. Wie es aussah, hatte Michaela Breuer monatlich achthundertfünfzig Euro an Bruno Weber zahlen müssen. Das war selbst für Münchner Verhältnisse Wucher. Darunter kam ein weiterer Mietvertrag zum Vorschein. Er bezog sich auf eine großzügig bemessene Zweizimmerwohnung in Obermenzing und war von der Verstorbenen zum fünfzehnten Juli gekündigt worden. Die Wohnung war nur unwesentlich teurer gewesen als das WG-Zimmer. Was hatte sie zu diesem ungleichen Tausch bewogen? Finanzielle Not konnte es nicht gewesen sein. Dafür war die Differenz zu niedrig. Außerdem hatte Michaela Breuer als freie Lektorin ein gutes Auskommen gehabt, wie aus ihren Kontoauszügen hervorging. War ihr Obermenzing zu ruhig gewesen und hatte sie sich lieber ins Getümmel rund um die Türkenstraße stürzen wollen? Wenn ja, hatte sie mit Bruno Weber als Vermieter und Mitbewohner einen hohen Preis dafür bezahlt.

Ich zog weitere Schubladen auf und fand Unterlagen, aus denen hervorging, dass ihre Eltern bei dem Tsunami Ende Dezember 2004 in Thailand ums Leben gekommen waren. Ein Jahr später hatte Michaela Breuer ihr Elternhaus in Paderborn samt Inventar verkauft und den Erlös auf die hohe Kante gelegt. Ein Testament hatte sie allem Anschein nach nicht hinterlassen, was für einen Menschen ihres Alters nicht ungewöhnlich war.

Aus dem Schrank holte ich einen Koffer und packte Wertsachen, Dokumente, Laptop und Handtasche ein. Dann schloss ich das Fenster und machte mehrere Fotos. Andernfalls ließ sich hinterher kaum beweisen, dass Gegenstände einmal existiert hatten, bevor sie auf wundersame Weise verschwunden waren.

Ich hatte die Tür gerade hinter mir abgeschlossen, als Bruno Weber aus dem gegenüberliegenden Zimmer auftauchte und den Koffer anstarrte.

»Wann bekomme ich denn nun mein Geld?«, fragte er.

»So schnell wie möglich. Zunächst muss ich allerdings die finanzielle Situation der Verstorbenen klären.«

»Sie stand finanziell gut da«, sagte er schnell. »Ich habe mir ihre Kontoauszüge zeigen lassen, bevor wir den Mietvertrag geschlossen haben. Sicher ist sicher. Schließlich wollte ich mir niemanden in die Wohnung holen, dem nach zwei Monaten die Luft ausgeht.«

»Und dann ist ihr auf andere Weise die Luft ausgegangen«, konnte ich mir nicht verkneifen zu sagen.

Er wurde nicht einmal rot. »Sie haben das Zimmer ja nun gesehen. Können Sie einschätzen, wie lange es dauern wird, es zu räumen?«

Ich hätte ihm gerne gesagt, er solle froh sein, wenn es nicht gleich geräumt wurde, denn dann bekäme er noch weiter diese die Grenzen des Anstands überschreitende Miete. Aber erstens war ich sicher, dass er auf diesem Ohr taub war. Und zweitens würden ihm, sobald er das Zimmer annoncierte, mindestens zweihundert Interessenten die Tür einrennen, um an einem entwürdigenden Nachmieter-Casting teilzunehmen. »Nein, das kann ich Ihnen noch nicht sagen«, entgegnete ich. »Gibt es zu dem Zimmer eigentlich auch einen Kelleranteil?«

»Nein.«

»Und wo hatte Frau Breuer ihr Fahrrad? Ich nehme mal an, sie hatte eines, denn ich habe keinerlei Unterlagen über ein Auto gefunden.«

»Ihr Rad hat sie immer vor dem Haus angekettet.«

»Wissen Sie, wie es aussieht?«

Er zuckte die Schultern.

»Wer wohnt eigentlich noch in dieser Wohngemeinschaft? An der Klingel stehen drei Namen.«

»Rohan Kapoor.«

»Ist er zufällig gerade da?«

»Vor fünf Minuten habe ich seine Tür gehört. Was wollen Sie von ihm?«

»Ihn fragen, ob er mir Michaela Breuers Fahrrad zeigen kann.«

Rohan Kapoor war der Gegenentwurf zu Bruno Weber. Schwarze Locken, buschige Augenbrauen, dunkle, glänzende Augen, olivfarbener Teint und ein breites Lachen, das er mir zur Begrüßung schenkte. Als ihm bewusst wurde, weswegen ich gekommen war, versiegte das Lachen.

»Ich bin sehr traurig, dass sie gestorben ist. Ich vermisse sie.« Er sah auf seine Hände. »Michaela war an allem interessiert, sie war unkonventionell …«

Bruno Weber, der im Türrahmen lehnte, gab einen abfälligen Laut von sich. »So unkonventionell, dass sie sich nie an den Reinigungsplan für Küche und Bad gehalten hat.«

»Wenn sie ein Manuskript redigiert hat und unter Zeitdruck stand, hat sie alles um sich herum vergessen«, sprang Rohan Kapoor für sie in die Bresche.

»Andere stehen auch unter Zeitdruck und kommen trotzdem ihren Pflichten nach.«

Ich hätte ihn gerne gefragt, wie es sich bei ihm mit der Menschenpflicht verhielt, mit einem Minimum an Mitgefühl, aber vermutlich hätte ich nur einen verständnislosen Blick geerntet. Stattdessen sah ich zu Rohan Kapoor, dessen Mund sich zu einem Schmunzeln verzog.

»Können Sie mir vielleicht Michaela Breuers Fahrrad beschreiben?«, fragte ich ihn.

Als hätte er nur auf diesen Moment gewartet, sprang er von seinem Schreibtischstuhl auf und bedeutete mir, ihm zu folgen. »Kommen Sie! Ich kann es Ihnen sogar zeigen.« Voller Schwung drängte er Bruno Weber in den Flur und schloss seine Zimmertür vor dessen Nase. »Soll ich Ihnen den Koffer tragen?«

»Nein, das geht schon, danke.« Ich wandte mich an Bruno Weber und gab ihm eine Visitenkarte. »Ich melde mich bei Ihnen.«

»Was ist mit dem Zimmerschlüssel?«

»Den nehme ich mit.«

»Ich wäre aber schon gerne in der Nähe, wenn Sie das Zimmer ausräumen.«

»Nett, dass Sie helfen wollen, ich komme vielleicht auf Ihr Angebot zurück.«

Für einen Moment geriet er aus dem Konzept. Ich verabschiedete mich schnell und folgte Rohan Kapoor ins Treppenhaus und hinaus auf die Straße, wo uns Nieselregen empfing. Zielstrebig ging er auf Michaela Breuers Fahrrad zu. Ich sah mit einem Blick, dass es kein hochpreisiges Rad war und sie es gut gesichert hatte. Es konnte also erst einmal dort stehen bleiben.

»Haben Sie Lust auf einen Kaffee?«, fragte ich Rohan Kapoor, während ich an der Hauswand Schutz vor dem Regen suchte.

»Das wollte ich Sie auch gerade fragen.«

2 Fünf Minuten später saßen wir im Pavesi, einer kleinen Espressobar in der Türkenstraße. Den Koffer mit Michaela Breuers Sachen stellte ich zwischen meine Füße. Ich war ein gebranntes Kind, denn erst vor einigen Monaten waren mir wichtige Unterlagen eines Verstorbenen aus meiner Tasche gestohlen worden.

»Was studieren Sie?«, fragte ich Rohan Kapoor, als er mit zwei Gläsern Latte macchiato vom Tresen zurückkam und sich setzte.

»Medizin.«

»Und seit wann wohnen Sie in der WG?«

»Seit einem halben Jahr. Es ist nur vorübergehend, bis ich etwas finde, wofür ich nicht halbe Nächte hindurch jobben muss. Michaela wäre übrigens mit umgezogen, wenn ich etwas anderes gefunden hätte.«

»Was hat sie überhaupt bewogen, in die WG zu ziehen?«

»Ich weiß nur, dass sie gezielt nach einer WG mit Männern gesucht hat. Und dass es ihr wichtig war, so hoch wie möglich zu wohnen, also keinesfalls im Erdgeschoss oder im ersten Stock. Was ihre Wohnsituation betraf, war sie ziemlich ängstlich. Sie hat auch immer darauf geachtet, dass die Wohnungstür abgeschlossen war. Wenn ich nachts nach Hause kam, ist sie ein paar Minuten später immer noch mal zur Tür gegangen, um zu prüfen, ob ich auch tatsächlich abgeschlossen hatte. Sie hätte gerne noch einen Querriegel an der Tür angebracht, aber das hat Bruno nicht zugelassen. Er hatte Sorge, *für durch Bohrlöcher entstandene Schäden an der Wohnungstür in Haftung genommen zu werden.*« Er ahmte seinen Wohnungsgenossen täuschend echt nach.

Ich musste lachen.

»Michaela hat übrigens immer bei Licht geschlafen. Ich habe ihr mal erklärt, wie wichtig die Dunkelheit für die Melatoninbildung und damit für einen gesunden Schlaf ist, aber sie meinte nur, für sie wäre es gesünder, bei Licht zu schlafen. Ich glaube, sie hatte schlechte Erfahrungen gemacht. Aber sie wollte nicht darüber reden.«

»Wissen Sie, wie der Unfall passiert ist?«

Er nickte. »Es war der vierzehnte August, ein Donnerstag. Eigentlich wäre ich an dem Tag in der Uni gewesen, aber meine Schwester war mit meiner Nichte in München und ich wollte so viel Zeit wie möglich mit den beiden verbringen. Es war so ein flirrend heißer Tag, später hat es noch ein Gewitter gegeben. Ich habe auf dem Balkon vor der Küche gesessen und Eistee getrunken, als Michaela vom Einkaufen nach Hause kam. Sie war ziemlich verschwitzt, genervt von der Hitze, und sie hatte Kopfschmerzen. Ich habe sie überredet, ein Glas Eistee mit mir zu trinken. *Gute Idee,* hat sie gesagt.« Für einen Moment schloss er die Augen, als lausche er ihrer Stimme nach. »Dann hat sie ihre Einkäufe im Kühlschrank verstaut und ist zu mir rausgekommen. Was dann passiert ist, läuft immer noch wie ein Film vor meinem inneren Auge ab. Sie hat dagestanden und von ihrem Tag erzählt, dass die Waschmaschine kaputtgegangen sei, dass sie gerade ein total interessantes Manuskript in Arbeit habe und sich schon darauf freue, am Abend damit weiterzumachen … solche Sachen eben. Und dann ist sie urplötzlich erstarrt und bekam einen ganz seltsamen Blick. Erst dachte ich, ihr sei etwas eingefallen. Und dass es etwas Dringendes gewesen sein müsse, weil sie sich auf dem Absatz umgedreht hat und aus der Wohnung gestürmt ist. Aber wie dringend kann etwas sein, dass man blindlings auf die Straße rennt? Ich habe die Bremsen gehört … und den Aufprall. Ich bin die Treppe runter und war bei ihr, als sie ein paar Minuten später starb.« Er wischte sich Tränen vom Gesicht. »Ich sehe immer noch ihren Blick oben auf dem Balkon vor mir. Ich weiß, es klingt blöd, aber inzwischen denke ich, sie hatte vor irgendetwas Angst.«

Dieser Satz wirkte wie ein Trigger auf mich, aber ich versuchte, nicht darauf zu reagieren. Die Fragen, die mir auf der Zunge lagen, drängte ich vehement zurück. Meine Aufgabe bestand darin, Michaela Breuers Nachlass zu sichern, nach ihren Erben zu suchen und ihre Angelegenheiten zu regeln. Zu klären, wovor sie Angst hatte, zählte nicht zu meinen Aufgaben.

»Auf dem Balkon«, fuhr Rohan Kapoor fort, »da hat sie den Kopf geschüttelt und *Nein* geflüstert, bevor sie aus der Wohnung gerannt ist. Sie hat nicht einmal ihre Handtasche mitgenommen. Die hatte sie sonst immer dabei. Ohne ihre Tasche, hat sie mal zu mir gesagt, fühle sie sich wie amputiert. Und: Wenn ich etwas über Frauen lernen wolle, solle ich mir den Inhalt ihrer Taschen ansehen. Ob ich bei ihr gleich damit anfangen könne, habe ich sie scherzhaft gefragt. Und da meinte sie, aus ihrer Tasche würde ich die falschen Schlüsse ziehen.«

»Wie hat sie das gemeint?«

»Keine Ahnung. Haben Sie schon in ihre Tasche hineingeschaut?«

»Ich habe nur einen Blick hineingeworfen.«

»Und?«

»Mir ist nichts Besonderes aufgefallen.«

»Glauben Sie an das Schicksal?«, fragte er.

Ich zögerte. »Wenn man daran glaubt, hat man zumindest einen Schuldigen, wenn etwas schiefgeht.«

»Wäre Michaela nur Sekunden später auf die Straße gelaufen, würde sie noch leben.«

Ich kannte diese Gedanken nur zu gut. Wäre mein Bruder an jenem verhängnisvollen Tag nicht in ein Café gegangen, wäre er vermutlich noch am Leben. Hätte, wäre, wenn. Das, was diese Worte einem vorgaukelten, konnte dem Schicksal für Momente einen anderen Lauf geben. Aber es waren immer nur Momente, die von der Wirklichkeit eingeholt wurden.

Er fasste sich an den Kopf. »Beinahe hätte ich es vergessen.« Er öffnete seine Geldbörse, zog eine Karte daraus hervor und schob sie mir zu. »Die ist von Corinna Lutz, Michaelas Freundin. Sie hat mir aufgetragen, sie Ihnen zu geben. Sie wollte sehr gerne eine Erinnerung an Michaela haben, aber Bruno hat ihr unterstellt, etwas stehlen zu wollen. Der hat sie nicht alle, wenn Sie mich fragen. Drücken Sie mir die Daumen, dass ich bald etwas Neues finde.«

Ich nahm Zettel und Stift aus meiner Tasche und notierte die Telefonnummer meiner Mutter. »Rufen Sie meine Mutter an. Im Dachgeschoss unseres Hauses hat es vor Jahren schon einmal eine WG gegeben. Meine Eltern haben beschlossen, zwei der Zimmer wieder zu vermieten. Eines ist seit August von einer Studentin bewohnt. Vielleicht ist das zweite Zimmer noch frei. Allerdings liegt das Haus in Obermenzing. Auf studentisches Flair, wie Sie es hier in Schwabing gewöhnt sind, müssten Sie dort verzichten. Dafür würden Sie auf einem Hof wohnen, auf dem schon einige gestrandet sind. Es geht sehr familiär bei uns zu.«

Er sah mich mit seinen großen, fast schwarzen Augen an und fuhr sich mit beiden Händen durch die Locken. »Ist das Ihr Ernst?«

»Das Familiäre?«

»Das Angebot.«

»Freuen Sie sich nicht zu früh! Für die Angebote ist meine Mutter zuständig. Ich könnte allerdings ein gutes Wort für Sie einlegen.«

»Sind auf Ihrem Hof alle so wie Sie?«

»Wie bin ich denn?«

»Normalerweise werde ich spätestens nach fünf Minuten gefragt, woher ich komme. Wenn ich dann sage, ich komme aus Freiburg, ist die nächste Frage, woher ich denn ursprünglich komme.«

»Aus Freiburg«, nahm ich seine Antwort vorweg.

»Genau!«

»Dann folgt vermutlich noch der Satz, dass es bewundernswert ist, wie gut Sie Deutsch sprechen.«

Er lachte übers ganze Gesicht. »Und das Zimmer ist tatsächlich noch frei?«

»Gestern war es das noch.«

Meine Mutter saß im Regen auf einem Schemel und beschnitt ihre Bonsais. Die kleinen Bäumchen standen auf der hüfthohen Mauer, die den hinteren Garten vom Hofgelände trennt. Mit einer Spezialzange knipste sie Blättchen von den Ästen. Immer wieder machte sie eine Pause, legte den Kopf schief und betrachtete ihr Werk von allen Seiten. Fünf Bonsais waren es insgesamt, einen hatte mein Vater ihr geschenkt, die anderen hatte sie im Laufe des vergangenen Jahres auf ihren Streifzügen durch Fachgeschäfte entdeckt. Sie waren die Nachfolger ihrer wunderschönen Sammlung, die vor einem Jahr zerstört worden war. Dieser brutale Akt, der nicht nur meiner Mutter zugesetzt hatte, war eine Warnung gewesen, nicht weiter nach meinem verschwundenen Bruder zu suchen. Mein Blick wanderte zu der Laterne neben dem Eingang des Haupthauses. Darin brannte Tag und Nacht eine Kerze. Sechs Jahre lang hatte dieses Licht für die Hoffnung gestanden, Ben möge unversehrt nach Hause zurückkehren. Seit einem Jahr nun war es ein Licht der Erinnerung.

Meine Mutter war so in ihre Arbeit vertieft, dass sie mich noch nicht bemerkt hatte. Ich lehnte an der Hauswand und sah ihr eine Weile zu. Dann ließ ich meinen Blick über das Hofgelände schweifen. Gegenüber lag die Scheune, in der meine Freundin Henrike ihren Trödelladen betrieb. Rechts daneben, etwas nach hinten versetzt, lag das Nebengebäude mit Simons Weinladen *Vini Jacobi* und seiner Wohnung darüber. Meine Eltern und ich teilten uns das Haupthaus. Sie lebten in getrennten Wohnungen in der linken Hälfte, ich wohnte und arbeitete in der rechten. Seit knapp zwei Monaten war auch ins Dachgeschoss endlich wieder Leben eingezogen. Nach Bens Verschwinden vor sieben Jahren war seine WG aufgelöst worden. Die Wohnung hatte seitdem leer gestanden – bis auf Bens Zimmer. Meine Eltern haben sich bis heute nicht dazu durchringen können, es ebenfalls zu räumen.

Am ersten August war Natalie Hövel in eines der Zimmer gezogen, nachdem meine Mutter den an einen Baum gepinnten Zettel gelesen hatte, auf dem stand, dass sie dringend ein Zimmer suche, dass sie ordentlich und zuverlässig sei und garantiert keine Besuche empfange. Dieser letzte Punkt war es, der meine Mutter zu Hochtouren hatte auflaufen lassen. Die angespannte Situation auf dem Münchner Wohnungsmarkt dürfe nicht dazu führen, dass Menschen sozial verarmten, nur um ein Zimmer zu bekommen. Ich war Natalie Hövel bisher nur ein paarmal im Treppenhaus begegnet. Sie war fünfundzwanzig, studierte Englisch und Sport auf Lehramt, war quirlig und im Aussehen ein ganz ähnlicher Typ wie Funda. Beide waren klein und zierlich und hatten dunkle Haare, wobei Natalie Hövel von einer langen Mähne umweht wurde und Fundas Haare zu einem Bob durchgestuft waren. Fundas unverbrüchliche Fröhlichkeit war und blieb allerdings unübertroffen in unserer Hofgemeinschaft.

Meine Mutter schob die kleine Zange in eine Hülle und verstaute sie in der Hosentasche. Dann streckte sie sich unter ihrem Regencape mit einem wohligen Laut.

»Zufrieden?«, fragte ich.

Sie wandte sich auf dem Schemel um. »Seit wann stehst du da?«

»Seit ein paar Minuten. Ich wollte dich nicht stören, du warst so vertieft.«

»Geht's dir gut?« Ihr Blick huschte über mein Gesicht.

»Alles in Ordnung. Ich wollte nur kurz wegen des zweiten Zimmers im Dachgeschoss mit dir sprechen. Es ist doch noch frei, oder? Ich habe nämlich einen sehr netten Interessenten. Er heißt Rohan Kapoor und wird dich heute noch anrufen. Du wirst ihn mögen. Wenn er lacht, strahlt er übers ganze Gesicht, er hat einen guten Humor und ein großes Herz.«

»Dann müsste er aber am Nachmittag noch hier vorbeikommen und sich vorstellen. Ich habe nämlich allen anderen versprochen, dass ich mich heute entscheide. Und das wird nicht leicht, glaub mir. Du kannst dir nicht vorstellen, was für Geschichten ich da zu hören bekomme. Es wird immer schwieriger, bezahlbare Zimmer zu finden.«

»Rohan Kapoor zahlt zurzeit eine Wuchermiete an einen Vermieter, der wie mit dem Lineal gescheitelt und zu allem Übel auch noch sein Mitbewohner ist. Gib ihm eine Chance, ja?«

»Meinst du, er würde sich mit Natalie Hövel vertragen?«

»Kein Problem!«

»Apropos Problem. Hast du heute schon mit Henrike

gesprochen? Sie hat mir vorhin so einen leicht umwölkten Eindruck gemacht. Schau doch mal bei ihr vorbei.«

Ich nickte, drückte meiner Mutter einen Kuss auf die regenfeuchte Wange und lief um die Pfützen herum zur Scheune.

Henrike saß im Schneidersitz auf einem antiken Esstisch, drehte eine Zigarette zwischen den Fingern und war mit Simon in ein Gespräch vertieft. Mein erster Impuls war Flucht, doch ich zwang mich, stehen zu bleiben. Sekundenlang hatte ich das Gefühl, Simon würde mir ansehen, wo und wie ich die vergangene Nacht verbracht hatte. Bevor sich auch nur der Anflug eines schlechten Gewissens in mir breitmachte, straffte ich die Schultern. Schließlich war er derjenige, der auf einer Pause mit offenem Ende bestanden und mich damit zum Abwarten verdammt hatte. Und wenn ich schon auf die Dauer dieser Pause keinen Einfluss hatte, dann doch wenigstens auf die Art, wie ich sie gestaltete. Ich sah mich gerade nach einer Sitzgelegenheit um, als Rosa, Simons Mischlingshündin, aus den Tiefen der Scheune auftauchte und in der ihr eigenen, überschwänglichen Art an mir hochsprang. Sie hörte erst damit auf, als ich in die Knie ging, sie ausgiebig kraulte und mit leisen, kosenden Worten auf sie einredete.

»Ich hab dich vermisst«, sagte ich zu Rosa und sah gleich darauf zu Simon. »Wo wart ihr?«

»Wir haben eine kleine Rundreise zu verschiedenen Winzern gemacht«, antwortete er in sachlichem Ton.

»Und? Hast du interessante Weine gefunden?«, versuchte ich, unser Gespräch am Laufen zu halten, während Rosa sich gegen meine Beine drückte.

»Das müssen meine Kunden entscheiden.«

Am liebsten hätte ich laut aufgestöhnt und gesagt, dass ich

viel ertragen konnte, aber keinen Small Talk mit ihm. »Dein Bart steht dir gut«, sagte ich stattdessen. Simon hatte ihn sich in den vergangenen zehn Tagen stehen lassen.

»Finde ich auch«, meldete Henrike sich zu Wort.

Simon stand auf. »Ich muss wieder rüber.« Er gab Rosa ein Zeichen, mit ihm zu kommen, aber die Hündin blieb neben mir stehen. »Okay«, sagte er, »dann bleibst du eben hier.«

Kaum hatte er die Tür geschlossen, zog ich eine alte Decke aus einer Kiste hervor und legte sie zusammengefaltet auf den Boden. Rosa ließ sich augenblicklich darauf nieder und rollte sich zusammen. Ich ließ mich in den Korbstuhl fallen, in dem Simon gesessen hatte.

»Nimm es ihm nicht übel«, sagte Henrike. Sie glitt vom Tisch, zog sich einen Holzstuhl heran und setzte sich rittlings darauf.

»Das ist nicht so einfach, er meidet mich, als hätte ich eine ansteckende Krankheit.« Ich winkte ab. »Ich weiß, was du sagen willst: Ich hab's vermasselt, und er braucht Zeit.« Ich war nahe dran, Henrike von Martin zu erzählen, aber ich hatte ihre Worte noch genau im Ohr. *Simon hat in jungen Jahren auf zu vieles verzichten müssen, um jetzt großzügig mit Gefühlen umzugehen. Wenn du mit einem Menschen wie ihm zusammen bist, darfst du dir keine Fehltritte erlauben.* Für Henrike würde meine vergangene Nacht genau das sein – ein Fehltritt.

Sie nickte und schien in Gedanken längst woanders zu sein.

»Ist alles okay bei dir?«, fragte ich.

»Ich habe vorhin einen Anruf bekommen, dass meine Mutter gestern gestorben ist. Die Leiterin des Pflegeheims hat mich informiert.« Sie ließ ihren Blick durch diesen Raum voller Trödel wandern. »Ich habe mich immer gefragt, ob ich eines Tages traurig sein würde, wenn es so weit ist. Aber da ist nur Trauer um die Idee einer Mutter, um das, was hätte sein können und nie war. Zeit ihres Lebens hat sie mich für all ihr Scheitern verantwortlich gemacht. *Wenn du nicht gewesen wärst, hätte ich …* Wenn sie gekonnt hätte, hätte sie mich vermutlich auch für ihr Sterben verantwortlich gemacht.« Henrike löste ihre schulterlangen, dunklen Haare aus der Spange, schüttelte sie und richtete sich auf. »Ich muss für ein paar Tage nach Bielefeld und mich dort um die Beerdigung kümmern. Nur damit du Bescheid weißt: Arne werde ich sagen, dass ich nach Saarbrücken fahre, um dort aus einer Haushaltsauflösung Möbel für den Laden aufzukaufen.«

Henrike und ich kannten uns seit zwei Jahren, fast ebenso lange waren wir befreundet. Vor einem Jahr hatte unsere Freundschaft allerdings auf der Kippe gestanden, als ich herausfand, dass sie eine beurlaubte Polizistin war, die auf eigene Faust im Fall meines verschwundenen Bruders ermittelte. Dass sie das verdeckt in unserer Familie tat, hatte ich ihr zunächst nicht verzeihen können. Doch letztlich hatte das tiefe Verständnis zwischen uns alles überwogen. Bislang war ich immer noch die Einzige auf dem Hof, die von ihrer Vergangenheit wusste. Selbst Arne, meinen besten Freund, der ihr Lebensgefährte geworden war, hatte sie nicht eingeweiht. Er ging davon aus, dass ihre Mutter längst gestorben war.

Hätte er gewusst, dass sie bis vor Kurzem noch am Leben gewesen war, hätte er sie kennenlernen wollen. Und dabei wäre unweigerlich Henrikes eigentlicher Beruf zur Sprache gekommen. Zwar hatte sie sich als Polizistin für fünf Jahre beurlauben lassen, um herauszufinden, was das Leben ihr anderes zu bieten hatte als Verbrechen, für Arne würde das jedoch keine Rolle spielen. Er hasste Polizisten nicht nur, weil sein Vater einer gewesen war, sondern weil dessen Kollegen ihm und seinen wechselnden Müttern in ihrer Not nicht geholfen hatten. Sie hatten von dem häuslichen Terror gewusst, aber die Augen davor verschlossen.

»Ist es nicht sinnvoller, so nah wie möglich an der Wahrheit zu bleiben?«, fragte ich. »Sag ihm doch einfach, du würdest diese Möbel in Bielefeld kaufen.«

»Dann wird er vorschlagen, mich zu begleiten. In Bielefeld sitzt einer seiner Lieblingskunden. Saarbrücken ist ungefährlicher.«

»Wann fährst du los?«

»Morgen früh.«

»Würde es dir helfen, wenn ich dich begleite?«

Sie schüttelte den Kopf. »Es hilft mir, wenn du mir bei Arne den Rücken freihältst. Außerdem weiß ich doch, dass sich bei dir die Arbeit stapelt. Das Einzige, was du mir versprechen musst, ist, dass du dich in meiner Abwesenheit nicht wieder in Gefahr begibst.«

»Ich habe nichts auf dem Tisch, was auch nur annähernd in diese Richtung weist«, sagte ich.

Der Regen prasselte gegen die Fensterscheiben, als ich im Büro Michaela Breuers Koffer öffnete und ihre Sachen durchsah. Was hatte sie zu Rohan Kapoor gesagt? Wenn er etwas über Frauen lernen wolle, solle er sich den Inhalt ihrer Taschen ansehen? Ich nahm ihre Handtasche aus dem Koffer und breitete deren Inhalt auf meinem Schreibtisch aus. Was lernte man aus Gegenständen wie Portemonnaie, Handy, Schminktäschchen, Haarbürste, Notizheft und … diesem Gegenstand, der in einem Kunststoff-Holster steckte? Ich öffnete es und zog einen Elektroschocker daraus hervor. Er war nicht der erste, den ich in einem Nachlass entdeckte. Daher wusste ich, dass es legale und illegale Modelle gab. Seit ein paar Jahren waren in Deutschland nur noch Geräte mit einem Prüfzeichen der PTB, der Physikalisch-Technischen Bundesanstalt, erlaubt. Dieses hier war eines davon.

Mit einem Mal hatte ich Rohan Kapoors Stimme wieder im Ohr, als er sagte, Michaela Breuers seltsamer Blick auf dem Balkon hätte auch Angst gewesen sein können. Vielleicht lag er damit gar nicht so falsch.

Ich sah auf die Uhr, es war kurz vor sieben. Vielleicht erreichte ich Corinna Lutz noch. Ihrer Karte entnahm ich, dass sie Psychologische Psychotherapeutin war und sich auf Kinder und Jugendliche spezialisiert hatte. Ich hinterließ ihr auf ihrem Anrufbeantworter, sie möge mich bitte zurückrufen. Keine fünf Minuten später klingelte mein Telefon.

»Danke, dass Sie sich gleich gemeldet haben«, sagte Corinna Lutz. »Hat Rohan Ihnen gesagt, worum es mir geht?«

»Ja, das hat er. Sie wünschen sich eine Erinnerung an Ihre Freundin. Ich muss Ihnen allerdings gleich sagen, dass ich Ihnen nichts versprechen kann. Letztlich können nur die Erben entscheiden, ob sie etwas aus dem Nachlass hergeben. Vielleicht können Sie mir aber etwas über mögliche Erben sagen. Hatte Ihre Freundin Verwandte?«

»Ihre Eltern sind bei dem Tsunami in Thailand ums Leben gekommen. Weitere Verwandte gibt es nicht, soweit ich weiß. Zumindest hat Michaela nie von jemandem erzählt.«

»Warum ist sie eigentlich in die WG gezogen?«

»Warum möchten Sie das wissen? Ist das relevant für Ihre Arbeit?«

»Eigentlich nicht, ich habe mich nur darüber gewundert. Ihre Freundin hat eine Zweizimmerwohnung in Obermenzing gegen ein völlig überteuertes WG-Zimmer in der Nordendstraße eingetauscht.«

»Sie hat sich in der WG geschützter gefühlt.«

»In ihrer Tasche habe ich einen Elektroschocker gefunden.«

»Der ist legal.«

»Ich weiß. Trotzdem ist es nicht gerade ein Alltagsgegenstand.«

»Was Michaela erlebt hat, ist auch nicht alltäglich. Sie hatte eine schlimme Zeit hinter sich.«

Ich ließ einen Moment verstreichen. »Was halten Sie davon, wenn wir uns morgen in der WG treffen?«, schlug ich vor. »Dann können Sie sich ein Erinnerungsstück aussuchen, und ich mache mir einen Vermerk für die Erben.«

»Passt Ihnen sechzehn Uhr?«

»Perfekt!«

3

Außer Fundas Schokocroissant hatte ich an diesem Tag noch nichts gegessen. Ich schloss mein Büro ab und lief hinauf in den ersten Stock. Nachdem ich eine tiefgekühlte Lasagne in den Backofen geschoben hatte, nahm ich mir Michaela Breuers Laptop vor. Vielleicht fand ich darin Informationen über Verwandte.

Zum Glück war das Gerät nicht passwortgeschützt. Die Mails hatte ich schnell durchgesehen. Allem Anschein nach hatte Michaela Breuer nicht zu den Menschen gezählt, die jede einzelne archivierten. Aufgehoben hatte sie lediglich die Korrespondenz mit Versicherungen, Finanzamt und Auftraggebern. Persönliche Mails hatte sie außer mit ihrer Freundin noch mit drei anderen Frauen ausgetauscht, deren Namen ich mir notierte. Es waren jeweils kurze Nachrichten, die ausschließlich dazu dienten, sich zu verabreden.

Anschließend nahm ich mir das Handy vor. Einige der Namen aus der Anrufliste deckten sich mit denen aus dem Mailverkehr. Die Nummern, die nicht mit Namen belegt waren, würde ich noch identifizieren müssen. Da meine Lasagne noch eine Viertelstunde brauchte, konnte ich es auch gleich erledigen. Der Reihe nach rief ich die Nummern an. Bei einem Friseursalon und einer Arztpraxis schaltete sich der Anrufbeantworter ein. Bei der dritten Nummer meldete sich ein Pizzaservice, bei der vierten eine Frauenstimme.

»Hillebrand«, sagte sie leise, sodass der Name kaum zu verstehen war.

»Guten Abend, Frau Hillebrand. Mein Name ist Kristina Mahlo. Entschuldigen Sie bitte, dass ich Sie störe, aber ich habe ein paar Fragen zu Michaela Breuer, die Sie mir möglicherweise beantworten können.«

»Falsch verbunden«, sagte die Stimme. Gleich darauf wurde die Leitung unterbrochen.

Ich wählte erneut. Dieses Mal dauerte es länger, bis sie dranging und sich meldete. Ihre Stimme klang dabei eine Spur ungehalten.

»Frau Hillebrand, es tut mir leid, Sie noch einmal belästigen zu müssen, aber ich bin die Nachlassverwalterin von Frau Breuer. Ich hoffe, Sie sind schon informiert worden und erfahren nicht erst durch mich von Frau Breuers Tod.« Ich schwieg einen Moment und wartete auf eine Reaktion. Als ich nur ihr Atmen vernahm, fuhr ich fort: »Ich bin mit der Abwicklung der Angelegenheiten von Michaela Breuer befasst und auf der Suche nach möglichen Erben.«

»Ich kenne die Frau nicht, und jetzt …«

»Bitte legen Sie nicht auf!«, unterbrach ich sie. »Von Frau Breuers Handy wurde mehrmals mit Ihrem Anschluss gesprochen. Könnte jemand anderes in Ihrem Haushalt mit ihr telefoniert haben?«

»Niemand, ich lebe allein. Es muss sich dabei wirklich um einen Irrtum handeln. Tut mir leid, dass ich Ihnen nicht helfen kann.« Und schon hatte sie wieder aufgelegt. Gedanklich machte ich mir einen Vermerk, Corinna Lutz morgen nach dieser Frau Hillebrand zu fragen.

Ich legte das Handy beiseite, holte die Lasagne aus dem Ofen und stellte sie auf den Küchentisch. Mit zwei Löffeln löste ich sie aus der Aluschale und hob sie auf einen Teller. Vorsichtig probierte ich den ersten Bissen. Er war noch viel zu heiß. Ich blies darauf und wollte es gerade erneut versuchen, als Martin anrief.

»Was machst du gerade?«, fragte er.

»Ich arbeite.«

»Hast du mich vermisst?«

»Dazu war keine Zeit.«

»Die Kunst beim Zeitmanagement ist es, Prioritäten zu setzen«, meinte er mit einem Schmunzeln in der Stimme. »Wie geht es deinem Fuß? Soll ich kommen und ihn neu verbinden?«

»Untersteh dich! Das Hofgelände ist Sperrzone für dich.«

»Dann sag mir, wann ich dich wiedersehe.«

»Martin, ich …«

»O nein!«, unterbrach er mich. »Sätze, die so beginnen, enden selten gut.«

»Aber wir können …«

»Wir könnten genau da weitermachen, wo wir heute früh aufgehört haben.«

»Das geht nicht, und das weißt du.«

»Ich will ja nicht bockig wirken, aber … nein, das weiß ich nicht. Deine Beziehung mit Simon ist zurzeit auf Eis gelegt. Du fühlst dich zu mir hingezogen und …«

»Als gute Freundin!«

»Die überaus zärtlich und sehr …«

»Scht!«

»Ich habe mich in dich verliebt«, sagte er leise. »Und das nicht erst gestern. Dieses Gefühl ist so besonders, dass ich es ganz bestimmt nicht einfach so ad acta legen werde. Aber soll ich nun kämpfen oder Geduld haben? Kannst du mir das sagen? Ich weiß nämlich nicht, welcher bei dir der richtige Weg ist, dazu kenne ich dich noch viel zu wenig.«

»Für Menschen gibt es keine Gebrauchsanweisungen«, wich ich aus.

»Doch, die gibt es, zum Beispiel für mich. Ich brauche immer ein Licht am Ende des Tunnels. Ich kann jede Menge aushalten, auch ungeklärte Situationen und das über einen längeren Zeitraum, aber das Licht muss da sein. Sobald es verschwindet, kehre ich um.«

Ich schwieg und presste für einen Moment die Lippen zusammen.

»Bist du noch da?«, fragte er.

»Ich kann das nicht, Martin, ich kann dir nicht versprechen, dass ich am Ende dieses Tunnels stehen und eine Lampe schwenken werde.«

Jetzt war es an ihm zu schweigen. Er war darin besser als ich, er hielt länger durch.

»Ich bin hin- und hergerissen«, sagte ich.

»Das ist ja schon mal was. Ob es als Licht taugt, wird sich zeigen. Magst du später noch zu mir kommen?«

Vernünftiger wäre es gewesen, Nein zu sagen. »Nur wenn ich mich am Morgen hinausschleichen kann, ohne über Gläser zu stolpern.«

»Das lässt sich machen.«

Die Lasagne war inzwischen so weit abgekühlt, dass ich sie essen konnte. Während ich mir hungrig eine Gabel nach der anderen in den Mund schob, kehrte ich in Gedanken zurück zu Michaela Breuer. In der Todesanzeige, die ich in ihren Unterlagen gefunden und die sie für ihre Eltern geschaltet hatte, war sie als einzige Hinterbliebene genannt. Was natürlich nicht bedeuten musste, dass es keine entfernten Verwandten gab. Fotoalben, die immer eine gute Quelle waren, um Familienangehörige aufzuspüren, hatte ich in ihrem WG-Zimmer bisher nicht entdeckt. Aber vielleicht gab es auf ihrem Laptop Bilddateien.

Dass Michaela Breuer gerne gereist war, wusste ich bereits aus ihrem Pass, der in allen möglichen Ländern abgestempelt worden war. Dass sie aber auch gerne fotografiert hatte, zeigten all die Bilder, die sie von ihren Reisen abgespeichert hatte. Eineinhalb Stunden lang scrollte ich mich durch die zahllosen Fotos. Etliche davon hätte ich mir im Großformat an einer Wand vorstellen können. Michaela Breuer hatte ein Faible für ungewöhnliche Perspektiven gehabt, die den Betrachter ein zweites Mal hinsehen ließen. Manchmal hatte sie ihre Kamera aber auch aus der Hand gegeben und sich selbst ablichten lassen. Ihr schmales Gesicht und ihre dunklen Locken kannte ich bereits aus ihren Ausweispapieren. Ihr übermütiges Lachen begegnete mir erst hier. Ein Moment hatte gereicht, um diesem Lachen ein Ende zu setzen.

Ich schüttelte den Gedanken ab und öffnete die nächsten Dateien. Es gab jede Menge Fotos von ihren Eltern, Fotos, die vielleicht Freundinnen zeigten, und solche, die sie von Männern aufgenommen hatte, die ihr etwas bedeutet zu haben schienen. Was ich bisher nicht gefunden hatte, waren Fotos von Familienfeiern.

Als ich auf die Uhr sah, war es bereits halb zehn. Martin würde bestimmt längst auf mich warten. Ich beschloss, mir trotzdem noch schnell den letzten Bilddateiordner anzusehen, bevor ich losfuhr.

Der Ordner enthielt ausschließlich Fotos von Steinmännchen, die akribisch mit Ortsangaben rund um Obermenzing und Pasing versehen waren. Ich lehnte mich zurück und betrachtete irritiert den Bildschirm. Außer in diesem Ordner hatte Michaela Breuer kein einziges ihrer Fotos benannt. Nicht eines ihrer Reisefotos trug eine Ortsangabe, sie hatte lediglich die Ordner mit den jeweiligen Reisezielen beschriftet. Und noch etwas wich von ihrer üblichen Vorgehensweise ab: Bei den Bildern von den Steinmännchen schien es ihr überhaupt nicht auf die Bildästhetik angekommen zu sein. Weder hatte sie das ideale Licht interessiert noch die Perspektive. Sie schien nur schnell den Auslöser gedrückt zu haben, als sei es ihr ausschließlich ums Sammeln gegangen. Und das auch nur rund um Obermenzing und Pasing. Aufeinandergeschichtete Steine gab es überall auf der Welt – auf ihren Reisen hatte sie jedoch nichts dergleichen fotografiert.

Innerhalb dieses Ordners gab es noch einen Unterordner. Er enthielt ganz ähnliche Fotos, allerdings waren es nur drei. Jedes der Steinmännchen bestand aus sechs flachen, runden Kieseln. Unter dem ersten stand eine Adresse in Obermenzing und dahinter in Klammern eine Zwei. Unter dem zweiten der Name Barbara Kieling und eine Anschrift in Pasing. Bei dem dritten Foto, genauer gesagt bei seiner Beschriftung, hob ich die Augenbrauen: Eine Wiebke Hillebrand war dort mit einer Adresse in Obermenzing vermerkt.

4 Der Wetterbericht hatte für diesen Donnerstag nicht zu viel versprochen. Während der Nacht, die ich erneut bei Martin verbracht hatte, waren die letzten Regenwolken mit dem Wind davongeweht. Die Sonne stand an einem blauen Himmel und würde im Laufe des Tages für spätsommerliche Temperaturen sorgen.

Henrike war kurz vor acht mit Ringen unter den Augen und voller Anspannung bei mir ins Büro geschneit, hatte mir den Schlüssel für ihren Laden gegeben und mir beschrieben, wo sie die Bestellung einer Kundin deponiert hatte. Ich hatte versucht, sie zu einem Tee zu überreden, aber sie wollte so schnell wie möglich los. Um es hinter sich zu bringen. Zum Abschied hatte sie mich umarmt und gesagt, sie verlasse sich auf meine Rückendeckung bei Arne.

Mittags hatte meine Mutter ans Fenster geklopft und erzählt, dass sie Rohan Kapoor den Zuschlag für das zweite WG-Zimmer gegeben hatte. Noch wichtiger aber sei, dass mein Vater sich endlich von *dieser Tamara* getrennt habe, wie sie seine Freundin nach wie vor titulierte. Sie habe ihn am Morgen mit hängenden Schultern an Bens Grab getroffen. Viel sei aus ihm nicht herauszubekommen gewesen, nur eben so viel, dass es aus sei. Endgültig. »Das wurde aber auch Zeit«, hatte sich meine Mutter nicht verkneifen können zu sagen, um gleich hinterherzuschicken, sie mache sich Sorgen um ihn. Er habe sehr bedrückt gewirkt. Ob ich später mal nach ihm sehen könne? Später, ja, hatte ich versprochen. Nach meinem Termin mit Corinna Lutz.

Ich kam eine Viertelstunde zu spät, da es mal wieder ewig gedauert hatte, einen Parkplatz zu finden. Wie sich herausstellte, hatte Corinna Lutz sich aus dem gleichen Grund verspätet. Sie traf kurz nach mir vor dem Haus in der Nordendstraße ein.

»Tut mir leid«, sagte sie ein wenig außer Atem.

»Kein Problem, ich bin auch gerade erst angekommen.«

Einen Moment lang nahmen wir gegenseitig Maß. Corinna Lutz hatte gefranste rötlich-blonde Haare, ein Gesicht voller Sommersprossen und blaue Augen, die mich an Murmeln erinnerten. Ich schätzte sie auf Mitte dreißig.

Sie nickte, als hätte sie einen Entschluss gefasst, der ihr nicht leichtgefallen war. »Wollen wir dann?« Ohne meine Antwort abzuwarten, stieß sie die Haustür auf und lief die Treppe hinauf.

Im zweiten Stock blieb sie abrupt stehen, ihre Hand ruhte auf dem Treppengeländer. »Es ist doch schwerer, als ich dachte.« Ihr Blick wanderte die Treppe hinauf. »Als Michaela gerade erst gestorben war, ist es mir leichter gefallen …«

»Das geht vielen Menschen so. Es braucht seine Zeit, bis sich der Tod ganz real anfühlt.«

»Und dann ist es, als würde er einem mit voller Wucht in die Magengrube treten«, sagte sie leise und setzte ihren Weg fort. Vor der Wohnungstür blieb sie stehen und straffte ihre Schultern.

Kaum hatte ich geklingelt, waren im Flur schnelle Schritte zu hören. Als Rohan Kapoor die Tür öffnete und mich erkannte, ging ein Strahlen über sein Gesicht.

»Es hat geklappt«, sagte er.

»Ich weiß.«

»Am Wochenende ziehe ich um.« Er legte die Hand auf die Brust und gab einen theatralischen Seufzer von sich. Da erst erkannte er Corinna Lutz hinter mir. »Hallo, Corinna!«

Die beiden umarmten sich wortlos und lösten sich gleich darauf wieder voneinander.

»Ich gehe dann mal«, sagte er. »Ich bin an meinem Schreibtisch, falls ihr mich braucht.«

Ich schloss die Tür zu Michaela Breuers Zimmer auf, stellte meine Tasche im Türrahmen ab und öffnete das Fenster. Corinna Lutz folgte mir zögernd. In der Mitte des Raumes blieb sie stehen und drehte sich langsam und wie verloren um die eigene Achse. Für einen Augenblick wirkte sie wie jemand, der an einem Ort aufwachte, der ihm fremd war.

»Hören Sie das?«, fragte sie. »Die Stille ist eine völlig andere, als wenn Michaela noch leben würde. Die Endgültigkeit schwingt darin mit.« Sie ging zum Bücherregal und strich vorsichtig mit den Fingern über die Buchreihen. »Sie hat so sehr an ihren Büchern gehangen.« Sie wandte sich zu mir um. »Was geschieht jetzt mit all dem?«

»Das kann ich noch nicht sagen.«

»Geben Sie mir Bescheid, sobald Sie es wissen?«

»Das verspreche ich Ihnen. Bevor Sie sich umsehen, habe ich aber noch zwei Fragen. Im Mailverkehr Ihrer Freundin bin ich auf drei Frauen gestoßen.« Ich holte meine Notizen hervor und las ihr die Namen vor. »Können Sie mir sagen, in welchem Verhältnis Michaela Breuer zu ihnen stand?«

»Es sind ehemalige Kolleginnen aus der Zeit, als Michaela noch fest im Verlag gearbeitet hat. Sie hat sich mit den dreien hin und wieder getroffen. Es ist aber unwahrscheinlich, dass eine von ihnen etwas über Michaelas persönliche Belange weiß. So nah standen sie sich nicht.«

»Hatte sie einen Freund?«

»Zuletzt vor zwei Jahren.«

»Wie lange haben Sie beide sich gekannt?«

»Elf Jahre.«

»Und sie hat nie von Verwandten erzählt? Ihre Eltern natürlich ausgenommen.«

Sie dachte nach. »Nein, tut mir leid.«

»Dann nehmen Sie sich jetzt die Zeit, die Sie brauchen, und sehen sich in Ruhe nach einer Erinnerung um.« Ich ging zur Tür und lehnte mich in den Rahmen.

Während sie sich wie in Zeitlupe durch das Zimmer bewegte, wirkte sie völlig versunken. Mit Blicken schien sie jeden einzelnen Gegenstand abzutasten. Es waren jedoch nicht Blicke auf der Suche nach Beute, wie ich ihn von manchen Erben kannte. Was sie in diesen Minuten tat, hatte nichts mit Gegenständen zu tun, sondern ausschließlich mit Erinnerungen. Sie rang um ihre Fassung. Als ihr schließlich Tränen übers Gesicht liefen, wandte sie sich ab und ging zum Fenster.

»Ist alles so, wie Sie es in Erinnerung haben?«, fragte ich nach einer Weile. »Oder fehlt etwas?«

»Alles ist unverändert.« Sie drehte sich zu mir um.

»Haben Sie sich etwas ausgesucht?«

Corinna Lutz ging zum Schreibtisch und deutete auf eine glasierte Tonschale, in der Muscheln lagen. »Wir haben sie im Frühjahr auf Rügen gesammelt.« Sie hob ihre Arme und ließ den Blick durch den Raum wandern. »Wer immer all das hier erbt, kann kein enges Verhältnis zu Michaela gehabt haben, sonst hätte sie schon einmal von ihm oder ihr erzählt. Und so jemandem werden doch ein paar Muscheln gleichgültig sein. Meinen Sie nicht?«

»Darauf würde ich auch wetten, aber um alles korrekt zu handhaben, muss ich das zunächst klären. Bei der Erbensuche bin ich übrigens auf eine Wiebke Hillebrand gestoßen. Ihr Name taucht unter einer Bilddatei im Laptop Ihrer Freundin auf. Außerdem wurde von Michaela Breuers Handy mehrfach mit ihr telefoniert. Seltsamerweise streitet die Frau ab, Michaela gekannt zu haben. Können Sie sich das erklären?«

»Haben Sie sie etwa angerufen?«

»Ja, gestern Abend.«

»Warum?«

»So verfahre ich mit allen Kontakten von Verstorbenen, deren Erben ich ausfindig machen muss.«

»Frau Hillebrand wird nichts zu Ihrer Erbensuche beitragen können.«

»Sie kennen sie?«

»Michaela hat mir von ihr erzählt.«

»Haben Sie eine Ahnung, warum Frau Hillebrand abgestritten hat, Ihre Freundin zu kennen?«

»Ja, aber das ist ihre und Michaelas Privatangelegenheit. All das spielt über Michaelas Tod hinaus keine Rolle mehr.« Aus ihrer Tasche zog sie ein Päckchen Zigaretten. »Lassen Sie uns kurz rausgehen, ja?« Ohne meine Antwort abzuwarten, lief sie aus dem Zimmer Richtung Küche.

Ich folgte ihr auf den sonnigen Balkon, trat an die Brüstung und sah hinunter auf die Straße, wo der Unfall passiert sein musste.

Hinter mir zündete Corinna Lutz sich eine Zigarette an und inhalierte tief. »Es ist nicht leicht, mit dieser Frage zurückzubleiben.«

»Warum sie so kopflos aus dem Haus gerannt ist?«, versuchte ich, ihre Gedanken zu erraten.

»Sie hat sich mit Rohan über ganz Alltägliches unterhalten. Und plötzlich, so sagt er, war es, als sei ein Schalter umgelegt worden. Als hätte sie von einer Sekunde auf die andere Angst bekommen. Rohan hat tagelang gegrübelt, was er Falsches gesagt haben könnte. Wir sind die Unterhaltung Wort für Wort durchgegangen, aber da war nichts.«

Ich ließ meinen Blick die Straße entlangstreifen. »Könnte sie da unten etwas oder jemanden gesehen haben?«

»Rohan sagt, sie habe die ganze Zeit über im Türrahmen

gestanden, so wie ich jetzt. Von hier aus kann man nicht auf die Straße schauen.« Sie sah sich suchend um. »Irgendwo muss ein Aschenbecher stehen.« Sie beugte sich vor und schaute zwischen die Blumenkästen, die mit blauen Petunien bepflanzt waren, von denen inzwischen die meisten verwelkt waren.

Ich tat es ihr gleich und entdeckte zwar keinen Aschenbecher, dafür aber ein Steinmännchen, das zwischen den mittleren beiden Kästen halb verborgen unter den Petunien stand. »Stammt das von Ihrer Freundin?«

Sie folgte meinem ausgestreckten Zeigefinger und erstarrte. In Sekundenschnelle wandelte sich ihr ungläubiger Blick in Entsetzen. »Nie und nimmer!«, antwortete sie mit rauer Stimme. Ohne ein weiteres Wort machte sie auf dem Absatz kehrt und lief hinein. Nachdem sie die Zigarettenkippe eilig unter fließendes Wasser gehalten hatte, entsorgte sie sie im Mülleimer. Ich folgte ihr und sah, wie sie an Rohan Kapoors Tür klopfte, sein Herein jedoch gar nicht erst abwartete. »Wer hat das Steinmännchen auf dem Balkon gebaut?«

»Wieso?«, fragte Rohan Kapoor völlig verdattert.

»Bitte! Wer hat es gebaut?«

»Meine Nichte.«

»Wann war das? Vor oder nach Michaelas Unfall?«

»Was ist denn los, Corinna?«

»Davor oder danach?«

Er zog die Brauen zusammen und versuchte, sich auf die Frage zu konzentrieren. »Es war am Tag des Unfalls. Meine Schwester hatte mich mit ihrer Tochter am frühen Nachmittag besucht. Wir haben auf dem Balkon etwas getrunken, und währenddessen hat meine Nichte das Männchen gebaut. Sie hatte die Steine zuvor an der Isar gesammelt.«

»Entschuldige!«, sagte Corinna Lutz.

»Was ist denn damit?«

»Nichts. Tut mir leid, dass ich dich so überfallen habe. Mach's gut, Rohan.«

»Aber …«

Sie schüttelte den Kopf. »Ich muss los«, sagte sie an uns beide gewandt und eilte zur Wohnungstür.

Ich lief in Michaela Breuers Zimmer, schloss Fenster und Tür hinter mir, verabschiedete mich schnell von Rohan Kapoor, der nicht wusste, wie ihm geschah, und folgte Corinna Lutz ins Treppenhaus. Im ersten Stock holte ich sie ein. Sie stockte kurz, öffnete den Mund, als wolle sie etwas sagen, entschied sich dann jedoch anders. Mit einer fahrigen Bewegung wischte sie sich die Tränen aus dem Gesicht und lief weiter.

»Was ist denn passiert, Frau Lutz?«, versuchte ich, sie zurückzuhalten. »Warum hat Sie dieses Steinmännchen da oben so erschreckt?«

Als sei sie mitten in der Bewegung eingefroren, blieb sie mit der Hand auf der Haustürklinke stehen. »Die ganze Zeit über habe ich mich gefragt, warum Michaela wie von Furien gehetzt aus dem Haus gestürmt ist. Ich dachte, es würde leichter, wenn ich es wüsste.«

»Es war wegen dieser paar Steine?«, fragte ich ungläubig. »Wieso sollte sie sich denn davor gefürchtet haben? Sie hat sie doch ständig fotografiert.«

Sie wandte den Kopf zu mir und sah mich lange an, bevor sie antwortete. »Manche Menschen fotografieren, was sie fürchten.«

5

Das *Paulo* auf der Türkenstraße war gut besucht. Da bei dem herrlichen Spätsommerwetter draußen alle Tische besetzt waren, mussten wir uns hineinsetzen. Der Raum war erfüllt von Stimmengewirr und Lachen, in das sich Geschirrgeklapper und Musik mischten. Ganz hinten fanden Corinna Lutz und ich einen Tisch, an dem wir ungestört reden konnten. Kaum hatten wir unsere Bestellung aufgegeben, brach Michaela Breuers Geschichte aus ihrer Freundin heraus.

»Vergangenes Jahr, am sechsundzwanzigsten November, ist Michaela in ihrer damaligen Wohnung in Obermenzing von einem Fremden überfallen worden. Er kam mitten in der Nacht, hat Michaela aus dem Tiefschlaf gerissen, sie an ihr Bett gefesselt und vergewaltigt. Dann hat er die Heilsteine, die Michaela auf ihrem Nachttisch liegen hatte, eingesteckt und ihr ins Ohr geflüstert, die bräuchte sie nicht mehr. Er habe ihr im Vorgarten ein Steinmännchen aufgebaut – wenn sie es nicht hüte und es zusammenfallen lasse, würde er wiederkommen. Bevor er ging, hat er sie fotografiert und gemeint, an dem Foto werde er sicher noch lange seine Freude haben. Schließlich hat er ihr gedroht, sie umzubringen, sollte sie auf die Idee kommen, zur Polizei zu gehen.«

Einen Moment lang glaubte ich, mich verhört zu haben. »Was hat er gesagt?«

»Dass sie einen Besuch bei der Polizei nicht überleben würde.«

»Nein, ich meine das mit dem Steinmännchen.«

»Dass sie es hüten müsse, wenn sie verhindern wolle, dass er wiederkomme.«

Ich war mir sicher, diesen Satz in einem anderen Zusammenhang schon einmal gehört oder gelesen zu haben. »Sie sollte es hüten?«, vergewisserte ich mich. »Hat er das mit genau diesen Worten gesagt?«

Sie nickte, zog den Milchkaffee, den die Kellnerin gerade gebracht hatte, zu sich heran und rührte tief in Gedanken Zucker hinein.

Während ich ihr dabei zusah, fiel mir ein, wo ich den Satz schon einmal gelesen hatte. Es war in einem der Tagebücher einer Verstorbenen gewesen. Sie hatte darin die Fantasiegeschichten ihrer Töchter beschrieben, die von einem als Tod verkleideten Geist handelten, der nachts an die Betten der Mädchen trat und ihnen auftrug, das Steinmännchen im Vorgarten gut zu hüten, andernfalls komme er wieder. Die Kinder hatten sich vor ihren eigenen Geschichten gegruselt und gefürchtet. Und ich hatte damals gedacht: Wie gut, dass es nur Geschichten waren!

»Michaela hat die Vergewaltigung nicht angezeigt«, sagte sie in meine Gedanken hinein.

»Weil er ihr gedroht hat, sie umzubringen?«

»Das hat sicher auch eine Rolle gespielt. Außerdem gab es keinerlei Einbruchspuren. Ihre Tür hatte sie nachts immer zugeschlossen, und weder Fenster noch Terrassentür hatten offen gestanden. Sie fürchtete sich zu Recht davor, dass man ihr nicht glauben würde.«

Verschlossene Türen hatten, wenn ich mich recht erinnerte, auch in den Tagebüchern eine Rolle gespielt. Sie waren der Grund gewesen, warum die Mutter von Anfang an überzeugt gewesen war, ihre Töchter würden ihr Gruselgeschichten erzählen.

»Wie könnte der Täter denn in die Wohnung gelangt sein?«, fragte ich.

»Mit einem Schlüssel. Das ist die einzig mögliche Erklärung. Ein paar Wochen vor dieser Nacht wurde bei Michaela eingebrochen, während sie übers Wochenende verreist war. Es hatte nach einem ganz gewöhnlichen Einbruch ausgesehen. Ihre Terrassentür war aufgehebelt und alle Wertsachen gestohlen worden. Michaela war im Nachhinein überzeugt, dass der Täter bei dieser Gelegenheit ihren Zweitschlüssel, der in der Küche lag, kopiert haben musste. Weil der Schlüssel dort immer noch lag, ist sie damals aber nicht auf die Idee gekommen, das Schloss auswechseln zu lassen. Sie hat sich deswegen später heftige Vorwürfe gemacht.« Corinna Lutz fuhr mit dem Zeigefinger über den Rand ihrer Kaffeetasse. »Ich hätte das Schloss übrigens auch nur austauschen lassen, wenn der Schlüssel gestohlen worden wäre. Darauf wird der Täter sich verlassen haben.«

»Und er ist unerkannt entkommen?«

Sie nickte. »Michaela hat mich in der Nacht noch angerufen. Ich bin zu ihr gefahren und habe sie davon überzeugen können, sich zumindest die Möglichkeit offen zu halten, den Mann doch noch anzuzeigen. Zu diesem Zweck habe ich dann jedes Stück Stoff, auf dem er Spuren hätte hinterlassen können, einzeln in Plastiktüten verpackt. Ich habe ihre blauen Flecken an den Innenseiten der Oberschenkel und an den Armen und auch diverse Kratzspuren fotografiert und auf einem USB-Stick gespeichert. Michaela hat alles, solange ihre Erinnerung noch frisch war, im Detail aufgeschrieben.« Sie ballte eine Hand zur Faust und drückte sie sich gegen die Stirn. Für einen Moment schloss sie die Augen.

»Wo hat Ihre Freundin die Beweise aufbewahrt?«

»Sie hat sie mir mitgegeben.«

»Was war mit diesem Steinmännchen?«

»Gleich am Morgen, als es hell wurde, bin ich in den Vorgarten gelaufen und habe nachgesehen. Und da habe ich es entdeckt. Es bestand aus sechs flachen, fast runden Steinen. Ich habe es dann ebenfalls fotografiert und die Steine in einen Plastikbeutel gepackt. Michaela war mir gefolgt und wurde panisch, als sie mich dabei beobachtete. Sie war voller Angst, der Täter könne zurückkehren, wenn das Ding dort nicht mehr stünde. Also sind wir gemeinsam in eine Kiesgrube gefahren, haben dort nach ganz ähnlichen runden, flachen Steinen gesucht und daraus ein neues aufgetürmt. Später habe ich im Haus und in der Nachbarschaft herumgefragt, ob jemand weiß, wie es ursprünglich da hingekommen war. Aber niemand konnte etwas dazu sagen. Michaela wusste selbst nicht, ob es schon länger dort gestanden hatte. Es ist also durchaus möglich, dass es gar nicht vom Täter stammte und er es sich nur zunutze gemacht hatte.« Sie trank mehrere Schlucke von ihrem Kaffee. »Er hat Michaela zu Tode erschreckt – mitten in der Nacht, in ihrem Zuhause, an einem Ort, an dem sie sich bis dahin ganz selbstverständlich geschützt gefühlt hatte – er hat sie erniedrigt, sie vergewaltigt und sie schließlich noch verhöhnt.«

Mein Gehirn hatte diese Geschichte in eine Flut von Bildern umgewandelt, jedes einzelne davon war grauenvoll. Ich drängte sie zurück und konzentrierte mich auf mein Gegenüber.

»Welche Bedeutung könnte das Steinmännchen haben, wenn es tatsächlich der Täter dort hinterlassen hätte?«, fragte ich.

»Ob er es nun selbst war oder nicht – Fakt ist, er hat es genutzt, um Macht auszuüben und Michaela weit über die Tat hinaus zu kontrollieren. Sie müssen sich das wie einen geheimen Code zwischen dem Täter und seinem Opfer vorstellen. Michaela musste jeden Tag daran vorbeigehen. Für alle anderen waren es einfach nur aufeinandergeschichtete Steine, mehr nicht.« Sie sah auf ihre Unterarme. »Mir verursacht es immer noch eine Gänsehaut.«

»Ich finde, es hat auch etwas Sadistisches. Er konnte sie damit vor aller Augen quälen und sich gleichzeitig sicher sein, dass kein anderer begreift, was da vor sich geht. Wie hat Ihre Freundin das überhaupt ausgehalten?«

»Zunächst, indem sie die Steine tatsächlich gehütet hat. Sie ist ein paarmal am Tag hinausgelaufen, um nachzusehen, ob sie noch unverändert aufeinander ruhten. Ich hätte ihr am liebsten geraten, sie einfach umzutreten, aber das habe ich nicht gewagt. Was, wenn er tatsächlich zurückgekommen wäre?« Sie schwieg einen Moment. »Mir war bewusst, dass ich mich dadurch letztlich auch dem perversen Machtanspruch dieses Mannes gebeugt habe, aber es ging nicht anders. Ich hätte immer wieder so gehandelt.« Sie wischte sich eine Träne aus dem Augenwinkel.

»Dieses WG-Zimmer ... wollte Ihre Freundin damit dem Ganzen entkommen?«, fragte ich.

»Michaela ist eines Morgens aufgestanden, nach draußen gegangen und hat das Steinmännchen in den Müll geworfen. Es war der mutige Versuch herauszufinden, ob der Täter sie tatsächlich noch im Visier hatte.« Ihr Gesichtsausdruck war unmissverständlich. »Bereits nach zwei Wochen stand an derselben Stelle wieder so ein Türmchen im Vorgarten mit sechs runden, flachen Steinen, und wieder konnte niemand sagen, wie es dort hingekommen war. Das war der Moment, in dem sie beschloss, in eine WG zu ziehen.«

»Warum ist sie eigentlich nicht gleich nach der Vergewaltigung weggezogen? Es muss doch unerträglich für sie gewesen sein, in dieser Wohnung zu bleiben.«

»Sie ist aus dem gleichen Grund geblieben, aus dem sie zunächst die Steine gehütet hat. Michaela war voller Angst, sie wollte nichts tun, was den Täter herausfordern könnte.

Selbstverständlich hat sie sich ein neues Bett bestellt, hat das Türschloss auswechseln lassen und diverse Sicherheitsvorrichtungen in ihrer Wohnung installiert. Aber nichts davon hat ihr helfen können, sich das Gefühl von Sicherheit zurückzuerobern. Nachts konnte sie, wenn überhaupt, nur noch bei Licht schlafen.«

Ein etwa zweijähriger Junge kam an unseren Tisch und schaute Corinna Lutz aus großen Augen an. Als sie ihn anlächelte, hielt er sich die Hände vor die Augen, um gleich darauf zwischen den Fingern hindurchzublinzeln. Dann drehte er sich um, geriet ins Schwanken, fand wieder ins Gleichgewicht und lief glucksend zu seiner Mutter.

Als Corinna Lutz fortfuhr zu erzählen, verschwand das Lächeln. »Wie andere Vergewaltigungsopfer auch hat Michaela sehr unter ihrer Hilflosigkeit in jener Nacht gelitten. Und irgendwann wollte sie dieser Hilflosigkeit nur noch entfliehen. Deshalb hatte sie damit begonnen, selbst zu recherchieren.«

»Sie hat sich auf die Suche nach dem Täter gemacht?«, fragte ich überrascht.

»Nein, das nicht. Ihr ging es ausschließlich um andere Opfer. Sie hatte sich überlegt, dass dieser Mann vielleicht nicht zum ersten Mal eine Frau vergewaltigt haben könnte und dass es deshalb vielleicht andere Opfer gab. Diese Sache mit dem Steinmännchen ist so perfide und ungewöhnlich, dass Michaela es für eine Art Merkmal gehalten hat. Sollte es also mehrere Opfer geben, müsste es auch mehrere Steinmännchen geben.«

»Jetzt verstehe ich die Fotos auf ihrem Laptop. Sie sind mir aufgefallen.«

»Michaela hatte es sich zur Gewohnheit gemacht, in jeder freien Minute durch Obermenzing und die angrenzenden Bereiche von Pasing zu laufen und nach diesen kleinen

Steingebilden Ausschau zu halten. Sie hat erst einmal alle fotografiert. Wenn es sich um in etwa gleich große mit sechs flachen, runden Kieseln handelte, hat sie geprüft, ob alleinstehende Frauen in dem Haus wohnten, und hat bei ihnen geklingelt. Diese Suche nach weiteren Opfern hat sich in den Wochen vor ihrem Tod bis zur Besessenheit gesteigert.« Sie rieb sich das Kinn. »Ich habe mir Sorgen um Michaela gemacht und habe versucht, sie von dieser Suche abzubringen. Immerhin hätte es alle möglichen Erklärungen für das Steinmännchen vor ihrem Haus geben können. Selbst für das zweite, das auftauchte, nachdem sie das erste im Müll entsorgt hatte. Aber davon hat sie nichts wissen wollen«, meinte sie traurig.

»Hat sie denn andere Opfer gefunden?«

»Sie ist auf Wiebke Hillebrand gestoßen. Die einzelnen Steine des Steinmännchens in deren Vorgarten waren mit Wachskleber fixiert. Das konnte aus Michaelas Sicht nur aus einem einzigen Grund geschehen sein. Sie hat bei ihr geklingelt und sie darauf angesprochen. Meine Freundin war sich sicher, dabei die Angst von Wiebke Hillebrand gespürt zu haben.« Corinna Lutz sah vor sich auf den Tisch und stöhnte leise. »Wiebke Hillebrand hat sich von Michaela belästigt gefühlt. Sie wollte in Ruhe gelassen werden, aber Michaela konnte das nicht akzeptieren und hat sie immer wieder bedrängt. Sie war überzeugt davon, dass diese Frau ebenfalls ein Vergewaltigungsopfer geworden war. Und dass man ihnen glauben müsse, wenn sie zu zweit bei der Kripo erscheinen würden. Dass sie dann eine reelle Chance hätten, ihn hinter Gitter zu bringen.«

»Vorausgesetzt, die Polizei hätte ihn überhaupt geschnappt.«

»Verstehen Sie jetzt, warum Wiebke Hillebrand behauptet, Michaela nicht zu kennen?« Sie schien keine Antwort zu erwarten und gab der Kellnerin ein Zeichen, die Rechnung zu bringen. »Ich muss los, ich habe gleich noch einen kleinen Patienten.«

»Dann mache ich ganz schnell mit meiner letzten Frage: In dem Dateiordner, in dem das Steinmännchen von Wiebke Hillebrand auftaucht, gibt es noch zwei ganz ähnliche. Wissen Sie, was es damit auf sich hat?«

»Eines steht vor dem Haus einer Frau, die laut Michaela nicht ins Raster passte. Eine Barbara Kieling, wenn ich mich richtig erinnere. Sie wohnt in einem Einfamilienhaus in Obermenzing, ist verheiratet, hat zwei kleine Söhne und hat auf Michaela einen völlig unbeschwerten Eindruck gemacht. Sie hat ihr wohl ganz freimütig erzählt, dass ihre Jungs die Steine als Markierungen für Verstecke aufeinandertürmen.«

»Und das andere? Darunter ist nur eine Adresse vermerkt und dahinter eine Zwei in Klammern.«

»Dabei handelt es sich um ein Mehrfamilienhaus, in dem zwei alleinstehende Frauen leben, die auf Michaela aber ebenfalls völlig angstfrei gewirkt haben. Sie hatten das Steinmännchen vor dem Haus nicht einmal bemerkt.«

»Sie sagten eben etwas von einem Raster. Wie kam Ihre Freundin überhaupt darauf?«

»Sie hat ganz einfach von ihrer Situation auf andere geschlossen. Etwas verwegen, ich weiß. Aber Michaela sagte, irgendwo müsse sie schließlich anfangen.«

Bei Rohan Kapoor war es mir noch gelungen, keine Fragen über Michaela Breuers Ängste zu stellen. Ich war meinem Vorsatz treu geblieben, mich nicht wieder in Angelegenheiten zu mischen, die nichts mit meiner eigentlichen Nachlassarbeit zu tun hatten. Das vergangene Jahr hatte mich zu einem gebrannten Kind werden lassen, das eigentlich das

Feuer hätte scheuen müssen. Vielleicht wäre es mir auch gelungen, wäre da nicht die Parallele zu Michaela Breuers Geschichte, die ich in einem Tagebuch gelesen hatte. Ich fühlte mich wie jemand, der eine Tür geöffnet hatte, die er nicht hätte öffnen sollen, und die er nicht mehr verschließen konnte.

Wie immer um diese Uhrzeit waren die Straßen verstopft. Das gleichmäßige Stop-and-go brachte mich auf die Palme, und ich wünschte mir einmal mehr, mich kurzerhand von A nach B beamen zu können. Ich konnte es kaum erwarten, die Tagebücher herauszusuchen, die aus einem Nachlass stammten, den ich vor drei oder vier Jahren abgewickelt hatte.

Wäre alles mit rechten Dingen zugegangen, wären die persönlichen Notizen der Verstorbenen längst vernichtet worden. Wann immer ich jedoch bei meiner Arbeit auf Briefe und Tagebücher stieß, an denen niemand Interesse zeigte, nahm ich sie mit nach Hause. In schlaflosen Nächten tauchte ich ein in die Schicksale dieser Menschen, lernte sie mit jeder Seite ein wenig besser kennen, um mich irgendwann wieder von ihnen zu verabschieden. Von allen nahm ich etwas mit – meist war es die Ahnung davon, wie nah das Gute neben dem Bösen lag, das Gelingen neben dem Scheitern, das Lachen neben dem Weinen, und wie schmal der Grat oft war, der dazwischen lag.

Auf dem Hof angekommen lief ich hoch in meine Wohnung, zog die Bettschublade auf und schlug die Wolldecke beiseite, die ich stets über meinem *Schatz* ausbreitete. Ich setzte mich im Schneidersitz davor und nahm mir Stapel für Stapel vor, bis ich endlich fand, wonach ich suchte. Es waren fünf in einer überaus ordentlichen Handschrift verfasste dicke Hefte. Auf einem Zettel hatte ich die Eckdaten des Nachlassfalls notiert: Luise Führmann, dreiundsechzig, Herzinfarkt. Ich las die Adresse der Vierzimmerwohnung in Obermenzing und erinnerte mich an den Nachlass. Luise Führmann hatte außer ihrer mit Hypotheken belasteten Wohnung noch knapp zwanzigtausend Euro Schulden hinterlassen. Ihre beiden Töchter hatten das Erbe verständlicherweise abgelehnt.

Ich hatte das erste Tagebuch gerade aufgeschlagen, als es klingelte. Blitzschnell verstaute ich alles wieder in der Bettschublade, lief zur Tür und drückte auf den Öffner. Kurz darauf stand Arne vor mir.

»Hallo«, begrüßte ich ihn überrascht, als er mir einen Kuss auf die Wange drückte und wortlos in meiner Wohnung verschwand. Ich folgte ihm ins Wohnzimmer, wo er sich auf mein Sofa fallen ließ.

»Hast du etwas zu trinken?«, fragte er und rieb sich mit der flachen Hand die Wange.

»Magst du ein Wasser?«

Sein Blick sprach Bände.

»Also Rotwein.« Ich lief in die Küche, um eine Flasche und Gläser zu holen. »Ist etwas passiert?«, rief ich über die Schulter hinweg.

Anstatt mir zu antworten, kam er hinter mir her und lehnte sich gegen den Holztisch. Sein Blick irrte ruhelos durch den Raum. Für jemanden wie ihn, der sonst die Ruhe selbst war, war das schon ein deutliches Alarmzeichen.

Anfang des Monats war Arne sechsundvierzig geworden. Kennengelernt hatten wir uns vor Jahren bei der Testamentsvollstreckung seiner von ihm heiß und innig geliebten Stiefmutter, deren Erbe ihn finanziell unabhängig gemacht und es ihm ermöglicht hatte, sich seinen lang gehegten Traum vom Handel mit gebrauchten Luxusautos zu verwirklichen. Als kleinen Freundschaftsdienst half er mir immer wieder dabei, Autos und Motorräder aus Nachlässen zu verkaufen.

Mit den Jahren war Arne für mich zu einem Fels in der Brandung geworden, und ich lebte in dem Bewusstsein, ihn jederzeit anrufen zu können, wenn ich in Not war. Jetzt stand er vor mir – breite Schultern, O-Beine, Dreitagebart, kurz geschorenes, dunkelblondes Haar – und wirkte wie jemand, dem die Brandung die Füße weggezogen hatte.

Ich entkorkte die Flasche, füllte zwei bauchige Gläser zur Hälfte und reichte ihm eines. »Was ist passiert?«

Er trank den Rotwein, als wäre es Wasser. »Vor fünf Wochen hat doch ein vermeintlicher Kunde die Probefahrt genutzt, um mir eines meiner Autos zu klauen. Wie sich dann herausstellte, war der Personalausweis, den er mir als Sicherheit gegeben hatte, gestohlen. Erinnerst du dich?«

»Na klar. Ist der Wagen gefunden worden?«

Er schüttelte den Kopf und nahm einen weiteren großen Schluck. »Ich habe mir viele Gedanken gemacht, wie ich zukünftig so etwas verhindern kann. Und so bin ich auf die Idee gekommen, meine Wagen für Probefahrten mit Peilsendern auszustatten.«

»Ist das …?«

»Legal?«, fiel er mir unwirsch ins Wort. »Vermutlich ist es eine Grauzone, da ich die Probefahrer nicht ausdrücklich auf die Extras des Autos hinweise. Dieser Peilsender wird ja aber auch nur dann bedeutsam, wenn jemand mit dem Auto verschwindet.«

Ich betrachtete Arne und fragte mich, worauf das Ganze hinauslief. Er wirkte unruhig, unglücklich und gestresst. Und das nur wegen eines möglicherweise nicht ganz legalen Peilsenders? »Bist du erwischt worden?«

Er winkte ab. »Ich bin noch in der Testphase.« Sein Blick klebte am Boden. »Ich muss die Dinger schließlich ausprobieren.«

»Und wessen Auto hast du dir für den Testlauf ausgesucht?«, fragte ich mit einer bangen Ahnung.

»Henrikes Transporter«, presste er hervor. Er klang vorwurfsvoll und gleichzeitig zutiefst verunsichert.

Von einer Sekunde auf die andere hatte ich einen Kloß im Hals. Um Henrike zu schützen, würde ich Arne belügen müssen. »Was ist denn nun das Problem?«, fragte ich.

»Ich habe ihr nichts von dem Peilsender gesagt.«

»Dann sagst du es ihr eben, wenn sie zurück ist. Sie wird dir schon nicht den Kopf abreißen. Sie weiß doch, wie sehr du dich über den gestohlenen Wagen geärgert hast.«

»Hat sie dir gesagt, wohin sie fährt?«

Ich tat so, als müsste ich nachdenken. »Sie hat es mir bestimmt gesagt, aber ich habe es gleich wieder vergessen. Ich weiß nur, dass sie Möbel aus einem Nachlass kaufen will. Aber müsstest du nicht wissen, wo sie ist? Oder funktioniert der Peilsender etwa nicht?« Für diese Scharade würde ich vielleicht nicht gerade in der Hölle landen, aber eine Spielart davon hätte ich verdient.

»Sie ist in Bielefeld. Mir hat sie aber gesagt, sie würde nach Saarbrücken fahren.«

Ich zuckte die Schultern. »Dann hat sich unterwegs vielleicht irgendetwas ergeben, das sie bewogen hat, ihre Pläne zu ändern.«

Er sah mich an, als wäre ich schwer von Begriff. »Kris, sie fährt heute Morgen hier los mit dem Ziel Saarbrücken. Nach ungefähr hundert Kilometern hat sie dann die A8 verlassen und die A7 Richtung Bielefeld genommen.«

»Das lässt sich alles so genau nachverfolgen?«

»Das ist die Aufgabe eines Peilsenders. Ich habe sie schließlich angerufen und gefragt, wo sie gerade ist. Sie sagte, sie stünde bereits in Saarbrücken vor dem Haus, in dem sich die Möbel befänden. Sie hat mich angelogen.«

»Wenn es wirklich so ist, wird sie ihre Gründe dafür haben.«

»Sag mal, spinnst du? Was heißt hier *Gründe?* Seit zweieinhalb Monaten leben wir zusammen. Ich liebe sie, und sie behauptet, mich auch zu lieben.«

»Ich bin ganz sicher, es gibt eine völlig plausible Erklärung dafür.«

Er deutete auf mein Handy, das auf dem Küchentisch lag. »Ruf du sie an und frag sie, wo sie gerade ist.«

»Wovor hast du Angst? Dass sie dich betrügt? Das tut sie ganz sicher nicht.«

»Woher willst du das wissen? Woher soll ich das wissen? Wir kennen sie beide gerade mal seit zwei Jahren. Und wir wissen so gut wie nichts über ihre Vergangenheit. Ruf jetzt bitte bei ihr an und frage sie, wo sie ist«, insistierte er. »Ich mache sonst heute Nacht kein Auge zu.«

»Okay«, lenkte ich ein, »aber ich telefoniere im Wohnzimmer, und du bleibst solange in der Küche.«

»Ich will zuhören.«

»Hast du auch nur annähernd eine Vorstellung davon, wie schäbig ich mich fühle, Henrike so hinters Licht zu führen?« Ich sagte das, ohne rot zu werden, und bat ihn insgeheim um Entschuldigung.

Er nickte. »Dann geh jetzt, ich warte hier.«

Ich ließ beide Türen offen stehen und stellte mich im Wohnzimmer so hin, dass er mich sehen konnte. Dann hielt ich das Handy vor mich, tat so, als würde ich wählen und hielt es schließlich an mein Ohr. »Ich bin's«, setzte ich meine Scharade fort. »Ich wollte nur schnell hören, wie die Fahrt war. Bist du gut angekommen?« Ich schwieg und arbeitete nach und nach ein Lächeln in mein Gesicht. »Was? Tatsächlich? Das ist ja eine tolle Idee.« Wieder schwieg ich. »Ob er sich darüber freuen wird? Was für eine Frage! Da bin ich mir ganz sicher. Du, ich muss aufhören, an meiner Tür klopft es.« Pause. »Ja, du auch. Viel Erfolg!« Ich gab vor, die rote Taste zu drücken.

Arne stand inzwischen im Flur und kam mit großen Schritten auf mich zu. »Was hat sie gesagt?«

Ich schmunzelte. »Das verrate ich dir nicht. Es ist ein Geheimnis.«

»Hat sie dir gesagt, wo sie ist?«

»In Bielefeld. Aber dir dürfte ich das auf keinen Fall verraten, du würdest davon ausgehen, dass sie in Saarbrücken sei. Dorthin wird sie auch noch fahren, aber vorher muss sie noch etwas Wichtiges erledigen.«

Er setzte sich neben mich aufs Sofa. Sein Blick schien sich immer noch irgendwo festhalten zu wollen.

Ich nahm seine Hand in meine, wie er es tat, wenn es mir nicht gut ging. »Es geht um ein Geschenk, Arne. Sie will dir unbedingt noch etwas Besonderes nachträglich zum Geburtstag schenken.«

Er war auf dem Weg des Misstrauens schon so weit gegangen, dass es ihm schwerfiel, jetzt einfach umzukehren. »Und das ist die Wahrheit?«

»Ich schwöre!«

Er ließ sich zurückfallen, legte den Kopf in den Nacken und schloss die Augen. Dann atmete er tief durch. »Und ich habe gedacht …«

»Man betrügt niemanden, den man liebt, Arne. Auch Henrike tut das nicht.« Innerlich versank ich vor Scham im Boden. Ich betrog meinen Freund, um meine Freundin zu schützen und gleichzeitig ihn. Wenn ich den Bogen noch etwas weiter spannte und an die vergangenen Nächte dachte, betrog ich auch Simon.

»Kris?«, fragte Arne in meine Gedanken hinein. »Woran hast du gerade gedacht?«

»An Simon.«

Jetzt war er es, der meine Hand in seine nahm. »Hab Geduld mit ihm.«

»Wie geht es ihm? Ich meine, wie geht es ihm wirklich? Mir sagt er nichts, er behandelt mich wie eine entfernte Bekannte.«

»Er macht es wie du, er vergräbt sich in seine Arbeit. Wusstest du, dass eure neue Mieterin aus dem Dachgeschoss jetzt hin und wieder bei ihm aushilft?«

»Natalie Hövel? Nein, das wusste ich nicht.«

»Sie bringt ihn zum Lachen.«

»Wie schön für ihn.«

»Kein Grund zur Sorge, Kris, sie lachen nur zusammen.«

»Wie kommst du darauf, dass ich mich sorge?«

Mit dem Zeigefinger fuhr er über die tiefe Falte auf meiner Stirn. »Wie falsch man eine Situation einschätzen kann, wie schnell man glaubt, belogen zu werden, siehst du doch an mir. Mach nicht denselben Fehler.«

6

Kaum war Arne gegangen, goss ich mir ein weiteres Glas Rotwein ein und rief Henrike an. Ich erzählte ihr von dem Peilsender und meinem Lösungsvorschlag. Sie würde sich ein Geschenk ausdenken müssen, das diese Lüge trug. Henrike klang erschöpft und angegriffen. Ich spürte, dass mein Anruf ihr noch mehr aufbürdete, dass er sie für den Moment überforderte, aber sie hatte keine Wahl. Die Entscheidung, die sie vor zwei Jahren gefällt hatte, forderte jetzt ihren Tribut.

Nachdem wir aufgelegt hatten, holte ich mir wieder die Tagebücher hervor. Luise Führmanns Notizen rankten hauptsächlich um den Anwalt Edgar Seitz, dessen Sekretärin und Geliebte sie gewesen war. Er war der Grund, warum sie im Alter von neunundzwanzig Jahren überhaupt damit begonnen hatte, Tagebuch zu schreiben. *Mein Herz läuft über, und ich kann doch mit niemandem darüber reden,* lautete ihr erster Satz. *Als ich Edgar zum ersten Mal gegenüberstand, war es um mich geschehen. Er saß hinter seinem Schreibtisch, hat mich nur angesehen und mich in seinen Bann gezogen. Seit diesem Tag weiß ich, was Liebe ist. Und ich glaube, ihm geht es genauso.*

Über die Jahre hinweg hatte ich in all den Aufzeichnungen von Toten so vieles über die Liebe gelesen – Anrührendes, Tragisches, Verklärtes, Ernüchterndes und auch Beneidenswertes. Luise Führmanns Vorstellung von Liebe bewegte sich zwischen naiver Schwärmerei und Anbetung. Vom ersten Tag an hatte sie Edgar Seitz auf einen Sockel gestellt.

Als die beiden sich kennenlernten, war er sechsunddreißig, verheiratet und Vater eines einjährigen Sohnes. Zwei Wochen später war Luise Führmann zu seiner Geliebten geworden, doch er hatte ihr nie Hoffnung auf ein Leben an seiner Seite gemacht. Sein Sohn sei noch zu klein. Seine Frau sei labil und schwach, er könne sie nicht im Stich lassen und sich deshalb auch nicht von ihr trennen. Aber sie, Luise, sei stark, an ihrer Seite finde er Kraft für diesen beschwerlichen Weg. In ihren Händen liege sein Glück.

Sie hatte sich einwickeln lassen und war mehr und mehr dazu übergegangen, die Welt aus seiner Perspektive zu betrachten, sich nach seinen Bedürfnissen auszurichten. Denn was er neben den entspannenden Stunden mit ihr vor allem brauchte, war Verständnis. Verständnis für seine schwierige Situation, für die Gratwanderung, die er Tag für Tag vollbrachte, weil er auf sie, Luise, nicht verzichten konnte. Weil er sie liebte.

Er sagt, ich sei die stärkere von seinen beiden Frauen, schrieb sie*, und das bewundere er an mir. Und ich bewundere ihn für seine Rücksichtnahme auf seine Frau, die er schon lange nicht mehr liebt, die er vielleicht sogar nie geliebt hat, weil er erst mit mir die wahre Liebe kennengelernt hat. Manchmal, so sagt Edgar, fordert eine große Liebe auch einen entsprechenden Tribut. Der Tribut, den ich zahle, ist, nach außen hin hinter seiner Frau zurückzustehen.* Eine Gehirnwäsche hätte auch kein besseres Ergebnis geliefert.

Allem Anschein nach mochte Luise Führmann den Stempel, den Edgar Seitz ihr aufgedrückt hatte. Sie war stolz darauf, die Stärkere zu sein. Aber sie war oft auch einsam. Freundinnen hatte sie keine, um einen privaten Kontakt mit Arbeitskolleginnen machte sie einen Bogen, und Edgar konnte sie ihr Leid nicht klagen. Er sollte Freude an ihr haben, sie schön und begehrenswert finden. Um der Einsamkeit zu entkommen und seine Bindung an sie weiter zu stärken, sah sie nur eine Möglichkeit, nämlich schwanger zu werden. Im Abstand von elf Monaten brachte sie schließlich ihre Töchter Anne und Grit zur Welt. Edgar würde ihnen ein wunderbarer Vater sein. Ihre Hoffnung, ihm damit etwas mehr Zeit abzuringen, zerschlug sich jedoch. Auch nach der Geburt der Mädchen änderte sich an der Frequenz seiner Besuche nichts. Nach wie vor hatte er den Mittwochabend für sie reserviert, wo er angeblich mit einem wichtigen Mandanten Squash spielte, zusätzlich einen Tag an den Wochenenden, wo er vorgab, Schriftsätze in der Kanzlei zu formulieren. Weihnachten und Ostern gab es je einen gemeinsamen Tag, im Sommer eine Woche an der Algarve.

Was Geld anging, war Edgar Seitz großzügiger. Luise Führmann und ihren Töchtern fehlte es an nichts. Er schlug ihr sogar vor, sein Sekretariat in andere Hände zu übergeben, damit sie ein paar Jahre lang ausschließlich für die Kinder da sein konnte. Aber das wollte sie nicht. Sie wollte ihn weiterhin jeden Tag sehen und gab die beiden Mädchen schon früh in eine Tagesbetreuung, die ihren hohen Ansprüchen genügte.

Ihre Töchter sollten die hübschesten und talentiertesten Kinder sein. Der Vater sollte stolz auf sie sein, mehr noch, als er es auf seinen Sohn war. Von klein auf trieb sie sie zu Höchstleistungen an, forderte und förderte sie. Nur wenn etwas außergewöhnlich gut war, bekamen sie ein Lob von ihr.

Edgar Seitz hatte entschieden, den Mädchen nichts von seiner offiziellen Familie zu verraten. Sie sollten erst einmal erwachsen werden. Selbstverständlich durfte aber auch an anderer Stelle nichts über ihre Beziehung nach außen dringen. Wenn Nachbarn sich für Luise Führmanns familiäre Situation interessierten, machte sie schnell klar, dass es sich dabei um ein Tabuthema handelte, über das sie nicht bereit war zu reden. Auch in der Kanzlei ließ sie keinerlei Fragen zu ihren häuslichen Verhältnissen oder gar dem Vater ihrer Kinder zu.

Als ihre Töchter vier und fünf Jahre alt waren, durchlebte Luise Führmann eine Krise. Edgar Seitz und seine Frau Gerlinde hatten einen einjährigen Waisenjungen adoptiert und ihn Kristoffer genannt. Zum ersten Mal begehrte sie auf. *Warum hat er mir nichts davon erzählt? Man adoptiert nicht von heute auf morgen ein Kind. Und warum überhaupt dieses Kind?* Edgar Seitz war es wieder gelungen, sie einzuwickeln. Es sei Gerlindes sehnlichster Wunsch gewesen, er habe ihn ihr nicht abschlagen können. Sie wolle unbedingt etwas Gutes tun, ein kleines Wesen retten, dem es längst nicht so gut ginge wie ihrem Sohn Kilian.

Ich überblätterte die nächsten Seiten und suchte nach der Stelle, die mich an Michaela Breuers Geschichte erinnerte. Luise Führmann schrieb, sie mache eine schwierige Zeit mit ihren Töchtern durch, die zu diesem Zeitpunkt zehn und elf Jahre alt waren. *Ich weiß gar nicht, was in sie gefahren ist. Erst war es nur Grit, die vor einigen Wochen nachts zitternd an meinem Bett auftauchte und herzzerreißend schluchzte. Der Tod sei zu ihr gekommen, habe sie geweckt, ihr den Mund zugehalten und ihr ins Ohr geflüstert, sie könne ihm nicht entkommen, er habe immer ein Auge auf sie. Als Beweis habe er im Vorgarten ein Steinmännchen hinterlassen. Ihre Aufgabe sei es, darauf zu achten, dass es nicht umfalle. Es sei ihr gemeinsames Geheimnis, das sie nicht verraten dürfe. Ein Albtraum, habe ich sie beruhigt, nichts weiter. Aber Grit war völlig hysterisch und wollte mir nicht glauben. Sie habe den Tod gesehen, er sei kein Traum gewesen. Dann wollte sie unter meine Decke kriechen, doch das habe ich natürlich nicht zugelassen, das würde sie nur verweichlichen. Ich habe sie zurück in ihr Bett geschickt. Noch Tage danach ist sie mir immer wieder mit diesem Traum gekommen.*

Gestern Nacht nun standen sie beide vor meinem Bett. Der Tod habe ihnen den Mund zugehalten, habe geflüstert, von dem Steinmännchen erzählt und, und, und. Ich bin mir sicher, Grit hat Anne angestiftet. Grit hat schon immer wilde Träume gehabt, Anne hingegen schläft sehr ruhig. Ich habe ihnen gesagt, dass es nur Albträume sind, die sie heimsuchen, dass so etwas normal ist, dass jeder mal schlecht träumt. Anne hat genickt. Natürlich hat sie genickt. Sie wird wissen, dass ich sie durchschaut habe. Grit hat geschrien, der Tod sei wirklich da gewesen. Anne hätte ihn doch gar nicht sehen können, wenn er nur in ihrem Traum gewesen sei. Außerdem stehe im Vorgarten dieses Steinmännchen. Ich bin überzeugt, dass sie es selbst dort aufgebaut hat. Es ist kindisch, und ich schäme mich fast für sie. Aber ich habe auch die Sorge, dass mit ihr etwas nicht stimmt, dass irgendetwas in falschen Bahnen läuft.

Aus dieser Sorge heraus verschwieg sie Edgar Seitz die nächtlichen Begebenheiten und verbot ihren Töchtern, ihn damit zu behelligen. Er solle stolz auf seine kleinen Mädchen sein und sich nicht um sie sorgen müssen, weil sie ihm weiszumachen versuchten, nachts würde sich jemand in ihre Wohnung schleichen. Einfach so. Durch eine verschlossene Tür hindurch. *Aber er war da, insistieren sie, verschlossene Türen seien kein Problem für ihn.*

Das brachte das Fass für Luise Führmann zum Überlaufen, und sie begann damit, ihnen zu drohen. Sollte sie diese Geschichte noch einmal zu hören bekommen, würde es Hausarrest geben. Außerdem ging sie dazu über, das Steinmännchen jedes Mal, wenn sie daran vorbeikam, mit dem Fuß umzuwerfen. Anfangs hatte sie es noch weggenommen, nur um kurz darauf festzustellen, dass wieder ein neues dort stand. *Bei Anne hat all das eine gute Wirkung gezeigt,* schrieb sie. *Aber Anne ist ohnehin einfacher zu erziehen, sie ist einsichtig und folgsam. Und auf angenehme Weise still. Sie muss sich nicht ständig in den Vordergrund spielen. Grit ist widerspenstig, aufmüpfig und macht mir das Leben schwer. Wie können zwei Kinder nur so unterschiedlich sein? Immer wieder muss Grit auf diesem hanebüchenen Unsinn herumreiten. Ich wünschte, sie hätte Annes*

Fähigkeit zu erkennen, wann es genug ist. Ich habe ihr ins Gesicht gesagt, dass sie sich da in etwas hineinsteigert, dass sie ihre Träume überbewertet, aber sie hat nur den Kopf geschüttelt. Ich befürchte inzwischen, dass sie nicht Annes Intelligenz besitzt. Vielleicht ist sie auch krank. Manchmal geschieht monatelang gar nichts, und dann geht es plötzlich wieder los. Wenn ich sie frage, warum Anne nichts mehr von diesem nächtlichen Besucher mitbekommt – immerhin teilen die beiden sich ja ein Zimmer –, behauptet sie, Anne würde lügen. Mir zuliebe. Damit ich mich nicht gräme. Sie hat eine beängstigende Fähigkeit, alles zu verdrehen.

Mit der Zeit schien Luise Führmann Grits Geschichten einfach auszublenden. Erst als die Mädchen vierzehn und fünfzehn waren, schrieb sie wieder davon. Kurz zuvor war sie mit ihren Töchtern von ihrer Drei- in eine Vierzimmerwohnung in Obermenzing umgezogen. Edgar Seitz, spendabel wie immer, hatte sie gekauft und ihr geschenkt, damit jede seiner Töchter endlich ein eigenes Zimmer bekam. *Anne begreift, wie großzügig ihr Vater ist. Aber Grit hat die alten Geschichten rausgekramt und erzählt in unserem wunderschönen neuen Zuhause wieder mal von dem Tod, der sie nachts heimsucht. Sie hat sogar wieder ein Steinmännchen im Vorgarten aufgebaut. Aber ich lasse mich von ihr nicht provozieren, deshalb habe ich beschlossen, sie zu ignorieren, sobald sie mit diesen Geschichten anfängt. Leicht ist es nicht. Neulich habe ich gelesen, man würde die Kinder, die einem das Leben schwer machen, mehr lieben als die anderen, aber das stimmt nicht. Im Gegenteil: Sie machen es einem viel schwerer, sie zu lieben.*

Ich stand auf, öffnete das Fenster und ließ frische Luft ins Zimmer. Nicht zum ersten Mal dachte ich, dass es besser war, wenn Familienangehörige solche Tagebucheinträge gar nicht erst zu Gesicht bekamen. Es gab Worte, die sich ins Gedächtnis brannten und nie wieder daraus gelöscht werden konnten. Weder ließen sie sich erklären noch relativieren oder vielleicht sogar zurücknehmen. Denn der Mensch, der das hätte tun können, war tot. Und so standen sie dort schwarz auf weiß und begannen ihr Zerstörungswerk. Wie feiner Sand.

Ich las weiter: *Grit steigert sich immer mehr in diese verdammte Geschichte hinein, die allein in ihrem Kopf existiert. Manchmal habe ich den Eindruck, dass sie kurz davor ist durchzudrehen. Sie ist hysterisch und besteht wieder darauf, nur noch bei Licht zu schlafen. Nachts kommt sie in mein Zimmer und will zu mir ins Bett kriechen. Und das in ihrem Alter! Ich habe es schon nicht gestattet, als die Kinder klein waren.*

Dann kam der Tag, an dem Luise Führmann die Angstzustände ihrer jüngeren Tochter Grit allein nicht mehr in den Griff bekam. Schweren Herzens besprach sie sich mit Edgar Seitz. *Er ist ein wunderbarer Mann*, schrieb sie, *feinfühlig und verständnisvoll. Er hat sich alles in Ruhe angehört und mir versprochen, sich darum zu kümmern. Mit keinem Wort hat er mir das Gefühl vermittelt, versagt zu haben. Im Gegenteil. Er beteuert immer wieder, ich hätte alles richtig gemacht, es gäbe keine bessere Mutter. Er will sich etwas einfallen lassen, um mich zu entlasten.*

Dieser wunderbare Mann hatte Grit für ein Jahr auf ein Internat nach England geschickt. Mit großem Erfolg, wie Luise Führmann schrieb. Von ihrem Aufenthalt dort sei sie wie ausgewechselt zurückgekehrt. Endlich habe sie wieder normal gewirkt und sich auch so benommen. Allerdings habe dieser Zustand nicht lange gewährt. Als sie ein paar Wochen nach ihrer Rückkehr in ihrem Zimmer ein Steinmännchen vorfand, sei sie völlig durchgedreht. *Ich bin mir sicher, dass Anne ihrer Schwester einen Streich gespielt hat*, schrieb Luise Führmann. *Ein wenig kann ich sie sogar verstehen. Für Anne muss es so ausgesehen haben, als müsse man nur Unsinn erzählen und ein wenig mit den Augen rollen und würde dafür mit einem Aufenthalt in England belohnt.*

Ich las diesen Absatz noch einmal. Grit hatte wegen ihrer Angstzustände ein Jahr auf einem Internat zugebracht, war einigermaßen stabil zurückgekehrt, und ihre Schwester sollte nichts Besseres zu tun haben, als ihr als verspäteten Willkommensgruß ausgerechnet ein Steinmännchen ins Zimmer zu stellen?

Grits Zustand verschlechterte sich damals so sehr, dass an eine Rückkehr nach England als Lösung nicht zu denken war. Der Hausarzt überwies das junge Mädchen in eine psychiatrische Klinik. *Das habe ich nicht verdient*, schrieb Luise Führmann. *Jeder wird Grit für verrückt halten. Warum hat sie sich nicht zusammenreißen können? Warum musste sie unser aller Ansehen auf diese Weise beschädigen? Edgar hat schwer daran zu schlucken, das sehe ich ihm an. Er sagt es nur nicht, um mich zu schonen. Der Gute. Wo wäre ich ohne ihn?*

Auf diese Frage fielen mir auf Anhieb mindestens drei Antworten ein. Aber in Luise Führmanns Welt hätten sie keinen Wert besessen. Für sie hatte immer nur dieser Mann gezählt. Weit mehr als ihre Töchter, die sie nicht um ihrer selbst willen geliebt zu haben schien, sondern über die Freude definiert hatte, die sie dem Vater bereiteten.

Es gab Geschichten, die legten sich wie Mehltau aufs Gemüt. Diese war eine davon. Ich erinnerte mich noch gut an Luise Führmanns Töchter. Es hatte mich nicht gewundert, dass sie das Erbe der Mutter abgelehnt hatten, schließlich waren es nur Schulden gewesen. Verwundert hatte mich allerdings, dass keine der beiden auch nur das geringste Interesse an Erinnerungsstücken zeigte. Ich hatte ihnen angeboten, sich in der Wohnung umzusehen und Dinge von rein ideellem Wert an sich zu nehmen. Sie waren meiner Einladung gefolgt und mit mir durch die Räume gegangen, aber sie hatten nichts haben wollen. Damals hatte ich vermutet, sie hätten sich längst genommen, woran sie hingen.

Es war bereits nach Mitternacht, als ich die Hefte in die Schublade zurücklegte. Ich setzte mich ins Fenster und atmete die kühle Luft ein, während mein Blick zum sternenklaren Himmel wanderte. Was sollte ich jetzt machen? Die Tagebücher und alles, was ich darin gelesen hatte, einfach ignorieren?

»Ich beneide dich«, sagte Funda am nächsten Morgen aus tiefstem Herzen, nachdem sie wie immer ihre Tasche neben den Schreibtisch und sich selbst in ihren Drehstuhl hatte fallen lassen.

»Weil ich kein Kind habe, das mich nachts weckt?«, fragte ich gähnend und nahm einen Schluck Kaffee. »Ich kann auch ohne Kind nie ausschlafen.«

»Was machst du eigentlich, wenn du nicht schlafen kannst? Das wollte ich dich schon immer mal fragen.«

»Ich lese.«

»Und was?«

»Am liebsten Biografien. Also: Worum beneidest du mich?«

»Um deine Reise.«

»Welche Reise?«, fragte ich verdattert.

Funda machte große Augen und wackelte mit dem Kopf. »Um welche Reise wohl? Natürlich um die nach Paris. Eine andere hast du doch gar nicht geplant.« Sie musterte mich. »Du hast sie vergessen.«

Ich blätterte in meinem Kalender. Es war nicht einmal mehr eine Woche bis zum Abflug.

»Wenn meine Eltern mir eine Reise nach Paris mit allem Schnick und Schnack zum Geburtstag geschenkt hätten, dann würde ich …« Sie breitete die Arme aus. »Ich weiß gar nicht, wo ich anfangen soll. Hast du dir denn wenigstens schon einen Plan gemacht, was du alles sehen möchtest?«

»Sie haben mir einen Reiseführer geschenkt. Der sollte als Plan reichen.«

»Kris, nimm es mir nicht übel, aber du bist eine Banausin.«

»Niemand, der in ein Buch schaut, ist ein Banause!«

»Ich glaube, du weißt dieses Geschenk gar nicht zu schätzen.«

»Doch, aber im Moment gibt es einfach zu viel Arbeit. Eigentlich kann ich es mir gar nicht leisten, hier fünf Tage zu fehlen.«

»Du fehlst drei Tage, der Rest ist Wochenende.«

»Samstags …«

»Ich weiß«, schnitt sie mir das Wort ab, »samstags arbeitest du auch. Und deshalb kann ich nur sagen, deine Eltern haben recht: Du musst hier dringend mal raus!«

»Finde ich auch!« Ich stand auf, nahm meine Tasche und lief zur Tür.

»Wohin willst du?«, fragte Funda.

»An den Tegernsee. Dort lebt eine Frau, die ich durch einen früheren Fall kennengelernt habe. Es gibt womöglich eine Parallele zu dem Fall von Michaela Breuer.«

Funda rollte auf ihrem Stuhl ein Stück auf mich zu. »Und das soll ich jetzt verstehen? Geht es auch ein bisschen weniger geheimnisvoll?«

Ich stellte meine Tasche ab und beschrieb ihr den Zusammenhang, auf den ich gestoßen war, und die Geschichten dahinter.

»Der Typ hat ihr ein paar Steine hinterlassen, nachdem er sie vergewaltigt hat? Um sie damit am Gängelband zu führen?«, fragte Funda fassungslos. »Mir wird übel, wenn ich so etwas höre.«

Ich zeigte auf den Ausdruck eines der Fotos, die ich auf Michaela Breuers Laptop entdeckt und an die Wand über meinem Schreibtisch gepinnt hatte. Es war das, das auf

Wiebke Hillebrand verwies. »Michaela Breuer hat angenommen, dass diese Frau ebenfalls ein Vergewaltigungsopfer ist. Sie wollte sie überreden, mit ihr zur Polizei zu gehen.«

»Und das mit den Steinen hat genau so in den Tagebüchern gestanden?«

»Bis auf die Vergewaltigung klang alles sehr ähnlich.«

Funda dachte nach. »Schade, dass du die Tagebücher nicht aufgehoben hast. Dann hätten wir jetzt etwas in der Hand.«

»Das, was die Mutter notiert hat, werden die Töchter im Kopf haben. So etwas vergisst man nicht.«

»Glaubst du eigentlich, dass tatsächlich beide Kinder betroffen waren? Ich kann mir das kaum vorstellen. Wie soll denn dieser Mann zwei Mädchen gleichzeitig den Mund zugehalten haben? Selbst wenn sie nebeneinander in einem Bett geschlafen hätten.«

»Aus genau diesem Grund vermute ich, dass Luise Führmann mit ihrer Einschätzung richtiglag. Grit wird ihre Schwester gebeten haben, dieselbe Geschichte zu erzählen, damit die Mutter ihr glaubt. Letztlich hat das Kind vor demselben Problem gestanden wie Michaela Breuer. Während Grit Führmann sich eine Mitstreiterin gesucht hat, hat Michaela Breuer nach weiteren Opfern gesucht, um ihre Glaubwürdigkeit zu erhöhen.«

Funda ließ sich all das durch den Kopf gehen. »Weißt du, was ich nicht verstehe, Kris? Wie kann denn eine Mutter so reagieren? Wenn Leila in unser Schlafzimmer kommen und mir von einem Mann an ihrem Bett erzählen würde, dann würde ich sie an die Hand nehmen, mit ihr in ihr Zimmer gehen und nachsehen. Ich würde mich zu ihr ins Bett legen und sie beruhigen.«

»Aber du würdest auch erst mal glauben, es sei ein Traum gewesen. Das ist ja auch naheliegend, wenn die Wohnungstür abgeschlossen ist.«

»Bist du damals in den Tagebüchern auf einen Hinweis gestoßen, dass bei der Familie mal eingebrochen wurde?«

»Nein, da stand nichts über einen Einbruch. Und ich nehme an, Luise Führmann hätte ihn erwähnt. Aber vielleicht hatte jemand einen Zweitschlüssel. Das ist eine der Fragen, die ich der Tochter, die am Tegernsee lebt, stellen will.«

Funda stieß Luft durch die Nase aus. »Für sie und ihre Schwester müsste es eigentlich eine Erlösung sein zu erfahren, dass ihnen endlich jemand ihre Geschichte glaubt.«

Unterwegs rief ich Anne Peukert an und fragte, ob sie eine halbe Stunde Zeit für mich hätte. In ihrer zögernden Antwort schwang die Sorge mit, die Schulden ihrer verstorbenen Mutter könnten sie nach all den Jahren auf unerfindliche Weise doch noch einholen. Ich beruhigte sie, blieb aber vage, was den Grund meines Besuches betraf. Schließlich willigte sie ein, mich bei sich zu Hause zu treffen.

Als ich gerade vor ihrem im typischen Tegernseer Stil gebauten Haus parkte, rief Funda an.

»Hier ist jemand, der dich unbedingt sofort sprechen will«, bekam sie gerade noch heraus, bevor ihr offensichtlich der Hörer aus der Hand genommen wurde.

»Veit Kratzler«, meldete sich ein Mann. »Wenn man mich richtig informiert hat, sind Sie zuständig für den Nachlass von Frau Breuer. Sie hat für mich als Lektorin gearbeitet. Deshalb befinden sich vermutlich Dateien auf ihrem Computer, die nicht in fremde Hände gehören. Ich schlage vor, dass wir uns zusammensetzen, um das Problem zu beheben.«

»Das Problem beheben?«, fragte ich leicht amüsiert.

»Diese Dateien gehen niemanden etwas an, sie müssen gelöscht werden. Wann sind Sie zurück? Ich kann hier auf Sie warten.«

»Herr …«

»Kratzler. Veit Kratzler«, sagte er, als zähle sein Name zum Allgemeinwissen.

»Herr Kratzler, Sie müssen sich um Ihre Dateien keine Sorgen machen. Ich unterliege selbstverständlich der Schweigepflicht, es wird also nichts davon nach außen dringen.«

»Wir reden hier von einem noch unveröffentlichten Buchmanuskript.«

»Sie können sich auf meine Diskretion verlassen. Am besten lassen Sie meiner Mitarbeiterin Ihre Telefonnummer da, dann melde ich mich in den nächsten Tagen bei Ihnen.«

Eine Minute später stand ich Anne Peukert gegenüber, die mir mit einem schlafenden Säugling im Arm die Tür öffnete. Sie trug ihre dunklen, perfekt frisierten Haare immer noch kurz, war dezent geschminkt und konservativ gekleidet. Ihr Blick war freundlich, aber zurückhaltend.

Als wir uns vor drei Jahren kennenlernten, hatte sie gerade ihren dreißigsten Geburtstag gefeiert. Wir waren gleichaltrig, dennoch hatte ich das Gefühl, einer um einige Jahre älteren Frau gegenüberzustehen. Und das lag nicht an ihrem Kleidungsstil, sondern viel eher an ihrer gesetzten Ausstrahlung und ihrer formvollendeten, wohlerzogenen Art.

Ich folgte ihr in eine wunderschöne Stube mit altem Kaminofen, Holzdecke, Designermöbeln und Vorhängen in sanften Farben. Sie fragte mich, ob sie mir etwas anbieten dürfe, und setzte sich erst, als ich verneinte, in einen der Corbusier-Sessel. Das Baby in ihrem Arm schlief immer noch. Schützend legte sie eine Hand um sein Köpfchen.

»Worum geht es denn nun, Frau Mahlo?«, fragte sie.

»Um etwas aus dem Nachlass Ihrer Mutter. Er war stark

überschuldet, wie Sie wissen. In solch einem Fall ist es wichtig, mögliche Geldquellen aufzutun, um die Restschuld, auf der die Gläubiger sitzen bleiben, so gering wie möglich zu halten.«

»Aber die Angelegenheit war doch längst abgeschlossen.« Vorsichtig wechselte sie die Sitzposition und behielt dabei ihr Baby im Blick.

»Auf der Suche nach diesen möglichen Geldquellen musste ich damals auch die Tagebücher Ihrer Mutter lesen.«

»Meine Mutter hat Tagebuch geschrieben? Davon wusste ich gar nichts.« Sie schien erst jetzt zu begreifen, was ich gesagt hatte. »Und Sie haben sie gelesen? Ohne uns zu fragen, ob uns das recht ist?«

»Sie und Ihre Schwester haben das Erbe Ihrer Mutter abgelehnt. Ich habe Ihnen beiden damals trotzdem die Gelegenheit gegeben, Dinge von ideellem Wert an sich zu nehmen.«

»Von Tagebüchern war nicht die Rede. Daran würde ich mich erinnern. Wo sind sie? Haben Sie sie mitgebracht?« Ihr Blick glitt zu meiner Tasche, die ich neben dem Sessel abgestellt hatte.

»Ich habe sie, wie es üblich ist, ein Jahr nach Abschluss des Nachlassfalls vernichtet.«

»Aber dann …« Sie räusperte sich. »Dann verstehe ich nicht ganz, warum Sie überhaupt hier sind.« Sie sah mich abwartend an.

Auf der Herfahrt hatte ich die Frage noch erfolgreich in den Hintergrund drängen können, jetzt, von Angesicht zu Angesicht, gelang mir das nicht mehr: Hatte ich überhaupt ein Recht hierherzukommen und diese Frau mit ihren Erinnerungen zu konfrontieren? Würde sie tatsächlich erleichtert sein, wie Funda annahm?

Ich fasste mir ein Herz. »Durch einen aktuellen Nachlassfall habe ich mich an etwas erinnert, das ich in den Tagebüchern Ihrer Mutter gelesen habe. Es geht um den nächtlichen Besucher, den Sie und Ihre Schwester den *Tod mit den Steinmännchen* genannt haben.«

Ihr Lächeln wirkte bemüht. »Das hat meine Mutter tatsächlich aufgeschrieben?«

»Warum überrascht Sie das?«

»Weil es sich um gruselige Märchengeschichten gehandelt hat, die ich nicht ausgerechnet in einem Tagebuch erwarten würde.«

»Ihre Mutter hat in diesen Tagebüchern über die Jahre hinweg von mindestens drei Nächten geschrieben, in denen Sie und Ihre Schwester mitten in der Nacht von diesem als Tod verkleideten Unbekannten geweckt worden seien. Er habe Sie berührt und Ihnen beiden aufgetragen, das Steinmännchen im Vorgarten zu hüten. Andernfalls komme er wieder. Und das war eine Märchengeschichte?«

Sekundenlang stand ihr der Schreck ins Gesicht geschrieben, dann fing sie sich wieder. »Eigentlich war es ein immer wiederkehrender Albtraum, aus dem diese Geschichte dann entstanden ist. Meine Schwester hatte schon immer viel Fantasie. Die hat sich natürlich in ihren Träumen widergespiegelt, aber auch in der Art, wie sie diese Träume dann später ausgeschmückt hat«, erklärte sie ärgerlich. »Sie hat uns allen damit viele Probleme gemacht.«

Ein zehnjähriges Mädchen sollte das geträumt haben, was mehr als zwanzig Jahre später von einem Mann mit Machtfantasien in die Tat umgesetzt worden war? Ausgeschlossen war es nicht. Trotzdem glaubte ich ihr kein Wort. Ihre Anspannung schien den ganzen Raum zu erfüllen. »Besteht nicht auch die Möglichkeit, dass sich all das tatsächlich zugetragen hat?«

»Nein!«, antwortete sie ein wenig zu kategorisch.

»Ihre Schwester hat ein Jahr in einem Internat in England zugebracht. Ist das richtig?«, fragte ich.

»Grit hatte schlechte Noten in Englisch, und der Nachhilfeunterricht zeigte keine Wirkung. Deshalb hat mein Vater sie nach England geschickt. Mit gutem Erfolg. Worauf wollen Sie hinaus?«

»Ein paar Wochen nach ihrem Auslandsaufenthalt wurde Ihre Schwester in eine Psychiatrie eingewiesen.«

Ohne ein weiteres Wort stand sie auf, ging hinaus und kam ein paar Minuten später ohne ihr Baby zurück. Nachdem sie das Babyfon auf einem der Beistelltische eingeschaltet hatte, verzog sie sich in die Nähe der Tür, wo sie mit gekreuzten Armen stehen blieb. »Sagen Sie, Frau Mahlo: Was geht Sie das alles überhaupt an? Lesen Sie von all Ihren Toten die Tagebücher?«

»Nur, wenn ich muss.«

»Ich empfinde das als etwas zutiefst Indiskretes.«

»Es ist meine Aufgabe, mir Klarheit zu verschaffen. Ich hafte dafür, wenn ich etwas übersehe oder nicht ordentlich abwickle. Und selbstverständlich unterliege ich der Schweigepflicht. Ausgenommen, ich stoße auf ein Verbrechen.«

»Ich empfinde Ihre Ausführungen als einen massiven Eingriff in unsere Privatsphäre, und ich kann Sie nur davor warnen, dieses Wissen, an das Sie unberechtigterweise gelangt sind, in irgendeiner Form zu nutzen. Meiner Schwester wäre das sicher nicht recht. Ein Aufenthalt in der Psychiatrie gilt auch heute noch als Makel. Mehr gibt es dazu nicht zu sagen.« Sie machte eine auffordernde Geste Richtung Tür.

Ich sah darüber hinweg und blieb sitzen. »Es geht mir nicht um den Aufenthalt Ihrer Schwester in der Psychiatrie, sondern um den Grund, aus dem dieser Aufenthalt überhaupt notwendig war. Es …«

»Und Sie glauben, diesen Grund beurteilen zu können?«, fiel sie mir ins Wort und wurde dabei laut.

»Ihre Mutter hat ihn exakt benannt. Es ging dabei um das Steinmännchen, das Ihre Schwester nach ihrer Rückkehr aus England in ihrem Zimmer gefunden und das sie zutiefst verstört hat.«

Sie setzte sich wieder mir gegenüber, schlug ein Bein über das andere und wippte mit dem Fuß. »Es war sehr traurig, das mit ansehen zu müssen. Wenn Ihre Schwester, die in einem Moment noch ganz normal wirkt, plötzlich beim Anblick eines …«, sie fuchtelte mit den Händen durch die Luft, »eines Steinhaufens durchdreht, das vergessen Sie Ihr Leben lang nicht. Es wäre noch zu viel gesagt, diese Steine als nichtigen Anlass zu bezeichnen, sie hätten gar kein Anlass sein dürfen, so über alle Maßen außer sich zu geraten. Dass sie es waren, war allein Ausdruck ihrer Krankheit.«

»Könnte es nicht auch so gewesen sein, dass dieses Steinmännchen das Fass zum Überlaufen gebracht hat? Und zwar aus dem einfachen Grund, dass Ihre Schwester damit zutiefst erschreckende, nächtliche Erfahrungen verband?«

»Wie ich bereits sagte«, bemühte sie sich, mich zu überzeugen, »das waren Albträume, die sie in ihre Märchen gestrickt hat. Mein Vater nannte Grit wegen ihrer Geschichten immer seine kleine Prinzessin.«

»Und Sie können hundertprozentig ausschließen, dass es den nächtlichen Besucher tatsächlich gab?«

»Wir haben in einem Zimmer geschlafen, ich hätte ihn also bemerken müssen.« Dieser Satz schien sie zu beruhigen.

»Ihre Mutter schrieb, dass anfangs noch Sie beide von ihm erzählt hätten.«

»Ganz am Anfang war es nur Grit. Aber meine Mutter hat ihr nicht geglaubt. Verständlicherweise. Deshalb hat Grit mich angefleht, ihr zu helfen. Das habe ich getan. Zumindest für eine Weile.« Ihr Blick wechselte von verärgert auf spöttisch. »Sie werden doch wohl nicht an Geister glauben, oder? Nur ein Geist hätte durch verschlossene Türen hindurch in unsere Wohnung gelangen können. So schwer es für uns alle war, das zu akzeptieren, aber Grit war damals krank.«

»Und das Steinmännchen im Vorgarten?«

Unwirsch zuckte sie die Schultern. »Irgendjemand wird es dort hingestellt haben, vielleicht war sie es auch selbst. Grit hat alles Mögliche mit in ihre Träume genommen und dann zum Thema ihrer Geschichten gemacht, in diesem Fall waren es eben Steine. Es hätte genauso gut die Blüte an einem Strauch sein können oder der Vogel auf dem Dach.« Sie rieb sich mit einem Fingerknöchel über die Stirn.

»Was ist mit dem Steinmännchen im Zimmer Ihrer Schwester? Haben Sie eine Vorstellung, wie es dorthin gekommen ist?«

»Was sich mir überhaupt nicht erschließt, ist Ihr für meinen Geschmack viel zu weit gehendes Interesse an dieser Sache.«

»Ich bin in einem anderen Nachlassfall auf Parallelen gestoßen.«

»Parallelen? In welcher Form?«

»Eine Frau wurde nachts in ihrer Wohnung überfallen. Auch ihr wurde von dem Täter der Auftrag erteilt, sich um das Steinmännchen im Vorgarten zu kümmern.«

»Das *Auch* streichen Sie bitte! Ich sehe da keine Parallelen. Meine Schwester hatte Albträume.«

»Und Sie finden diese Gemeinsamkeit nicht frappierend?«

»Sie ist ungewöhnlich, mehr aber auch nicht.«

»Ich habe überlegt, mich damit zur Sicherheit an die Polizei zu wenden«, formulierte ich den Gedanken, der mir seit der Herfahrt keine Ruhe ließ.

»Womit?«, fragte sie scharf. »Doch nicht mit den Märchengeschichten einer kleinen *Prinzessin!* Wollen Sie sich allen Ernstes lächerlich machen? Sie tun ja gerade so, als sei es ein Verbrechen, seine Träume in Geschichten einzubinden. Steht an irgendeiner Stelle in den Tagebüchern meiner Mutter, dass sie die Geschichten meiner Schwester für bare Münze genommen hat?«

»Nein.«

»Und dann maßen Sie sich an, es besser zu wissen?«

»Als ich die Tagebücher vor drei Jahren gelesen habe, bin ich Ihrer Mutter gefolgt und habe ihre Einschätzung in keinem Moment infrage gestellt. Ich habe genau wie sie angenommen, es handle sich um Albträume, die sich verselbstständigt hatten. Nur bin ich jetzt auf diese Parallele gestoßen, die ich nicht einfach als Zufall abtun kann.«

»Ich habe nicht vor, mit Ihnen in eine philosophische Betrachtung über den Zufall einzusteigen. Nur so viel: Es gibt ganz unglaubliche Zufälle, die manchmal sogar die menschliche Vorstellungskraft sprengen.«

»Da gebe ich Ihnen recht. Aber dass ein zehnjähriges Mädchen exakt dieselben Worte geträumt oder sie sich ausgedacht haben soll, die mehr als zwanzig Jahre später ein Täter seinem Vergewaltigungsopfer ins Ohr flüstert, glaube ich nicht.«

Fast unmerklich zuckte sie zusammen und schien einen Moment lang aus dem Konzept zu geraten. »Warum nicht? Das ist ja schließlich das Unglaubliche daran. Meine Mutter hat das alles schon ganz richtig eingeordnet. Bei uns gab es keinen nächtlichen Besucher. Und damit gibt es auch keine Parallele. Tut mir leid, aber Sie haben sich ganz umsonst hierher bemüht.« Sie erhob sich und bedeutete mir, ihr zu folgen.

In der geöffneten Haustür blieb ich stehen und wandte

mich zu ihr um. »Können Sie mir sagen, wie ich Ihre Schwester erreichen kann? Unter der Telefonnummer, die ich in meinen Unterlagen vermerkt habe, meldet sich jemand anderes, der mir aber leider nicht weiterhelfen konnte.«

»Ich weiß nicht, ob es meiner Schwester recht wäre, wenn ich ihre Nummer einfach so weitergebe. Lassen Sie mir Ihre Karte da. Sollte Grit Interesse an einem Gespräch mit Ihnen haben, wird sie sich sicher mit Ihnen in Verbindung setzen.«

7

In Tegernsee fuhr ich auf einen Parkplatz, ging hinunter zum See und setzte mich auf den Bootssteg. Während hinter mir der Verkehr rauschte, verwandelten vor mir Sonnenstrahlen die Wasseroberfläche in ein glitzerndes Meer. Hoch über dem Wallberg zogen zwei Paraglider am blauen Himmel ihre Bahnen. Es war ein friedliches, idyllisches Bild, das für ein Kalenderblatt taugte.

Ich wünschte, dieser Frieden hätte sich in diesem Moment auch auf mich gelegt und meine Verunsicherung vertrieben. Was meine Gedanken anging, fühlte ich mich wie in einer Achterbahn. Erst hatte ich geglaubt, die Geschichte mit den Steinmännchen sei kindlichen Albträumen entsprungen. Dann hatte ich eine erschreckende Parallele entdeckt. Und jetzt sollte ich an einen Zufall glauben?

Ich wollte gerade aufstehen, als Henrike anrief. »Wie geht's dir?«, fragte ich.

»Ich wickle den Tod meiner Mutter ab, als ginge es um eine entfernte Bekannte. Und letztlich war sie genau das, eine entfernte Bekannte, die mich zur Welt gebracht hat. Ich bin froh, wenn ich einen Schlussstrich ziehen kann.«

»Hast du mit Arne gesprochen?«

»Er hat mich heute schon drei Mal angerufen. Er liebt mich, er vermisst mich, er kann es kaum erwarten, bis ich zurück bin. Und ich belüge ihn.«

»Angeblich braucht eine gute Partnerschaft Geheimnisse, das habe ich neulich erst gelesen«, meinte ich mit einem Anflug von Galgenhumor.

»Nach dem Motto: Probleme entstehen nur, wenn Geheimnisse gelüftet werden?«

»So war das, glaube ich, eher nicht gemeint.«

»Je länger du solch ein Geheimnis für dich behältst, desto schlimmer wird es«, sagte sie traurig. »Da baut die eine Lüge auf der anderen auf. Manchmal denke ich, ich sollte es ihm einfach sagen. Immerhin bestünde die Möglichkeit, dass er mich verständnisvoll in den Arm nimmt und sagt, es sei ihm völlig egal, welchen Beruf ich gelernt und ausgeübt habe. Aber dann …«

»Wenn du nicht mehr zur Polizei zurückkehrst, muss er es nie erfahren. Du hast noch drei Jahre Zeit, dich zu entscheiden. In drei Jahren kann so viel geschehen.«

»Es ist perfide«, sagte sie leise. »Wenn du als verdeckte Ermittlerin arbeitest, gehören Geheimnisse ganz selbstverständlich zu deinem Leben. Du bist ja ein einziges Geheimnis. Jahrelang hatte ich damit überhaupt kein Problem.« Ihre Stimme wurde brüchig. »Aber da hatte ich auch noch kein Zuhause.« Sie schluckte. »Erzähl mir etwas von dir, sonst fange ich noch an zu heulen. Was machst du gerade?«

»Das Übliche.«

»Klingt verdächtig schwammig. Steckst du deine Nase etwa wieder in Angelegenheiten, die …«

»Mich nichts angehen?«, fiel ich ihr ins Wort. »Das hat mir gerade eben schon jemand vorgehalten.«

»Kris, du hast mir erst vorgestern versprochen, dich nicht wieder in Gefahr zu begeben.«

»Soll ich etwa die Augen davor verschließen, wenn ich auf ein Verbrechen stoße? Das würdest du auch nicht tun. Du dürftest es gar nicht, weil du selbst als beurlaubte Polizistin Straftaten anzeigen musst. Und ich als Nachlassverwalterin muss es auch.«

»Wen oder was willst du anzeigen?«

»Eine Vergewaltigung und …«

»Wer ist vergewaltigt worden?«

»Eine Verstorbene, deren Nachlass ich betreue. Es gibt da Parallelen zu einem alten Fall. Eine der Betroffenen von damals behauptet allerdings, es sei alles ganz anders gewesen und das, was ich für eine Parallele halte, Zufall. Aber wenn es kein Zufall ist und sie mich oder vielleicht auch sich selbst belügt, dann läuft in Obermenzing ein Mann herum, der geschlossene Türen überwindet, ohne Spuren zu hinterlassen, und Frauen vergewaltigt.«

»Deshalb suchen wir jetzt nach einem Serientäter?«

»*Wir* wäre schön!«

»So habe ich das nicht gemeint.«

»Weißt du noch, als ich vor einem Jahr im Park überfallen wurde? Du wolltest unbedingt, dass ich zur Polizei gehe und Anzeige erstatte. Und ich habe dir entgegengehalten, dass es nichts bringt. Weißt du noch, was du da zu mir gesagt hast?« Ich wartete ihre Antwort gar nicht erst ab. »Du hast gesagt: *Erklär das mal der nächsten Frau, die im Park überfallen wird.* Und jetzt möchte ich nichts anderes als dazu beitragen, dass dieser Mann nicht noch mehr Frauen nachts in ihren Wohnungen vergewaltigt.« Ich hatte mich in Rage geredet und nicht auf meine Lautstärke geachtet. Ein älteres Paar, das neben mir auf dem Bootssteg aufgetaucht war, verzog sich gleich wieder, nicht ohne sich noch einmal umzudrehen und mir skeptische Blicke zuzuwerfen.

»Was ist das mit diesem alten Fall? Welche Parallele hattest du da vermutet?«

Ich erzählte ihr von den Führmann-Töchtern und den Steinmännchen. »Mit einer der Töchter habe ich gerade gesprochen. Sie streitet alles ab und behauptet, all das seien Albträume ihrer Schwester gewesen. Die Mutter hat das übrigens auch so gesehen. Als ich es damals in ihren Tagebüchern gelesen habe, bin ich deshalb nicht darüber gestolpert. Ich habe es erst vor dem Hintergrund meines aktuellen

Falls anders interpretiert.« Ich ließ meinen Blick über den See schweifen. »Ich werde versuchen, noch mit der anderen Schwester zu reden.«

»Du steckst schon wieder mittendrin.«

»Ich weiß.«

Funda hatte mir mehrere Zettel mit Telefonnotizen und die vorsortierte Post hinterlassen. Ich verzichtete auf meine Mittagspause, aß nebenbei einen Apfel und ein Joghurt und machte mich daran, diesen Berg abzuarbeiten. Es fiel mir schwer, mich zu konzentrieren. Immer wieder wanderte mein Blick zu dem Foto, das ich über meinen Schreibtisch gehängt hatte und das sechs flache, runde Steine zeigte, die vor dem Haus dieser Wiebke Hillebrand aufgetürmt worden waren. Sie noch einmal anzurufen würde vermutlich zwecklos sein.

Viel mehr versprach ich mir von einem Gespräch mit Grit Führmann. Ich hatte Anne Peukert keine Sekunde lang geglaubt, dass sie meine Visitenkarte an ihre Schwester weitergeben würde. Deshalb schrieb ich Grit Führmann an ihre alte Mailadresse und bat sie, mich zu kontaktieren.

Ich hatte gerade auf Senden gedrückt, als es klingelte. Vor der Tür stand ein älterer, makellos gekleideter Mann, dessen gesamte Haltung von Selbstbewusstsein zeugte.

»Doktor Edgar Seitz«, stellte er sich vor und musterte mich von Kopf bis Fuß. »Ich nehme an, Sie wissen, wer ich bin.«

»Der Vater von Anne Peukert und Grit Führmann?«

»Korrekt. Lassen Sie uns kurz hineingehen.«

Sekundenlang blieb ich stehen, um ihm nicht vollends die Initiative zu überlassen. Dann ging ich ihm voraus und steuerte den Besprechungsraum an, bis ich merkte, dass er mir nicht folgte. Er war an der Bürotür stehen geblieben.

»Bleiben wir doch gleich hier. Sie haben sicher genauso wenig Zeit wie ich.« Er warf einen Blick in mein Büro, um sich gleich darauf wieder mir zuzuwenden. »Anne hat mich vorhin angerufen und mir von Ihrem Besuch berichtet. Sie haben meine Tochter sehr aufgeregt.«

»Das tut mir leid. Sie hat gar nicht den Eindruck gemacht …«

»Es ist aber geschehen«, schnitt er mir das Wort ab. »Und das ist sehr bedauerlich. Ich möchte Sie bitten, weitere Kontaktversuche zu unterlassen. Andernfalls müssten wir über Konsequenzen nachdenken.« Sein um Freundlichkeit bemühter Ton wurde schärfer. »Außerdem fordere ich Sie im Namen meiner Töchter hiermit offiziell auf, mir jetzt umgehend diese Tagebücher auszuhändigen!«

Ich lehnte mich mit der Schulter gegen die Flurwand und verschränkte die Arme vor der Brust. »Nur der guten Ordnung halber, Herr Doktor Seitz: Da Sie nicht Erbe von Luise Führmann sind, haben Sie auch kein Anrecht auf Teile aus ihrem Erbe. Als Jurist dürfte Ihnen das nicht neu sein. Aber selbst wenn Sie Erbe wären, könnte ich Ihnen die persönlichen Aufzeichnungen der Mutter Ihrer beiden Töchter nicht aushändigen. Ich habe sie vorschriftsgemäß vor zwei Jahren vernichtet.«

»Es wäre nur gut gewesen, Sie hätten Ihre Erinnerungen an diese Tagebücher gleich mit vernichtet. Sie rühren damit an Dinge, über die längst Gras gewachsen ist. Mit Ihrem Besuch bei meiner Tochter haben Sie alte Wunden aufgerissen.«

»In welcher Hinsicht?«

»Das fragen Sie noch? Ich dachte, das läge auf der Hand. Aber nun gut – gehen wir ins Detail: Anne hat seinerzeit sehr unter den Albträumen ihrer Schwester gelitten, sie sind nicht spurlos an ihr vorübergegangen, sondern haben sie natürlich geängstigt. Grit konnte sehr anschaulich erzählen.«

»Ich halte es für möglich, dass alles tatsächlich ganz genau so geschehen ist.«

Er sah mich kalt an. »Was verleitet Sie zu dieser Ansicht?«

»Informationen, an die ich im Rahmen eines anderen Nachlassfalls gelangt bin. Darin spielt ebenfalls ein Täter eine Rolle, der nachts spurlos in Wohnungen eindringt und seinen Opfern in den Vorgärten Steinmännchen hinterlässt.«

Er deutete in die Richtung meines Schreibtischs und gab einen abfälligen Laut von sich. »Hängt deshalb dieses Foto da?« Er schien keine Antwort zu erwarten. »Ich möchte hier eines in aller Deutlichkeit klarstellen, Frau Mahlo: Nichts von dem, was Luise in ihren Tagebüchern über diese Sache geschrieben hat, basiert auf tatsächlichen Ereignissen. Eine Zeit lang hat Grit nicht mehr zwischen ihren Albträumen oder ihrer Fantasie und der Realität unterscheiden können. Und es sollte mich doch sehr wundern, wenn Luise das anders dargestellt hätte.«

»Sie hat es genau so dargestellt.«

»Und dann kommen Sie daher und versuchen, die Familiengeschichte umzudeuten, nur damit sie zu einem Ihrer anderen Fälle passt? Was soll denn dieser Täter, den Sie erwähnten, überhaupt angestellt haben?«

»Vermutlich hat er mindestens eine Frau vergewaltigt.«

»Und Sie …«

»Ich würde Sie gerne etwas fragen, Herr Doktor Seitz«, unterbrach ich ihn. »Haben Sie sich jemals gefragt, ob das, was Ihre Tochter von ihren Nächten erzählte, wahr gewesen sein könnte?«

»Selbstverständlich habe ich mich das gefragt. Aber wie hätte es wahr sein können, wenn es keinerlei Einbruchspuren gab? Es konnte überhaupt niemand in die Wohnung gelangen.«

»Es sei denn, derjenige hätte einen Schlüssel besessen. Ist in die beiden Wohnungen von Luise Führmann jemals eingebrochen worden?«

»Wie kommen Sie denn darauf?«

»Ein Einbruch ist eine gute Gelegenheit, um an einen Schlüssel zu gelangen. Viele Menschen versäumen es, nach einem solchen Ereignis die Schlösser austauschen zu lassen.«

»Frau Mahlo, ich habe bei meiner Tochter erlebt, wohin es führen kann, wenn man Hirngespinsten allzu großes Gewicht beimisst. Ich kann Ihnen von einem solchen Weg nur dringend abraten. Er ist sehr beschwerlich. Und jetzt lassen Sie uns dieses unfruchtbare Gespräch beenden. Nur eines noch zum Abschluss – und das sage ich Ihnen jetzt im Guten: Unterstehen Sie sich, die Inhalte der Tagebücher für Ihre Zwecke zu benutzen. Sie würden damit die Persönlichkeitsrechte meiner Töchter verletzen.«

»Wenn solche Inhalte zur Aufdeckung einer Straftat beitragen, bin ich sogar verpflichtet, sie preiszugeben.«

»Ein für alle Mal: In unserer Familie hat es keine Straftaten gegeben!«

Martin hatte mir eine SMS geschickt und mich zu überreden versucht, den Abend mit ihm zu verbringen. Ich vertröstete ihn auf morgen. Ich brauchte eine Nacht für mich alleine, um mir darüber klar zu werden, was ich da überhaupt tat. Um auf andere Gedanken zu kommen, beschloss ich, der Eiche im Park einen Besuch abzustatten und ein wenig zu klettern. Auf dem Weg nach draußen kam ich an den Briefkästen vorbei und entdeckte dort einen beschrifteten gelben Haftzettel, der meinen Plan über den Haufen warf. Während der Phase, in der meine Eltern nicht oder kaum miteinander geredet hatten, war das ihre bevorzugte Form der Kommunikation gewesen. Sie hatten kleine, subtile Spitzen darauf hinterlassen, aber auch liebevolle Ansätze, sich aus der Distanz um den anderen zu kümmern. Diese Zettel waren nicht nur eine Art Stimmungsbarometer gewesen, sondern der Versuch meiner Eltern, ihre einst sehr enge Verbindung nicht ganz abreißen zu lassen. Im Laufe der vergangenen zwölf Monate hatten sie das Zettelschreiben Schritt für Schritt aufgegeben und wieder begonnen, miteinander zu reden. Nur hin und wieder hatten sie aus alter Gewohnheit kurze Nachrichten ausgetauscht. Von dem Tag an, an dem Tamara Granzin, eine sportliche Mittfünfzigerin mit einem Gesicht voller Lachfalten, im Leben meines Vaters aufgetaucht war, war mit den Zetteln Schluss gewesen. Doch kaum hatte mein Vater sich von ihr getrennt, hing schon wieder eine Nachricht dort. Ich ging hin und las sie. *Ich gehe später noch einkaufen. Brauchst Du etwas?* (meine Mutter) *Sahnetorte!* (mein Vater) *Zu ungesund!* (meine Mutter)

Der Kletterbaum würde warten müssen. Nachdem ich im Café Ritzinger vier Stücke Sahnetorte gekauft hatte, klopfte ich an die Wohnungstür meines Vaters.

»Nervennahrung mit extra viel Sahne und Zucker«, sagte ich, als er die Tür öffnete, und hielt ihm das Kuchenpaket entgegen.

Er nahm es mir ab und ging voraus in die Küche. »Bist du unter die Hellseher gegangen?«

»Ich habe euren Zettel gelesen.«

Kopfschüttelnd holte er Teller und Besteck aus dem Hängeschrank. »Wenigstens du bist vernünftig. Wenn es nach deiner Mutter ginge, dürfte ich nur frisches Gartengemüse essen.« Er deutete fragend auf die Kaffeemaschine.

Ich nickte und sah ihm dabei zu, wie er den gemahlenen

Kaffee in die Maschine füllte. Die tief stehende Sonne schien ihm durch das geöffnete Fenster auf den Rücken.

Im November würde mein Vater vierundsechzig werden. Bevor Ben verschwand, war er stets jünger geschätzt worden, aber in den vergangenen Jahren hatte sein geschätztes Alter das wahre überholt. Sein Haar war grau geworden, er hatte Tränensäcke und tiefe Falten bekommen. Mit Tamara Granzin war seine Lebensfreude nach langer Zeit wieder erwacht, und seine Augen hatten für ein paar Monate geleuchtet. Jetzt war dieses Licht in ihnen wieder erloschen.

»Mama hat mir von Tamara erzählt«, sagte ich, kaum dass er saß und sich über das erste Stück Torte hermachte. »Habt ihr euch tatsächlich getrennt?«

»Ja«, antwortete er einsilbig, ohne von seinem Teller aufzusehen.

»Aber …«

Er winkte ab. »Wir hatten viel Spaß miteinander, sie hat mir gutgetan. Für eine Weile.«

»Und dann? Was ist passiert?«

»Dann habe ich festgestellt, dass mir Spaß alleine nicht reicht.« Die Züge in seinem asymmetrischen Gesicht verdüsterten sich. Er legte die Gabel beiseite und hob den Blick. »Sie meinte, ich ginge viel zu oft zu Bens Grab. Trauern sei ja gut und schön, aber irgendwann müsse doch damit mal Schluss sein. Der Klassiker von Menschen, die nicht betroffen sind.«

»Sie hat noch nie jemanden verloren, oder?«

Er schüttelte den Kopf. »Sie hat mich nicht ein einziges Mal zum Friedhof begleitet. Kannst du dir das vorstellen, Kris? Ich kann nicht mit einer Frau zusammen sein, die diesen Teil meines Lebens völlig ausblendet.« Er nahm sich das zweite Stück Torte vor.

»Und was könnte dir jetzt guttun? Ich meine, abgesehen von Sahne und Zucker.«

Er lächelte traurig. »Ich vermisse die vielen Unternehmungen, alleine machen sie keine Freude.«

»Wie wäre es denn zur Abwechslung mal wieder mit Mama? Sie ist für Unternehmungen auch ganz gut zu gebrauchen.«

»Deine Mutter konnte Tamara nicht ausstehen. Als ich ihr gestern erzählt habe, dass es vorbei ist, meinte sie, das würde sie nicht überraschen. Es klang, als hätte ich einen Fehlgriff getan, den alle anderen längst als solchen erkannt hätten, nur ich nicht. Dabei ist Tamara eigentlich eine ganz patente Frau. Und attraktiv ist sie auch.«

»Mama war eifersüchtig.«

»Sie war doch diejenige, die auf einer Trennung von Tisch und Bett bestanden hat!«

»Das eine schließt das andere nicht aus. Was glaubst du denn, warum Mama immer so biestig zu Tamara war?«

»Ich habe angenommen, dass die Chemie zwischen den beiden nicht stimmt.«

Ich musste lachen. »Die hat ganz sicher nicht gestimmt.«

»Apropos Chemie«, sagte er. »Wie steht es denn jetzt zwischen Simon und dir?«

»Unverändert«, antwortete ich, obwohl das nicht ganz der Wahrheit entsprach.

»Er hat jetzt hin und wieder Hilfe im Laden, ich meine außer Arne und mir.«

»Ich weiß. Natalie Hövel aus dem Dachgeschoss hilft manchmal bei ihm aus.«

»Ach, das weißt du. Gut. Dann ...«

Ich nahm seine Hand. »Mach dir keine Sorgen, Papa. Wir bekommen das schon irgendwie hin. So oder so.«

»Mir wäre *so* aber lieber. Ich mag Simon.«

»Ich mag ihn auch, immer noch. Sehr. Auch wenn es momentan ein bisschen schwierig ist.«

»Aber du hast doch keinen anderen, oder?«

Ich ließ mich mit einem Seufzer gegen die Stuhllehne sinken. »Das lässt sich nicht so einfach beantworten, Papa.«

Er schob seinen Teller zur Seite, stützte die Unterarme auf und beugte sich vor. »Weißt du noch, wie lange du in Simon verliebt warst, bevor ihr endlich zusammengekommen seid? Ich habe dich zwei Jahre lang dabei beobachtet, wie du immer wieder in seinen Laden gegangen bist und Wein gekauft hast. Wein, den du drüben bei dir gehortet hast, weil du so viel gar nicht trinken konntest. Weißt du noch, wie glücklich du warst, als ihr dann endlich zusammengekommen seid?«

Ich nickte.

»Ich habe euch oft beobachtet in den vergangenen Jahren. Und ich habe immer gedacht: Die beiden machen es richtig. Das ist von Dauer. Ich habe dich das bisher nicht gefragt, weil ich mich nicht einmischen wollte, aber: Was ist denn nur schiefgelaufen?«

»Ich habe mit dem Feuer gespielt und mit einem Freund geflirtet. Simon hat mich dabei erwischt.«

»Und flirtest du immer noch mit diesem Freund?«

»Ein wenig.«

Er sah aus dem geöffneten Fenster. Die Sonne war hinter einer der großen Eschen verschwunden und warf zwischen dem Laub hindurch tanzende Lichtpunkte auf sein Gesicht. »Manchmal weiß man erst hinterher, was man aufs Spiel gesetzt hat«, sagte er mit rauer Stimme. »Aber selbst wenn es dann zu spät sein sollte … vielleicht ist es von Zeit zu Zeit wichtig, etwas zu riskieren.«

8 In der Nacht hatte ein Traum den anderen gejagt, Bildfetzen, die keinen Sinn ergaben. Beim Aufwachen spürte ich Rosa, die sich an meine Seite gekuschelt hatte, und ließ den gestrigen Abend Revue passieren. Nach der Kuchenschlacht bei meinem Vater hatte ich mir Rosa ausgeliehen und einen ausgiebigen Spaziergang mit ihr um die vier Ecken gemacht. Mein Ziel war das Haus gewesen, in dem Michaela Breuer vor ihrem Umzug in die WG gewohnt hatte.

Es war eines dieser romantischen Häuser mit Weinranken, Kassettenfenstern und Walmdach. Im Erdgeschoss und im ersten Stock des Mehrparteienhauses hatten Lichter gebrannt, im Dachgeschoss war alles dunkel gewesen. Ich hatte mich über das Gartentor gebeugt und im Schein der Straßenlaterne in den Vorgarten gespäht, wo der Täter in jener Nacht das Steinmännchen für sie hinterlassen hatte.

Ich schälte mich aus dem Bett, öffnete alle Fenster und ließ die kühle Morgenluft herein. Draußen war es noch dunkel, und es roch nach Herbst. Ich hüllte mich in eine Wolldecke und setzte mich mit einem warmen Kakao ins Fenster. Als es unten im Laub raschelte, hob Rosa den Kopf und gab ein leises, warnendes Bellen von sich. Für sie spielte es keine Rolle, ob es ein Igel, eine Katze oder ein Mensch war, der in ihr Territorium einbrach.

Michaela Breuer war in der eigenen Wohnung überfallen worden, an dem Ort, an dem man am wenigsten damit rechnete. Warnungen richteten sich immer nur auf unbeleuchtete Straßen, dunkle Parks oder Parkhäuser. Die ließen sich problemlos meiden. In der eigenen Wohnung war man jedoch schutzlos ausgeliefert. Ganz besonders nachts.

Rosa riss mich mit lautem Gebell aus meinen Gedanken und schoss wie ein Blitz an mir vorbei ins Wohnzimmer, wo sie allem Anschein nach am geöffneten Fenster weiterbellte. Ich lief ihr hinterher und versuchte, sie zu beruhigen, aber – was auch immer sie aufgeschreckt hatte – sie war noch nicht damit fertig. Ich sah aus dem Fenster in den Hof, wo sich der Bewegungsmelder eingeschaltet hatte, konnte jedoch nichts Ungewöhnliches entdecken.

Ich nahm an, sie hätte sich über einen Marder oder eine Katze aufgeregt. Als ich eine halbe Stunde später hinunter ins Büro ging und auch dort lüftete, wurde mir bewusst, dass es vermutlich doch eher ein Zweibeiner gewesen war, den sie hatte verjagen wollen. Auf der äußeren Fensterbank des Büros lagen drei Steine: ein Orangen-Calcit, ein Fuchsit und ein Lepidolith. Ich erkannte nur deshalb, worum es sich handelte, weil ich mich vor Jahren einmal näher mit diesen Heilsteinen befasst hatte. Sie waren Bestandteil vieler Nachlässe.

Es konnte alle möglichen Gründe geben, warum sie dort lagen. Sie sahen wunderschön aus und hatten eigentlich nichts Beängstigendes. Doch mir verursachten sie eine Gänsehaut. Corinna Lutz hatte mir von den Heilsteinen erzählt, die ihrer Freundin von dem Vergewaltiger gestohlen worden waren. Ich glaubte nicht an einen Zufall. Ich glaubte viel eher, dass diese Steine mit einer bestimmten Absicht auf meiner Fensterbank deponiert worden waren. Ich nahm sie, legte sie auf meinen Schreibtisch und betrachtete sie. Sollten es tatsächlich Steine von Michaela Breuer sein, dann konnte nur der Täter sie hier abgelegt haben. Das setzte jedoch voraus, dass er von meinen bisherigen Nachforschungen bei Anne Peukert erfahren hatte. Edgar Seitz, schoss es mir durch den Kopf. Aber das war unmöglich. Er würde sich wohl kaum als Tod verkleidet nachts ans Bett seiner Töchter geschlichen haben. Es zuckte mir in den Fingern, Corinna Lutz anzurufen und sie nach den Heilsteinen zu fragen, aber es war noch viel zu früh am Morgen. Außerdem musste ich für mich erst einmal die Frage klären, ob dies nicht genau der richtige Moment war, um die Notbremse zu ziehen und es bei dem Gespräch mit Anne Peukert zu belassen. Ich war auf dem besten Wege, mich wieder in etwas hineinzumanövrieren, das mit meiner eigentlichen Arbeit nichts zu tun hatte. Und das darüber hinaus gefährlich werden konnte. Aber ich kannte mich zu gut, um mir etwas vorzumachen. Vielleicht würde es mir ein paar Tage lang gelingen, die Finger davonzulassen. Auf lange Sicht würde es mir jedoch keine Ruhe lassen.

Zwei Stunden später machte ich mich auf den Weg zu Wiebke Hillebrand. Sie wohnte nicht weit von Michaela Breuers ehemaliger Wohnung entfernt. Luftlinie waren es höchstens zwei Kilometer. Ich stellte mein Rad an dem kniehohen Mäuerchen ab, das den Vorgarten einfasste und hinter dem in Abständen von mehreren Metern Kirschlorbeersträucher gepflanzt waren. Zwischen den beiden ersten Sträuchern entdeckte ich das Steinmännchen, das Michaela Breuer fotografiert hatte. Es war sowohl vom Haus als auch von der Straße aus gut zu sehen. Ich bückte mich und berührte es vorsichtig. Die einzelnen Elemente waren tatsächlich mit Wachskleber fixiert worden.

Das moderne Flachdachgebäude mit grauem Anstrich beherbergte sechs Parteien. Wiebke Hillebrand wohnte im ersten Stock. Ich trat ein paar Schritte zurück und vergewisserte mich, dass alle Jalousien hochgezogen waren, bevor ich klingelte. Immerhin war es erst halb neun an diesem Samstagmorgen, und ich wollte nicht riskieren, sie zu wecken.

Das Erste, was mir auffiel, als sie öffnete, war der Riegel, der verhinderte, dass jemand die Tür von außen aufdrücken konnte. Durch den schmalen Spalt hindurch musterte sie mich misstrauisch. Sie hatte langes, schwarzes Haar, dunkle Augen und einen blassen, zarten Teint. Sie war einen halben Kopf kleiner als ich und schätzungsweise Mitte dreißig.

Ich stellte mich als Nachlassverwalterin von Michaela Breuer vor. »Wir haben am Mittwoch miteinander telefoniert.«

»Ich habe Ihnen doch bereits gesagt, dass ich diese Frau nicht kenne!« Sie drückte die Tür weiter zu.

»Warten Sie bitte, Frau Hillebrand! Geben Sie mir fünf Minuten.«

»Verstehen Sie nicht? Ich will nicht mit Ihnen reden. Und jetzt gehen Sie bitte!« Die Tür fiel ins Schloss.

Unschlüssig blieb ich davor stehen. Wenn ich ein weiteres Mal klingelte, würde ich sie nur unnötig gegen mich aufbringen. Deshalb holte ich eine Visitenkarte aus meiner Tasche und schrieb ihr eine Nachricht darauf. Ich wollte die Karte gerade unter der Tür hindurchschieben, als sie sich einen Spalt öffnete.

»Wie ist sie gestorben?«, fragte Wiebke Hillebrand.

»Bei einem Verkehrsunfall.«

»Wann ist das passiert?«

»Am vierzehnten August.«

Sie schien im Geiste nachzurechnen. »Und ich dachte, sie hätte endlich aufgegeben.« Mit einer halbherzigen Geste lud sie mich in ihre Wohnung ein.

Der Flur lag im Dämmerlicht, da alle Türen bis auf eine geschlossen waren. Sie ging mir in ein kleines Wohnzimmer voraus, das von der Morgensonne in warmes Licht getaucht wurde. Drei Wände waren mit Bücherregalen vollgestellt. Es gab zwei Sitzsäcke in Pink, eine Leselampe und in der Mitte ein großes Tablett mit Kerzen in den unterschiedlichsten Farben. Alles wirkte aufgeräumt und sehr sauber. In der Luft hing ein leichter Duft von Lemongrass.

Wiebke Hillebrand stellte sich ans Fenster und verschränkte die Arme.

Ich blieb im Türrahmen stehen. »Um es gleich vorweg zu sagen, Frau Hillebrand: Ich bin mir bewusst, dass ich überhaupt kein Recht habe, hier zu sein, aber …«

»Michaela Breuer hatte auch kein Recht, mich immer wieder zu behelligen. Aber sie hat sich darüber hinweggesetzt. Genau wie Sie jetzt. Können Sie sich vorstellen, wie das ist?« Unruhig trat sie von einem Fuß auf den anderen. »Wieso frage ich Sie das überhaupt? Wenn Sie es sich vorstellen könnten, wären Sie nicht hier.« Sie presste die Lippen aufeinander.

»Erklären Sie es mir, damit ich es verstehe?«

»Ich bin kein Opfer, wie Frau Breuer es mir unterstellt hat«, sagte sie und bemühte sich um einen festen Tonfall. »Vermutlich wissen Sie, was ihr passiert ist. Sie ist in ihrer Wohnung …« Sie brach ab und setzte neu an. »Es muss schlimm für sie gewesen sein. Ich arbeite als Arzthelferin, und ich bekomme immer wieder mit, wie Menschen reagieren, wenn ihnen etwas Schlimmes widerfahren ist. Manchen hilft es zu wissen, dass auch andere betroffen sind, dass sie nicht allein sind. Ich glaube, dass Michaela Breuer solch ein Mensch war. Sie hatte gehofft, andere Frauen mit einem ähnlichen Schicksal zu finden. Deshalb war sie so besessen.«

»Ihre Freundin hat es mir etwas anders dargestellt. Sie sagte, Michaela Breuer sei nicht zur Polizei gegangen, weil sie dem Mann vor Gericht nicht alleine habe gegenübertreten wollen. Weil sie überzeugt davon war, dass es sich bei ihm um einen Wiederholungstäter handelte, hat sie versucht, weitere Opfer dieses Mannes ausfindig zu machen, um gemeinsam mit ihnen vor Gericht zu gehen.«

»So etwas in der Art hat sie auch zu mir gesagt.« Einen Moment lang wusste Wiebke Hillebrand nicht, wohin mit ihren Händen. Dann schob sie sie in die Hosentaschen und streckte die Arme durch, sodass sich gleichzeitig ihre Schultern hoben. »Mal davon abgesehen, dass ich dieses Argument nur vorgeschoben fand, war sie ziemlich naiv. Um ihren Vergewaltiger vor Gericht zu bringen, hätte er erst einmal gefasst werden müssen.«

»Schon eine gemeinschaftliche Anzeige hätte ein größeres Gewicht gehabt.«

»Ich habe mal gelesen, was Frauen widerfährt, die eine Vergewaltigung anzeigen. Es gab sogar einen Richter, der sagte, er würde seiner eigenen Tochter von einer Anzeige abraten. Und wissen Sie, warum? Weil sie vor Gericht nicht noch einmal missbraucht werden sollte. Haben Sie sich mal gefragt, was es bedeutet, wenn Ihnen nicht geglaubt wird? Oder wenn Sie von anderen Frauen zur Mitschuldigen gestempelt werden, weil die sich dann der Illusion hingeben können, dass ihnen selbst so etwas nicht widerfahren würde, dass sie geschützt sind? Ich habe Michaela Breuer davon abgeraten, sich das anzutun.« Sie zog die Hände aus den Taschen und verschränkte sie hinter ihrem Rücken.

»Sie wollte nicht mehr hilflos sein. Und sie wollte verhindern, dass diesem Mann weitere Frauen zum Opfer fallen. Vielleicht hat sie auch irgendwann eingesehen, dass ihr Schweigen den Täter schützt, dass er ungehindert weitermachen kann.«

Aus der Wohnung über uns war das Getrappel von Kinderfüßen und übermütiges Geschrei zu hören. Irgendwo im Haus bellte ein Hund.

»Wenn ich es richtig verstanden habe«, fuhr ich fort, »war Michaela Breuer überzeugt, dass ein Strafverteidiger es sehr viel schwerer haben würde, ihr die Unwahrheit zu unterstellen, wenn mehrere Opfer das Gleiche aussagen. Und vermutlich lag sie damit gar nicht so falsch.«

»Immer vorausgesetzt, der Täter würde überhaupt gefasst«, wiederholte sie ihren Einwand. »Wie viele Opfer gibt es denn überhaupt?« Ihre Stimme klang flach und blechern.

»Ich weiß nur von zwei Frauen, die demselben Täter vermutlich als Kinder zum Opfer gefallen sind.«

»Was heißt vermutlich?«

»Es gibt eine auffällige Ähnlichkeit zu dem Fall von Michaela Breuer. Wobei diese Ähnlichkeit auch ein Zufall gewesen sein könnte. Falls es jedoch kein Zufall war und sich eine der Frauen dazu bewegen ließe, die Ereignisse von damals gegenüber der Polizei zu bestätigen, dann …«

»Bei der Polizei lassen Sie meinen Namen aber bitte aus dem Spiel. Ich weiß, dass eine Vergewaltigung ein Offizialdelikt ist, dass die Polizei ermitteln muss, wenn sie davon erfährt. Deshalb möchte ich nicht, dass Sie haltlose Gerüchte in die Welt setzen. Frau Breuer hat sich getäuscht, was mich angeht.« Ihre Mühe, ruhig und gelassen zu wirken, war vergeblich. Das leichte Zittern in der Stimme verriet sie ebenso wie ihre Hände, die nicht zur Ruhe kamen.

»Machen Sie sich deswegen bitte keine Sorgen«, versuchte ich, sie zu beruhigen. »Ich würde Ihren Namen nicht erwähnen. Das verspreche ich! Aber eine Frage habe ich noch: Warum haben Sie eigentlich die Einzelteile dieses Steinmännchens im Vorgarten mit Wachskleber befestigt?«

»Das müssen die Kinder hier aus dem Haus gewesen sein.«

Nachdem die Haustür hinter mir zugefallen war, ging ich noch einmal zu dem Steinmännchen. Ich nahm es in die Hand, tat so, als würde ich es eingehend betrachten, und stellte es an einer anderen Stelle wieder ab. Dann ging ich zu meinem Rad und fuhr um die nächste Straßenecke. Dort wartete ich fünf Minuten, bevor ich zum Haus zurückkehrte und einen Blick zwischen die Kirschlorbeersträucher warf. Die Steine waren wieder an ihrer angestammten Stelle.

Ein paar Häuser weiter beobachtete ich eine alte Frau, die sich in ihrem Vorgarten mit einem schweren Blumentopf abmühte. Ich bot an, ihr zu helfen. Nachdem wir den Topf gemeinsam umplatziert hatten, bewunderte ich ihren Garten, in dem ganz offensichtlich viel Arbeit steckte. Sie erzählte, wie schwer es in ihrem Alter sei, alles in Ordnung zu halten, immerhin gehe sie mit großen Schritten auf die achtzig zu. Das sehe man ihr nicht an, sagte ich bewundernd und lenkte das Gespräch über ein paar kleine Volten auf das leidige Thema Einbrüche, unter denen München ja neuerdings stärker zu leiden habe. In ihrer Straße sei es völlig sicher, meinte sie im Brustton der Überzeugung, sie wohne jetzt schon so lange hier und bisher sei noch nie etwas geschehen. Zur Sicherheit klopfte sie dreimal auf das Holz der Gartenbank.

Wenn sie zu den Nachbarn gehörte, die alles in ihrer Umgebung mitbekamen, dann war bei Wiebke Hillebrand nicht eingebrochen worden. Vielleicht war sie aber wie Michaela Breuer nach der Vergewaltigung umgezogen.

Ich rief Martin an und bat ihn um einen Gefallen.

»Was soll ich tun?«, fragte er. »Die Welt für dich aus den Angeln heben?«

»Als Detektiv kommst du doch an jede Menge Informationen.« Ich nannte ihm Wiebke Hillebrands Namen und ihre Adresse. »Kannst du über deine Quellen herausfinden, seit wann sie dort wohnt und wo sie vorher gewohnt hat?«

»Ja.«

»Bis wann?«

»Wofür brauchst du diese Information überhaupt?«

»Das ist zu kompliziert zu erklären.«

»Versuch's! Ohne einen triftigen Grund grabe ich meine Quellen nämlich nicht an, nicht einmal für dich.«

Ich schwieg.

»Kris?«

»Also gut.« Ganz grob umriss ich ihm die Geschichte.

»Was bringt es dir, wenn du weißt, dass die Frau umgezogen ist?«

»Dann würde ich versuchen herauszufinden, ob in ihrer früheren Wohnung eingebrochen wurde. Immerhin gäbe es damit zwei Frauen, bei denen sich der Täter auf die gleiche Weise Zutritt zur Wohnung verschafft hat. Das hätte dann schon Methode.«

»Wurde denn bei diesen Führmann-Mädchen damals eingebrochen?«

»Der Vater sagt Nein. Aber der Täter könnte auch ein Hausmeister mit einem Zweitschlüssel gewesen sein.«

»Ein und derselbe Hausmeister in zwei verschiedenen Häusern? Sagtest du nicht, sie wären irgendwann umgezogen?«

»Es gibt Hausverwaltungen, die mehrere Häuser betreuen. Außerdem ist das nur ein Beispiel. Möglich ist auch eine Putzfrau, deren Mann oder Bruder sich bei den Schlüsseln bedient hat.«

Sekundenlang war es still in der Leitung. »Hast du dir eigentlich schon mal überlegt, den Beruf zu wechseln?«

»Wie kommst du denn darauf?«

»Seitdem ich dich kenne, steckst du deine Nase in Dinge, die deine eigentliche Arbeit nicht betreffen. Warum sattelst du nicht um?«

»Das ist jetzt nicht dein Ernst, oder?«

»Du könntest jederzeit bei mir anfangen. Das hätte unter anderem den Vorteil, dass ich dir ein paar ganz entscheidende Grundlagen vermitteln könnte. Dein ungestümer detektivischer Enthusiasmus ist nämlich nicht immer ganz ungefährlich.«

»Ohne ihn würden zwei Mörder immer noch frei herumlaufen«, hielt ich dagegen.

»Vermutlich. Aber genauso wahrscheinlich ist es, dass durch sie kein weiterer Mensch zu Schaden gekommen wäre. Beide hatten erreicht, was sie wollten.«

»Und dabei hättest du es bewenden lassen? Weil sie nichts mehr anrichten würden? Was ist denn das für eine schräge Rechtsmoral?«, brauste ich auf.

»Wenn ich wählen müsste zwischen deiner Unversehrtheit und der Bestrafung von zwei Mördern, müsste ich nicht lange überlegen. Das darfst du übrigens als eine Art Liebeserklärung werten.«

Ich schluckte. »Können wir bitte irgendwie ohne Liebeserklärungen auskommen?«

»Auf Dauer nicht.«

9

Auf dem Rückweg machte ich einen Schlenker durch den Park, stellte mein Rad auf der Wiese unter der Eiche ab und kletterte ziemlich weit hinauf. Dann setzte ich mich auf eine stabile Astgabelung, hielt mich mit einem Arm am Stamm fest und ließ die Füße baumeln. Den Kopf an den rauen Stamm gelehnt schloss ich die Augen. Um mich herum flossen die Geräusche ineinander und traten in den Hintergrund.

Wäre ich anders gestrickt, hätte ich bei der Überschneidung von dem alten und dem neuen Fall die Schultern gezuckt und mich damit beruhigt, dass es ganz unglaubliche Zufälle gab und dass dieser sicher auch einer davon war. Ich hätte nicht noch einmal in die Tagebücher hineingelesen, wäre gar nicht erst zu Anne Peukert gefahren, geschweige denn zu Wiebke Hillebrand. Ich hätte einfach nur meine Arbeit gemacht. Stattdessen saß ich an einem Samstagmittag auf einem Baum, nur um mir darüber klar zu werden, dass Martin recht hatte. Ich konnte die Sache nicht auf sich beruhen lassen.

Genau wie Michaela Breuer war ich davon überzeugt, dass sie nicht das einzige Opfer dieses Mannes gewesen war. Und obwohl wir auf ganz unterschiedlichen Wegen zu dieser Überzeugung gelangt waren, hatten beide Wege eine Gemeinsamkeit – sie waren jeweils von flachen, runden Steinen gesäumt. Je länger ich darüber nachdachte, desto sicherer war ich mir, dass Grit Führmann ihren nächtlichen Besucher nicht geträumt hatte.

Hatte Anne Peukert wirklich nie an der Traumversion gezweifelt? Hatte sie die Überzeugung ihrer Mutter verinnerlicht und kritiklos übernommen? Weil es einfacher war? Weil Grits Wahrheit sie in Angst und Schrecken versetzt hätte? Oder wies sie all das nur so weit von sich, weil ich eine Fremde für sie war, die sich noch dazu anmaßte, in ihrer Vergangenheit herumzuwühlen?

Und was war mit Wiebke Hillebrand? Mein Gefühl sagte mir, dass sie ebenfalls ein Opfer dieses Mannes geworden war. Genau wie Michaela Breuer meinte ich, ihre Angst gespürt zu haben. Allem Anschein nach hatte sie ihren Weg gefunden, mit dem traumatischen Erlebnis zurechtzukommen. Mit jeder Störung von außen würde sie Gefahr laufen, ihr mühsam erkämpftes Gleichgewicht zu verlieren. Mein Entschluss stand fest: Ich würde sie ganz bestimmt nicht mehr behelligen.

Zurück auf dem Hof lief ich direkt in meine Wohnung und holte die Führmann-Tagebücher wieder hervor. Ich wollte diese Familie verstehen, bei der vielleicht alles seinen Anfang genommen hatte. Nach einigem Suchen fand ich eine Stelle, die ich in den vergangenen Tagen nur überflogen hatte. Luise Führmann schrieb, dass es einen Moment gegeben habe, in dem das Zweifamilienmodell ihres Geliebten beinahe ins Wanken geraten sei. Nur durch sein beherztes Eingreifen habe Edgar Schlimmeres verhindern können. *Ich weiß nicht, wie das geschehen konnte*, schrieb Luise Führmann. *Auch Edgar ist ratlos. Wir haben den Mädchen nie von seiner anderen Familie erzählt, obwohl sie längst alt genug wären, um es zu erfahren. Aber wir wollten genau das vermeiden, was jetzt geschehen ist. Dass sie Interesse füreinander entwickeln und sich kennenlernen wollen.* Allem Anschein nach hatten Anne und ihr fünf Jahre älterer Halbbruder Kilian ihr Kennenlernen längst hinter sich und beschlossen, dem gemeinsamen Vater einen Streich zu spielen. Einen üblen Streich, wie Edgar Seitz später Luise Führmann gegenüber betonte. Die beiden

Jugendlichen stellten ihren Vater nämlich auf eine harte Probe, als Kilian Anne mit zu sich nach Hause brachte und seinen Eltern am Abendbrottisch mit einem frechen Grinsen als Nachhilfeschülerin präsentierte. Anne habe mit einem engelsgleichen Lächeln die Hand ausgestreckt und sich beim Ehepaar Seitz für dessen Gastfreundschaft bedankt. *Edgar hat dieses Essen nach außen hin mit bewundernswerter Gelassenheit überstanden,* schrieb Luise Führmann. *Er ist sich sicher, dass Gerlinde nichts bemerkt hat. Sie hat sogar ein paar lobende Worte über Anne verloren. Was für ein hübsches, wohlerzogenes Mädchen sie sei. Später hat Edgar sich Kilian vorgeknöpft und ihm die Leviten gelesen. Er wisse, wie labil seine Mutter sei, das solle er bei seinen hirnlosen Aktionen im Hinterkopf behalten. Wie er Anne überhaupt kennengelernt hatte, sei aus ihm nicht herauszubekommen gewesen.* Luise Führmann hatte es schließlich über Anne herausgefunden. Kilian Seitz hatte seinem Vater das regelmäßige Squashspiel mit einem Mandanten an den Mittwochabenden und die Wochenendarbeit in der Kanzlei irgendwann nicht mehr abgenommen und war ihm kurzerhand gefolgt. So war er vor dem Haus gelandet, in dem Familie Führmann wohnte. Ein paar Wochen später hatte er Anne angesprochen, sich mit ihr verbündet und sie zu diesem Streich überredet, wie sie ihrer Mutter gegenüber kleinlaut zugab. *Ich habe ihr verboten, Kilian wiederzusehen. Und ich habe ihr das Versprechen abgenommen, dass sie Grit nichts von ihrem Halbbruder erzählt. Ich bin froh, dass sie auf dem Internat ist und von all dem nichts mitbekommt. Grit in die Schranken zu weisen wäre längst nicht so problemlos, wie es das bei Anne ist.*

Bei der Abendbrotszene hatte ich schmunzeln müssen. Da tat Edgar Seitz jahrelang alles, um seine Zweitfamilie im Verborgenen zu halten, und sein Sohn fuhr ihm einfach hinterher. Allem Anschein nach war Edgar Seitz nie auf die

Idee gekommen, ihm könne zu Hause misstraut werden. Wie selbstherrlich!

Ich holte meinen Laptop hervor und googelte die Familie Seitz. Edgar Seitz war inzwischen dreiundsiebzig Jahre alt und arbeitete immer noch als Anwalt für Arbeitsrecht in München. Verheiratet war er mit der vier Jahre jüngeren Gerlinde Seitz. Der gemeinsame Sohn Kilian, achtunddreißig, war Fotograf und verheiratet mit der gleichaltrigen Liane Weber-Seitz, dem aufsteigenden Stern in der Kanzlei seines Vaters. Ich folgte allen möglichen Links, fand dabei jedoch nichts, was über die übliche Berichterstattung hinausging. Edgar Seitz hatte sich öfter zu juristischen Fragen geäußert, seine Frau hingegen tauchte hier und da in den Boulevardmedien auf, das jedoch sehr dezent. Ich stieß auf ein Interview zum Thema *Die Frau an seiner Seite* und erfuhr, dass es einen weiteren Sohn mit Namen Kristoffer gegeben hatte. Das Ehepaar Seitz hatte ihn adoptiert, allerdings war er im Alter von vier Jahren beim Spielen in einem Teich ertrunken. Ein Schicksal, das Gerlinde Seitz nie verwunden hatte, wie sie in diesem Interview offen bekannte. Und dann hatte ihr Mann ihr noch eine Zweitfamilie zugemutet. Hatte sie davon gewusst oder es zumindest geahnt?

Aus der Lektüre verschiedenster Tagebücher wusste ich, dass Zweitfamilien keine Seltenheit waren. Hin und wieder wurden sie sogar ganz offen geführt, meist wusste jedoch nur die Zweitfamilie von der anderen. Allerdings bezweifelte ich in vielen Fällen, dass die Mitglieder der Erstfamilien tatsächlich so ahnungslos waren. Darüber, dass der Ehemann und Vater an Feiertagen regelmäßig für einen Tag verschwand, sollte sich nie jemand Gedanken machen? Meine Mutter hätte sich Gedanken gemacht, genauso wie Ben und ich. Hatte Gerlinde Seitz etwas geahnt? Oder war sie bis heute ahnungslos geblieben?

Zwischen unzähligen Zeilen hatte ich Frauen kennengelernt, die sich um eine Auseinandersetzung drückten, die sich scheuten, ihre Männer mit ihren Vermutungen zu konfrontieren. Weil alles andere zu sehr wehgetan hätte, weil die Kinder noch zu klein waren, weil auf sich allein gestellt ihre Existenz gefährdet gewesen wäre. Was auch immer der Grund war – ich war in all den Lebenserinnerungen keiner einzigen Frau begegnet, die nicht unter diesem Zustand gelitten hatte.

Und die Männer in einem solchen Mehrfamilienmodell? Sie waren feige, egozentrische Betrüger. Sie wollten sich nicht festlegen und auf nichts verzichten. Sie waren respektlos allen Beteiligten gegenüber. Vielleicht gab es Menschen, von denen sie bewundert wurden für ihre Fähigkeit, alles zu optimieren, immer zwischen zwei Familien zu jonglieren. Ich tat es nicht. In meinen Augen waren diese Männer selbstverliebt – in sich als tolle Hechte, die für alle sorgten. Und das auch noch gut. Luise Führmann hatte sich, was das Finanzielle anging, nicht beklagen können.

Ein lautes Poltern im Hausflur ließ mich aufschrecken. Rosa schoss blitzschnell zur Tür und bellte, als ginge es darum, ein Monster zu verjagen. Kaum hatte ich die Tür geöffnet, sprang sie mit einem Satz in den Hausflur und stellte mit wildem Gebell den neuen Mieter, der auf dem Boden kniete und Bücher in einen Wäschekorb legte. Augenblicklich hob er die Hände, als ziele Rosa mit einer geladenen Waffe auf ihn.

»Herr Kapoor«, begrüßte ich ihn. »Herzlich willkommen!«

Mein freudiger Ton reichte, um Rosa wedeln zu lassen.

»Sie haben nichts von einem Hund gesagt«, flüsterte er ängstlich und behielt seine Hände oben.

»Das ist Rosa.«

»Die Farbe ändert nicht viel an der Tatsache, dass sie ein Hund ist. Und Hunde beißen.«

»Wird sie nicht, das verspreche ich dir. Wir können uns doch duzen, oder? Ich bin Kris.« Ich gab Rosa ein Zeichen, in ihr Körbchen zu verschwinden. Dann kniete ich mich neben Rohan und half ihm mit den Büchern, die ihm aus dem Korb gefallen waren. »Wieso hast du Angst vor Hunden?«

»Ich bin als Kind gebissen worden. Läuft sie auf dem Hof etwa frei herum?«

»Frei schon, aber nicht allein, es ist immer jemand bei ihr. Und ich bin sicher, du wirst dich mit ihr anfreunden. Wenn du das Ganze etwas beschleunigen möchtest, kauf ihr eine Wiener.«

»Sie ist bestechlich?«

»Nein, aber sie ist immer hungrig. Wie gefällt dir dein neues Zimmer?«

Jetzt ging ein Strahlen über sein Gesicht. »Es ist toll.«

»Und hast du Natalie Hövel schon kennengelernt?«

»Deine Mutter sagte, sie sei übers Wochenende weggefahren. Aber sie sei sich sicher, wir würden uns gut verstehen. Magst du einen Kaffee? Meine Kaffeemaschine steht schon oben.«

»Ein anderes Mal, ich muss noch arbeiten.«

»Heute ist Samstag!«

»Das sagt ein angehender Arzt?«

»Bei Ärzten geht es darum, Leben zu retten. Bei Nachlassverwaltern ist es dafür doch längst zu spät.«

Die spätsommerlichen Temperaturen hatten sich mit dem Sonnenuntergang verflüchtigt. Ein leichter Wind ließ die Blätter in den Bäumen rascheln. In eine Decke gehüllt saß ich neben Martin auf seiner Hollywoodschaukel und sah in den Himmel. Durch die geöffnete Terrassentür wehte leise Musik zu uns.

Grit Führmann ging mir nicht aus dem Kopf. Einmal mehr stellte ich mir vor, wie sie von dem *Tod mit den Steinmännchen* aus dem Tiefschlaf gerissen wurde, wie sie sich zutiefst fürchtete und erstarrt in ihrem Bett lag, so lange, bis der Mann wieder verschwunden war. Wie Grit dann ins Schlafzimmer ihrer Mutter rannte, sich an ihr Bett stellte, sie weckte und ihr voller Angst ihr entsetzliches Erlebnis schilderte.

»Was hat deine Mutter eigentlich getan, wenn du dich nachts gefürchtet hast?«, fragte ich Martin.

Kerzenlicht flackerte über sein Gesicht. Er sah zu dem Haus, das er von seiner Großmutter geerbt hatte, als sei die Antwort dort zu finden. »Was sie gemacht hat?« Er schüttelte den Kopf. »Nichts, sie war gar nicht da. Meine Mutter war fünfzehn, als sie mich bekam. Als ich ein Jahr alt war, ist sie zu Verwandten nach Kanada gezogen. Ich bin bei meinen Großeltern aufgewachsen. Und ich kann dir sagen, was sie gemacht haben, wenn ich mich nachts gefürchtet habe – sie haben mich fest in den Arm genommen und mir versichert, es könne mir nichts geschehen. Wenn ich einen Albtraum hatte und mich vor Monstern gefürchtet habe, haben sie überall Licht gemacht und sind mit mir durchs Haus gelaufen, um mir zu zeigen, dass es nur ein böser Traum war. Und deine Eltern?«

»Ich habe mich gar nicht erst gefürchtet.«

Er lachte und strich mir zärtlich eine Haarsträhne hinters Ohr.

»Glaubst du mir nicht? Ich war tatsächlich ein ziemlich furchtloses Kind. Wo war eigentlich dein Vater?«

»Keine Ahnung. Entstanden bin ich auf einer Klassenfahrt nach Rom. Meine Mutter hat sich nachts mit zwei anderen Mädchen aus der Unterkunft gestohlen. Sie haben sich von drei netten Jungs unter Alkohol setzen lassen und wild mit ihnen rumgeknutscht. Meine Mutter hat allerdings ein bisschen mehr als nur geknutscht. Sie kannte nur den Spitznamen des Jungen und den auch nur ungefähr. Fabi oder so, hat sie zu meiner Großmutter gesagt.« Martin lächelte, als amüsiere ihn das immer noch. »Meine Mutter lebt inzwischen in Amerika, ist verheiratet und hat drei Töchter. Ich habe sie mal besucht.«

»Und?«

»Sie ist ein ganz lustiger Typ, fröhlich und unbeschwert.«

»Das heißt, du hast dieses Haus nicht nur von deiner Großmutter geerbt, sondern du bist hier auch aufgewachsen?«

»Ja. Und wenn alles gut geht, werde ich eines Tages hier sterben.«

»Du bist gerade mal vierunddreißig. Bei einer normalen Lebenserwartung hast du noch fünfzig Jahre. In so einer langen Zeit kann viel passieren.«

»Ich könnte heiraten und Kinder bekommen. Ich könnte aber auch früh sterben. Du weißt doch, wen die Götter lieben, den holen sie früh zu sich.«

»Untersteh dich, früh zu sterben!«

»Würdest du dir die Augen ausweinen und Blumen auf mein Grab legen?«

»Martin, darüber macht man keine Scherze!«, sagte ich ernst.

»Das ist kein Scherz. Würdest du?«

»Wenn ein Freund stirbt, gehe ich selbstverständlich an sein Grab.«

»Und was ist mit den Blumen?«

»Hast du da irgendwelche Vorlieben?«

»Ich habe doch gesagt, ich bin Romantiker.«

Das Nadelöhr zum Tegernsee war wie immer verstopft. Im Schritttempo schob sich eine Autoschlange auf die Bergkulisse zu, die an diesem Sonntagvormittag mit weißen Wolken verhangen war. Im Laufe des Tages sollten sie sich verziehen und das Thermometer wieder auf nahezu zwanzig Grad steigen.

Es war kurz vor elf, als ich vor Anne Peukerts Haus in Rottach-Egern ausstieg und klingelte. Die Läden waren geöffnet, aber allem Anschein nach war niemand zu Hause. Ich wollte gerade wieder ins Auto steigen, als ich sie in Begleitung eines Mannes die Straße heraufkommen sah. Ihr Baby trug sie in einem Tragetuch.

Ich ging den dreien ein Stück entgegen. »Hallo, Frau Peukert. Entschuldigen Sie bitte, wenn ich Sie am Sonntag überfalle.«

»Hat mein Vater nicht mit Ihnen gesprochen?«, fragte sie und legte schützend die Hand um das Köpfchen des Babys.

»Doch, das hat er. Es hat sich allerdings noch eine Frage ergeben, die ich gerne mit Ihnen klären würde.« Ich wandte mich an ihren Mann, der mir irgendwie bekannt vorkam. »Ist es möglich, dass ich mit Ihrer Frau ganz kurz unter vier Augen spreche?«

Er hielt mir seine Hand hin. »Kilian Seitz, ich bin Annes Halbbruder.«

»Kristina Mahlo.« Ich ergriff seine Hand. »Entschuldigen Sie die Verwechslung. Jetzt weiß ich auch, warum Sie mir auf den ersten Blick bekannt vorkamen. Sie sehen Ihrem Vater sehr ähnlich.«

»Das bekomme ich öfter zu hören«, erwiderte er lachend und beförderte mit einer gekonnten Kopfbewegung eine dunkle Haarsträhne aus der Stirn. Er war das, was man gemeinhin als attraktiven Mann bezeichnete – er hatte ein gut geschnittenes Gesicht und eine Ausstrahlung, die es nicht gleich wieder vergessen ließ. »Dann werde ich mich mal verdrücken.«

Anne Peukert legte ihm die Hand auf den Arm. »Nein, bleib bitte!« Und an mich gewandt: »Rufen Sie mich am besten morgen an, dann können wir Ihre Frage klären.«

Kilian Seitz strich erst dem Baby und dann seiner Halbschwester über die Wange. »Ach komm, Anne, jetzt ist sie schon mal hier. Ich gehe so lange runter zum See und halte nach ein paar Motiven Ausschau.« Er ging zu seinem Wagen und holte eine Kamera vom Beifahrersitz.

Anne Peukert warf ihm einen Gruß zu und schloss dann wortlos die Haustür auf. Mit dürren Worten bat sie mich, im Wohnzimmer Platz zu nehmen. Nachdem sie das Baby in sein Zimmer gebracht hatte, schaltete sie das Babyphon ein und setzte sich mir gegenüber.

»Um welche Frage handelt es sich denn nun?«, fragte sie.

»Es ist drei Jahre her, dass ich die Tagebücher Ihrer Mutter gelesen habe, deshalb erinnere ich mich natürlich längst nicht mehr an alles. Heute Morgen ist mir jedoch eine Sache wieder eingefallen. Als Ihre Schwester damals in die Psychiatrie eingewiesen wurde, hat Ihre Mutter Sie angehalten zu bestätigen, dass Grit Albträume hatte.«

»Ja und?«

»Dieser Bestätigung hätte es doch eigentlich gar nicht bedurft, außer man hätte Grit in der Klinik geglaubt.« Ich ließ Anne Peukert nicht aus den Augen. Sie saß bewegungslos da, während sich an ihrem Hals rote Flecken bildeten. »In dem anderen Fall, von dem ich weiß, ist der Täter ebenfalls nachts gekommen und hat verschlossene Türen überwunden. In Obermenzing wohlgemerkt. Und er hat seinem Opfer ein Steinmännchen hinterlassen. Diese Parallelen kann ich nicht einfach als Zufall abtun. Deshalb überlege ich nach wie vor, mich damit an die Polizei zu wenden.

Allerdings würde ich das nur höchst ungern ohne Ihr Einverständnis tun.«

Anne Peukert rutschte unruhig auf ihrem Sessel herum. »Ich rate Ihnen, die Finger davonzulassen, Sie würden sich nur lächerlich machen. Ich könnte auch der Polizei gegenüber nichts anderes angeben als das, was ich Ihnen gesagt habe: dass der *Tod mit den Steinmännchen* ein Traumgespinst meiner Schwester war. Und warum meine Mutter mich gebeten hat, das in der Klinik zu bestätigen, weiß ich nicht. Vielleicht hatte sie angenommen, ihr allein würde weniger geglaubt. «

»Haben Sie jemals in den zurückliegenden Jahren daran gezweifelt, dass es bloß ein Albtraum war?«

»Es ist genug«, sagte sie genervt und erhob sich. »Gehen Sie bitte!«

Es klingelte, und sie bedachte mich mit einem Blick, als wäre in letzter Minute jemand zu ihrer Rettung herbeigeeilt. Sie wandte sich ab und lief zur Tür. Kurz darauf war die Stimme ihres Halbbruders zu hören. Er fragte, ob er zu früh sei. Ihre Antwort konnte ich nicht hören. Sie erschienen beide im Wohnzimmer.

»Hatten Sie eine gute Ausbeute?«, fragte ich ihn, als er sich setzte und seine Kamera neben sich legte.

»Ehrlich gesagt war ich zu faul, ich habe mich auf einen Steg gesetzt und meine Gedanken über den See wandern lassen.«

»Möchtest du etwas trinken?«, fragte Anne Peukert.

»Am liebsten einen Kaffee.« Er sah mich fragend an. »Sie auch?«

»Frau Mahlo wollte gerade gehen.« Anne Peukert bewegte sich rückwärts zur Tür. »Ich begleite sie nur kurz hinaus.«

»Ich habe noch eine Frage. Hatte Ihre Mutter eigentlich für den Notfall einen Schlüssel bei Nachbarn hinterlegt?«

»Das glaube ich nicht. Meine Mutter hat immer Distanz zu den Nachbarn gewahrt.«

»Hatten Sie damals vielleicht eine Putzhilfe?«

»Nein«, antwortete sie unwillig. »Meine Mutter wollte keine fremde Person in der Wohnung. War es das dann?«

»Noch nicht ganz. Haben Sie oder Ihre Schwester während Ihrer Kinder- und Jugendzeit jemals einen Schlüssel verloren?«

»Ganz sicher nicht! Wir haben immer sehr gut auf unsere Sachen geachtet.«

Jetzt schaltete Kilian Seitz sich ein. »Worum geht es denn hier überhaupt? Um diese Sache, von der du mir gestern erzählt hast?«

Anne Peukert nickte.

»Dann sind Sie die Nachlassverwalterin? Anne hat mir etwas von Tagebüchern erzählt. Luise ist doch aber schon seit drei Jahren tot. Wieso ...?«

Anne Peukert kam zu der Sitzgruppe und nahm neben ihrem Halbbruder Platz. Seine Gegenwart schien sie zu beruhigen. Sie erzählte ihm, dass ich bei der Durchsicht der Tagebücher auf spezielle Stellen gestoßen war, und schloss mit den Worten: »Du kennst doch Grit. Sie konnte aus jedem Schatten ein Monster machen und aus einem Nichts eine wilde Geschichte. Erinnerst du dich noch an die Steinmännchen? Und wie sie ausrasten konnte, wenn sie eines sah?«

Er lachte. »Die Steintürme, natürlich erinnere ich mich daran, lebhaft sogar. Aber nach ihrem Klinikaufenthalt hat sich das damals doch gegeben, wenn ich mich richtig erinnere.«

»Zum Glück!«

Kilian Seitz wandte sich an mich. »Jetzt muss ich aber doch noch mal nachfragen. Wieso spielen denn irgendwelche Tagebucheinträge jetzt noch eine Rolle?«

»Weil sie möglicherweise eine Parallele zu einem anderen Fall sind.«

Anne Peukert holte tief Luft und wollte gerade protestieren, als Kilian Seitz ihr beruhigend die Hand auf den Arm legte.

»Das heißt, es gibt noch einen Fall, wo ein junges Mädchen schlecht geträumt hat?«, fragte er mit leisem Spott. »Demnach haben Sie Ihren Wirkungskreis aber weit gezogen. Oder ist es üblich, auch Albträume der Kinder von Verstorbenen als eine Art Nachlass zu betrachten?«

Bevor ich antworten konnte, schaltete sich das Babyfon ein und ließ ein leises Wimmern hören. Anne Peukert sprang auf und lief hinaus.

»Tut mir leid, wenn die Pferde mit mir durchgegangen sind«, meinte er mit einem entschuldigenden Lächeln, »es war aber auch einfach zu verführerisch. Was meinten Sie mit dieser Parallele zu einem anderen Fall?«

»Einer Frau, deren Nachlass ich abwickle, ist mit solch einem Steinmännchen etwas ganz Ähnliches widerfahren. Sie hatte einen nächtlichen Besucher, der ihr damit gedroht hat zurückzukommen, wenn sie das kleine Steingebilde nicht hütet.«

»Wollen Sie damit sagen, dass Grit etwas geträumt hat, was dann später wirklich jemandem passiert ist?«

»Ich glaube nicht, dass Grit geträumt hat.«

10

Unser Hof war wie leer gefegt, alle waren zu irgendwelchen Unternehmungen ausgeflogen. Ich machte es mir auf einer Liege im Garten bequem. Als die Glocke von Sankt Georg drei Uhr schlug, blinzelte ich in den Himmel, der inzwischen wieder ganz blau war, spürte die Sonne im Gesicht und den sanften Wind auf meiner Haut. Der Baulärm, der während der Woche aus vielen Ecken zu hören war, verstummte sonntags und gab allen anderen Geräuschen Raum. Aus dem Park wehten Kinderstimmen zu mir herüber. Um mich herum summte und zwitscherte es, und die Hühner aus der Nachbarschaft gackerten um die Wette. All das fügte sich zu einem wunderbaren Konzert.

Meine Gedanken zog es zu Martin, der heute Morgen um halb sechs todmüde einen Kakao mit mir getrunken hatte, bevor ich zu mir nach Hause aufgebrochen war. Er hatte einen viel leichteren Schlaf als Simon, der so gut wie nie aufgewacht war, wenn ich mich davongeschlichen hatte. Ich hätte nicht sagen können, was mir lieber war. Ich wusste nur, dass es mir nicht guttat, Vergleiche anzustellen. Sie machten mir bewusst, dass nicht fair war, was ich da tat. Auch wenn Simon eine Pause eingelegt hatte, hatten wir immer noch eine Beziehung. Um genau zu sein, hatte ich gerade zwei.

Ich dachte an mein hartes Urteil über Edgar Seitz mit seinen zwei Familien und fühlte mich nicht gerade besser dabei. Andererseits hatte er diese zwei Beziehungen über viele Jahre geführt. Bei mir waren es gerade mal Tage. Ich würde mich entscheiden müssen. Und zwar bald.

»Hier bist du!«, hörte ich Henrike rufen. Sie stapfte durch das hohe Gras auf mich zu und ließ sich mit einem Seufzer auf die zweite Liege fallen, als hätte sie einen Halbmarathon hinter sich.

»Hallo!« Ich beschirmte meine Augen mit einer Hand und setzte mich auf.

»Wo hast du denn dein Handy?«, fragte sie.

»Oben.«

»Dann kann ich es ja lange versuchen.«

»Seit wann bist du zurück?«

»Seit gestern Abend.«

»War es schlimm?«

»Welchen Part meinst du? Meine Mutter oder Arne?« Sie stützte die Arme hinter sich auf und streckte ihre langen Beine aus. »Ich weiß nicht, wann ich zuletzt so erschöpft war. Das Problem *Mutter* hätte mir völlig gereicht.«

»Wie hast du denn das Problem *Arne* gelöst?«

Sie war noch voller Unruhe und konnte kaum still sitzen. »Bei allem, was ich getan habe, habe ich diesen verdammten Sender berücksichtigen müssen. Bei den meisten Fahrten im Dienste meiner Mutter habe ich ihn demontiert und an einer Stelle liegen lassen.« Sie zündete sich eine Zigarette an. »Nachdem ich alles im Eiltempo erledigt habe, bin ich noch nach Saarbrücken gefahren. Vorher habe ich in Bielefeld ein sauteures Nardi-Lenkrad für ihn gekauft – als *Überraschung*. So ein Teil hätte ich natürlich auch in München besorgen können, aber ich habe behauptet, ich wäre über eBay günstig rangekommen und hätte es bei dem Anbieter abgeholt.«

»Und die Möbel aus Saarbrücken?«

»Die haben nichts getaugt, habe ich ihm gesagt.« Sie nahm einen tiefen Zug. »Wenn ich eines kann, dann lügen«, sagte sie in einer seltsamen Mischung aus Stolz und Traurigkeit. »Sollte Arne das jemals herausfinden, dann war es das mit uns.«

»Es ist gut gegangen«, versuchte ich, sie zu beruhigen.

»Aber nur, weil er sich dir anvertraut hat.« Sie drückte die Zigarette im Gras aus und ließ ihren Blick durch den Garten schweifen. »Als ich noch im Dienst war, habe ich ständig damit rechnen müssen, dass jemand misstrauisch wird und beginnt, mich zu überwachen, aber bei Arne bin ich einfach nicht auf die Idee gekommen. Wieso auch?« Sie schwieg. »Mich als Versuchskaninchen einzusetzen – darauf musst du erst mal kommen!«

»Hat er sich denn über das Lenkrad gefreut?«

»Wie ein Kind«, antwortete sie mit einem Lächeln. »Danke für die Brücke, die du mir gebaut hast.« Sie forschte in meinem Gesicht. »Ist bei dir alles okay?«

Ich nickte und unterdrückte ein Gähnen.

»Simon hat vorhin kurz bei uns vorbeigeschaut. Ihm scheint es nicht so gut zu gehen.«

»Es war seine Entscheidung.«

»Das habe ich ihm auch gesagt.«

»Und?«

»Er quält sich. Du kennst ihn doch. Außerdem ist er ein Sturkopf, der nicht einlenken kann.«

»Ganz so gequält kann er nicht sein, ich habe bereits aus zwei Quellen gehört, dass er mit der neuen Mieterin aus dem Dachgeschoss sehr gerne lacht.«

»Und du säuselst gerne nachts am Telefon mit dem Detektiv aus Pasing.«

»Ein elementarer Bestandteil von Freundschaft ist übrigens Solidarität!«

»Ich bin mit euch beiden befreundet«, meinte sie lachend. »Was ist eigentlich aus diesem Detektiv geworden?«

Ich wich ihrem Blick aus und umschlang meine Knie. »Wir sehen uns hin und wieder.«

»Oje. Ich erinnere mich noch genau daran, wo wir waren,

als du mich gefragt hast, ob man in zwei Männer gleichzeitig verliebt sein könnte. Es war …«

»Es war am Langwieder See, ich weiß. Aber darüber will ich jetzt nicht reden.«

»Worüber dann?«

»Was weißt du über Vergewaltigungen?«

Henrike stöhnte. »Ich habe mir schon gedacht, dass dir die Sache keine Ruhe lässt.«

»Wie soll sie das denn auch? Ich bin mir sicher, dass es da einen Zusammenhang gibt.«

»Es könnte sich auch um einen Zufall handeln.«

»Viel wahrscheinlicher ist, dass es sich um ein und denselben Täter handelt. Könnte er bei der Führmann-Tochter angefangen haben? Ich meine, könnte jemand zunächst nachts ein Mädchen in seinem Bett erschrecken und später zum Vergewaltiger werden? Passt das deiner Meinung nach überhaupt zusammen?«

Sie zündete sich eine weitere Zigarette an und schaute dem Rauch hinterher. »Was ich jetzt sage, ist rein spekulativ. Ich möchte nicht, dass du es als unumstößliche Tatsache in dein Konstrukt einbaust.«

»Das habe ich verstanden. Also?«

Sie überlegte einen Moment. »Vielleicht hat es ihm anfangs gereicht, das Kind in Angst und Schrecken zu versetzen. Und vielleicht musste er sich später dann steigern, um das gleiche Gefühl wieder zu erleben.«

»Was sind das für Männer, die so etwas tun?«

»Was das für Männer sind?«, dehnte sie meine Frage in die Länge, als krame sie in ihrem Gedächtnis. »Sie brauchen das Gefühl von Macht und Überlegenheit, um damit ihre Defizite, ihr mangelndes Selbstwertgefühl und auch schwelende, für sie unlösbare Konflikte zu überdecken. Aber natürlich wird nicht jeder Mann mit solchen Bedürfnissen zum Vergewaltiger. Dazu braucht es dann schon noch mehr, und zwar eine Mischung aus genetischer Veranlagung und Umwelt, wie man heute weiß. Letztlich bleibt aber immer die Frage, warum andere mit einer vergleichbaren Veranlagung, mit einer vergleichbaren psychosozialen Belastung nicht zu Tätern werden. Darauf gibt es immer noch keine Antwort.«

»Wo suchen sie sich die Frauen?«

Henrike legte den Kopf schief. »Meistens in ihrem Umfeld, im sozialen Nahraum, wie es im Fachjargon heißt. Dort passieren die meisten Vergewaltigungen. Und genau dort sind Frauen völlig ungeschützt. Sie rechnen nicht damit, angegriffen zu werden. Von klein auf hören wir, dass wir nachts nicht allein durch den Park gehen sollen, dass wir Parkhäuser meiden sollen, einsame Wege. Aber niemand sagt uns, dass wir uns vor unseren Arbeitskollegen, Verwandten, Ehepartnern und Bekannten in Acht nehmen sollen. Und das Fatale ist, dass vielen Vergewaltigungsopfern genau diese Nähe zum Täter zum Verhängnis wird. Da wird es dann nämlich schwierig, die Vergewaltigung zu beweisen. Wenn Sperma nachgewiesen wurde, sagen die Täter: *Na klar hatten wir Sex, aber alles einvernehmlich und freiwillig. Und woher die blauen Flecken kommen? Na, sie hatte es eben gerne mal etwas heftiger.* Dann steht Aussage gegen Aussage. Und im Zweifel muss für den Angeklagten entschieden werden.«

»Im Umkehrschluss heißt das doch aber, dass dem Opfer nicht geglaubt wird.«

»Leider ja. Und was das für eine vergewaltigte Frau bedeutet, kannst du dir vielleicht vorstellen. Viele beschreiben es als eine erneute Traumatisierung. Du darfst ja nicht vergessen, dass die Frauen bis zum Urteilsspruch einiges über sich ergehen lassen müssen. Allein die Tat in allen Einzelheiten zu schildern, bedeutet eine starke Belastung. Und viele Strafverteidiger gehen nicht gerade zimperlich vor. Da wird auch gerne mal nach den sexuellen Vorlieben des Opfers und der Anzahl der Partner gefragt. Oder es wird auf der mangelnden Wehrhaftigkeit der Frau herumgeritten, um ihr eine Mitschuld zu unterstellen. Auf diesem Gebiet gibt es immer noch hanebüchene Vorstellungen. Nach dem Motto: Wenn eine Frau sich nicht wehrt, hat sie auch nicht Nein gesagt. Und dann war es schließlich auch keine Vergewaltigung.« Henrike fasste sich an die Stirn. »Da werden ganz elementare Dinge völlig außer Acht gelassen. Zum einen gibt es Frauen, die befürchten, alles nur noch schlimmer zu machen, wenn sie sich wehren. Dann gibt es die unterschiedlichen Kräfteverhältnisse – wehre dich mal, wenn jemand, der viel stärker ist als du, dich gekonnt fixiert und bewegungsunfähig macht. Und zum anderen gibt es drei elementare, aber grundverschiedene Reaktionen auf Angst: Starre, Flucht und Angriff. Aber von der Schockstarre scheinen bei Polizei und Justiz immer noch einige nie etwas gehört zu haben. Oder sie blenden sie schlichtweg aus, weil sie nicht in ihr Weltbild passt.«

»Allmählich kann ich verstehen, warum Michaela Breuer die Vergewaltigung nicht angezeigt hat.«

»Du sagtest doch, dass Fenster und Türen verschlossen waren und es keine Einbruchspuren gab. Wenn sie Pech gehabt hätte, wäre sie an einen Beamten geraten, der ihr die Anzeige ausgeredet und sie gar nicht erst aufgenommen hätte, weil ja gar niemand in ihre Wohnung hätte eindringen können. Ist alles schon vorgekommen.« Henrike zog die Beine an und setzte sich in den Schneidersitz. »Neulich habe ich ein paar Zahlen zu Sexualdelikten in Bayern gelesen. Von den Fällen, die hier vor Gericht landen, soll es angeblich in achtzig Prozent zu einem Schuldspruch kommen. Auf den ersten Blick klingt das ganz vielversprechend. Diese

Zahl täuscht aber darüber hinweg, dass nur etwa ein Viertel der angezeigten Sexualdelikte überhaupt vor Gericht verhandelt werden. Laut einer Studie des Kriminologischen Forschungsinstituts Niedersachsen soll es Bundesländer geben, in denen nur jede fünfundzwanzigste angezeigte Vergewaltigung zu einer Verurteilung führt. Was das für die Anzeigebereitschaft der Frauen bedeutet, liegt auf der Hand. Da sind wir hier in Bayern noch vergleichsweise gut dran.«

»Das heißt doch aber, dass eigentlich keiner Frau zu raten ist, ihre Vergewaltigung anzuzeigen, wenn damit gerechnet werden muss, dass Aussage gegen Aussage steht.«

Henrike nickte.

»Michaela Breuer hat nach weiteren Opfern gesucht, um vor Gericht dem Täter nicht allein gegenüberzustehen.«

»Einem Täter, der überhaupt erst einmal hätte gefasst werden und gegen den Anklage hätte erhoben werden müssen. Aber sie hatte schon recht, zu zweit wäre bereits die Anzeige schlagkräftiger gewesen, besonders in einem Fall, in dem es keine Einbruchspuren gibt.« Sie holte tief Luft. »Der Weg, der vor einer vergewaltigten Frau liegt, ist sehr steinig. Und es wäre völlig falsch, ihn zu beschönigen. Aber wenn es klappt und der Täter verurteilt wird, dann kann es eine Art Erlösung für die Frau sein.«

»Was würdest du tun, wenn du vergewaltigt worden wärst?«

»Ich würde nicht duschen, direkt zu einem Rechtsmediziner gehen, alle Beweise gerichtsfest sichern und vor allem die körperlichen Verletzungen dokumentieren lassen. Und damit meine ich die, die entstehen, wenn du gegen deinen Willen gepackt und ausgezogen wirst. Da gibt es ganz typische Verletzungsmuster an den Armen, an den Oberschenkeln oder auch am Rücken. Und Verletzungen an sehr empfindlichen Stellen. Die sind übrigens gut von vorgetäuschten Verletzungen abzugrenzen, die meistens symmetrisch und oberflächlich sind und nicht Ergebnis eines dynamischen Geschehens.« Sie atmete tief durch. »Wenn all das dokumentiert worden wäre, würde ich mir in Ruhe überlegen, ob ich Anzeige erstatte oder nicht.«

»Aber längst nicht jede Frau wohnt im Umkreis eines rechtsmedizinischen Instituts.«

»Es gibt Klinikärzte und gynäkologische Praxen. Dort findet man im Notfall Hilfe. Ob die dann allerdings immer kompetent ist, was die Beweissicherung angeht, steht auf einem anderen Blatt. Aber einen Versuch ist es in jedem Fall wert.«

»Corinna Lutz, Michaela Breuers Freundin, hat die Verletzungen fotografiert. Würden solche Fotos vor Gericht als Beweise standhalten?«

»Wenn alles sauber dokumentiert ist und die Freundin eine glaubhafte Zeugenaussage macht, könnten die Fotos zumindest als Indizien taugen.«

Einen Moment lang verharrte ich in dem Niemandsland zwischen Schlafen und Wachen. Als sich die ersten Gedanken in mein Bewusstsein drängten, stand ich gähnend auf, machte Licht und tappte in die Küche. Um kurz nach fünf kuschelte ich mich mit einem Kakao und den Führmann-Tagebüchern noch einmal ins Bett. Mittlerweile war ich hellwach.

Ich blätterte durch die Tagebücher und las hier und da noch einmal genauer hinein. Beide Führmann-Töchter waren direkt nach dem Abitur ausgezogen. Edgar Seitz hatte sie während ihrer Ausbildungen weiter finanziell unterstützt. Anne war Immobilienkauffrau geworden, Grit hatte Hotelfach gelernt. Da sie nach ihrem Psychiatrieaufenthalt eine Klasse hatte wiederholen müssen, hatte sie erst mit zwanzig ihr Abitur gemacht. Als sie aus dem Haus ging, war Luise Führmann gerade vierundfünfzig geworden. Vier Wochen später beendete Edgar Seitz nach fünfundzwanzig Jahren die Beziehung zu ihr. Er sagte ihr, er werde nicht mehr zu ihr kommen – weder mittwochs noch am Wochenende. Es sei vorbei. Sie hatte ihn angefleht, ihr den Grund für seine plötzliche Entscheidung zu nennen, aber den war er ihr schuldig geblieben. Er hatte sie im Regen stehen lassen und vermutlich erwartet, sie würde daraufhin ihre Kündigung einreichen. Aber zum allerersten Mal verweigerte sie ihm etwas. *Er wird es sich anders überlegen,* schrieb sie. *Er kann nicht ohne mich leben, so wie ich nicht ohne ihn leben kann. Wir gehören zusammen. Er wird es einsehen.* Und so zogen die Jahre ins Land. Luise Führmann arbeitete weiterhin in seinem Sekretariat, umhegte und verwöhnte ihn im Büro und träumte sich an den einsamen Abenden zurück in seine Arme. Die jedoch sollten sich nie wieder um sie schließen. Als sie achtundfünfzig war, kündigte er ihr und zahlte ihr eine Abfindung.

Warum?, fragte sie sich immer wieder. *Ich habe doch alles für ihn getan. Ich habe seine Töchter großgezogen, habe ihn unterstützt, wo es ging. Ich habe ihn verstanden, wie Gerlinde ihn nie verstehen wird. Ich war immer stark, während sie sich auf ihrer Schwäche ausgeruht hat. Er wird zu mir zurückkehren, wenn er merkt, wie verloren er bei ihr ist. Er wird zu mir zurückkehren, weil er mich mehr als jeden anderen Menschen liebt.*

Da sie keinen neuen Job mehr fand, verbrachte Luise Führmann die letzten Jahre ihres Lebens in Einsamkeit und einer angespannten finanziellen Situation. Zu ihren Töchtern schien sie nur noch sporadisch Kontakt gehabt zu haben. Und auch in ihr Tagebuch schrieb sie nur noch selten. Wenn, dann um ihrer Trauer und einer tiefen Verstörung Ausdruck zu verleihen. Sie verstand nicht, was geschehen war, wie Edgar Seitz ihrer Liebe einfach hatte den Rücken kehren können. Die Verstörung mündete in eine Verbitterung, die ihr bis zu ihrem Tod erhalten geblieben war.

Ich schlug das letzte Heft zu, verstaute es wieder in der Schublade und holte in der Hoffnung auf eine Nachricht von Grit Führmann den Laptop aus dem Wohnzimmer. Mein Puls beschleunigte sich, als ich sah, dass sie mir noch am späten Abend geantwortet hatte. Sie schrieb, dass sie inzwischen in Saint-Rémy-de-Provence lebe und dort das am Fuß der Alpillen in einem Naturschutzpark gelegene Gästehaus *Mas de Silence* leite. Da ich in meiner Mail mit keinem Wort angedeutet hatte, worum es mir ging, fragte sie, womit sie mir helfen könne. Demnach hatte ihre Schwester Anne sie bisher nicht informiert.

Ich schrieb zurück, dass ich gerne persönlich mit ihr sprechen würde, und fragte sie, ob die Möglichkeit bestünde, heute noch miteinander zu skypen. Es war halb sieben, als ich die Mail abschickte. Als ich um kurz nach sieben aus der Dusche kam und einen Blick auf den Laptop warf, war ihre Antwort bereits da. Sie sei ebenfalls Frühaufsteherin, und wenn es mir nichts ausmache, könnten wir um Viertel nach sieben skypen. Um acht würde sie ihren Dienst antreten und habe dann den ganzen Tag über keine Zeit mehr.

In Windeseile föhnte ich meine Haare, schlüpfte in Jeans, T-Shirt und Pulli und tuschte mir die Wimpern. Um Punkt Viertel nach sieben kontaktierte ich sie über Skype. Nach dem zweiten Klingeln schaltete sie sich dazu.

Grit Führmann hatte sich in den vergangenen drei Jahren kaum verändert. Sie hatte immer noch raspelkurz geschnittene dunkle Haare, Grübchen in den Mundwinkeln und sehr viel Wärme im Blick. Die Sonne der Provence hatte ihren Teint leicht gebräunt. Als Schmuck trug sie lediglich ein paar winzige Stecker in den Ohren. Die Piercings an Augenbrauen und Kinn waren verschwunden.

»Guten Morgen, Frau Führmann«, begrüßte ich sie. »Danke, dass Sie sich so schnell gemeldet haben.«

Sie lächelte. »Hallo, Frau Mahlo. Schön, Sie zu sehen. Wie kann ich Ihnen helfen?«

Ich erzählte ihr von den Tagebucheinträgen ihrer Mutter, an die ich mich durch einen anderen Fall erinnert hatte. Von dem entsetzlichen Albtraum, den Luise Führmann darin beschrieben hatte, und von dem Steinmännchen. Während sie mir regungslos zuhörte, huschten Schatten über ihr Gesicht.

»Es ist bestimmt nicht einfach für Sie, nach so vielen Jahren wieder an diese Geschichte erinnert zu werden, aber ...«

»Unser Gespräch endet hier«, unterbrach sie mich. »Rufen Sie mich nicht mehr an!«

»Bitte ...«, setzte ich an.

Aber sie hatte die Verbindung bereits unterbrochen, ihr Gesicht verschwand von meinem Bildschirm. Nach zwei weiteren Versuchen sah ich ein, dass es zwecklos war.

Seit halb acht saß ich über meinen Akten und hatte bisher kaum etwas erledigt. Es fiel mir schwer, mich zu konzentrieren. Dabei brannte mir die Zeit unter den Nägeln. Am Donnerstag würde ich nach Paris aufbrechen, und bis dahin musste ich noch einiges schaffen. Doch anstatt Kontoauszüge zu überprüfen, betrachtete ich das Foto des Steinmännchens über meinem Schreibtisch und die drei Heilsteine. Ich dachte an das, was Henrike mir über Vergewaltiger erzählt hatte – dass sie meist aus dem Umfeld der Opfer stammten. Michaela Breuer hatte ihren Vergewaltiger ganz sicher nicht erkannt, sonst hätte ihre Freundin es zumindest angedeutet. Aber hatte sie jemals einen Verdacht geäußert?

Ich suchte Corinna Lutz' Handynummer heraus und rief sie an. Kurz angebunden versprach sie, mich zurückzurufen.

Ich lief durch die Küche in den Vorgarten, wo Alfred krakeelte und sein Frühstück verlangte. Die Sonne schien auf sein schwarz glänzendes Gefieder, als er auf dem Gartentisch landete. Ich öffnete die Dose und legte eine Nuss vor ihn hin. Er tat jedoch so, als bemerke er sie gar nicht und sah mich mit geneigtem Kopf an.

»O nein!«, sagte ich. »Apfel und gekochtes Ei, klein gehackt und vermischt – das war eine Ausnahme! Ich werde hier nicht den Siebeck für Krähen spielen. Es reicht schon, dass ich Hundekekse backe.«

Kaum war ich fertig mit meinem Vortrag, schnappte Alfred sich die Nuss, breitete die Flügel aus und segelte wie immer über die Hecke davon in den Park. Auf dem Weg zurück ins Büro klingelte mein Handy. Es war Funda, die mir sagte, dass sie sich verspäten würde. Kaum hatten wir aufgelegt, klingelte es erneut.

»Entschuldigung«, meldete sich Corinna Lutz, »aber ich hatte gerade noch einen Handwerker hier. Und ich habe nur ein paar Minuten, bevor mein erster Patient kommt.«

»Danke, dass Sie trotzdem zurückrufen. Ich mache es kurz: Können Sie sich erinnern, was für Heilsteine das waren, die der Vergewaltiger bei Ihrer Freundin hat mitgehen lassen?«

»Nein, ich weiß nur, dass es sieben waren. Wieso?«

»Mir wurden drei Steine auf meiner Fensterbank hinterlassen.«

»Heilsteine? Aber wieso ...?«

»Hat Ihre Freundin eigentlich mal jemanden als Täter verdächtigt?«, unterbrach ich sie.

»Warum wollen Sie das wissen?«

»Weil es eine Parallele zu einem anderen Fall gibt, und die würde ich gerne abklären.«

»Mit diesem anderen Fall meinen Sie aber nicht Wiebke Hillebrand?«

»Nein. Es ist ein Fall, der schon mehr als zwanzig Jahre zurückliegt. Hatte Ihre Freundin einen Verdacht?«, kam ich auf meine Frage zurück.

»Für Michaela war die Vorstellung entsetzlich, sie könne denjenigen, der ihr das angetan hatte, vielleicht kennen und ihm unwissentlich immer wieder über den Weg laufen. Letztlich hat sie gehofft, dass es ein Fremder war.«

»Aber?«

Sie atmete hörbar aus. »Ich möchte hier keinen Verdacht in den Raum stellen. Ich kenne Sie doch gar nicht, Frau Mahlo. Sie könnten mit dieser Information wer weiß was anstellen und mich in Teufels Küche bringen. Zumal es nicht einmal ein Verdacht war, den Michaela geäußert hat. Es war viel eher die Antwort auf die Frage, wem sie so etwas überhaupt zutrauen würde. Und das ist ein ganz entscheidender Unterschied. Mit dem Verdacht, ein Vergewaltiger zu sein, können Sie einen Menschen ruinieren.«

»Dann frage ich mal anders: Gab es in Michaela Breuers Umfeld vielleicht einen Mann, den sie unangenehm fand und der …«

»Narzisstisch gestört war?«, führte sie meinen Satz fort. »Ja, den gab es. Und zwar in ihrem beruflichen Umfeld. Der Mann heißt Veit Kratzler. Er ist Sachbuchautor, und Michaela hat seine Bücher lektoriert. Sie werden in ihrem Mailverkehr über ihn stolpern. Er hat ihr eine ganze Weile nachgestellt und ihre ablehnenden Signale konsequent ignoriert. Bis sie ihm überdeutlich auf den Kopf zu gesagt hat, dass sie kein Interesse an ihm hat. Daraufhin hat er sie endlich in Ruhe gelassen. Bis kurz vor der Vergewaltigung. Da hat er plötzlich wieder Kontakt zu ihr aufgenommen, nur um sich gleich wieder eine deutliche Abfuhr einzuhandeln. Aber Michaela war sich bewusst, dass nicht jeder Mann, der eine Abfuhr einstecken muss, zum Vergewaltiger wird.«

»Käme denn dieser Veit Kratzler von Statur, Stimme und Alter her überhaupt infrage?«, hakte ich nach.

»Michaela sagte, dass seine Statur in etwa hinkäme. Das Alter des Täters konnte sie überhaupt nicht einschätzen. Und da er die ganze Zeit über geflüstert hat, konnte sie auch nichts zu seiner Stimme sagen. Flüstern verändert die Stimme sehr.« Im Hintergrund war eine Klingel zu hören. »Ich muss jetzt Schluss machen, Frau Mahlo. Lassen Sie uns in den nächsten Tagen noch einmal in Ruhe darüber reden.«

Veit Kratzler. Er war der Autor, der am Freitag im Büro gewesen war, als ich mich gerade auf dem Weg zu Anne Peukert befunden hatte. Ich versuchte, mich an das Telefonat mit ihm zu erinnern. Er hatte die Dateien, die seine Arbeit betrafen, von Michaela Breuers Laptop löschen lassen wollen. Nach dem, was ich gerade gehört hatte, ging es vermutlich nicht nur um die Dateien, sondern auch um den Mailverkehr. Ich wollte ihn mir gerade heraussuchen, als Martin anrief.

»Guten Morgen«, begrüßte er mich liebevoll.

»Hallo.«

»Das klingt ja so, als hättest du mich vermisst.«

»Das klingt nicht nur so.«

»Wow …«

»Martin?«, durchbrach ich die nachfolgende Stille. »Ist alles okay?«

»Völlig. Ich lasse diesen Satz nur noch ein wenig auf mich wirken. So weit hast du dich ja noch nie aus dem Fenster gelehnt.«

»Hey, hör auf, mich auf den Arm zu nehmen!«

»Ich würde dich auch viel lieber *in* den Arm nehmen. Sag einfach, wann.«

»Wie wäre es mit nächste Woche Mittwoch?«

»Das ist nicht dein Ernst, oder?«

Blitzschnell überschlug ich, was ich bis zu meinem Abflug noch erledigen musste. »Vorher schaffe ich es beim besten Willen nicht«, sagte ich in dem Moment, als Funda zur Tür hereinkam und mir zuwinkte. »Ich fliege von Donnerstag bis Dienstag nach Paris, und bis dahin muss ich noch …«

»Was willst du in Paris?«

Ich stockte und suchte nach einer Antwort. »Durch die Straßen schlendern.«

»Auf einer zerschnittenen Fußsohle?«

»Die paar Schnitte sind schon fast wieder verheilt.«

»Und mit wem wirst du durch Paris schlendern?«

»Mit einem Reiseführer.«

»Ich hoffe, er kennt sich aus.«

»Ich habe ihn bisher nur ein-, zweimal durchgeblättert, aber er macht einen ganz kompetenten Eindruck«, antwortete ich schmunzelnd.

»Hast du gerade diesen dumpfen Aufprall gehört? Das ist der Stein, der mir vom Herzen gefallen ist.«

Ich lachte in mich hinein. »Martin, es tut mir leid, aber ich muss auflegen, Funda ist gerade gekommen und wir haben einiges zu besprechen. Können wir später noch mal telefonieren?«

»Ich mache es ganz kurz: Du hast mich doch gebeten, etwas für dich herauszufinden – über eine …« Dem Geräusch nach zu urteilen blätterte er Papier.

»Wiebke Hillebrand«, kam ich ihm zu Hilfe.

»Ja, genau! Also: Sie ist tatsächlich umgezogen, und zwar vor ziemlich genau zwei Jahren. Und ich habe noch etwas herausgefunden: In ihre alte Wohnung …«

»Wurde eingebrochen.«

»Fünf Monate vor dem Umzug.«

»Wo liegt diese Wohnung?«

»Ebenfalls in Obermenzing.« Er nannte mir die Straße.

»Damit gibt es zwei Fälle, die sich stark ähneln.«

»Diese Übereinstimmungen könnten Zufall sein, Kris.«

»Und das Steinmännchen vor Wiebke Hillebrands Tür?«

»Das könnte sonst wer dort aufgestellt haben.«

»Wenn du mich fragst, ist das mindestens ein Zufall zu viel.«

Den Abend verbrachte ich mit einer ausgiebigen Recherche über Veit Kratzler, mit dem ich mich morgen um zehn Uhr im *Oskar-Maria* im Literaturhaus verabredet hatte. Laut Wikipedia war der Fünfundvierzigjährige in Gießen geboren und aufgewachsen. Er hatte in München Medizin und Ernährungswissenschaft studiert, seinen Doktor der Medizin gemacht und vor zwölf Jahren begonnen, Ernährungsratgeber zu schreiben, die ein großes Publikum fanden. Er hielt regelmäßig Vorträge und wurde im gesamten deutschsprachigen Raum zu Lesungen eingeladen. Er war häufig Gast in Talkshows und lebte in München. Ich sah mir die Liste seiner Veröffentlichungen an. Offensichtlich hatte er sich nicht spezialisiert, sondern schrieb über alles, was im Trend lag, zuletzt über vegane Ernährung.

Auf seiner Website beschrieb er sich selbst als kritisch, unabhängig und immer auf dem neuesten Stand der Wissenschaft. Jedes Buch, jeder Artikel, den er jemals veröffentlicht hatte, wurde dort aufgeführt. Ich scrollte hindurch und sah mir dann seine Bildergalerie an. Alle Fotos von ihm waren ähnlich: blonde, windgestylte Haare, Dreitagebart, Lederjacke, Erobererblick.

Auf seiner Facebook-Seite ließ er seine Leser am Fortschritt seines neuesten Werkes teilhaben. Wer seinen Auftritt dort verfolgte, war immer genau im Bilde, wie viele Seiten er gerade geschrieben hatte, wie viel Fanpost er erhielt – so viel, dass es ihm unmöglich sei, auf jeden Brief zu antworten – und auf welchen Veranstaltungen ihm zu begegnen war. Er kommentierte dort auch die Rezensionen zu seinen Büchern, die guten nahm er nonchalant entgegen, bei den weniger guten spekulierte er über die innere Befindlichkeit der Verfasser und deren Motive und betonte, dass ihn solche Reaktionen kaltließen. Ich saß staunend davor und musste unweigerlich an einen Gockel denken.

Schließlich nahm ich mir Michaela Breuers Mailverkehr mit ihm vor. Bereits nach der zweiten Mail war mir klar, warum sie ihm eine Abfuhr erteilt hatte und warum er in ihren Augen ein Narzisst war. Ständig erging er sich in einer fast unerträglichen Selbstbeweihräucherung, war in seine eigenen Texte verliebt und reagierte harsch und ablehnend auf Kritik. Mehr als einmal weigerte er sich, sämtliche Änderungsvorschläge seiner Lektorin zu akzeptieren. Dabei erkannte selbst ich als Laie, dass es sich dabei um eindeutige Verbesserungen gehandelt hatte. Zum einen ließ sein Sprachgefühl zu wünschen übrig, von Orthografie und Grammatik ganz zu schweigen, zum anderen ging er immer wieder schlampig mit Zahlen und Quellenangaben um. Ich vermutete, dass Michaela Breuer hier ganze Arbeit hatte leisten müssen. Und er hatte die Lorbeeren dafür eingeheimst.

Michaela Breuer hatte drei seiner Bücher lektoriert. Währenddessen hatte er ihr immer wieder eindeutige Avancen gemacht. Er hatte sie mit Mails überschüttet, ihr Blumen geschickt, signierte Exemplare seiner Frühwerke und Einladungen, mit ihm ein angesagtes Restaurant zu besuchen. Und immer hatte Michaela Breuer ihm eine unmissverständliche Abfuhr erteilt. Sie sei an einem privaten Kontakt nicht interessiert.

Im Frühjahr des vergangenen Jahres war die Sache eskaliert. Er hatte sich mit ihrem Nein nicht mehr zufriedengeben wollen und war immer wieder bei ihr aufgetaucht. Jedes Mal bewaffnet mit einer Flasche Champagner. Als nichts anderes half, hatte Michaela Breuer ihm damit gedroht, ihn wegen Stalkings anzuzeigen. Da endlich hatte er Ruhe gegeben. Zu dieser Zeit hatte sie seinen Verlag gebeten, ihm eine andere Lektorin zuzuweisen, war jedoch vertröstet worden. Für Wochen und Monate kommunizierten sie nur noch das Nötigste, auf beiden Seiten mit einem sehr unterkühlten Ton. Doch dann, Anfang Oktober, wurde sein Ton wieder persönlicher, und er ging in seinen Mails dazu über, so zu tun, als sei nie etwas vorgefallen. Aufs Neue begann er damit, Michaela Breuer zu umwerben. Wieder schob sie dem Ganzen einen Riegel vor.

Ende November dann war sie vergewaltigt worden. In ihren Mails war dieser Zeitpunkt deutlich als Zäsur zu erkennen. Sie korrespondierte mit ihm nur noch auf eine Weise, die mich an einen Roboter erinnerte. Von seiner Seite aus war zunächst keine Veränderung zu spüren. Was nicht weiter verwunderlich war, er hatte schließlich auch zuvor ihre Signale ignoriert.

11

Im *Oskar-Maria* waren kurz vor zehn erst drei Tische besetzt. Aber es würde nicht lange dauern, bis sich dieser beliebte Treffpunkt füllte. Ich suchte mir einen Platz am Fenster und setzte mich so, dass ich die Tür im Auge behalten konnte. Nach zwanzig Minuten tauchte er endlich auf. Nachdem er sich bei einem der Kellner erkundigt hatte, wo ich saß, kam er mit gemessenen Schritten auf mich zu. Dabei schien er den Raum, der sich inzwischen gefüllt hatte, nach bekannten Gesichtern zu scannen, vielleicht aber auch nach Gesichtern, die seines erkannten.

Ich spürte meine eigene Voreingenommenheit wie eine Welle, die mich überschwemmte. Dabei wusste ich aus Erfahrung, wie irreführend so etwas sein konnte.

Er blieb am Tisch stehen. »Frau Mahlo?«

»Guten Tag, Herr Kratzler.« Hätte ich nicht bereits gesessen, wäre ich bei seinem Händedruck in die Knie gegangen.

Bevor er sich mir gegenübersetzte, warf er noch einen schnellen Blick in die Runde. Dann schenkte er mir ein Lächeln. »Ich möchte mich noch für das Telefonat am Freitag entschuldigen. Da war ich vielleicht ein wenig ruppig. Aber Sie verstehen meine Lage sicher, sonst wären Sie nicht hier, nehme ich mal an.«

»Sie wirkten am Telefon ziemlich aufgebracht.«

»Das wären Sie auch, wenn es um die Früchte Ihrer harten Arbeit ginge. Haben Sie die Manuskripte gelesen?«

»Hunderte von Seiten?«

»Das sollte ein Scherz sein. Falls Sie an Ernährungsthemen interessiert sind, würde ich Ihnen ohnehin erst einmal empfehlen, meine bereits gedruckten Bücher zu lesen. Sie sind besonders bei Frauen sehr beliebt. Es ist mir gelungen, einen Ton zu finden, der sie besonders anspricht.«

»Sie sind also eine Art Frauenflüsterer?« Kaum hatte ich das Wort ausgesprochen, musste ich an den Mann denken, der Michaela Breuer vergewaltigt und ihr dann seinen Auftrag ins Ohr geflüstert hatte.

»Wenn Sie so wollen«, ging er auf meine Steilvorlage ein. »Man muss die Frauen verstehen, wenn man sie erreichen will.«

»Wie erreicht man sie denn am besten?«

In diesem Moment wurden wir von dem Kellner unterbrochen, der uns nach unseren Wünschen fragte. Wir bestellten beide einen Latte macchiato, Veit Kratzler orderte Rührei mit Speck, ich ein Croissant.

»Sie wollten wissen, wie man die Frauen am besten erreicht«, nahm er den Faden wieder auf. »Nun ... die Antwort ist ganz einfach: Indem man sensibel auf ihre Bedürfnisse eingeht. Und weil ich das mache, vertrauen sie mir und folgen mir überallhin.«

Es gruselte mich bei der Vorstellung, was sich hinter solchen Worten im Extremfall verbergen konnte. »Überallhin?«

»Bildlich gesprochen. Ich meine damit, dass sie meine Ratschläge befolgen. Das war harte, kontinuierliche Arbeit und ist mir nicht geschenkt worden«, meinte er mit einem Augenzwinkern. »Inzwischen habe ich mir in diesem teilweise sehr unübersichtlichen und von Banalem überschwemmten Markt einen Namen gemacht. Veit Kratzler ist zu einer Marke geworden, meine Werke stehen regelmäßig auf der Bestsellerliste.«

»Wenn Sie sagen, dass die Frauen Ihnen vertrauen und Ihnen folgen, dann bedeutet das ja auch eine gewisse Macht.«

Er nickte.

»Wie fühlt sich das an?«

In seinem Blick lag ein Anflug von Spott. »Was glauben Sie?«

»Berauschend. Ich meine, wer von uns hat schon wirklich Macht in seinem Alltag? Das sind vermutlich die wenigsten. Die meisten sind doch eher die Sklaven ihres Alltags. Und wenn man dann spürt, dass man etwas bewegen kann …«

»Es hat was«, gab er offen zu.

Der Kellner brachte unsere Bestellung. Veit Kratzler wartete, bis er wieder gegangen war, und rührte dann Zucker in seinen Kaffee.

»Die einen schaffen es bis ganz nach oben«, fuhr er fort, »die anderen krebsen ihr Leben lang als Bodensatz herum. Sie müssen ein Ziel vor Augen haben, eine Vision, Sie brauchen Charisma, Durchsetzungsvermögen und ein Gespür für das richtige Timing, für die richtigen Themen. Sie müssen massentauglich sein, ohne sich mit der Masse gemein zu machen.«

»Kann man das eigentlich lernen oder hat man das im Blut?« Ich nippte an meinem Latte macchiato.

Er zuckte die Schultern und schob sich eine Gabel mit Rührei in den Mund. »Ich würde sagen: Entweder man hat es oder man hat es nicht. Wie wollen Sie Charisma lernen?« Wieder zwinkerte er mir zu.

Ich verstand Michaela Breuer immer besser und hoffte im Stillen, dass er in der Riege ihrer Autoren die Ausnahme gewesen war. »Sind Sie eigentlich Münchner?«, fragte ich wider besseres Wissen.

»Ursprünglich komme ich aus Gießen. Dort bin ich geboren und aufgewachsen. Aber dann wurde es mir zu eng dort, zu kleinbürgerlich. München hat da schon weit mehr zu bieten.«

»Haben Sie hier studiert?«

»Medizin und Ernährungswissenschaft.«

Als Grit Führmann nachts zum ersten Mal von dem *Tod mit den Steinmännchen* heimgesucht wurde, musste er dreiundzwanzig gewesen sein, mitten im Studium also. »War es damals auch schon so schwierig, in München an ein bezahlbares Zimmer zu kommen?«

»Längst nicht so schwierig wie heute.«

»Wo haben Sie denn als Student gewohnt?«

»Mal hier, mal da. Ich bin oft umgezogen.«

»Hat es Sie auch mal nach Obermenzing verschlagen?«, fragte ich mit einem Lächeln.

»Auf die Gefahr hin, Sie zu verletzen, Frau Mahlo, ich weiß, dass Sie dort leben und arbeiten, aber mit meinem Umzug nach München hatte ich dem Kleinstädtischen ja gerade entgehen wollen. Da kam das Dörfliche erst recht nicht infrage.« Er schenkte mir einen langen Blick. »Wenn es sich lohnt, begebe ich mich aber natürlich auch mal in die dörflichen Niederungen.« Seine Stimme hatte einen samtweichen Tonfall angenommen. Ob dieser Mann sich gelegentlich selbst zuhörte?

»Lassen Sie uns lieber zum eigentlichen Anlass dieses Treffens zurückkehren.« Ich straffte ostentativ die Schultern. »Wie wollen wir mit den Dateien Ihrer Manuskripte verfahren?«

»Ich habe selbstverständlich alle in Kopie. Ich muss mich nur darauf verlassen, dass Sie jede einzelne löschen.«

»Den Mailverkehr auch?«

»Michaela hat ihre Mails gespeichert?« Er runzelte die Stirn. »Darunter befindet sich sicher einiges, was vertraulich ist. Lesen Sie die etwa alle?«

»Das kommt auf den jeweiligen Fall an. Bei manchen Nachlässen muss ich das. Wenn der Verstorbene zum Beispiel überschuldet war und ich nach Geldquellen suchen muss. Oder wenn es darum geht, mögliche Erben ausfindig zu machen.«

»Und wie ist das in Michaelas Fall?«

»Da suche ich nach Erben.«

»Aber dafür müssen Sie sicherlich nicht ihren beruflichen Mailverkehr lesen«, sagte er mit einem leise drohenden Unterton. »Mir wäre das nicht angenehm. Berufliche Details sollten nicht nach außen dringen. Deshalb kann ich Sie nur bitten, auch diese Dateien schnellstmöglich zu löschen. Und zwar ungelesen!« Er schnitt den Speck in winzig kleine Stücke und schob sie auf dem Teller hin und her. »Wenn ich mir vorstelle, ich würde sterben und jeder hätte Zugang zu meinen persönlichen Dingen …«

»Es ist ja nicht jeder«, unterbrach ich ihn, »sondern ein ausgewählter Nachlassverwalter. Deshalb werden auch hohe Anforderungen an uns gestellt. Wir dringen zwar in jeden Winkel vor, aber oberstes Gebot ist auch nach dem Tod der Schutz der Persönlichkeitsrechte.«

»Anforderungen im Sinne von nicht allzu neugierig zu sein?«

»In erster Linie geht es um Vertrauenswürdigkeit.«

»Wenn Sie aber auf etwas stoßen, das Sie persönlich interessiert – was machen Sie dann?«

»Dann hält mich mein professionelles Über-Ich im Zaum«, konterte ich. »Aber Sie haben natürlich recht. Es kommt immer mal wieder vor, dass ich bei der Durchsicht eines Nachlasses auf etwas stoße, das mein Interesse weckt. So etwas lässt sich gar nicht vermeiden. Entscheidend ist jedoch der Umgang damit.« Als hätten sie nur auf solch eine Aussage gewartet, drängten sich meine gesammelten Tagebücher vor mein inneres Auge. Ich schob sie beiseite.

»Gibt es in Frau Breuers Nachlass so etwas? Oder dürfen Sie darüber nichts sagen?«

»Eigentlich darf ich das nicht. Aber Sie haben die Tote ja gut gekannt, deshalb wird es Ihnen auch nicht neu sein, dass sie rund um Obermenzing und Pasing immer wieder Steinmännchen fotografiert hat. Solche Fotos interessieren mich über die beruflichen Belange hinaus schon. Ich finde sie ungewöhnlich.«

Er musterte mich. »Hängt nicht eines dieser Fotos über einem der Schreibtische in Ihrem Büro? Ich meine, mich zu erinnern, es gesehen zu haben, als ich am Freitag bei Ihnen war.«

Wie groß war die Wahrscheinlichkeit, dass ein selbstbezogener Mensch wie er ein eigentlich nichtssagendes Foto von sechs aufeinandergetürmten Steinen überhaupt wahrnahm, geschweige denn sich daran erinnerte? »Sie interessieren sich auch für Steinmännchen?«

Er verzog das Gesicht, als habe ich etwas Ungebührliches gesagt. »Nicht im Geringsten!«

»Aber das Foto ist Ihnen aufgefallen?«

»Mein Blick muss zufällig darauf gefallen sein. Manchmal bleiben einem doch die unwichtigsten Dinge im Gedächtnis. Wollen Sie meine ehrliche Meinung? Ein paar Steine in eine Balance zu bringen, ist etwas für Leute, die auch gerne Patiencen legen, für mich wäre das nichts.«

»Hat Frau Breuer Ihnen eigentlich mal von dieser Leidenschaft erzählt?« Im Stillen bat ich Michaela Breuer für meine Wortwahl um Verzeihung.

Er schwieg einen Moment, bevor er zu einer Antwort ansetzte. »So etwas wie Leidenschaft hat in unserer rein beruflichen Beziehung keine Rolle gespielt.«

Funda hatte während meiner Abwesenheit einen Großteil der Korrespondenz erledigt, die Ablage gemacht und damit begonnen, Michaela Breuers Adressbuch auf der Suche nach Erben durchzutelefonieren. Sie war bis zum Buchstaben M gekommen. Morgen wollte sie sich die restlichen vornehmen, stand auf dem Notizzettel, den sie mir hinterlassen hatte. Als PS hatte sie hinzugefügt: *Vor Paris brauche ich dringend noch ein Update, was Du herausgefunden hast!* Ich lächelte. Von Fundas anfänglicher Zurückhaltung gegenüber dem Nachlass von Michaela Breuer war nichts mehr zu spüren. Inzwischen hatte ihr detektivischer Spürsinn die Oberhand gewonnen.

Obwohl die Sonne alles tat, um mich nach draußen zu locken, blieb ich standhaft und setzte mich bei geöffnetem Fenster an die dringendsten Akten. Ich ignorierte das Telefon und strich einen Punkt nach dem nächsten von meiner To-do-Liste. Als Bruno Weber zum dritten Mal auf den AB sprach, nahm ich das Gespräch an. Ich solle mich doch endlich auf einen Räumungstermin festlegen. Die Interessenten stünden bei ihm Schlange, und er wolle Michaela Breuers Zimmer so schnell wie möglich neu vermieten. Ich stellte ihm den ersten November in Aussicht, weigerte mich jedoch, ihm diesen Termin in Stein zu meißeln. Ich wollte ihn bewusst ein wenig hinhalten – als Revanche für seine Kaltherzigkeit gegenüber Michaela Breuer.

Um kurz vor sechs wechselte ich auf die Holzbank im Vorgarten, stibitzte Alfred ein paar Nüsse aus seiner Dose und stellte in Gedanken die To-do-Liste für den nächsten Tag auf. Sie wurde ellenlang, und es würde unmöglich sein, sie an einem Tag abzuarbeiten. Aber ich würde es zumindest versuchen, bevor am Donnerstagmorgen mein Flug nach Paris ging.

Ein paar Strahlen der tief stehenden Sonne fielen auf

mein Gesicht. Ich lehnte mich zurück und schloss die Augen. Fünf Tage Paris – alles hinter mir lassen und durch diese Stadt schlendern, die ich bisher nur aus Filmen und Büchern kannte. Mich treiben lassen. Schon allein die Vorstellung fühlte sich gut an.

Aus dem Büro wehte die Stimme von Corinna Lutz zu mir herüber. Ich sprintete los und erwischte sie gerade noch.

»Hallo, Frau Lutz!«

»Störe ich Sie?«

»Nein, überhaupt nicht. Ich muss noch jede Menge aufarbeiten und habe nur kurz eine Pause eingelegt.«

»Nachdem wir gestern aufgelegt hatten, ist mir noch etwas eingefallen, was ich gerne mit Ihnen besprechen würde«, begann sie ohne Umschweife. »Sie wissen ja, dass ich für Michaela die Beweisstücke, Fotos und ihre Aufzeichnungen über die Vergewaltigung aufgehoben habe. Es ist ziemlich unwahrscheinlich, aber trotzdem nicht völlig auszuschließen, dass Sie es bei der Abwicklung von Michaelas Nachlass unwissentlich mit dem Täter zu tun bekommen. Deshalb wollte ich Sie bitten, diese Sache auf keinen Fall zu erwähnen. Niemandem gegenüber. Das ist zu meiner, aber auch zu Ihrer Sicherheit. Wir wissen ja überhaupt nicht, mit wem wir es da zu tun haben.«

»Keine Sorge! Solange sich die Sachen bei Ihnen befinden, werde ich mich daran halten. Allerdings überlege ich schon die ganze Zeit, ob es nicht sinnvoll wäre, damit zur Polizei zu gehen.«

»Mit einer toten Opferzeugin werden Sie dort nicht weit kommen.«

»Vielleicht doch, möglicherweise gibt es ähnliche Taten.«

»Sprechen Sie von der Parallele zu einem anderen Fall, von der Sie mir erzählt haben?«

»Ich bin überzeugt davon, dass es sie gibt, aber die betroffene Frau möchte nicht darüber reden.«

»Wurde sie unter ähnlichen Umständen vergewaltigt?«, fragte sie.

»Zum Glück wurde sie nicht vergewaltigt, aber sie wurde unter ganz ähnlichen Umständen zutiefst erschreckt. Das Ganze ist zweiundzwanzig Jahre her, die Frau war damals zehn Jahre alt. Der Täter stand mitten in der Nacht an ihrem Bett, hat ihr den Mund zugehalten und ihr Anweisungen erteilt, wie sie mit dem Steinmännchen im Vorgarten zu verfahren hat.«

Corinna Lutz sog scharf die Luft ein. »Ich nehme mal an, die Wohnungstür war verschlossen?«

»Deshalb hat die Mutter ihrer Tochter nie geglaubt und das Ganze als Albtraum abgetan. Sie sind doch vom Fach: Kann man einem Kind eigentlich einreden, dass es etwas nur geträumt hat?«

»Wenn das Kind dafür empfänglich ist, könnte man das durchaus. Ganz besonders, wenn etwas zutiefst Beängstigendes geschehen ist. Dann ist ein Traum allemal weniger bedrohlich. Außerdem wäre es für das Kind natürlich auch der einfachere Weg.«

»Einfacher in welcher Hinsicht?«

»Einfacher, als sich immer wieder aufzulehnen und die Erwachsenen vom Gegenteil überzeugen zu wollen. Ist denn diese Frau davon überzeugt, dass es nur ein Traum war?«

»Ich bin noch gar nicht dazu gekommen, sie das zu fragen. Ich habe bisher nur mit ihrer Schwester etwas ausführlicher sprechen können. Und diese Schwester beharrt auf einem reinen Traumgeschehen. Sie will die Parallele zum Fall Ihrer Freundin nicht sehen, sondern tut alles sehr vehement als Zufall ab.«

Einen Moment war es still in der Leitung. »Es fällt mir ehrlich gesagt schwer, bei einer derartigen Übereinstimmung an einen Zufall zu denken.«

»Da geht es Ihnen wie mir.«

»Und was fangen Sie jetzt damit an?«

»Ich weiß es nicht. Im Augenblick sind mir die Hände gebunden.«

Der Himmel war in rote Farbe getaucht, während vom Boden Nebel aufstieg. Die Wärme, die sich den Tag über gehalten hatte, verflüchtigte sich mit jeder Minute. Während ich durch den Park radelte, fragte ich mich, ob ich Arnes und Henrikes Einladung nicht doch besser abgesagt hätte. Wochenlang hatte ich die Essen in vertrauter Viererrunde erfolgreich umschifft, nur um mich ausgerechnet jetzt dazu breitschlagen zu lassen. Arne hatte am Telefon betont, dieses Essen sei kein Vermittlungsversuch, sondern nur als Abend unter Freunden gedacht. Das habe er auch Simon gesagt.

Und dann wurde es tatsächlich genau das – ein Abend unter Freunden. An einem wunderschön gedeckten Tisch mit Kerzen und Stoffservietten, mit leiser Musik und dem Ausblick in einen der schönsten Gärten, die ich kenne, mit hohen Eschen und der Würm, die sich unter einer Holzbrücke hindurchschlängelte. Und mit Rosa, die die meiste Zeit des Abends auf meinen Füßen lag.

Arne und Henrike gaben sich jede erdenkliche Mühe, gar nicht erst irgendwelche Spannungen aufkommen zu lassen. Simon und ich dankten es ihnen, indem wir jede Form von Anfeindung sein ließen. Es tat gut, wieder in dieser Runde zu sitzen, es machte mich gleichzeitig aber auch traurig.

Unsere Gespräche rankten um das neue Lenkrad, das

Arne von Henrike geschenkt bekommen hatte, um Weine, die Simon entdeckt hatte, um ein gigantisches Bauprojekt in Obermenzing, das die Verdichtung noch weiter voranschreiten lassen würde, und um Paris. Alle drei gaben mir Ratschläge, was ich mir unbedingt ansehen sollte. Zum Schluss schwirrte mir der Kopf.

»Und du hast wirklich vor zu fahren?«, fragte Simon.

Ich lachte. »Na klar!«

»Kein Nachlassfall, der wichtiger ist?«

Und auch kein Winzer, der nur während unseres Urlaubs Zeit hat, lag mir auf der Zunge. Aber ich verkniff es mir und schüttelte stattdessen den Kopf. »Einfach nur fünf Tage Paris.«

»Allein?«, fragte Simon, woraufhin mich drei Augenpaare gespannt ansahen.

Ich lehnte mich zurück und breitete die Arme aus. »Natürlich allein! Was habt ihr denn gedacht?«

Es kam mir vor, als ginge ein Aufatmen durch die Runde. Arne hob sein Rotweinglas und prostete Simon zu. »Diese Wette habe ich gewonnen.«

»Ihr habt darum gewettet?«, fragte ich entgeistert.

»Na ja, nicht wirklich gewettet, ich habe nur gesagt, dass du allein fährst.«

»Und ich wollte es ihm nicht glauben«, gestand Simon und wich meinem Blick aus.

Henrike klatschte in die Hände. »Wie gut, dass wir das geklärt haben. Ich brauche jetzt eine Zigarette.« Sie stand auf und ging hinaus auf die Terrasse.

Rosa und ich folgten ihr. Während die Hündin sofort mit der Nase am Boden im Garten verschwand, lehnte ich mich neben Henrike an die Kante des großen Gartentisches. Wir sahen den beiden Männern zu, die drinnen geblieben waren, die Köpfe zusammensteckten und sich leise unterhielten.

»Du freust dich auf Paris«, sagte Henrike mit einem leisen Staunen in der Stimme, das gleichzeitig Freude ausdrückte.

»Inzwischen ja. Ich finde die Vorstellung ganz schön, einfach mal nur in den Tag zu leben und auf Entdeckungsreise zu gehen.«

Sie nahm einen tiefen Zug von ihrer Zigarette und blies den Rauch über unsere Köpfe hinweg. »Und ich dachte schon, du hättest dich so sehr in deinen neuen Fall vergraben, dass nichts anderes Raum hat. Ich habe tatsächlich damit gerechnet, dass du die Reise verschiebst. Was ist eigentlich aus dieser Vergewaltigungsgeschichte geworden?«

»Ich denke weiter darüber nach. Glaubst du übrigens, dass ich es merken würde, wenn ich einem Vergewaltiger gegenübersäße?«

Sie baute sich breitbeinig vor mir auf, verschränkte die Arme vor der Brust und warf mit einer schnellen Kopfbewegung ihre langen Haare zurück über die Schulter. Ihre Haltung war eine einzige Drohung. »Also hast du doch nicht nur nachgedacht. Wem hast du gegenübergesessen?«

»Es ist eine rein theoretische Frage«, wich ich aus. »Ich frage mich wirklich nur, ob ich es merken würde. Ob ich zum Beispiel eine Gänsehaut bekommen würde, quasi als Botschaft meines Unterbewusstseins.«

Henrike behielt ihre Körperhaltung bei. Die Sache mit der Theorie hatte sie mir nicht abgenommen. »Du hattest es im vergangenen Jahr mit zwei Mördern zu tun. Beiden wärst du beinahe ins Messer gelaufen. Weil du es ihnen nicht angemerkt hast. Also verlass dich weder auf dein Unterbewusstsein noch auf deinen Schutzengel. Und schon gar nicht auf dein Bauchgefühl! Es taugt nämlich nur in den Fällen, in denen es sich auf deine bisherigen Erfahrungen bezieht. Wenn du Neuland betrittst, verlass dich lieber auf deinen Kopf, auf die durch und durch kühle Ratio.«

»Und was soll die mir sagen?«

»Dass es sich bei den meisten Verbrechern auf den ersten Blick um ganz normale Menschen handelt. Sie haben einen gewöhnlichen Alltag und oft auch Familie. Und vor allem tragen sie kein Mal auf der Stirn, das sie als Monster ausweist und dich warnt.«

12

In der Nacht hatte sich eine dicke, graue Wolkenschicht gebildet. Von oben sah sie wie ein flauschiger Teppich aus, über dem die Sonne aufging und den Blick in ein endloses Blau öffnete. Während ich dieses atemberaubende Schauspiel in mich aufsog, verlor sich das laute Brummen der Air-France-Maschine ebenso wie das Stimmengewirr um mich herum im Hintergrund. Hier oben schien die Zeit sich aufzulösen.

Ich schlug meinen Reiseführer auf und holte einen verschlossenen Briefumschlag daraus hervor, den Funda mir mit auf die Reise gegeben hatte. Ich hatte ihr versprechen müssen, ihn erst im Flugzeug zu öffnen. *Liebe Kris*, hatte sie geschrieben, *laut Wetterradar wird es in den nächsten beiden Tagen in Paris leider regnen. Du könntest natürlich das eine oder andere Museum besuchen. Du könntest Dich aber auch in den TGV nach Avignon setzen. Vom Flughafen Charles de Gaulle aus braucht er nur etwas mehr als drei Stunden. Mit einem Mietwagen wärst Du ungefähr eine halbe Stunde später in Saint-Rémy-de-Provence. Vielleicht ist Grit Führmann gesprächsbereiter, wenn Du ihr gegenüberstehst. Auf der Rückseite habe ich die Zugverbindungen notiert und ein kleines Hotel, das ganz in der Nähe des Gästehauses Mas de Silence liegt. Gute Reise, Funda* ☺

»Nein!«, sagte ich entschieden und erntete einen Seitenblick meines Sitznachbarn. Nein, wiederholte ich im Stillen und vertiefte mich in den Reiseführer, um mir ein Café herauszusuchen, von dem aus ich starten und die Stadt auf mich wirken lassen wollte. Über diesen Plan musste ich eingeschlafen sein, denn als mich ein Ruckeln weckte, befanden wir uns bereits im Landeanflug. Als sie die tiefe Wolkendecke endlich durchbrach, breitete sich die Stadt unter uns im grauen Regenschleier aus. Ich sah über das Grau hinweg und freute mich auf das Abenteuer, das vor mir lag.

Zwanzig Minuten später stand ich am Gepäckband und schaltete mein Handy ein. Es war erst kurz nach neun, aber ich hatte bereits mehrere SMS erhalten. Zwei stammten von meinen Eltern, die mir eine gute Reise wünschten, eine von Henrike, die schrieb, dass sie mich in Gedanken durch Paris begleite, eine von Martin, der mir einen Kuss hinterherschickte, und … Ich stutzte und klickte mich durch drei Nachrichten von Wiebke Hillebrand, die alle den gleichen Inhalt hatten: *Rufen Sie mich sofort zurück!!!*

Ich warf einen schnellen Blick auf das Förderband, das sich noch nicht in Bewegung gesetzt hatte, und verzog mich in eine ruhige Ecke. Nach dem ersten Klingeln nahm sie das Gespräch an.

»Haben Sie etwas damit zu tun?«, schrie sie in den Hörer.

Ich war wie vom Donner gerührt. Konnte sie irgendwie von Martins Recherchen erfahren haben? »Womit soll ich etwas zu tun haben?«, stellte ich vorsichtig die Gegenfrage.

»Mit dem Steinmännchen.« Ihr Atem ging stoßweise.

»Was ist damit?«

»Es ist weg. Gestern Abend habe ich es noch gesehen, und als ich vorhin zur Arbeit wollte, stand es nicht mehr dort. Haben Sie es weggenommen?«

Ich wartete, bis die ohrenbetäubende Lautsprecherdurchsage im Hintergrund verstummt war. »Nein. So etwas würde ich niemals tun. Das müssen Sie mir glauben.«

»Seit zwei Jahren steht es dort, und nie hat jemand es angerührt. Und dann tauchen Sie auf und …«

»Frau Hillebrand, ich schwöre Ihnen, ich habe nichts damit zu tun«, sagte ich eindringlich.

Sekundenlang war nur ihr Atmen zu hören. »Was mache ich denn jetzt?«, fragte sie verzweifelt.

Noch vor ein paar Tagen hatte ich mir Gewissheit gewünscht, ob Michaela Breuer recht gehabt hatte und Wiebke Hillebrand dem Vergewaltiger tatsächlich auch zum Opfer gefallen war. Aber nicht um einen solchen Preis. Die tiefe Erschütterung in ihrer Stimme war unverkennbar. »Erst mal machen Sie Schadensbegrenzung«, sagte ich möglichst ruhig. »Sie suchen sich jetzt gleich ein paar möglichst ähnliche Steine. Michaela Breuer hat das auch so gemacht. Der Täter wird den Unterschied gar nicht bemerken.«

»Ist Frau Breuers Steinmännchen auch gestohlen worden?«, fragte sie voller Angst.

»Sie hat es eigenhändig ausgetauscht, weil sie die Steine als Beweis aufheben wollte.«

»Und hat der Täter es bemerkt?«

»Ich glaube nicht, nein. Aber wenn Sie sich dann sicherer fühlen, wäre es vielleicht gut, für ein paar Tage zu einer Freundin zu ziehen.«

Vielleicht waren es Kinder gewesen, die das kleine Steingebilde gestohlen hatten, versuchte ich mich zu beruhigen, vielleicht irgendein Passant oder sogar ein Nachbar, dem Wiebke Hillebrands Bezug zu dem kleinen Ding nicht entgangen war und der sie ärgern wollte. Nicht gerade schön, aber auch nicht auszuschließen.

Vielleicht war es aber auch der Täter gewesen. Zwei Männer waren in der vergangenen Woche in meinem Büro gewesen und hatten dort Michaela Breuers Foto von Wiebke Hillebrands Steinmännchen gesehen. Edgar Seitz und Veit Kratzler. Jeden dieser Männer hatte ich auf seine Art als unangenehm und blasiert empfunden. Aber was besagte das schon! Fakt war lediglich, dass beide Männer auf die eine oder andere Art von meinen Recherchen wussten. Und zwar seit vergangenem Freitag. Am Samstagmorgen hatten bereits die Heilsteine auf meiner Fensterbank gelegen.

Als das Förderband sich endlich in Bewegung setzte, positionierte ich mich am Rand und hob keine zwei Minuten später meinen Koffer herab. Ich zog ihn hinter mir her zu der großen Anzeigetafel mit den Zugverbindungen, wo auch die Linie RER aufgelistet sein musste, die mich ins Zentrum bringen würde. Als Erstes verfing sich mein Blick jedoch an sieben Buchstaben: Avignon. Mitten in dem nicht abreißen wollenden Strom von Menschen blieb ich stehen und schloss für einen Moment die Augen. Stimmen rauschten an mir vorbei, und es kam mir vor, als würde ich Fundas durch alle hindurch hören, die sagte: *Mit dem TGV sind es nur etwas mehr als drei Stunden bis Avignon.*

Es war schon so viel geschrieben worden über das einzigartige Licht der Provence – aber ich musste es erst mit eigenen Augen sehen, um zu begreifen, wie außergewöhnlich schön und wie hell es war. Am *Gare TGV* außerhalb von Avignon hatte ich mir einen kleinen Peugeot gemietet und Saint-Rémy ins Navi eingegeben. Die Landstraße führte mich durch kleine Ortschaften, deren Straßen mit Platanen und Oleanderhecken gesäumt waren und die der Geschwindigkeit durch Bodenschwellen Grenzen setzten. Ich fuhr durch eine flache, grüne Landschaft mit Olivenplantagen, in Reihen gepflanzten Zypressen und Pinien und Wiesen, auf denen Schafherden und weiße Pferde grasten. Kurz vor Saint-Rémy hielt ich am Straßenrand und sah geradeaus auf die Alpillen, die sich am Horizont erhoben. Hoch oben auf den zerklüfteten Felsen stand ein Funkturm, ein Stück rechts davon war ein markanter Felsen mit offenen Bögen zu sehen, die wie Fenster aussahen. Ich sog die fünfundzwanzig Grad warme, seidige Luft in meine Lungen und fuhr weiter.

Um kurz vor vier stellte ich den Peugeot auf dem Parkplatz des *Canto Cigalo* ab. Im Garten des Hotels saßen ein paar Gäste unter Sonnenschirmen und lasen, andere hatten es sich in Liegestühlen bequem gemacht oder zogen ihre Bahnen durch den kleinen Pool. Zwei Frauen spielten Federball. In die Stimmen und das gleichmäßige Plopp des Balls mischten sich das Plätschern eines Brunnens und lautes Vogelgezwitscher, das aus einem gewaltigen Feigenbaum zu mir herübertönte.

An der Rezeption des im Landhausstil gebauten Hotels mit seinen blauen Fensterläden buchte ich ein Zimmer für eine Nacht. Nachdem ich meinen Koffer hochgebracht hatte, erkundigte ich mich nach dem Weg zum *Mas de Silence* und erfuhr, dass es sich lohnen würde, die nur knapp zwei Kilometer lange, wunderschöne Strecke zu laufen.

So wanderte ich durch schmale Gassen einen Hügel hinauf. Ich kam an Reihenhäusern vorbei, die in Pastelltönen gestrichen waren und in deren Vorgärten Gemüse angepflanzt wurde. Als die Gasse in eine breitere Straße überging, wurden die Anwesen größer und entzogen sich durch Steinmauern oder meterhohe Hecken meinen Blicken. Hier und da brummte ein Rasenmäher, zu sehen war niemand. Über eine Kreuzung hinweg führte mich mein Weg auf eine unbefestigte Straße – vorbei an Olivenhainen und weitläufigen Anwesen aus Sand- und Naturstein, die nur noch vereinzelt von Hecken und Mauern umgeben waren. Geschlossene Fensterläden wiesen einige als Feriendomizile aus.

Als mir eine Schafherde entgegenkam, stieg ich einen kleinen Abhang hinauf, setzte mich ins Gras und wartete, bis die Schafe, Hütehunde und Schäfer den Weg passiert hatten und die Geräuschkulisse aus Blöken, Bellen und Rufen hinter der nächsten Kurve leiser wurde. Von Weitem sah ich das *Mas de Silence* auf einer Anhöhe unterhalb des Waldrands liegen. Ich machte einen Umweg durch den Wald und näherte mich der Hotelanlage von oben. Ein paar Meter vor dem Maschendrahtzaun blieb ich stehen.

Zwischen den drei aus Naturstein errichteten zweistöckigen Gebäuden mit blaugrauen Klappläden spendeten Oliven- und Feigenbäume Schatten. Gewaltige Kübel mit Oleandern wechselten sich ab mit Lavendelhecken und Rosensträuchern. Hier und da gab es Sitzecken unter aufgespannten Sonnenschirmen. Am Ende des Gartens war eine Gruppe aus drei Frauen und zwei Männern in Tai-Chi-Übungen vertieft. Die Bewegungen in Zeitlupe passten zu der Ruhe, die die gesamte Anlage ausströmte. Fast ein Wunder in Anbetracht der vielen Autos, die auf dem Parkplatz standen. Das Hotel musste gut besucht sein.

Ich folgte der Beschilderung zur Rezeption und betrat eine Halle mit mosaikartigem Steinfußboden, weißen, gemütlichen Sofas und einer gewaltigen Feuerstelle, die allem Anschein nach regelmäßig benutzt wurde. An einer Wand hing ein großformatiger, abstrakter Vertreter moderner Kunst. Es duftete nach Lavendel. Die Rezeption selbst bestand aus einem großen, weißen Nierentisch mit Computer und Telefonanlage und einem Schlüsselbrett dahinter. In einem gemütlichen Sessel saß lesend ein Mann, der den Blick hob, als er mich kommen hörte. Das Namensschild auf seinem Polohemd wies ihn als Kai Broschinski aus, was nicht gerade französisch klang. Er war Ende zwanzig, braun gebrannt, hatte verwuscheltes dunkelblondes Haar und trug eine Brille mit dickem schwarzem Rahmen.

»Guten Tag«, begrüßte ich ihn in der Hoffnung, dass er Deutsch sprach.

Er stand auf, bewegte sich mit einem freundlichen Lächeln lautlos auf mich zu und erwiderte meinen Gruß. »Wie kann ich Ihnen helfen?«

»Ich suche Grit Führmann. Ist sie zufällig heute Nachmittag im Haus?«

»Wenn Sie mir Ihren Namen verraten, rufe ich sie an.«

»Kristina Mahlo.«

»Warten Sie bitte einen Augenblick.« Er ging zurück zu seinem Tisch und sprach leise ins Telefon. Dann hob er den Blick. »Sie kommt gleich zu Ihnen. Möchten Sie solange hier drinnen Platz nehmen oder draußen unter dem Feigenbaum?«

»Ich warte gerne hier. Danke.«

Es dauerte keine zwei Minuten, da betrat sie die Halle und sah sich suchend nach mir um. Der Zorn stand ihr ins Gesicht geschrieben. Vermutlich hatte ich es allein der Anwesenheit von Kai Broschinski zu verdanken, dass sie nicht sofort explodierte. Sie sagte keinen Ton, sondern bedeutete mir mit einer unmissverständlichen Geste, ihr zu folgen. Dann machte sie auf dem Absatz kehrt und verschwand nach draußen. Ich sprang von dem Sofa auf und eilte ihr hinterher.

Im Stechschritt marschierte sie zu einem ausladenden Feigenbaum, unter dem zwei Korbsessel standen. Grit Führmann blieb hinter einem von beiden stehen und verschränkte die Arme vor der Brust. Sie presste die Lippen zusammen, wodurch sich die Grübchen in ihren Mundwinkeln verstärkten.

»Ich konnte einfach nicht anders, ich musste hierherkommen. Vermutlich taugt das nicht gerade als Entschuldigung, ist aber so gemeint.«

»Ich brauche Ihre Entschuldigung nicht! Wenn ich Sie damals nicht als so sympathisch empfunden hätte, hätte ich

Sie vor fünf Minuten von meinem Mitarbeiter vor die Tür setzen lassen. Seien Sie froh, dass Ihnen das erspart geblieben ist, und gehen Sie! Ich will Sie hier nicht länger sehen.« Sie hob ihr Kinn und sah mich auffordernd an.

»Bitte, Frau Führmann, ich …«

»Jetzt kommen Sie mir bloß nicht damit, dass Sie sich extra auf den Weg hierher gemacht haben. Das war allein Ihre Entscheidung.«

»Es geht hier nicht um mich.«

Sie hob die Brauen. »Wenn es um mich geht, warum respektieren Sie dann meinen Wunsch nicht, mit dieser alten Sache nicht mehr behelligt zu werden? Als es um den Nachlass meiner Mutter ging, waren Sie alles andere als unsensibel und übergriffig.«

Mir war bewusst, dass ich mir jeden dieser Schuhe, die sie mir vor die Füße warf, anziehen musste. Mit meinem Auftauchen hier zerrte ich Erinnerungen hervor, die sie vielleicht ganz tief vergraben hatte. Aber lange Zeit hatte man ihr weiszumachen versucht, dass ihre Erinnerungen falsch waren. Sie sollte wissen, wie es sich in Wahrheit verhielt.

»Gehen Sie und kommen Sie nicht wieder«, sagte sie leise und schob ihre Hände in die Gesäßtaschen ihrer Jeans.

»Ich möchte Ihnen nur einen Satz hierlassen, bevor ich gehe. Er lautet: Ich weiß, dass es kein Albtraum war, sondern Wirklichkeit.«

Sekundenlang sah sie mich an, als habe sie mich nicht richtig verstanden.

»Es war kein Traum, Frau Führmann. Dieser *Tod mit den Steinmännchen* stand damals tatsächlich an Ihrem Bett. Davon bin ich felsenfest überzeugt.« Ich ließ einige Augenblicke verstreichen, während derer sich ihr Blick in meinen bohrte. »Ich bin noch bis morgen früh im Hotel *Canto Cigalo*. Nur für den Fall, dass Sie Fragen haben.«

Im Hotel erwartete mich bereits ihre Nachricht: *20:00 Uhr im Maison Drouot hinter dem Wasserturm.* Nach einer ausgiebigen Dusche setzte ich mich ins Auto und fuhr ins Zentrum von Saint-Rémy. Ich parkte auf dem Marktplatz und nutzte die mir verbleibende Stunde für einen Streifzug durch die kleine provenzalische Stadt mit ihren jahrhundertealten Renaissancebauten. Über Kopfsteinpflaster schlenderte ich in der einsetzenden Dämmerung durch die engen Gassen, staunte über die Vielfalt an Restaurants, die sich allmählich füllten, und über die kleinen Läden, von denen kein einziger zu einer Kette gehörte. Vor einem Brunnen lag völlig entspannt eine Katze. Ich blieb stehen und ließ meinen Blick die beiden Gassen hinaufwandern, die sich hier trafen. Im Sommer würden sich Touristenströme hindurchschieben. Jetzt, Anfang Oktober, schien alles ein wenig zur Ruhe zu kommen.

Zehn Minuten später betrat ich das *Maison Drouot.* Da Grit Führmann sich etwas verspätete, blieb mir Zeit, mich in Ruhe umzusehen. Alles hier wirkte fröhlich. Die Wand mit der großen Durchreiche zur Küche war mit unzähligen bunten Pappen im Postkartenformat dekoriert. Von der Decke hingen Lampen in der Form von Wolken, die Teller waren wie Blätter geformt, das Essen darauf wie kleine Gemälde. All das animierte ein chinesisches Paar am Nachbartisch zu zahlreichen Fotos.

Der Kellner stellte gerade eine Karaffe mit Wasser auf den Tisch, als ich Grit Führmann entdeckte. Sie stand im Entree und sprach mit zwei älteren Männern, die an der Bar saßen. Dann sah sie sich suchend um und steuerte auf mich zu. Während sie sich mir gegenübersetzte und ihre Tasche auf dem freien Stuhl neben sich ablegte, ließ sie mich nicht aus den Augen.

»Guten Abend«, sagte ich.

»Ob er wirklich gut wird, muss sich erst noch zeigen.« Ihr Zorn war immer noch nicht ganz verraucht. »Ich brauche jetzt erst einmal ein Glas Wein, Sie auch?«

»Gerne.«

Nachdem sie eine Flasche Rosé bestellt hatte, wandte sie sich wieder mir zu. »Wie kommen Sie darauf, dass es damals kein Traum war? Und wie haben Sie überhaupt von der ganzen Sache erfahren?«, begann sie, als habe ihr diese Frage den ganzen Nachmittag über auf der Seele gebrannt.

»Wussten Sie, dass Ihre Mutter Tagebuch geschrieben hat?«

»Nein.«

»Vor drei Jahren musste ich auf der Suche nach Geldquellen für den überschuldeten Nachlass Ihrer Mutter diese Tagebücher lesen. Dadurch habe ich von dem *Tod mit den Steinmännchen* erfahren und von der Überzeugung Ihrer Mutter, dass dieser *Geist* lediglich ein Protagonist Ihrer Albträume war. Ich habe das damals beim Lesen nicht infrage gestellt. Inzwischen sehe ich das jedoch anders. Seit Anfang vergangener Woche betreue ich den Nachlass einer Frau, die letztes Jahr im November in ihrer Wohnung überfallen wurde. Und zwar mitten in der Nacht. Ihre Wohnungstür war verschlossen gewesen, ebenso Fenster und Terrassentür. Der Täter hatte in ihrem Vorgarten ein Steinmännchen hinterlassen und ihr aufgetragen, es zu hüten, andernfalls käme er wieder.«

Grit Führmann schien den Kellner, der den Wein brachte, gar nicht zu bemerken. Erst als ich aufhörte zu reden und abwartete, bis er die Flasche entkorkt und uns beiden eingeschenkt hatte, tauchte sie aus ihren Erinnerungen auf. Sie nahm ihr Weinglas und zog mit dem Daumennagel eine Linie um den Fuß. »Die Steine …«, sagte sie leise.

»Sie sind die Parallele. Genauso wie die verschlossene Tür, das Fehlen jeglicher Einbruchspuren und der Tatort, der in Obermenzing lag. So wie damals bei Ihnen.«

Sie nahm einen Schluck von dem Wein und starrte vor sich auf den Tisch. »Als er zum ersten Mal neben meinem Bett stand, war ich zehn. Ich bin aufgewacht, weil mir jemand den Mund zuhielt. Die Straßenlaterne schien in unser Zimmer, deshalb konnte ich seine Umrisse sehen und den weißen Totenkopf und das Gerippe auf seinem schwarzen Anzug. Ich war vor Schreck völlig starr. Als hätte er alle Zeit der Welt, hob er einen Zeigefinger zu seinem Mund und machte ganz leise *scht*. Ich wollte zu Anne sehen, deren Bett an der Wand gegenüber stand, aber ich konnte nicht. Ich konnte mich nicht bewegen, und ich konnte nicht einmal den leisesten Mucks von mir geben. Dann neigte er den Kopf zu meinem Ohr und flüsterte seine Anweisung mit dem Steinmännchen. Schließlich ließ er mich los und verließ das Zimmer. Ich lag noch eine ganze Weile bewegungslos da und habe gehorcht, ob er noch draußen vor der Tür steht. Dann bin ich zu meiner Mutter ins Schlafzimmer gerannt.«

»Und sie hat Ihnen nicht geglaubt.«

Grit Führmann sah mich durchdringend an. »Sie ist nicht einmal richtig aufgewacht. Im Halbschlaf hat sie gemurmelt, ich solle wieder in mein Bett gehen und weiterschlafen. Es könne niemand in die Wohnung, sie habe die Tür abgeschlossen. Dann hat sie sich auf die andere Seite gedreht und versucht weiterzuschlafen. Ich habe sie so lange gerüttelt, bis sie ganz wach war. Und wütend. Sie sagte, ich hätte zu viel Fantasie und könne nicht zwischen Traum und Wirklichkeit unterscheiden. Wenn ich nicht wolle, dass sie sich Sorgen um mich mache, solle ich ganz schnell wieder in mein Bett gehen. Ich bin dann zu Anne unter die Decke gekrochen und habe versucht, sie zu wecken, aber sie schien tief und fest zu schlafen. Bis heute weiß ich nicht, ob sie jemals etwas mitbekommen hat.« Sie schwieg und biss sich auf die Oberlippe. »Vor dem Frühstück bin ich vors Haus gelaufen, um zu sehen, ob das mit dem Steinmännchen stimmte. Es stand tatsächlich da.«

»Wie sah es aus?«, fragte ich.

Sie musste keine Sekunde lang über ihre Antwort nachdenken. »Es war klein und bestand aus sechs flachen, runden Steinen. Ich bin hoch gelaufen und habe meiner Mutter davon erzählt, ich habe sie angefleht, es sich anzusehen. Anstatt mit mir nach unten zu gehen, hat sie sich zu mir gesetzt, meine Hand genommen und gesagt, ich müsse ganz allmählich lernen, meine Fantasie im Zaum zu halten. Ich sei alt genug. Und wenn ich mich vor ein paar Steinen vor dem Haus fürchten würde, solle ich hinuntergehen und sie in die Mülltonne werfen.«

»Das muss sehr schlimm für Sie gewesen sein.«

Ihre Hand strich über das Tischtuch und blieb dann auf der Menükarte liegen, die in einem alten Plattencover von Julio Iglesias steckte. »Wollen wir uns erst einmal etwas zu essen aussuchen?«

Ich nickte und machte mich daran, die Karte zu studieren, was alles andere als einfach war. Es gab zu viele Wörter, die ich nicht kannte. Schließlich bat ich Grit Führmann, etwas für mich auszuwählen. Sie bestellte uns Kalbskopfsülze und gegrillte Dorade.

»Niemand hat mir geglaubt«, nahm sie den Faden wieder auf. Das Staunen darüber schien die Verzweiflung mit den Jahren abgelöst zu haben. »Auch mein Vater nicht. Ich habe es ihm natürlich erzählt, obwohl meine Mutter es mir verboten hatte. Wissen Sie, was er zu mir sagte? Sie senkte die Stimme und zitierte Edgar Seitz: *Manchmal erscheint dir ein*

Traum als die Wirklichkeit. Aber die Wahrheit hat einen unvergleichlichen Klang. Ich erkenne ihn, wenn ich ihn höre.«

Ausgerechnet Edgar Seitz hatte über die Wahrheit doziert? Wie zynisch.

Grit Führmann knetete ihr Ohrläppchen. »Mit einem hatte mein Vater recht: Die Wahrheit hat tatsächlich einen unvergleichlichen Klang. Ich habe nie daran gezweifelt, dass es diesen Mann wirklich gab. Umso mehr hat mich das Ganze erschreckt. Denn ein Albtraum ist nichts im Vergleich zu einem Menschen, der durch verschlossene Türen in unser Zimmer kam, an einen Ort, an dem wir eigentlich sicher hätten sein sollen. Ich hatte danach nicht etwa deshalb Schwierigkeiten einzuschlafen, weil ich Angst vor meinen Träumen hatte, sondern weil ich Angst hatte, unsere Zimmertür würde sich öffnen, während ich schlief.« Sie schluckte. »Ich war immer ein sehr mutiges Kind gewesen, mich hat so schnell nichts geängstigt. Der *Tod mit den Steinmännchen* hat mich jedoch zutiefst verstört. Solch ein Erlebnis rührt an Urängste. Trotz alledem ist es ihm nicht gelungen, mich kleinzukriegen. Das wundert mich heute noch am meisten. Als ich begriff, dass meine Mutter mir nicht glaubte, habe ich Anne bekniet zu bezeugen, dass der Mann da war. Zunächst hat sie es mir zuliebe auch getan, aber sie hat es nicht lange durchgehalten. Meine Mutter musste nur mit Hausarrest drohen, und schon war es vorbei mit der schwesterlichen Solidarität.« Grit Führmann nippte an ihrem Wein. »Ich würde gerne behaupten, dass ich ihr das verziehen habe. Aber leider musste sie noch eins draufsetzen, als ich wegen dieser ganzen Geschichte in der Psychiatrie gelandet bin. Vielleicht hätten die Ärzte mir geglaubt, wenn Anne das Gleiche erzählt hätte. Aber sie hat gesagt, ich würde oft schlecht träumen. Und sie wäre ganz sicher aufgewacht, wenn nachts jemand in unser Zimmer gekommen wäre.«

»Das heißt, auch sie hat Ihnen nie geglaubt.«

»Das wäre vermutlich die beste der möglichen Versionen. Vielleicht ist sie aber auch aufgewacht und hat sich schlafend gestellt. Weil der schwarze Mann nachts im Kinderzimmer besser ein Albtraum bleibt.«

Unsere Vorspeise kam, und wir machten uns in stillem Einvernehmen über die Würfel aus Kalbskopfsülze auf feinen Gemüsestreifen her. Das Essen war für uns beide eine willkommene Gelegenheit, um dieser Geschichte für ein paar Minuten zu entfliehen. Die Geräusche um uns herum, die während unseres Gesprächs in den Hintergrund getreten waren, hüllten uns jetzt ein.

Grit Führmann legte ihre Gabel beiseite und wischte sich mit der Serviette über den Mund. »Dieser Mann ist ein Teufel«, sagte sie aus tiefster Seele.

»Wie oft war er eigentlich in Ihrem Zimmer? Den Notizen Ihrer Mutter nach zu urteilen, muss es mehr als einmal gewesen sein.«

»Vier Mal«, kam es wie aus der Pistole geschossen. »Das erste Mal, als ich zehn war. Dann wieder kurz nach meinem elften Geburtstag. Danach gab es eine längere Pause. Beim dritten Mal war ich dreizehn, und dann kam er wieder, als ich vierzehn war. Das war dann schon in unserer neuen Wohnung.«

»Und kurz danach sind Sie auf ein Internat in England gekommen.«

»Geflohen trifft es besser«, meinte sie trocken und musterte mich. »Sie sind ausnehmend gut informiert. Haben Sie tatsächlich ein so gutes Gedächtnis? Oder haben Sie die Tagebücher aufbewahrt?«

»Nein, ich habe sie vor zwei Jahren vernichtet«, kam es mir mühelos über die Lippen. »Und ja, mein Gedächtnis ist tatsächlich sehr gut. Deshalb erinnere ich mich auch noch daran, dass Sie einige Zeit nach Ihrer Rückkehr aus England ein Steinmännchen in Ihrem Zimmer vorgefunden haben. Wie Ihre Mutter schrieb, war es der Auslöser für Ihren Nervenzusammenbruch. Warum haben Sie dieses Steinmännchen gerade nicht mit in Ihre Aufzählung genommen?«

»Weil ich mir im Nachhinein nicht sicher war, ob es von dem Mann stammte oder von Anne.«

»Obwohl Ihre Schwester wusste, wie sehr diese Steine Sie schreckten?«

Sie wollte gerade etwas entgegnen, als der zweite Gang aufgetischt wurde. »Ich habe es für möglich gehalten«, sagte sie, nachdem der Kellner uns einen guten Appetit gewünscht hatte. »Alles andere wäre sehr viel erschreckender gewesen. Es hätte nämlich bedeutet, dass er am helllichten Tag in unserer Wohnung gewesen wäre.«

Nach dem Essen hatten wir uns auf einem Sofa gegenüber der Bar niedergelassen. Aus den Lautsprecherboxen über uns drang leise ein Chanson von Charles Aznavour.

Grit Führmann sah hinaus in die Dunkelheit. »Wer auch immer damals an meinem Bett gestanden und versucht hat, mich in meinen Grundfesten zu erschüttern, ist ein von Grund auf böser Mensch. Es ist ihm gelungen, mich für lange Zeit in Furcht und Schrecken zu versetzen. Eine ganz normale Reaktion auf solche nächtlichen Besuche, sollte man meinen. Aus der Klinik haben sie mich jedoch erst entlassen, als ich von der Realität abgerückt bin. Meine Familie hat mich danach ständig beäugt – in ihren Augen war ich labil und gefährdet. All das hinter mir zu lassen war eine Erlösung.«

Aus den Tagebüchern ihrer Mutter wusste ich, dass sie nach dem Abitur nach Paris gegangen war, um dort Hotelfach zu lernen. »Sind Sie damals nicht nach Paris gegangen?«

Sie sah mich lange an, dann schien sie eine Entscheidung zu treffen. »Nachdem Sie schon so viel über mich wissen, könnten wir uns eigentlich duzen, oder?« Sie hob ihr Glas, das sie vom Tisch mitgenommen hatte, und hielt es mir entgegen. »Grit.«

»Kristina.«

»Ja, Paris war die Erlösung. Deshalb bin ich nie nach München zurückgekehrt.«

»Hast du dir eigentlich therapeutische Hilfe geholt?«

»Nach der Erfahrung in der Psychiatrie? Nein! Letztlich musste ich lernen, mit meiner Angst zurechtzukommen. Und ich musste lernen, damit zu leben, dass meine Familie mir nicht glaubt. Das war fast noch schwerer.« Sie setzte sich seitlich auf die Couch, legte ihren Arm auf die Rückenlehne und zog die Beine an.

»Diese beiden Fälle haben viel zu viel Ähnlichkeit, als dass es sich um zwei Täter handeln könnte«, sagte ich. »Wenn ich also von ein und demselben Täter ausgehe, dann hat er vermutlich vor zweiundzwanzig Jahren mit dir begonnen, seine sadistischen Machtfantasien umzusetzen.«

»Was hat er mit der Frau angestellt, deren Nachlass du betreust?«

»Er hat sie vergewaltigt.«

Sie schlang die Arme um ihren Körper und biss sich auf die Unterlippe.

»Ist damals bei euch zu Hause eigentlich mal eingebrochen worden?«

Grit schüttelte den Kopf. »Ist er so in die Wohnung der Frau gelangt?«

Ich nickte. »Er hat sich Wochen vor der Vergewaltigung bei einem Einbruch ihren Zweitschlüssel nachgemacht.«

»Bei uns muss er auf andere Weise an den Schlüssel gelangt sein. Nachdem ich gelesen hatte, dass Vergewaltiger oft im Umfeld ihrer Opfer zu suchen sind, habe ich mich immer wieder gefragt, wer um uns herum an einen Schlüssel hätte herankommen können. Vergebens. Wir hatten keine Putzhilfe, meine Mutter hat das immer selbst gemacht. Sie hatte keine Freundinnen, bei denen sie einen Schlüssel hinterlegt hatte. Nachbarn wären, was das anging, ohnehin tabu gewesen, weil sie deren Neugierde fürchtete. Und Handwerkern hat sie in jeder Sekunde auf die Finger gesehen. Sie hätte nie einem von ihnen den Wohnungsschlüssel ausgehändigt.«

»War die Frage nach dem Schlüssel bei euch zu Hause überhaupt mal ein Thema?«

»Nur um mich davon zu überzeugen, dass ich alles nur geträumt hatte. Ich erinnere mich noch genau an einen Abend. Da haben sich meine Eltern mit mir hingesetzt, haben ihre Schlüssel auf den Tisch gelegt und gesagt, es gebe nur insgesamt drei. Die beiden hier und einen im Küchenschrank. Niemand außer der Familie habe Zugang dazu. Es könne also gar kein Fremder in die Wohnung gelangt sein.«

Was war es gewesen? Bornierte Ignoranz oder Ratlosigkeit gepaart mit einem gehörigen Mangel an Fantasie? Es gab so viele Möglichkeiten, an einen Schlüssel zu gelangen. »Hast du dich mal gefragt, warum der Täter ausgerechnet dich ausgesucht hat?«

Grit zuckte in einer anrührenden Weise die Schultern. Darin lagen all die Jahre, in denen sie sich diese Frage schon gestellt zu haben schien.

»Verbindest du irgendwelche Assoziationen mit diesem Mann?«

»Angst«, kam es ohne ein Zögern.

»Erinnerst du dich an seine Stimme?«

»Er hat immer nur geflüstert, und das auch noch ganz leise. Dabei habe ich seinen Atem auf meinem Ohr gespürt.« Sie verzog angewidert das Gesicht. »Er hat nach Zigaretten gerochen, einmal auch nach Bier.«

»Hast du seine Augen sehen können?«

»Dazu war es zu dunkel.« Für einen Moment kehrte ihr Zorn zurück. »Nachdem er mich das erste Mal überfallen hat, habe ich nur noch bei Licht einschlafen können. Aber nachts bin ich oft mit klopfendem Herzen aufgewacht, und dann war es aus. Meine Mutter hat es vor dem Schlafengehen regelmäßig ausgeschaltet. Damit Anne nicht geweckt wird. Dabei hatte sie ja offensichtlich einen sehr tiefen Schlaf.«

»Gab es eigentlich in eurem Umfeld jemanden, der dir unheimlich war oder gegen den du eine unerklärliche Abneigung verspürt hast?«, fragte ich. »Einen Lehrer, einen Nachbarn, einen Verkäufer im Supermarkt?«

»Du kannst dir nicht vorstellen, wie oft ich mir diese Frage gestellt habe. Aber an so jemanden erinnere ich mich nicht.«

»Hast du dich vor jemandem gefürchtet?«

Grit dachte nach und lachte dann. »Vor meinem Halbbruder habe ich mich gefürchtet. Anne hatte ihn eines Tages angeschleppt. Von da an kam er öfter mal am Nachmittag bei uns vorbei, wenn meine Mutter noch im Büro war. Sie wäre ausgeflippt, wenn sie davon erfahren hätte. Das an sich hätte bei Anne eigentlich gereicht, um jedwede Aktion im Keim zu ersticken. Aber Kilian konnte Anne um den Finger wickeln. Sie hat ihn angehimmelt.«

»Warum hast du dich ausgerechnet vor ihm gefürchtet?«, hakte ich verwundert nach.

»Weil er mir immer drakonische Strafen angedroht hat,

falls ich Anne und ihn verpfeifen würde. Heute lache ich darüber, aber damals ist es ihm tatsächlich gelungen, mich einzuschüchtern. Aber da war ich ja auch schon durch meinen nächtlichen Besucher eingeschüchtert.«

»Hast du es jemals für möglich gehalten, dass er derjenige war, der an deinem Bett stand? Immerhin hätte er deinem Vater den Schlüssel entwenden können.«

»Warum hätte er mich so erschrecken sollen? Er hatte doch gar keinen Grund.«

»Was ist mit Eifersucht?«

»Eifersucht?« Ihre Stimme schraubte sich in die Höhe. »Worauf denn bitte schön? Auf unsere Existenz als Zweitfamilie? Auf dieses Leben im Verborgenen? Auf das Verbot, da draußen auch nur ein Wort über den eigenen Vater zu verlieren? Kilian hat doch immer alles gehabt. Er musste nichts verheimlichen.«

»Hast du noch Kontakt zu ihm?«

»Nur sporadisch. Wir gratulieren uns zu unseren Geburtstagen, mehr nicht. Anne hat ohnehin immer den intensiveren Kontakt zu ihm gehabt. Sie ist ihrem Bruder eine bewundernde Schwester und ihrem Vater eine gute Tochter.«

»Ich habe sie vergangene Woche besucht. Sie wollte deine Telefonnummer nicht herausrücken, hat aber versprochen, meine Kontaktdaten an dich weiterzuleiten.«

Ein Schatten huschte über ihr Gesicht. »Hast du ihr von deiner Vermutung erzählt?«

Ich nickte und ahnte, worauf sie hinauswollte.

»Wie viele Tage hatte sie Zeit, um mich anzurufen und mir zu sagen, dass ich damals nicht geträumt habe? Zwei, drei?«

»Fünf.«

Grit hielt es nicht mehr auf dem Sofa. »Ich muss eine rauchen.«

Einen Moment später zündete sie sich draußen vor der Tür eine Zigarette an. Ich stellte mich zu ihr auf die Veranda und folgte ihrem Blick zum Himmel. Es war ein sternenklarer Abend.

»Anne erfährt vor fünf Tagen, dass es diesen Mann vermutlich wirklich gegeben hat. Und sie ruft mich nicht an.« Ihre Stimme klang rau.

»Vielleicht braucht sie Zeit, sich an den Gedanken zu gewöhnen. Er stellt alles auf den Kopf.«

»Falls sie das Ganze überhaupt an sich heranlässt, wird sie ein schlechtes Gewissen haben. Aber anstatt zu sagen, sie hätte sich damals getäuscht, sie hätte mir glauben sollen und es tue ihr leid, bleibt sie stumm.« Grit blies den Rauch nach oben und drückte ihre Zigarette aus. »Ich hoffe, du hast mehr Glück mit deiner Schwester, falls du eine hast.«

»Ich habe keine.«

»Sei froh!« Mit einem schiefen Lächeln bedeutete sie mir, ihr wieder nach drinnen zu folgen.

Unsere Plätze auf dem Sofa waren besetzt, deshalb stellten wir uns an die Bar. »Wollen wir zahlen? Ich muss morgen früh raus«, sagte sie und gab der Kellnerin ein Zeichen.

In diesem Moment legte sich die Müdigkeit am Ende eines langen, aufregenden Tages um mich wie ein schwerer Bleimantel. Ich nickte. »Eine Frage habe ich noch, bevor wir aufbrechen. Sagt dir der Name Veit Kratzler etwas?«

»Das ist doch der Typ, der diese Ernährungsratgeber schreibt. Und ob der mir etwas sagt.« Sie schmunzelte. »Ich habe ihn nie persönlich kennengelernt. Er war ein Kunde meiner Mutter. Eine Zeit lang hat sie abends und an den Wochenenden Hausarbeiten, Diplomarbeiten und Doktorarbeiten abgetippt. Darunter müssen auch seine Arbeiten gewesen sein. Sie hat mir später mal davon erzählt, als wir an dem Schaufenster einer Buchhandlung vorbeikamen. Einen arroganten Schnösel hat sie ihn genannt und einen Geizhals, der alles für lau hatte haben wollen. Dabei habe er Ansprüche gehabt wie Graf Koks und an allem und jedem herumgemosert. Wieso interessierst du dich für ihn?«, fragte sie wachsam. »Hat er etwa mit der ganzen Sache zu tun?«

»Ich weiß es nicht«, antwortete ich ehrlich. »Die Frau, deren Nachlass ich betreue, hatte beruflich mit ihm zu tun. Das heißt aber erst einmal gar nichts.«

Sie gähnte hinter vorgehaltener Hand. »In meinem Kopf dreht sich alles. Ich muss ins Bett.«

Nachdem wir bezahlt hatten, gingen wir gemeinsam zum Parkplatz. Grit bot mir an, mich zu meinem Wagen zu fahren. Ich willigte dankbar ein und ließ mich auf den Beifahrersitz sinken. Von einer Sekunde auf die andere war ich so müde, dass mir fast die Augen zufielen.

»Er wird weitermachen, oder?«, fragte Grit, während sie auf die Hauptstraße bog.

»Vielleicht. Die Frau, deren Nachlass ich verwalte, hat die Vergewaltigung dokumentiert. Das ist aber natürlich nicht beweiskräftig. Theoretisch könnte sie all das aus Rache inszeniert und hinterlassen haben. Ich würde trotzdem gerne damit zur Polizei gehen. Die Sache mit den Steinmännchen ist so ungewöhnlich, dass die Möglichkeit besteht, eine Ermittlung in Gang zu setzen, wenn …«

»Wenn ich mitkäme.« Sie nickte. »Verstehe.«

»Würdest du darüber nachdenken?«

Sie schwieg, bis wir auf den Marktplatz einbogen. »Bist du morgen noch in Saint-Rémy?«

»Ja«, entschied ich spontan.

»Dann treffen wir uns doch um kurz nach zwölf im Restaurant vom *Hotel d'Almeran* in der Rue Carnot. Ich muss wenigstens eine Nacht darüber schlafen.« Sie beugte sich zu mir herüber und küsste mich links und rechts auf die Wangen. »Bei uns küsst man dreimal«, sagte sie mit einem Lächeln. »Gute Nacht.«

13

Es war eine der seltenen Nächte, in denen ich durchschlief und erst nach Sonnenaufgang erwachte. Nachdem ich mich noch eine Weile faul im Bett gerekelt hatte, stand ich um kurz vor acht auf, duschte, schlüpfte in Jeans und T-Shirt und setzte mich mit Kaffee und Croissant zu den anderen Gästen in den Garten. Während an den Nachbartischen anhand diverser Reiseführer und Landkarten die Tagestouren geplant wurden und ich mein Gesicht in die Sonne hielt, schickte meine Mutter mir eine SMS. Ob es schön sei in Paris, wollte sie wissen, und wo ich gerade sei. Ich antwortete, dass ich unter freiem Himmel einen Kaffee, ein Croissant und das Leben genießen würde und ihr und meinem Vater von Herzen für diese Reise dankte. Nichts daran war gelogen, beruhigte ich gerade mein schlechtes Gewissen, als Funda anrief.

»Deine Mutter hat vor zwei Minuten den Kopf zur Tür hereingesteckt und mir erzählt, wie begeistert du von Paris seist«, meinte sie eine Spur enttäuscht.

»Ich habe sie belogen, ich bin in Saint-Rémy.«

»Tatsächlich?« Funda schnappte nach Luft. »Hast du Grit Führmann schon gesprochen?«

»Ja, und ich bin ganz zuversichtlich, dass sie mit mir zusammen zur Polizei geht. Nachher treffe ich sie noch einmal.«

»Vorher könntest du vielleicht ihren Vater anrufen. Er war gerade am Telefon. Ziemlich aufgebracht, wenn du mich fragst. Du sollst ihn umgehend zurückrufen. Und noch etwas: Im Briefkasten lag ein Blankoumschlag mit einem Stein darin.«

»Ein Heilstein? Ähnlich wie die drei auf meinem Schreibtisch?«

»Ziemlich ähnlich. Ich glaube, es ist ein Silberauge. Irgendjemandem scheinst du gerade kräftig auf die Füße zu treten.«

»Den Eindruck habe ich auch«, sagte ich zum Abschied und wählte gleich darauf die Nummer, die Funda mir diktiert hatte. »Sie wollten mich sprechen, Herr Doktor Seitz?«

»Habe ich mich neulich etwa unklar ausgedrückt?« Seine Stimme klang eisig. »Ich hatte Ihnen jeden weiteren Kontakt mit meinen Töchtern untersagt. Wie kommen Sie dazu, Grit aufzusuchen?«

»Weder Ihre Tochter noch ich benötigen Ihre Erlaubnis für ein Gespräch.«

»Ich kann Ihnen erhebliche Schwierigkeiten machen, Frau Mahlo, ich habe Verbindungen und …«

»Herr Doktor Seitz«, fiel ich ihm ins Wort, »ich habe es tagtäglich mit Erben zu tun. Die haben alle ihre Verbindungen. Ich bin an die gesamte Klaviatur zwischen Drohen und Säuseln gewöhnt. Und ich kann Ihnen versichern, dass ich immun dagegen bin. Wäre ich das nicht, könnte ich meinen Job an den Nagel hängen.«

Mit einem Mal war es still in der Leitung. »Herr Doktor Seitz?«

Er hatte aufgelegt.

Bis kurz vor zwölf hatte ich mir die ehemalige Nervenheilanstalt angesehen, in der Vincent van Gogh untergebracht gewesen war, und einen kurzen Abstecher in die nahe gelegene antike Stadt Glanum gemacht, wo ich auf zweitausend Jahre alten Steinen gesessen und die Ausläufer der Sevennen am Horizont betrachtet hatte. Dann war ich ins Zentrum gefahren, hatte meinen Wagen wieder am Marktplatz abgestellt und mich auf die Suche nach dem *Hotel d'Almeran* in der Rue Carnot gemacht.

Ich traf ein paar Minuten zu früh dort ein und suchte uns einen Platz, an dem wir ungestört würden reden können. Ich nutzte die Zeit, bis Grit eintraf, für einen Anruf, der mir auf der Seele lag.

»Frau Mahlo, sind Sie das?«, fragte Wiebke Hillebrand leise.

»Ja. Ich habe mir Sorgen um Sie gemacht und wollte hören, ob Sie sich ein wenig beruhigt haben.«

Sie atmete ins Telefon. »Es geht so.«

»Haben Sie das Steinmännchen ersetzt?«

»Gleich nachdem wir gestern aufgelegt hatten.« Sie klang alles andere als erleichtert. »Wer macht denn nur so etwas?«

»Möglicherweise ein Nachbar, den die Steine dort gestört haben. Oder Kinder, um damit zu spielen«, versuchte ich, sie zu beruhigen. »Vermutlich gibt es einen ganz harmlosen Grund dafür.«

»Und wenn es derjenige war, der die Steine dort aufgestellt hat? Vielleicht hat er davon erfahren, dass Sie in dem alten Fall recherchieren.« Ihre Stimme war voller Angst. »Haben Sie immer noch vor, zur Polizei zu gehen?«

»Das hängt davon ab, ob ich in dieser alten Sache etwas ausrichten kann.«

»Sie haben versprochen, mich da herauszuhalten. Das gilt doch noch, oder?«

»Keine Sorge, Frau Hillebrand, Sie haben mein Wort!«

Ich hatte gerade aufgelegt, als ich eine SMS von Grit bekam, dass sie sich um ein paar Minuten verspäten würde. Gleich darauf rief Martin an. Er stehe im strömenden Regen am Fuße des Eiffelturms und würde mich gerne auf einen Kaffee treffen. Im ersten Augenblick glaubte ich, mich verhört zu haben, doch dann wurde mir bewusst, dass genau das zu ihm passte.

»Du bist verrückt«, sagte ich lachend.

»Stimmt, manchmal bin ich das.«

»Du stehst wirklich am Eiffelturm?«

»Falls du das kitschig findest, lass dir sagen, dass die erste Plattform in siebenundfünfzig Metern Höhe seit Neuestem aus Glasplatten besteht. Dort zu stehen soll sich anfühlen, als würde man schweben. Davon steht garantiert noch nichts in deinem Reiseführer. Ich dachte, das probieren wir mal aus. Sag mir, wo du bist, und ich komme und hole dich ab.«

»Ich bin in Saint-Rémy-de-Provence.«

Das musste er erst einmal verdauen. »Wolltest du nicht nach Paris?« Die Enttäuschung war ihm anzuhören.

»Ich habe hier noch etwas zu erledigen, aber ich fahre morgen zurück.«

»Wie ist das Wetter dort?«

»Wunderschön«, antwortete ich, als Grit das Restaurant betrat. Sie hatte mich entdeckt und winkte mir zu. »Martin, tut mir leid, ich muss Schluss machen. Lass uns nachher noch mal telefonieren, ja?«

Er murrte etwas Unverständliches in den Hörer und unterbrach die Verbindung. Ich hätte gerne meine Arme um ihn geschlungen und ihm den Pariser Regen vom Gesicht geküsst, um danach Hand in Hand im nächsten Café zu verschwinden. Nicht zum ersten Mal fragte ich mich, warum immer alles gleichzeitig geschehen musste.

Mit einem Seufzer ließ sich Grit auf die Bank mir gegenüber sinken und sagte, sie bräuchte erst einmal etwas zu trinken. Dazu sei sie den ganzen Vormittag über noch nicht gekommen. Ein Gast habe hohes Fieber bekommen, ein anderer habe seinen Pass verloren, und, und, und. Ich schob ihr mein unbenutztes Wasserglas hin, das sie dankbar nahm und es halb leer trank. Dann ließ sie ihren Blick durch das Restaurant wandern, das sich in den letzten zwanzig Minuten gut gefüllt hatte. Hier und da entdeckte sie jemanden, den sie kannte, und winkte.

»Wie gefällt dir das Restaurant?«, fragte sie mich gespannt.

»Es ist wunderschön.«

»Warte, bis du das Essen probiert hast. Unsere Gäste lieben es. So still es bei uns draußen ist, so pur wird hier gekocht, und das Ganze mit unglaublicher Finesse und Einfallsreichtum. Lass mich dir etwas bestellen, ja?«

»Einverstanden.«

Grit sprang auf, ging zu der Kellnerin und besprach unser Essen mit ihr. Zufrieden kehrte sie an unseren Tisch zurück. »Ich habe uns auch gleich einen Rosé bestellt.«

»Wie hat es dich eigentlich hierher verschlagen?«, fragte ich neugierig. »Ich meine, nach Saint-Rémy?«

»Als ich noch in Paris lebte, habe ich ein verlängertes Wochenende hier verbracht. Das war zu einer Zeit, als ich noch Schwierigkeiten hatte, abends einzuschlafen. Ich lag wach und hörte plötzlich einen Vogel. Es war nicht dieser Warnlaut, wie du ihn manchmal hörst, wenn eine Katze in der Nähe ist. Es war ein ganz besonderer Gesang. Ich hatte ihn noch nie gehört. Es war eine Nachtigall, wie ich tags darauf herausfand. In der nächsten Nacht habe ich sie wieder gehört. Und dann noch einmal. Und schließlich stand mein Entschluss fest, ich wollte hier leben. Damals war das *Mas de Silence* gerade im Entstehen. Ich habe mich beworben und hatte Glück.«

»Und seitdem hörst du die Nachtigall in jeder Nacht?«

Sie lachte. »Sie singen nur im Frühjahr bis in den Juni hinein, und es sind ausschließlich die Männchen. Die Weibchen müssten eigentlich reihenweise dahinschmelzen.« Die Fröhlichkeit stand ihr ins Gesicht geschrieben. »Aber jetzt zu dir! Wir sind ja fast gleich alt. Ich habe mich heute Morgen beim Aufstehen gefragt, warum wir uns eigentlich in Obermenzing nie über den Weg gelaufen sind.«

Ich erklärte ihr, warum es meine Familie und mich vor sieben Jahren dorthin verschlagen hatte, ich erzählte ihr von Ben, von meinem abgebrochenen Studium, von zahllosen schlaflosen Nächten und meinem Neuanfang als Nachlassverwalterin.

Als ich geendet hatte, sah sie mich mitfühlend an. »Das mit deinem Bruder ist sehr traurig. Ich glaube, es gibt Dinge, die lassen einen nie los. Irgendwann treten sie vielleicht in den Hintergrund, trotzdem sind sie für immer da. Und sie verändern einen Menschen. Ohne den *Tod mit den Steinmännchen* wäre mein Leben mit Sicherheit anders verlaufen. Ich wäre nicht nach Paris gegangen und vermutlich nie in Saint-Rémy gelandet.« Sie zuckte die Schultern und lächelte schief. »Aber wer weiß, wie dieses andere Leben ausgesehen hätte. Es ist überhaupt nicht gesagt, dass es besser gewesen wäre. So, wie es jetzt ist, gefällt es mir, und das ist die Hauptsache.« Sie sah hinaus auf das entspannte Treiben in der Rue Carnot. »Ich möchte mit niemandem tauschen. Alles, was geschehen ist, gehört zu mir und lässt sich nicht mehr ändern.« Sie holte tief Luft.

Einen Moment lang befürchtete ich, sie würde mir jetzt eine Absage erteilen und sagen, dass sie das Gleichgewicht, zu dem sie in ihrem Leben gefunden habe, nicht riskieren wolle. Doch ich musste sie nur ansehen, um aufzuatmen. »Du hast dich entschieden.«

»Ja.« Sie lächelte. »Ich komme mit dir zur Polizei.«

Die Kellnerin stellte kleine Schälchen mit einer Rote-Beete-Mousse und hauchdünnen Rettichstreifen vor uns hin. Ich probierte und schloss für einen Moment die Augen. »Mhm! Du hast wirklich nicht zu viel versprochen.« Ich löffelte das Schälchen aus und stellte es dann zurück auf den Teller. »Weiß dein Vater davon? Er hat mich vorhin ziemlich erbost angerufen.«

Sie hob die Brauen. »Er war gestern Abend bei meiner Schwester, als ich dort anrief. Ich dachte, es sei nur fair, sie in meine Pläne einzuweihen, aber …« Sie machte eine wegwerfende Handbewegung und grinste. »Wozu soll ich es schönreden? Ich wollte ihr eins auswischen. Ganz so frei, wie ich es mir wünsche, bin ich nämlich von kleinen Rachegedanken immer noch nicht.«

Am Himmel schlossen sich graue Regenwolken zu einem dicken, undurchdringlichen Teppich zusammen. Als seien sie aus dem Nichts gekommen, tauchten sie das Tageslicht innerhalb weniger Minuten in ein dunkles Grau. Kurz darauf setzten unwetterartige Regenfälle ein. Die Passanten auf der Rue Carnot suchten in Hauseingängen und Geschäften Schutz oder ließen sich mit einem Schulterzucken vom Regen durchweichen. Wassermassen strömten durch den Ablaufkanal in der Mitte der kleinen Gasse. Fünf Minuten später war alles vorbei.

»Wenn es hier regnet, dann richtig«, sagte Grit mit unverkennbarer Begeisterung und machte sich über unseren Hauptgang her, der aus weich gekochten Eiern unter einer Mousse aus Steinpilzen und Kräutern bestand.

»Was hat deine Schwester gesagt?«, nahm ich den Faden wieder auf.

Sie habe es mit einer geballten Ladung Protest zu tun bekommen, erzählte Grit. Auch Annes Mann habe seinen Senf dazugegeben, vor allem aber Edgar Seitz und Kilians Ehefrau. Am schlimmsten sei jedoch ihre Schwester gewesen. Grit solle sich diesen Schritt gut überlegen, sie würde es ja geradezu darauf anlegen, sich zu blamieren. Wieder einmal würde sie als Fantastin dastehen – genau wie damals in der Psychiatrie.

Sie fuhr sich mit einer Hand durch ihre kurzen Haare und stöhnte leise. »In all den Jahren hat sich nichts geändert. Aber letztlich kann ich ihr das nicht einmal zum Vorwurf machen. Es ist ihr Weg, damit umzugehen. So wie ich meinen habe. Auf ihm ist es mir gelungen, dem Mann zu entkommen, aus seinem Schatten herauszutreten. Wer immer er ist, er hat seinen Schrecken für mich verloren. Wenn ich hier durch das Naturschutzgebiet hinauf in die Alpillen wandere, komme ich immer mal wieder an Steinpyramiden vorbei. Inzwischen ertappe ich mich sogar dabei, mir nichts weiter dabei zu denken, sondern diese Steinhaufen ausschließlich als das zu sehen, was sie sind: Wegmarken für Wanderer. Auf dem Alpillen-Rücken, auf dem ich oft meine Yogaübungen mache, steht seit Langem eine hüfthohe Steinpyramide. Ich habe eine zweite daneben gebaut, sie ist etwas kleiner, und jedes Mal, wenn ich dort vorbeikomme, füge ich einen Stein hinzu.«

»Es tut mir leid, dass du dir das von deiner Schwester anhören musstest.«

Sie schmunzelte. »Du hast in dem Gespräch auch dein Fett abbekommen.«

»Lass mich raten! Übereifrige Nachlassverwalterin, die zu viele Krimis gelesen hat, versucht, dich vor ihren ominösen Karren zu spannen.«

»Das trifft es ziemlich genau.«

»Und dein Vater? Was hat er gesagt?«

»Er hat gefragt, ob ich mich an den *Klang der Wahrheit* erinnern würde. Und ob ich überhaupt eine Vorstellung davon hätte, wie man bei der Polizei mit Fantasten umspringen würde. Sie würden den Beamten wertvolle Zeit stehlen, Zeit, die sie für die Aufklärung tatsächlicher Verbrechen dringend bräuchten. Bla, bla, bla!« Grit brach von einer kleinen Brotstange ein Stück ab und tunkte es in Olivenöl. »Kilian hat immer wieder versucht, ein wenig Ruhe in das Gespräch zu bringen, und meinte, letztlich schade es doch niemandem, wenn ich mit dir zur Polizei ginge. Mein Vater ist ihm dann ziemlich heftig über den Mund gefahren. In dem Moment tat Kilian mir fast leid, das hat er wirklich nicht verdient. Ich glaube, er wusste gar nicht, wie ihm geschah. Solche Ausbrüche hat mein Vater nämlich eher selten.« Grit runzelte die Stirn, als versuche sie Teile zusammenzufügen, die eigentlich nicht zueinander passten.

»Was ist?«, fragte ich.

»Wenn ich es mal genau nehme, dann hat er ziemlich überreagiert.« Ihr Blick wanderte zur Rue Carnot, wo sich gerade ein junges Paar lautstark stritt. »Normalerweise muss ziemlich viel auf dem Spiel stehen, damit er ausfallend wird.« In diesem Moment war es, als würde ein Schatten über ihr Gesicht huschen. Dann machte sie eine kleine Kopfbewegung, als wolle sie ihn abschütteln. »Hast du Lust auf ein Dessert?«

»Ich hätte lieber einen Espresso.«

Während Grit uns zwei bestellte, las ich die SMS von Martin, die gerade eingetrudelt war. *Bin auf dem Weg nach Saint-Rémy*, hatte er geschrieben, *warte dort auf mich!*

»Deinem Lächeln nach zu schließen, ist das eine gute Nachricht«, sagte Grit, die zu ihrer Fröhlichkeit zurückgefunden hatte.

»Irgendwie schon, ja. Ein Freund von mir ist auf dem Weg hierher.«

»Das heißt, du bleibst noch?«

»So, wie es aussieht, ja.«

»Ist dieser Freund dein Freund?«, fragte sie unverblümt.

»Ich weiß es nicht.«

»Bist du verliebt in ihn?«

Der Espresso kam gerade recht. Ich rührte Zucker hinein, nahm mir aus dem Schälchen, das die Kellnerin dazu gebracht hatte, zwei gebrannte Mandeln und kaute darauf herum.

Während Grit geduldig auf meine Antwort wartete und mich dabei voller Interesse studierte, meldete auch ihr Handy eine SMS. Sie las sie, sah mit einem abwesenden Blick durch mich hindurch, um sie gleich darauf noch einmal zu lesen. Dann tippte sie eine kurze Antwort.

»Alles okay?«, fragte ich.

Sie reagierte nicht gleich, sondern schien immer noch in dieser kurzen Kommunikation festzuhängen. Schließlich löste sie sich davon. »Was hast du gesagt?«

»Ich wollte wissen, ob alles okay ist.«

Sie zuckte die Schultern und versuchte, das Ganze mit einem Lächeln abzutun. »Nicht der Rede wert. Wo waren wir stehen geblieben?« Sie hob einen Zeigefinger. »Ah, ich weiß! Du wolltest mir gerade erzählen, ob du verliebt bist. Und? Bist du es?«

»Irgendwie schon. Aber es ist alles nicht so einfach.«

»Warum nicht?«

Ich wich ihrem Blick aus und sah der Kellnerin dabei zu, wie sie dem Gast am Nebentisch einen Whiskey eingoss. »Schwer zu erklären.«

Grit tat so, als plustere sie sich empört auf. »Du kommst hierher, fragst mir ein Loch in den Bauch und kneifst, wenn zur Abwechslung mal ich es ein bisschen genauer wissen will?«

»Ich stecke eigentlich noch in einer Beziehung«, gestand ich mit einem Seufzen. »Eigentlich aber auch wieder nicht.«

»Der, der auf dem Weg hierher ist, scheint aber ziemlich

genau zu wissen, was er will.« Sie neigte den Kopf. »Was hältst du davon, wenn wir morgen Abend alle zusammen essen gehen?«

»Ich glaube nicht, dass wir noch so lange bleiben.«

»Ich reserviere uns für zwanzig Uhr einen Tisch hier im *d'Almeran*. Dann habt ihr den ganzen Tag für euch«, sagte sie, als habe sie meinen Einwand gar nicht gehört.

»Aber …«

»Kein Aber! Du hast mich hier überfallen, und dafür habe ich noch etwas gut.« Sie lachte. »Keine Sorge! Ich will ihn dir nicht ausspannen. Aber ich stecke selbst zurzeit in einem kleinen Gefühlschaos, ich habe mich vor ein paar Wochen in einen Gast verliebt, der verheiratet ist. Wir mailen uns, und ich weiß nicht so recht, wie es weitergehen soll.«

»War die SMS eben von ihm?«

Sie schüttelte den Kopf.

»Meine Eltern haben mir die Reise nach Paris zum Geburtstag geschenkt«, brachte ich meinen letzten Einwand vor. »Ich würde sie ganz bestimmt enttäuschen, wenn …« Ich holte tief Luft. »Aber was soll's!«, fasste ich einen Entschluss. »Einverstanden. Morgen Abend, zwanzig Uhr.«

Während Grit zur Toilette verschwand, nutzte ich die Zeit, um die SMS zu lesen, die in der letzten halben Stunde auf meinem Handy eingegangen waren. Eine stammte von Edgar Seitz: *Lassen Sie uns noch einmal in Ruhe reden!* Ich scrollte weiter runter, ignorierte die beiden Nachrichten von Bruno Weber und entdeckte eine von Henrike: *Grüß mir Paris!* Meine Antwort: *Versprochen!* Ich drückte gerade auf Senden, als Grit zum Tisch zurückkehrte und ihre Sachen zusammensuchte.

»Etwas wollte ich dich noch fragen, bevor wir aufbrechen. Gab es in deinem Umfeld jemanden, der gerne Steinmännchen gebaut hat oder in dessen Nähe immer welche standen?«

»Nein.« Die Frage schien sie sich selbst schon gestellt zu haben, sie hatte nicht darüber nachdenken müssen. »Jetzt möchte ich aber auch noch etwas wissen«, sagte Grit, nachdem wir gezahlt hatten. »Wenn man den Nachlass eines Menschen auflöst und damit gewissermaßen sein Leben abwickelt, bekommt man doch sicher einen Eindruck von diesem Menschen. Welchen hattest du von meiner Mutter? Und sei bitte ehrlich.«

»Ich glaube, sie war eine Frau mit einer ziemlich verklärten Vorstellung von Liebe, sie hat der Beziehung zu deinem Vater sehr viel – wenn nicht sogar alles – untergeordnet. Ihm gegenüber scheint sie völlig durchlässig und nachgiebig gewesen zu sein, euch gegenüber aber sehr streng. Sie wollte für ihn perfekt sein und ihr solltet es auch sein. Euer Vater sollte stolz auf euch sein.«

Grit ließ meine Worte einen Moment auf sich wirken. »Meine Mutter war eine Leistungsmutter. Leistung und das äußere Bild waren das Einzige, was zählte. Dabei hätte ich mir eine Löwenmutter gewünscht, die es mit dem *Tod mit den Steinmännchen* mutig aufgenommen hätte«, bekannte sie traurig. »Eine solche Mutter hätte für mich gekämpft. Aber meine hat nur immer um Edgar gekämpft, für ihn hätte sie alles getan. Sie hat immer nur durch ihn gelebt, als sei er ihr Kraftwerk gewesen. Und als dieses Kraftwerk seinen Betrieb für sie eingestellt und er sich von ihr getrennt hat, ist sie nach und nach verstummt.« Sie atmete tief durch. »Mein Vater ist ein gnadenloser Egoist. Wenn er will, kann er sehr charmant sein und Leute um den Finger wickeln, so wie es ihm bei meiner Mutter gelungen ist. Zu Anne und mir war er in erster Linie autoritär. Er hatte uns am liebsten mit netten Kleidchen, hübsch frisiert und mit Schleifen im Haar.

Anne war immer sein kleiner Engel, ich seine kleine Prinzessin, aber natürlich nur, solange wir lieb waren.« Sie verzog das Gesicht zu einer Grimasse und machte Anstalten aufzustehen.

»Warte! Eines noch: Euer Vater redet allem Anschein nach inzwischen ganz offen darüber, dass ihr seine Töchter seid, und er war ja gestern Abend auch draußen bei deiner Schwester – zusammen mit Kilian und dessen Frau. Riskiert er damit nicht, dass seine Frau davon erfährt?«

»Die weiß es längst. Aber sie ist wohl eine von denen, die es stillschweigend hinnehmen.«

Wir standen auf und gingen gemeinsam hinaus auf die Rue Carnot. Etwas, das schon die ganze Zeit in meinem Kopf rumorte, arbeitete sich jetzt an die Oberfläche. Es war heikel, ihr diese Frage zu stellen.

»Hat dein Vater eigentlich mal geraucht?«

Sie blieb stehen und nickte. »Ich weiß, worauf du hinauswillst. Ich bin selbst ziemlich gut darin, Fragen zuzulassen, an die man eigentlich besser nicht rührt. Ja, er war und ist Raucher. Aber er hat Bier immer verpönt, er ist ein überzeugter Weintrinker. Und um deine nächste Frage gleich vorwegzunehmen: Kilian ist völlig abstinent. Er raucht und trinkt nicht.«

»War das früher schon so?«

»Davon gehe ich aus.«

14

Der Wein hatte mich müde gemacht und in einen Tiefschlaf katapultiert, aus dem ich erst zwei Stunden später durch ein lautes Klopfen erwachte. Völlig verschlafen öffnete ich die Zimmertür und landete direkt in Martins Armen. Er küsste mich und drückte mit dem Fuß die Tür zu. Ich hörte seine Reisetasche zu Boden plumpsen und spürte, wie sich in meinem Kopf alles drehte. Dann plötzlich war es so, als fügten sich alle Teile zu einem Ganzen, als sei alles genau richtig so.

Für eine Weile schien die Zeit auf wundersame Weise stillzustehen. Als sie sich wieder in Bewegung setzte, folgte Martin mit seinem Zeigefinger zärtlich den Konturen meines Gesichts. Er strich mir eine Haarsträhne aus der Stirn hinters Ohr, stand auf, zog sich Jeans und T-Shirt an und verschwand ohne ein Wort. Von der Tür, die hinter ihm ins Schloss fiel, wanderte mein Blick durchs Fenster, wo er sich in dem blauen provenzalischen Himmel verlor.

Ein paar Minuten später kehrte Martin mit zwei Milchkaffees zurück. »Erzähl!«, sagte er, nachdem er sich neben mich aufs Bett gesetzt hatte und sich gegen den Kissenberg am Kopfende lehnte. »Warum bist du hier und nicht in Paris?«

Ich erzählte ihm von Grit, die eingewilligt hatte, mit mir zur Polizei zu gehen, und die er ganz sicher mögen würde. Ich erzählte ihm von unserer Verabredung morgen Abend und stellte die pragmatische Berechnung an, dass uns damit der halbe Sonntag und der halbe Montag in Paris blieben, wenn wir gleich am Sonntagmorgen die Rückreise antraten. Vorausgesetzt natürlich, er habe überhaupt bis Montag Zeit.

Martin sah mich wie ein Wesen an, das ohne jeden Zweifel von einem anderen Planeten stammen musste. Ob ich überhaupt schon irgendetwas von der Gegend gesehen hätte? Wie es angehen könne, dass ich ihm voller Begeisterung von diesem Fall erzählen, aber kein Wort über diese wundervolle Landschaft verlieren würde? Dass er mich für eine Banausin hielt, musste er nicht erst in Worte kleiden, es stand ihm ins Gesicht geschrieben.

Ich zählte ihm meine Ausflüge ins Kloster und nach Glanum auf und begann damit, einen Plan für den Rest des Tages und den nächsten zu schmieden. Nur um mir anhören zu müssen, dass man sich auch einfach mal durch sein Leben treiben lassen könne, ohne jede Minute komplett durchzuplanen.

Also hielt ich mich zurück und ließ die Stunden an Martins Seite auf mich wirken. Sie waren von einer mitreißenden Leichtigkeit, die mich mein gewohntes Tempo drosseln ließ. Wir schlenderten durch Saint-Rémy und fuhren zum Abendessen in ein kleines Restaurant im Nachbarort Eygalières. Auf der Fahrt dorthin zog über den Alpillen ein grandioser Abendhimmel auf – Schlieren wie dicke Pinselstriche von Dunkelrosa und Orange mischten sich in das letzte Blau des Tages. Der Himmel schien zu glühen, so wie meine Wangen, als ich ihn voller Staunen betrachtete und mich nicht sattsehen konnte an diesem Farbenspiel.

Am nächsten Morgen schliefen wir aus – genauer gesagt schlief Martin aus, während ich ihm dabei zusah. Wir frühstückten auf der Terrasse und machten dann einen Ausflug in die Camargue, die nur eine Stunde entfernt war. Martin wollte unbedingt das Meer sehen.

Wir fuhren über Les Baux, das im Nationalpark der Alpillen gelegene Dorf hoch oben auf einem Felsrücken, besuchten einen Skulpturengarten und fuhren von dort weiter Richtung Camargue. Der Himmel war durchgehend blau, während sich die Landschaft mit jedem Kilometer wandelte. Erst war sie bestimmt von Olivenhainen, Obstplantagen und Weinfeldern. Als wir in die Camargue eintauchten, entdeckten wir die schwarzen Stiere und die weißen Camargue-Pferde. Das Wasser, das die Landschaft durchzog, glitzerte in der Sonne. Zu Martins heller Freude zeigte ich ständig nach links oder rechts und rief immer wieder *Sieh nur!* Die für diese Region typischen stufenförmig angelegten Reetdächer hatten es mir ebenso angetan wie die durchs Wasser stolzierenden Vögel und die Reiter am Horizont.

Je näher wir dem Meer kamen, desto intensiver erfüllte sein Duft die Luft. Das Licht war gleißend hell. Wir hielten auf einem großen, fast leeren Parkplatz, kletterten über einen Steindeich und liefen zum Strand. Er war kilometerlang, fast weiß und menschenleer. Wir liefen barfuß durchs Wasser, hielten uns an den Händen und küssten uns, wie es verliebte Paare tun. Hier an diesem einsamen Strand, an dem die Konsequenzen endlos weit entfernt waren, konnte ich es mir eingestehen: Ich war verliebt. Genau wie Martin, *der Unbeschädigte*, der von Anfang an keinen Hehl daraus gemacht hatte.

»Und sie will tatsächlich nach Deutschland kommen, um mit dir zur Polizei zu gehen?«, fragte Martin, als wir am Abend im *d'Almeran* auf Grit warteten.

»Wieso zweifelst du daran?«

Martin brachte die Eiswürfel in seinem Aperitif zum Klingen. »Ich bezweifle, dass es viel bringen wird. Die *Beweismittel* deiner Verstorbenen taugen höchstens als Indizien, und das auch nur dann, wenn es noch einen ähnlich gelagerten Fall gäbe. Den es ja mit Wiebke Hillebrand vermutlich gibt, aber den darfst du nicht nennen, wenn ich es richtig in Erinnerung habe.«

»Sollte auch nur eine andere Frau ihre Vergewaltigung angezeigt haben, werden die Übereinstimmungen auffallen. Sowohl bei Michaela Breuer als auch bei Wiebke Hillebrand wurde Monate vor der Vergewaltigung eingebrochen, wie du weißt. So ist der Täter an die Schlüssel gelangt. Wenn wir jetzt die Steinmännchen als Verbindungsglied zu Grit Führmann nehmen, dann engt sich der Täterkreis ein. Denn bei den Führmanns wurde nie eingebrochen. Es muss also jemand aus ihrem Umfeld gewesen sein, der irgendwie an den Schlüssel gelangen konnte. Angefangen beim Vater der Mädchen, weiter über den Halbbruder, über jemanden aus der Kanzlei des Vaters, in der auch die Mutter gearbeitet hat. Nicht zu vergessen die Studenten, für die Luise Führmann hin und wieder Arbeiten abgetippt hat.« Veit Kratzler tauchte vor meinem inneren Auge auf.

»Du musst den Kreis viel weiter ziehen. Hast du eine Vorstellung, wie viele Menschen ihre Schlüssel in Jackentaschen lassen und ihre Mäntel an eine Garderobe hängen? Unbeaufsichtigt wohlgemerkt. Wie viele Frauen ihre Taschen über Stuhllehnen hängen – in Restaurants, im Kosmetiksalon, was weiß ich, wo noch. Dieser Täter scheint ein versierter Einbrecher zu sein. Warum sollte er nicht auch ein versierter Taschendieb sein? Was ich damit sagen will, ist, dass es sich um irgendwen handeln könnte. Zugegeben: Die meisten Vergewaltiger stammen aus dem Umfeld ihrer Opfer. Aber eben längst nicht alle.«

»Aber alle fangen irgendwann mal an. Und dieser – davon bin ich felsenfest überzeugt – hat bei Grit Führmann angefangen.« Ich sah auf die Uhr. Es war bereits kurz nach halb neun. »Ich bin ganz sicher, dass sie zwanzig Uhr gesagt hat.«

Um mich zu vergewissern, fragte ich den Kellner, der mir die Tischreservierung bestätigte.

Während Martin, der mit dem Essen nicht mehr auf Grit warten wollte, uns zwei Vorspeisen bestellte, zückte ich mein Handy und wählte ihre Nummer. Der Ruf ging durch, nach mehrmaligem Klingeln schaltete sich jedoch die Mailbox ein. Ich schrieb ihr eine SMS, dass Martin und ich wie verabredet im *d'Almeran* auf sie warten würden. Ihre Antwort kam prompt: *Tut mir leid, aber mir ist etwas dazwischengekommen, ich muss unsere Verabredung leider absagen.* Verwundert starrte ich auf jedes einzelne Wort.

»Wir werden den Abend ganz bestimmt auch ohne sie genießen«, versuchte Martin, mich aufzuheitern.

»Das steht außer Frage«, sagte ich in Gedanken. »Aber …«, ich runzelte die Brauen, »das passt überhaupt nicht zu Grit.«

»Jedem kann mal etwas dazwischenkommen. Außerdem kennst du sie doch noch gar nicht so gut.«

»Als ihr gestern Mittag etwas dazwischengekommen ist, hat sie mir von sich aus eine Nachricht geschickt, dass sie sich verspäten würde.«

»Wer weiß, was es jetzt ist. Manchmal fliegt einem von jetzt auf gleich alles um die Ohren und man hat nicht einmal mehr Zeit für eine SMS.«

Der Kellner brachte unsere Vorspeisen, und Martin griff sofort zu und schob sich ein kleines Stück Ente mit Trockenfrüchten in den Mund. »Mhmm.« Als sei das Thema damit für ihn erledigt, visierte er das nächste Stück an.

Ich tippte eine Antwort und fragte Grit, ob wir uns dann am nächsten Tag noch einmal treffen wollten. Ihre prompte Antwort lautete: *Das kann ich noch nicht sagen. Ich melde mich.*

Ich runzelte die Stirn und zerlegte die letzten drei Worte in ihre Einzelteile. Sie schienen genauso wenig zu Grit zu passen wie ihre Absage. Oder wünschte ich mir nur, dass sie nicht passten? Machte ich mir etwas vor? Hatte ich sie völlig falsch eingeschätzt? Ihre Zugewandtheit, ihre Offenheit und ihre Einwilligung, mich zu begleiten? Hatte ich den Einfluss ihres Vaters unterschätzt? Hatte er Grit so sehr unter Druck gesetzt, dass sie ihm nachgegeben und sich seinen Wünschen gefügt hatte?

»Könntest du bitte mal laut denken?«, forderte Martin mich in sanftem Ton auf. »Und vorher wenigstens einen kleinen Happen essen? Du müsstest eigentlich genauso hungrig sein wie ich.«

Gedankenverloren lud ich ein kleines Stück Kabeljau auf meine Gabel, hielt aber dann mitten in der Bewegung inne. »Es passt einfach nicht«, sagte ich.

»Bist du schon mal auf die Idee gekommen, dass sie es sich anders überlegt haben könnte? Dass sie vielleicht doch lieber nicht mit dir zur Polizei will? Vielleicht ist ihr der Aufwand zu groß. Immerhin müsste sie Urlaub dafür nehmen. Vielleicht hat ihr aber auch ihre Familie weiter zugesetzt, sodass sie eingelenkt hat. Manchmal ändert sich auch die Sicht auf die Dinge, wenn man ein- oder auch zweimal darüber schläft.« Martin nahm meine Hand und strich über jeden einzelnen meiner Finger. »Kris, ich habe begriffen, dass dir diese Sache sehr wichtig ist. Aber begreif du bitte auch, dass es sich für diese Grit völlig anders verhalten kann. Prioritäten sind etwas sehr Individuelles.«

»Aber sie war betroffen«, wandte ich ein. »Sie war selbst ein Opfer dieses Mannes. Es ist ihr nicht egal, es kann ihr gar nicht egal sein …«

»Ich rede auch nicht davon, dass es ihr egal ist, sondern davon, dass es möglicherweise etwas gibt, das noch bedeutsamer für sie ist. Außerdem …« Er schob sich ein weiteres Stück Ente in den Mund und kaute in aller Seelenruhe. »Außerdem ist ja gar nicht gesagt, dass du sie nicht mehr siehst. Sie hat geschrieben, sie meldet sich bei dir. Also hab ein wenig Geduld und iss etwas!« Er nahm meine Gabel und hielt sie mir vor den Mund.

Tief in Gedanken kaute ich. »Ich weiß, du wirst mich für überspannt halten, aber ich habe ein komisches Gefühl.«

»Warum? Es ist doch eigentlich nichts weiter passiert, als dass sie die Verabredung absagen musste. Aus welchen Gründen auch immer.«

Ich hob die Schultern und ließ sie langsam wieder sinken. »Hoffentlich hast du recht.«

15

Am nächsten Morgen um kurz vor sechs zog ich mich leise an und wollte mich gerade aus dem Zimmer schleichen, als Martin aufwachte. Ob ich etwa schon aufstehen wolle? Nein, keine Sorge, ich müsse nur zur Toilette und sei gleich wieder da, antwortete ich. Das schien ihn zu beruhigen, denn er schlief sofort wieder ein.

Unten im Frühstücksraum löste ich Kakaopulver in einem Becher mit heißem Wasser auf. Dann schlang ich meinen warmen Pulli fester um die Schultern, setzte mich auf die Terrasse und versuchte, in der mit Nebel durchzogenen Dunkelheit etwas zu erkennen. Es waren nur Schemen von Häusern und Bäumen. Nirgends brannte ein Licht. Ganz in der Nähe rief durchdringend ein Pfau. Als in diesem Moment etwas mein Bein streifte, schrie ich auf. Es dauerte ein paar Sekunden, bis ich begriff, dass es eine Katze war, die um meine Beine strich. Als sie zu maunzen begann, streichelte ich über ihr weißes Fell.

»Na, meine Kleine«, flüsterte ich mit klopfendem Herzen und sah dabei zu, wie sie sich auf den Rücken legte. Ihr Schnurren wurde immer lauter.

Ich hätte viel dafür gegeben, so entspannt wie diese Katze zu sein. Gestern Abend hatte ich nur ein mulmiges Gefühl gehabt, inzwischen war ich besorgt. Ich hatte Grit nicht als ausweichend kennengelernt. Sie machte keinen Hehl aus dem, was sie dachte. Wenn sie es sich anders überlegt hatte, dann hätte sie sich nicht mit einer Ausrede aus der Affäre gezogen.

Als um kurz nach sieben die Dämmerung einsetzte, fasste ich mir ein Herz und wählte ihre Nummer. Genau wie gestern Abend ging der Ruf durch, nach mehrmaligem Klingeln schaltete sich jedoch die Mailbox ein. Ich hinterließ eine SMS: *Sorry für die frühe Stunde, aber ich mache mir Sorgen. Ist alles okay bei Dir?* Fünf Minuten später erhielt ich ihre Antwort: *Habe gerade viel um die Ohren, melde mich im Lauf des Tages.*

Ich hatte keine Ahnung von den Abläufen in einem Hotel, es erschien mir sogar sehr wahrscheinlich, dass es dort selbst an einem Sonntagmorgen um Viertel nach sieben für die Angestellten rund ging. Ich hätte ihre Antwort also durchaus für bare Münze nehmen können. Stattdessen kroch mir die Angst den Nacken herauf.

Menschen, die einmal etwas Traumatisches erlebt hatten, waren schnell in Angst und Schrecken zu versetzen. Sie wussten aus Erfahrung, dass schlimme Dinge geschahen. Dass sich das Leben von einer Sekunde auf die andere in ein Vorher und ein Nachher spalten konnte. Dass es keinen Schutz gab vor dem Unglück. Dass sich das Schicksal nicht bestechen ließ.

Wer einmal davon getroffen worden war, verfügte auf ewig über ein reaktionsschnelleres Adrenalin. Es war blitzschnell, als lauere es in jeder Zelle, sprungbereit, beim leisesten Anzeichen ins Blut zu schießen und es zu überschwemmen. So fühlte ich mich in diesem Moment. Ich hätte nicht sagen können, welches von Grits Worten diese Angst bei mir ausgelöst hatte, aber sie war da und sie ließ keinen anderen Gedanken zu.

»Kris«, versuchte Martin eine halbe Stunde später meine Aufmerksamkeit zurück an den Frühstückstisch zu lenken. Er streichelte über meinen Arm. Immer wieder, bis ich endlich aufsah. »Was ist los?«

Mein Croissant lag noch unberührt auf dem Teller. Ich hatte lediglich einen Schluck Kaffee getrunken. »Grit ist hinter ihren Worten verschwunden.« Ich sah Martin eindringlich an. »Ich weiß, das klingt verrückt. Aber es kommt mir so vor, als hätte gar nicht sie diese SMS geschrieben.«

»Weil du dich in ihr getäuscht hättest, sollte sie sie doch geschrieben haben?«

»Ich weiß, dass es Menschen gibt, die dir ins Gesicht lügen und du merkst es nicht. Ich bin selbst schon auf solche Menschen hereingefallen. Trotzdem würde ich meine Hand dafür ins Feuer legen, dass Grit mich nicht belogen hat, dass sie genau das ist, als was ich sie wahrgenommen habe – ein offener, sehr herzlicher Mensch. Und wenn sie genau das ist, warum geht sie dann nicht an ihr Handy? Warum schreibt sie nur diese völlig nüchternen SMS?«

Martin nahm meine Hand in seine und hielt sie fest. Er ließ seinen Blick über mein Gesicht wandern. »Ich verstehe deine Sorge. Aber meistens gibt es eine ganz simple Erklärung. Womöglich geht sie nur deshalb nicht dran, weil sie mit einer SMS Zeit spart. Dabei gerät sie nicht in Gefahr, in ein Gespräch verwickelt zu werden, sondern behält die Kontrolle über ihre Zeit. So handhabe ich es, wenn mir alles um die Ohren fliegt.«

Ich sah zu den anderen Tischen, an denen die heutigen Tagestouren geplant wurden. Etliche Köpfe waren konzentriert über Reiseführer und Landkarten gebeugt. Die Rucksäcke standen abmarschbereit neben den Stühlen. Die Stimmen um uns herum klangen fröhlich, und der Brunnen plätscherte genauso wie am Vortag. Der Nebel hatte sich längst gelichtet und die Sonne zum Vorschein gebracht. Es hätte ein ganz normaler Sonntag sein können, auch für mich.

»Und wenn der Täter davon erfahren hat, dass Grit mit mir zur Polizei gehen will? Vielleicht hat er sie bedroht und nach all den Jahren wieder in Angst und Schrecken versetzt.«

»Wenn er davon erfahren hätte, würde es im Umkehrschluss bedeuten, dass sie Kontakt zu ihm hat.«

»Am Donnerstagabend hat Grit mit ihrer Familie telefoniert und sie darüber informiert, was sie vorhat. Sie hat mit ihrem Vater gesprochen, mit ihrer Schwester und auch mit ihrem Halbbruder. Ihr Vater habe während dieses Telefonats völlig überreagiert. Mich hat er übrigens auch schon versucht, unter Druck zu setzen, damit ich seine Tochter in Ruhe lasse.«

»Aber da haben wir es doch! Die werden sie eingeschüchtert haben. Und das zuzugeben wird ihr sicher nicht leichtfallen.«

»Meiner Fantasie würde es aber heilsame Grenzen setzen.« Unter Martins prüfendem Blick nahm ich mein Handy und wählte erneut Grits Nummer. Dieses Mal sprang sofort die Mailbox an. Entweder telefonierte sie gerade, sie hatte keinen Empfang oder sie hatte ihr Handy ausgeschaltet. »Ich weiß, wir hatten besprochen, dass wir nach dem Frühstück zurück nach Paris fahren«, begann ich zögernd. »Aber erst möchte ich mich vergewissern, dass Grit okay ist.«

Wir fuhren durch die von Pinien gesäumte Allee und stellten den Leihwagen auf dem Parkplatz ab. Das *Mas de Silence* ruhte in der Sonne. Leise Stimmen wehten von den Tischen zu uns herüber und begleiteten unseren Weg zum Hauptgebäude. Martin blieb in der Tür der Eingangshalle stehen und schaute hinaus in den Garten, während ich auf Kai Broschinski zuging.

»Guten Morgen, Frau Mahlo«, begrüßte er mich und schob dabei seine Brille den Nasenrücken hoch. »Was kann ich für Sie tun?«

Ich blieb vor dem weißen Nierentisch stehen. »Ich würde gerne Frau Führmann sprechen, wenn das möglich ist.«

Grits Mitarbeiter wollte gerade zu einer Antwort ansetzen, als in der Ferne kurz hintereinander zwei Schüsse und deren Widerhall zu hören waren.

Ich zuckte zusammen.

»Jäger«, erklärte er und kniff kurz die Augen zusammen, als versuche er sich zu erinnern, weswegen ich da war. »Frau Führmann hat das Wochenende frei. Sie ist erst am Montag zurück.«

»Dann bin ich leider nicht mehr da. Ich wollte mich gerne von ihr verabschieden.«

»Rufen Sie sie doch an, sie hat ihr Handy immer bei sich.«

»Das habe ich schon versucht, aber ich erreiche sie nicht.«

Er betrachtete mich abwartend und fuhr sich dabei mit einer Hand durch sein verwuscheltes Haar.

»Könnten Sie es vielleicht für mich versuchen? Möglicherweise habe ich die falsche Nummer notiert.« Vielleicht ging Grit nur bei mir nicht an ihr Handy.

Er griff nach dem Telefon, scrollte durch verschiedene Telefonbucheinträge, drückte eine Taste und wartete. Nach einer Weile schüttelte er den Kopf. »Entweder sie spricht oder sie hat ihr Handy ausgeschaltet.« Er glich die Nummer mit mir ab. »Versuchen Sie es doch am besten später noch einmal. Ansonsten könnte ich ihr auch gerne am Montag etwas ausrichten. Oder Sie lassen eine Nachricht für sie hier.« Seine Brille mit dem dicken schwarzen Rahmen war wieder ein Stück hinuntergerutscht. Er brachte sie zurück in Position.

»Wissen Sie, ob sie wegfahren wollte? Wir waren nämlich gestern Abend zum Essen verabredet, und sie ist nicht gekommen.«

»Aber sie hat doch sicher abgesagt.«

»Das hat sie. Es klang so, als habe sie viel um die Ohren. Hier im Hotel, meine ich.«

Es stand ihm ins Gesicht geschrieben, dass er meine Beziehung zu Grit nicht einzuschätzen wusste und er sich deswegen möglichst bedeckt hielt. »Wie gesagt: Sie hat das Wochenende frei.«

»Und Sie wissen nicht zufällig, was sie vorhat?«

»Tut mir leid, aber dazu kann ich nichts sagen.«

In diesem Moment trat Martin neben mich und legte mir die Hand auf den Rücken. Ich spürte sie warm durch mein T-Shirt hindurch. Er begrüßte Kai Broschinski mit einem Nicken.

»Meine Freundin macht sich ein wenig Sorgen um Frau Führmann«, sagte Martin. »Sie …«

»Grit hat mit keinem Wort erwähnt, dass sie freihat«, fiel ich Martin ins Wort. »Ich hatte den Eindruck, dass sie gestern Dienst hier hatte.«

Kai Broschinski sah zwischen Martin und mir hin und her. »Ich kann Ihnen nichts anderes sagen, als dass sie ganz regulär an diesem Wochenende freihat. Es besteht sicherlich kein Grund zur Sorge.«

»Können Sie mir denn vielleicht sagen, wie sie ihre freien Tage üblicherweise verbringt?«

Er wusste nicht, wohin mit seinen Händen, und schob ein paar Unterlagen auf dem Tisch hin und her.

»Ich bin mir bewusst, was ich da von Ihnen verlange«, versuchte ich es mit Engelszungen. »Aber Grit wird Ihnen ganz bestimmt nicht den Kopf abreißen, wenn Sie es mir sagen. Ich werde ihr erklären, dass ich Ihnen massiv zugesetzt habe und Sie gar nicht anders konnten, als …«

»Also gut«, lenkte er ein, sah für einen Moment zur Tür hinaus und dann wieder zu mir. »Ich weiß wirklich nicht, was sie an diesem Wochenende vorhat, aber wenn sie freihat, läuft sie gerne hoch in die Alpillen und macht auf einem der Hügel Yoga.«

»Können Sie uns den Weg erklären?«

Er wies Richtung Eingangstür und bedeutete uns, ihm zu folgen. Draußen ging er ein Stück über den Rasen und blieb dann stehen. »Sie gehen dahinten in den Wald. Fünfhundert Meter weiter gelangen Sie auf einen Weg, den AL219. Ihm folgen Sie, bis Sie auf dem Hochplateau auf einen Querweg stoßen. Dann halten Sie sich rechts und folgen einem Pfad hinauf auf den Hügel mit den beiden Steinpyramiden. Von dort haben Sie einen grandiosen Blick. Das sagt zumindest Grit, die von diesem Aussichtspunkt ganz begeistert ist.«

Der Weg führte über Kalksteingeröll zwischen steilen, zerklüfteten Felsen hindurch. Nach zweihundert Metern öffnete er sich und tauchte in einen Wald aus immergrünen Eichen, Kiefern, Zedern und Pinien. Außer ein paar Vögeln, dem leisen Rauschen des Windes in den Bäumen, unseren gleichmäßigen Schritten und weit tragenden Stimmen, die von irgendwoher kamen, waren immer wieder Schüsse zu hören. Als ich mich gerade fragte, was hier gejagt wurde, kamen wir an einem Schild vorbei, das vor Wildschweinen warnte.

Auf jedem anderen Weg, der so steil bergauf führte, wäre ich in lautes Wehklagen ausgebrochen und alle zehn Meter stehen geblieben. Ich liebte es, auf Bäume zu klettern, aber Hügel oder gar Berge waren mir viel zu anstrengend. Da Martin jedoch alles andere als überzeugt von unserer Aktion war, hütete ich mich, auch nur einen Ton über die Strapazen zu verlieren.

Wir waren eine halbe Stunde gewandert und bereits völlig verschwitzt, als sich nach einer Wegbiegung zum ersten Mal der Blick ins Tal und in die Ferne öffnete.

»Das dahinten müsste Avignon sein«, sagte Martin, der im Gegensatz zu mir kaum außer Atem geraten war. Er trat hinter mich und schlang die Arme um mich. »Weißt du eigentlich, wie gering die Chance ist, ihr hier über den Weg zu laufen? Sie könnte schon längst wieder zu Hause sein, sie könnte gerade erst losgelaufen sein, sie …«

»Das weiß ich doch alles. Aber mich hier hoch zu quälen, hilft mir ein wenig. Dann habe ich wenigstens das Gefühl, etwas zu tun.« Ohne mich aus Martins Armen zu befreien, zückte ich mein Handy und drückte zum x-ten Mal Grits Nummer. Die Mailbox antwortete.

»Was hast du vor, wenn wir sie bei den Steinpyramiden nicht antreffen? Möchtest du dann dort oben dein Lager aufschlagen und auf sie warten?«

Ich drehte mich in Martins Armen um und küsste ihn. »Das entscheiden wir, wenn wir oben sind, okay?«

Er hob ganz leicht die Brauen. »Solltest du für Paris nicht wenigstens so viel Zeit einkalkulieren, dass du deinen Eltern noch eine Ansichtskarte schicken kannst?«

»Die kann ich ihnen auch vom Flughafen aus schicken. Und ich möchte jetzt nicht zu hören bekommen, dass ich spinne.«

»Ich mag Frauen, die hin und wieder ein wenig spinnen.« Martin grinste und fuhr mit seinen Lippen zärtlich über meine.

Eine Viertelstunde später nahmen wir den Hügel mit den Steinpyramiden in Angriff. Ein schmaler Pfad führte zwischen wildem Thymian und Rosmarin hinauf. Für einen Moment schloss ich die Augen und atmete den starken Duft ein. Ich konnte verstehen, dass es Grit immer wieder hierher zog. Und das erst recht, nachdem wir endlich oben angekommen waren und die atemberaubende Aussicht bestaunten. Unsere Blicke wanderten vom Mont Ventu über Saint-Rémy, Les Baux und die Weiten der Carmargue bis nach Marseille.

Rücken an Rücken ließen wir uns neben den beiden Steinpyramiden nieder. Die größere der beiden, die hüfthohe, maß auf ihrer Grundfläche ungefähr einen Quadratmeter. Genau wie Grits kleinere bestand sie aus den groben, kantigen Kalksteinen, die hier zuhauf herumlagen. Ich nahm einen kleinen Stein vom Boden auf und legte ihn in eine Lücke von Grits Pyramide. Dann betrachtete ich die vor Millionen von Jahren vom Wasser ausgehöhlten Felsen gegenüber, lauschte auf das Summen der Insekten, das aufgeregte Gezeter von einigen Elstern und ließ meinen Blick zum Himmel wandern, wo ein Passagierflugzeug den Landeanflug auf Marseille startete.

Ich lehnte meinen Kopf gegen Martins und schloss die Augen. »Du bist doch Detektiv. Mach einen Vorschlag! Was sollen wir jetzt tun?«

»Abwarten und ihr das Recht zugestehen, den Zeitpunkt selbst zu wählen, zu dem sie sich meldet.«

»Das fällt mir schwer.«

»Weil dein schlechtes Gewissen an dir nagt. Du glaubst, etwas angestoßen zu haben, was ihr zusetzt und schadet. Aber du hast dich aus guten Gründen entschieden, nach Saint-Rémy zu fahren und mit ihr zu reden. Und jetzt hat sie womöglich gute Gründe, sich zurückzuziehen. Das …«

»Das muss ich akzeptieren«, fiel ich ihm ins Wort. »Ich weiß. Und das ist auch völlig okay. Es geht mir nicht darum, um jeden Preis zu erzwingen, dass Grit mich zur Polizei begleitet. Ich wollte mir nur nicht irgendwann vorwerfen müssen, es nicht wenigstens versucht zu haben. Kannst du das verstehen?«

»Sehr gut sogar.« Er stieß sich vom Boden ab und stand auf. Dann reichte er mir seine Hand, zog mich hoch und drehte mich so, dass mein Blick auf einen schmalen und ziemlich steilen Geröllweg fiel, der zwischen kniehohen

Sträuchern hindurchführte. »Da gehen wir jetzt hinunter und dann schauen wir uns die *Deux Trous* an. Siehst du dahinten den Felsen mit den beiden großen Löchern, die wie gewaltige Fenster oder Augen aussehen?«

»Woher kennst du die?«, fragte ich, während wir den Abstieg begannen.

»Aus dem Internet. Aber du müsstest sie eigentlich auf dem Weg von Avignon hierher auch schon gesehen haben. Ungefähr fünf Kilometer vor Saint-Rémy sieht man sie am Horizont ein Stück rechts neben dem Funkturm stehen.«

Ich erinnerte mich daran, ich hatte sogar angehalten, um die Aussicht zu bewundern. Martin gab mir ein Zeichen, ihm zu folgen. Für die nächsten fünfzig Meter stellte ich das Reden ein, denn ich musste aufpassen, wohin ich trat, um auf dem Geröll nicht wegzurutschen. Der Wind frischte innerhalb weniger Minuten kräftig auf und kühlte die Luft ab, was ich in Anbetracht des anstrengenden, abschüssigen Weges als angenehm empfand. Zwischendurch blieb ich immer wieder stehen und sah mich um. Hier, oberhalb des Waldes, gab es hauptsächlich Sträucher und windschiefe Kiefern mit kugelförmigen, ausladenden Baumkronen. Und überall duftete es nach Kräutern. Im Garten meiner Mutter umwehte mich dieser Duft den Sommer und Herbst hindurch tagtäglich. Hier in der Wildnis hatte er etwas Besonderes, Ursprüngliches.

Als wir schließlich an den *Deux Trous* ankamen, kletterte ich ein Stück den Felsen hinauf, bis ich an das erste der beiden Fenster gelangte. Ich stützte mich an der Felswand ab und ließ die Aussicht auf mich wirken.

»Dort unten liegt Glanum und gleich dahinter Saint-Rémy«, sagte Martin, der neben mir auftauchte. Dann machte er einen großen Schritt und stieg in das Fenster hinein. »Komm hoch!« Er streckte mir seine Hand entgegen.

Ich ergriff sie und folgte ihm. Der Wind packte mich und ließ mich schwanken. Ich suchte an der Kante des Fensters Halt und sah mit einem mulmigen Gefühl in die Tiefe. »Das sind doch bestimmt sieben oder acht Meter«, schätzte ich. »Bei uns wären da längst ein Geländer und mindestens drei Schilder, die dich davor warnen, abzustürzen.«

Martin, der wie ich an der Felswand lehnte, zog mich an sich. »Wozu brauchst du ein Geländer? Du hast doch mich.« Er grinste. »Ich schütze dich vor allen Gefahren, vor der Tiefe, dem Mistral …«

»Ist das der Mistral?«

»Zumindest ist er für heute angekündigt worden. Er soll drei Tage lang mit über hundert Stundenkilometern wehen.« Martin drehte mich, sodass wir in die entgegengesetzte Richtung sahen. »Siehst du dahinten diese Wolke, die wie ein Ufo aussieht? Das ist eine Lenticulariswolke, sie ist ein Vorbote des Mistrals.«

»Internet?«

»Allgemeinbildung.« Er küsste mich in den Nacken.

»An diesem Tag muss ich in der Schule gefehlt haben«, erwiderte ich trocken, löste mich aus seinen Armen und begab mich wieder auf sicheren Boden.

»Du hast bestimmt immer nur entschuldigt gefehlt, habe ich recht?«, fragte Martin, der mir gefolgt war.

»Versuchst du gerade, mir den Stempel *langweilig* aufzudrücken?«

»Gewissenhaft trifft es eher.«

»Das muss ich sein, sonst könnte ich meinen Job nicht machen. Von einem Detektiv würde ich übrigens auch Gewissenhaftigkeit erwarten.«

Er lachte. »Interessanterweise erwarten die meisten Menschen von einem Detektiv etwas ganz anderes.«

»Und zwar?«

»Dass er für sie Grenzen überschreitet.«

»Und? Tust du es?«

Er zuckte die Schultern. »Es gibt immer Ausnahmen. Letztlich ist es wie vieles andere auch eine Frage der Prioritäten.«

»Das klingt ziemlich abgeklärt.«

»Es ist nur realistisch. Ich versuche, mir einen distanzierten Blick zu bewahren.«

»Wie geht das – etwas nicht an sich heranlassen? Wie machst du das? Du hast doch tagtäglich mit Schicksalen zu tun, mit endlos vielen Fragezeichen.«

Martin dachte nach. »Ich weiß, was ich kann und dass ich damit die Probleme vieler Klienten lösen kann. Dabei gehe ich so weit, wie ich es vor mir selber verantworten kann. Aber ich beteilige mich nicht emotional.«

Ich tippte ihm mit meinem Zeigefinger mitten auf die Brust. »Und genau da wird es schwierig für mich.«

»Wenn du bei mir einsteigen würdest, könnte ich es dir beibringen. Mein Angebot steht. Denk darüber nach.«

»Ich soll Detektivin werden?«

»Das bist du doch längst. Dir fehlt nur der fachliche Unterbau.«

Paris würde uns nicht davonlaufen. Ich hatte Martin überredet, noch bis zum nächsten Morgen zu bleiben und Grits Dienstantritt abzuwarten. Wir verbrachten den Rest des Sonntags in Saint-Rémy, liefen durch die fast menschenleeren Gassen, durch die der Mistral fegte, und kehrten schließlich in die *Pâtisserie Michel Marshall* ein, wo wir uns die Bäuche mit kleinen, köstlichen Kunstwerken aus Blätterteig, Sahne, Schokolade und Früchten vollschlugen. Um sieben tranken wir schließlich dick vermummt auf der vor dem kalten Wind geschützten Dachterrasse des *Hotel d'Almeran* ein Glas Rotwein, während sich der Himmel über uns rosa färbte und kurz darauf die Sonne unterging.

Am Ende dieses Tages hätte ich nicht zu sagen vermocht, wie oft ich auf das Display meines Handys gestarrt und geprüft hatte, ob es auch wirklich Empfang hatte und eine SMS von Grit eingegangen war. Aber sie blieb aus. *Habe gerade viel um die Ohren, melde mich im Laufe des Tages,* hatte sie mir am Morgen um kurz nach sieben geantwortet. Inzwischen waren fast dreizehn Stunden vergangen.

Ich entschuldigte mich für einen Moment bei Martin, gab vor, zur Toilette zu müssen, und verzog mich in den Flur ein Stockwerk tiefer. Von dort aus rief ich im *Mas de Silence* an und bekam nach dem zweiten Klingeln Kai Broschinski an den Apparat. Ich fragte ihn, ob er etwas von Grit gehört hatte. Er verneinte und erklärte mir zum wiederholten Mal, dass sie freihabe und deshalb für sie kein Grund bestünde, sich zu melden. Ihr regulärer Dienst beginne erst morgen früh. Ich rechnete es ihm hoch an, dass er keine Sekunde lang genervt klang. Entweder hatte er ein dickes Fell oder aber er konnte seine Emotionen gut verbergen.

Wenn er mir Grits Privatadresse gebe, bat ich ihn wie nebenbei, könne ich kurz bei ihr vorbeigehen, um mich zu verabschieden. Aber wie nicht anders zu erwarten, biss ich auf Granit. Diese Information unterliege dem Datenschutz. Es tue ihm leid, er könne mir nicht helfen, ich müsse mich gedulden.

Ich lief hinunter und bat die Dame an der Rezeption um Hilfe. Während ich ihr über die Schulter sah, durchforstete sie Telefonbuch und Internet nach Grit Führmann, ihre Adresse war jedoch nirgends vermerkt.

Also versuchte ich es bei Martin. Ob er Verbindungen nach Frankreich habe und auf diese Weise Grits Adresse herausfinden könne? Auf die Schnelle nicht, meinte er. Er könne es höchstens nächste Woche über ein paar seiner Kontakte versuchen. Allerdings sei er sich sicher, dass das gar nicht nötig sein werde, Grit würde mir morgen bestimmt eine plausible Erklärung für ihr Schweigen liefern. Ich wusste, er wollte mich damit beruhigen, und ein wenig gelang es ihm auch.

16

Es wird sich alles aufklären. Diesen Satz betete ich mir wie ein Mantra vor. Er begleitete mich durch die Nacht und half mir durch die Minuten, in denen mir ein anderer Satz Angst machte und sich wie ein Stahlband um meinen Hals legte: *Sie ist verschwunden.* Martin, der tief und fest neben mir schlief, würde jetzt vermutlich zu mir sagen: *Dich holt gerade deine Vergangenheit ein, aber Grit Führmann ist nicht verschwunden.* Ich hielt mich daran fest und hoffte einmal mehr, dass Martin recht hatte.

Als ich es im Bett nicht mehr aushielt, schlich ich mich aus dem Zimmer und machte mir im Frühstücksraum einen Kakao. Ich hätte mich gerne ins Freie gesetzt, aber der Mistral blies unvermindert kräftig. Er rüttelte an Türen und Fensterläden, wirbelte Blätter und Staub durch die Luft und pfiff lautstark ums Haus. Ganz kurz hatte ich den Kopf durch die Tür gesteckt, war aber gleich vor der Kälte zurückgeschreckt, die der Wind vor sich hertrug. Das Thermometer war innerhalb weniger Stunden von fünfundzwanzig auf zehn Grad abgesackt.

So kuschelte ich mich neben einem der Fenster in einen Sessel, nippte an dem Kakao und sah hinaus in die tosende Dunkelheit. Ich vermisste die Tagebücher der Verstorbenen, die mich schon in so vielen Nächten gerettet und aus quälenden Gedanken gezerrt hatten.

»Hier bist du«, sagte Martin verschlafen. Er kam barfuß, in Jeans und T-Shirt auf mich zu und ließ sich mit einem Seufzer in den Sessel mir gegenüber sinken.

Wortlos hielt ich ihm meinen Becher hin. Nachdem er daran genippt hatte, reichte er ihn mir zurück. Er zog seinen

Sessel schräg neben mich, schob seine Füße unter meine Oberschenkel und ließ sich gegen die Rückenlehne sinken.

»Um diese Uhrzeit sollte man ausschließlich an Schönes denken«, sagte er leise und sah mich liebevoll an. »Probleme und Sorgen wachsen sich nachts zu gefräßigen Monstern aus, die sich nur schwer in den Griff bekommen lassen.«

Ich strich über sein Schienbein. »Erzähl mir etwas Schönes.«

»Muss es jugendfrei sein?«

Ich lächelte. »Nicht unbedingt.«

Grit war an diesem Morgen nicht zur Arbeit erschienen. Noch nicht, wie Kai Broschinski betonte. Mein Herz klopfte mir bis zum Hals. Ich wurde das Gefühl nicht los, dass ihr etwas zugestoßen war. Sie konnte in diesem Augenblick verängstigt zu Hause sitzen und sich nicht hinaustrauen, sie konnte nach einem Unfall verletzt in einem Krankenhaus liegen oder Schlimmeres.

»Hat sie sich in der Zwischenzeit bei Ihnen gemeldet?«, fragte ich Kai Broschinski.

»Nein, aber das braucht sie auch nicht. Wenn sie freihat, haben wir die Vereinbarung, dass ich mich melde, sollte hier irgendetwas anbrennen.«

»Aber ihr Handy ist immer noch ausgeschaltet. Wie könnten Sie sie im Notfall denn erreichen? Hat sie zu Hause ein Festnetztelefon?«

Er verneinte.

»Dann ist sie faktisch zurzeit nicht erreichbar.«

»Sie wird sicher jeden Moment hier sein. Ich vermute, dass sie irgendwo im Verkehr feststeckt. Vielleicht hat sie auch Kopfschmerzen, die hat sie manchmal bei Mistral.«

»Passt es zu ihr, Ihnen dann nicht Bescheid zu geben?«

Kai Broschinski straffte die Schultern. Allmählich wurde

es ihm zu viel. »Worauf wollen Sie denn nur hinaus, Frau Mahlo?«

»Ich mache mir Sorgen um Grit. Ich befürchte, dass ihr etwas zugestoßen ist, sonst hätte sie sich in den vergangenen zwei Tagen ganz sicher bei mir gemeldet. Deshalb bitte ich Sie, bei der Polizei eine Vermisstenanzeige aufzugeben.«

Einen Moment lang starrte Grits Mitarbeiter mich an, als traue er seinen Ohren nicht. Dann sah er Hilfe suchend zu Martin.

Martin legte mir den Arm um die Schultern. »Kris?«

Ich musste ihn nur ansehen, um zu wissen, was er dachte. »Ich weiß, es klingt völlig überzogen, aber ich habe kein gutes Gefühl.«

Kai Broschinski holte tief Luft und wollte gerade etwas sagen, als ihn ein Gast um den Schlüssel bat. Beflissen griff er hinter sich, nahm den gewünschten Schlüssel und legte ihn dem Gast mit ein paar französischen Worten in die Hand. Es entwickelte sich ein kurzes Gespräch zwischen den beiden Männern, in dem es, soweit ich es verstand, um einen Tagesausflug nach Aix-en-Provence und eine Restaurantempfehlung ging.

Er wartete, bis der Gast in einem der Gänge, die zu den Zimmern führten, verschwunden war. »Frau Mahlo«, begann er in einem Ton, als habe er es mit einem Kind zu tun. »Frau Führmann hat das Recht, sich zu verspäten. Und sie sollte darauf vertrauen können, dass sie im Fall des Falles nicht gleich als vermisst gemeldet wird. Und vertrauen doch bitte Sie darauf, dass sie sich bei Ihnen melden wird, sobald es ihr zeitlich passt.«

Ich starrte diesen Mann an, der völlig unbedarft durch seine dickrandige Brille in die Welt zu sehen schien. »Sie …«, setzte ich gerade zu einer Schimpftirade an, als Martin beschwichtigend meine Hand ergriff und sie drückte.

»Kris, wir müssen los, sonst verpasst du dein Flugzeug und ich meinen Zug. Herr Broschinski wird Grit ganz bestimmt ausrichten, dass du hier warst, um dich von ihr zu verabschieden. Alles Weitere kannst du in den nächsten Tagen telefonisch mit ihr besprechen.«

Martin gelang es, mich auf der Fahrt nach Avignon zu beruhigen. Es könne doch ganz einfach sein, dass Grit mir aus dem Weg gehe. Dass sie sich von ihrem Mitarbeiter verleugnen lasse. Ich solle mich doch mal in ihre Situation versetzen. Inzwischen hätte ich so oft auf ihrem Handy angerufen, dass sie sich womöglich von mir verfolgt fühle. Er verstünde, was in mir vorgehe, er könne meine Angst nachvollziehen, da ich erlebt hatte, dass ein Mensch spurlos verschwunden war. Aber das, was aus dieser Erfahrung erwachse, könne für einen anderen Menschen bizarre Formen annehmen, die ihn vielleicht sogar erschreckten. Er müsse Kai Broschinski beipflichten: Jeder habe das Recht, nicht erreichbar zu sein, und das selbst über Tage hinweg. Außerdem solle ich den Mistral nicht unterschätzen, er setze manchen Menschen zu, mache sie nervös und zerre an ihren Nerven. Es dauerte einen Moment, bis ich begriff, dass er mit *manche Menschen* mich und nicht Grit meinte.

Wir erreichten den TGV-Bahnhof zwei Stunden zu früh. Um die Zeit sinnvoll zu nutzen, machten wir einen Kurzausflug nach Avignon, umrundeten die viereinhalb Kilometer lange Stadtmauer, sahen die Madonna hoch oben auf dem Papstpalast golden in der Sonne glänzen und beneideten für einen Moment die Menschen, die auf den romantisch anmutenden Hausbooten an den Ufern der Rhone lebten.

Bevor wir in den Hochgeschwindigkeitszug stiegen, der uns zurück nach Paris bringen würde, sah ich noch einmal zum Himmel. Der Mistral blies unvermindert stark und wirbelte mir die Haare um den Kopf. Er schuf Wolkenformationen, die wie in die Länge gezogene Ufos aussahen. Vielleicht hatte der Wind mir tatsächlich zugesetzt und mich aus einer Mücke einen Elefanten machen lassen. Wenn der Mond das Meer bewegen konnte, warum sollte dann nicht ein ungewöhnlich starker und intensiver Wind meine Fantasie und meine Angst Hand in Hand gehen und mich Schreckensvisionen ausmalen lassen?

Während der Zugfahrt beantwortete Martin jede Menge Mails und schrieb einen Bericht, während ich meinen Gedanken nachhing. Für ihn war dieser Montag eigentlich schon wieder ein Arbeitstag, er war München länger als geplant ferngeblieben. Mich würde der Alltag erst morgen wieder einholen.

Als sich unsere Wege in Paris trennten, hielten wir uns sekundenlang eng umschlungen, ohne ein Wort zu sagen. Ich hätte diesen Moment gerne festgehalten. Doch Martin ließ mich los, hielt mich auf Armeslänge von sich und sah mich eindringlich an.

»Wie geht es weiter, wenn wir zurück sind? Geht es überhaupt weiter?«

»Du fragst das, als hinge es ausschließlich von mir ab.«

»Für mich stellt sich die Frage nicht.«

»Für mich auch nicht.«

Das glaubte ich zumindest in diesem Moment.

Mein Flug hatte Verspätung. Als die Air-France-Maschine schließlich in München aufsetzte, war es bereits Viertel vor elf. Zehn Minuten später stand ich in der Gepäckhalle. Während ich auf meinen Koffer wartete, checkte ich die Nachrichten auf meinem Handy, aber keine einzige stammte von Grit.

Als ich durch die Liste entgangener Anrufe scrollte, stutzte ich. Veit Kratzler hatte mehrfach versucht, mich zu erreichen. Bei seinem letzten Anruf, der vor zwei Stunden erfolgt war, hatte er mir eine Nachricht hinterlassen, in der er um meinen Rückruf bat – egal wie spät. Er wirkte aufgekratzt, als er das Gespräch entgegennahm.

»Kristina Mahlo«, meldete ich mich. »Sie haben um meinen Rückruf gebeten.«

»Ich freue mich, Ihre Stimme zu hören.«

»Ich sollte Sie doch sicher nicht so spät noch anrufen, damit Sie mir das sagen können.«

»Ich würde unser Gespräch vom vergangenen Dienstag gerne fortsetzen. Sie wissen inzwischen so viel über mich, da wäre es doch nur fair, mir auch ein wenig von sich zu erzählen. Was meinen Sie?«

»Das Leben schlägt schon seltsame Kapriolen, Herr Kratzler«, gab ich mich nachdenklich. »Bis vor Kurzem hatte ich noch nie von Ihnen gehört, dann treffen wir uns, und kurz darauf stolpere ich schon wieder über Ihren Namen.«

»In welchem Zusammenhang?«

»Erinnern Sie sich an Luise Führmann?«

»Sollte ich das? Ist sie ein Fan von mir?«

»Sie ist vor drei Jahren gestorben. Sie hat während Ihres Studiums Arbeiten für Sie abgetippt.«

Einen Moment lang war es still in der Leitung. Dann kam ein lang gezogenes *Ahhh*. »Da klingelt ganz leise etwas bei mir. Und sie ist tot?«

»Ja.«

»Jetzt müsste ich wohl sagen, dass es mir leidtut.«

Das hatte er schon bei Michaela Breuer nicht getan. »Ich war nur ihre Nachlassverwalterin. Mir gegenüber müssen Sie gar nichts.«

»Das klingt, als hätte ich alle Freiheiten.« Er lachte rau ins Telefon. »Was halten Sie also von einem Treffen? Morgen, selbe Zeit, selber Ort?«

Ich ließ ein paar Sekunden verstreichen. »Einverstanden. Aber zehn Uhr schaffe ich nicht. Dreizehn Uhr passt mir besser.«

Es war zehn nach elf, als ich endlich meinen Koffer vom Band zog und das Handy in meiner Hosentasche vibrierte. Im ersten Moment dachte ich, es sei Martin, aber dann erkannte ich die Nummer vom *Mas de Silence* im Display. Kai Broschinski klang aufgeregt, als er sich meldete.

»Was ist passiert?« Ich ging zu einer Stuhlreihe, stellte meinen Koffer ab und setzte mich.

»Das weiß ich ehrlich gesagt nicht.« Er klang besorgt. »Grit ist nicht mehr zu ihrem Dienst erschienen, und sie hat sich auch nicht abgemeldet. Ich bin zu ihrer Wohnung gefahren, aber dort war sie nicht.«

»Waren Sie in der Wohnung?«

»Ja. Grit hat für den Notfall einen Ersatzschlüssel im Hotel deponiert.«

»Was ist mit ihrem Auto?«

»Es stand vor dem Haus, dort, wo sie es immer abstellt.« Er atmete schwer. »Ich habe in allen Krankenhäusern in der Umgebung angerufen, aber dort ist in den vergangenen Tagen niemand, auf den ihre Beschreibung passt, eingeliefert worden.«

»Was ist mit ihren Freundinnen? Kennen Sie die?«

»Zwei von ihnen. Sie haben bereits im *Mas de Silence* angerufen, weil sie Grit ebenfalls nicht erreichen konnten. Keine von ihnen weiß etwas.«

»Es gibt da möglicherweise einen Mann …«, setzte ich vorsichtig an. Ich wollte Grits Vertrauen nicht missbrauchen und ihrem Mitarbeiter von dem Mann erzählen, in den sie sich verliebt hatte.

»Ich glaube, ich weiß, wen Sie meinen. Er und seine Frau waren im August zu Gast bei uns. Er hat heute Mittag angerufen, weil er auf eine Nachricht von Grit wartete. Es handelt sich wohl um eine Nachricht privater Natur«, setzte er ebenso vorsichtig wie ich hinzu. »Niemand kann sagen, wo sie sich zurzeit aufhält. Ich weiß, Frau Mahlo, ich habe Ihre Sorge nicht ernst genommen, aber inzwischen sorge ich mich selbst. Ich habe Grit vor einer Stunde als vermisst gemeldet.«

Eine Gänsehaut kroch über meine Arme. »Wann haben Sie sie zuletzt gesehen?«

»Am Freitagabend, als wir die Übergabe fürs Wochenende besprochen haben.«

»Hat sie da zufällig erzählt, wie sie ihre freien Tage verbringen wollte?«

»Sie hat erzählt, dass sie mit Ihnen und Ihrem Freund am Samstag zum Essen verabredet sei. Bis dahin wollte sie einfach nur faulenzen. Und natürlich hoch zu den Pyramiden. Wie immer an ihren freien Tagen.«

»Wissen Sie noch von anderen Verabredungen? Hatte sie vielleicht vor, diesen Mann zu treffen?«

»Das hätte sie gerne, aber er konnte sich an diesem Wochenende nicht loseisen.«

Da er all das von ihr wusste, waren sie vermutlich nicht nur Arbeitskollegen, sondern auch Freunde. »Als ich am Freitag mit ihr essen war, hat sie eine SMS bekommen, die sie scheinbar irritiert hat. Könnte dieser Mann sie geschickt haben?«

»Auf keinen Fall. Die beiden tauschen keine SMS aus. Sie telefonieren oder sie nutzen einen gemeinsamen Mailaccount, auf dem sie die Mails als Entwürfe hinterlegen.«

So konnte ihm seine Ehefrau nicht auf die Spur kommen. »Als Sie am Freitagabend die Übergabe gemacht haben, hatten Sie da den Eindruck, dass Grit sich über etwas sorgte?«

Er ließ sich Zeit mit seiner Antwort. »Nein«, sagte er schließlich. »Sie wirkte nur ein wenig genervt, als sie mit jemandem telefonierte. Der- oder diejenige wollte spätabends noch bei ihr vorbeikommen, aber sie sagte, sie hätte einen langen Tag gehabt und wolle so spät niemanden mehr sehen. Das musste sie mehrmals sagen, bis ihr Gesprächspartner es endlich einsah.«

»Hat sie einen Namen genannt oder Ihnen gesagt, wer da am Telefon war?«

»Nein. Sie sagte nur *Nicht der Rede wert,* als ich sie danach fragte.«

Genau das hatte sie auch über die SMS gesagt, die sie so offensichtlich irritiert hatte. »Und nach dieser Übergabe am Freitagabend haben Sie nichts mehr von ihr gehört?«

»Sie hat mir Samstagvormittag noch eine SMS geschickt.«

»Und was stand darin?«

»Dass ihr kurzfristig etwas dazwischengekommen sei, sie nicht zur Arbeit kommen könne und ich sie bitte vertreten solle.«

»Sagten Sie nicht, sie hätte das ganze Wochenende freigehabt?«

»Ja, sie hatte frei.«

»Wie erklären Sie sich dann diese Nachricht?«

»Ich vermute, sie war ein bisschen durcheinander.«

»So durcheinander, dass sie plötzlich vergessen haben soll, dass sie freihatte?«, fragte ich ungläubig.

»In der Hektik kann so etwas doch mal vorkommen«, meinte er verunsichert. »Hat sie Ihnen nicht auch gesimst, dass sie an dem Vormittag viel um die Ohren hatte?«

»Das war am Sonntagmorgen. Könnten Sie noch mal mit

den beiden Freundinnen sprechen und vielleicht auch mit diesem Mann und alle drei fragen, ob sie eine Ahnung haben, wer oder was Grit so stark beschäftigt haben könnte?«

»Das kann ich machen. Aber was glauben Sie denn überhaupt, was passiert ist?«

»Ich weiß nicht, was ich glauben soll.«

Ich erinnerte mich noch genau an den Moment, als wir Ben als vermisst gemeldet haben. Von da an war es offiziell gewesen. Damals war meine Hoffnung mit allen möglichen Horrorvisionen in den Ring gestiegen und hatte den Kampf lange Zeit bestimmt. Im Gegensatz zu mir war sie bei meinen Eltern jedoch nie in die Knie gegangen. Sechs Jahre lang hatten sie unverbrüchlich an ihr festgehalten. Ich hingegen hatte nicht mehr daran glauben können, dass Ben irgendwo gefangen gehalten wurde oder er einfach so verschwunden war, ohne seine Familie zu benachrichtigen. Mit meiner schwindenden Hoffnung war die Gewissheit gewachsen, dass Ben tot sein musste.

Und jetzt, sieben Jahre später, lieferten sich Hoffnung und Horrorvisionen wieder heftige Gefechte. Meine Hoffnung flüsterte mir ein, dass Grit sich während ihrer Wanderung verletzt haben könnte und irgendwo lag, wo sie noch nicht gefunden worden war. Und da der Akku ihres Handys vermutlich leer war, konnte sie keine Hilfe rufen. Vielleicht war sie so schwer verletzt, dass sie nicht einmal laut rufen konnte. Schwer, aber nicht tödlich. Schlimmer war die Vorstellung, der Täter aus ihren Kindheitstagen könne sie ausfindig gemacht und in seine Gewalt gebracht haben. Allerdings hätte er ihr, um sie einzuschüchtern, nur ein Steinmännchen vors Haus zu stellen brauchen. Je länger ich darüber nachdachte, desto schlüssiger erschien mir dieser Gedanke. Vielleicht hatte der Täter genau das getan und sie damit in die Flucht geschlagen.

17

München lag an diesem Morgen unter einer grauen, regenschweren Wolkendecke. In den vergangenen Tagen waren viele Blätter von den Bäumen gefallen und hatten sich wie gelbrote Teppiche ausgebreitet. So leise sie fielen, so lärmend wurden sie beseitigt. Durch die geöffneten Fenster drang das Dröhnen einer Kehrmaschine. Sobald der Regen aufhörte und der Boden getrocknet war, würden sich die Laubbläser dazugesellen.

Mein Schreibtisch war übersät mit Notizzetteln von Funda. Ich brauchte eine halbe Stunde, um mir einen Überblick zu verschaffen. Und einmal mehr pries ich den Tag, an dem ich beschlossen hatte, Funda einzustellen. Sie war eine zuverlässige, engagierte und liebenswerte Mitarbeiterin. Und Freundin. Genau das sagte ich ihr, als sie um kurz nach acht im Büro erschien.

»Könntest du das bitte wiederholen?«, bat sie mich freudestrahlend.

Also sagte ich noch einmal, wie froh ich war, sie hierzuhaben, und was für ein wunderbarer Mensch sie sei.

»So, und jetzt erzähl!«, forderte sie mich auf, nachdem sie eine Träne weggeblinzelt hatte.

In ihrer Mimik fand ich all das wieder, was ich in den vergangenen Tagen in Saint-Rémy erlebt hatte – meine Begeisterung über den offenen Austausch mit Grit, meine Erleichterung, dass sie mir meinen Überfall nicht übel genommen und beschlossen hatte, gemeinsam mit mir zur Polizei zu gehen. Meine Sorge und meine Angst.

»Das klingt nicht gut«, sagte sie genau in dem Augenblick, als meine Mutter zur Tür hereinschneite.

»Was klingt nicht gut?«, nahm meine Mutter den Ball auf und sah zwischen Funda und mir hin und her.

»Kris hat gerade erzählt, dass es in Paris die ganze Zeit geregnet hat.«

Der Gesichtsausdruck meiner Mutter wechselte von alarmiert zu betrübt.

»O nein, nein!« Funda fuchtelte wild mit den Händen. »Wären Sie fünf Minuten eher gekommen, hätten Sie gehört, wie begeistert Kris von ihrer Reise erzählt hat, wie aufregend es gewesen sei. Das schönste Geburtstagsgeschenk überhaupt.«

Meine Mutter, die glücklich an Fundas Lippen gehangen hatte, wandte sich an mich. »Genau so haben wir es dir gewünscht, dein Vater und ich.«

»Wie geht es euch beiden?«, fragte ich, als Funda in die Küche verschwand, um Teewasser aufzusetzen.

»Mir besser als deinem Vater, aber er hält sich tapfer. Ich habe ihn übers Wochenende mit nach Meran genommen. Seinen Enkel zu sehen hat ihn auf andere Gedanken gebracht und ihm wirklich gutgetan.« Sie lächelte. »Ach, was sage ich? Es hat uns beiden gutgetan.«

»Ist das so etwas wie ein Hoffnungsschimmer für euch?«

»Das wird sich zeigen.« Sie betrachtete mich eingehend. »Und du? Hast du Simon vermisst?«

»Du weißt doch, dass es bei uns gerade nicht so gut läuft.«

»Zwischen deinem Vater und mir ist es auch eine sehr lange Zeit nicht gut gelaufen. Und dann stand da eines Tages diese Tamara in seiner Wohnung.«

»Was willst du damit sagen?«

Funda kam mit Teekanne und Teegläsern zurück ins Büro. Ganz offensichtlich hatte sie jedes Wort unserer Unterhaltung mitbekommen. »Sie will sagen«, meinte sie trocken,

»dass die Tamaras dieser Welt in vielerlei Gestalt auftauchen. Manchmal heißen sie auch Natalie.«

»Verstehe.«

Meine Mutter kam ein paar Schritte auf mich zu. »Ich will dir keine Angst machen, Kris, ich will nur, dass du mit offenen Augen durch dein Leben gehst.«

Ich schlang meine Arme um sie und drückte sie. »Mach dir keine Sorgen, Mama.«

Kaum war sie gegangen, wandte ich mich um zu Funda. »Seit wann kannst du so gut lügen?«

»Ich kann Mütter einfach nicht leiden sehen.«

»Du bist selbst eine.«

»Deshalb weiß ich ja, wie das ist. Und was diese Natalie betrifft, solltest du auf deine Mutter hören.«

»Simon kann tun, was er will. Und ich auch.«

Funda sah mich lange an, verkniff sich aber die Frage, die ihr auf der Zunge lag. Nachdem wir minutenlang schweigend über unseren Akten gebrütet hatten, nahm sie ein anderes Thema in Angriff, das sie beschäftigte.

»Du fährst nach Saint-Rémy und redest mit Grit Führmann. Die erklärt sich bereit, mit dir zur Polizei zu gehen, und verschwindet dann. Das ist doch kein Zufall!«

»Genauso wenig wie es Zufall ist, dass dieser Stein hier im Briefkasten lag.« Ich griff nach dem Silberauge, das Funda zu den anderen drei Steinen auf meinen Schreibtisch gelegt hatte, und betrachtete es. Worum ging es dem Absender – um eine Warnung oder eine Drohung?

Der Vormittag flog nur so dahin. Ich versuchte, mich zu konzentrieren, dachte aber ständig an Grit. Hin und wieder, wenn ich es nicht mehr aushielt, simste ich Kai Broschinski. Seine Antwort war immer die gleiche: *Es gibt nichts Neues*.

Martin rief an und versuchte, mich zu beruhigen. Er habe schon nach einigen Menschen gesucht, und fünfundneunzig Prozent von ihnen seien wieder aufgetaucht. Doch das beruhigte mich nicht, denn ich hatte bisher nur ein einziges Mal nach einem Menschen gesucht, und der war nicht wieder aufgetaucht.

Ich hatte gehofft, Henrike in ihrem Laden anzutreffen, aber von Funda erfuhr ich, dass sie an diesem Tag in Pasing einen Haushalt entrümpelte. Ich rief sie an, aber wie so oft bei dieser Arbeit hörte sie ihr Handy nicht.

Mein nächster Anruf galt Edgar Seitz. Seine Sekretärin wollte wissen, worum es ging. Als ich Grits Namen nannte, stellte sie mich sofort durch.

»Frau Mahlo, ich grüße Sie!«, sagte er aufgeräumt, als hätte es unser letztes Telefonat nicht gegeben. »Nett, dass Sie anrufen. Ich glaube, Sie haben mich neulich auf dem falschen Fuß erwischt. Es tat mir im Nachhinein leid. Nehmen Sie meine Entschuldigung an?«

»Selbstverständlich«, antwortete ich überrascht.

»Das höre ich gerne. Was kann ich denn nun heute für Sie tun?«

»Wann haben Sie zuletzt mit Grit gesprochen?«

»Lassen Sie mich überlegen. Das war am Donnerstagabend. Als wir alle draußen bei Anne und ihrem Mann waren.«

»Hat sie Ihnen vielleicht erzählt, was sie am Wochenende vorhatte?«

»Nein. Worum geht es denn bei diesen Fragen?«

»Grit ist gestern Morgen nicht zum Dienst erschienen, und sie hat sich auch nicht abgemeldet. Niemand weiß, wo sie ist. Ihr Mitarbeiter Kai Broschinski hat sie gestern Abend als vermisst gemeldet.«

Edgar Seitz räusperte sich. »Er hat sie als vermisst gemeldet? Ist das nicht ein wenig übertrieben? Vermutlich ist sie krank. Wissen Sie was? Ich rufe gleich mal bei ihr an.«

»Sie werden sie nicht erreichen. Ihr Handy ist seit Sonntag ausgeschaltet.«

Sekundenlang war es still in der Leitung. »Wissen Sie, was ich glaube, Frau Mahlo?« Seinem Tonfall nach zu urteilen, kehrte er gerade wieder seine unangenehme Seite heraus. »Das ist ganz allein Ihre Schuld. Sie haben Grit da hineingerissen. Sie ...«

»In was soll ich sie denn bitte schön hineingerissen haben?«, unterbrach ich seine Tirade, bevor er richtig in Fahrt kommen konnte.

»Alles war gut, bis Sie bei meiner Tochter aufgetaucht sind!«

»Bei welcher Tochter?«

»Werden Sie nicht spitzfindig! Grit hat ihren Platz gefunden. Nach allen Schwierigkeiten, die sie hatte. Und dann tauchen Sie dort auf und versetzen sie in Unruhe. Ich vermute, sie ist vor Ihnen geflohen.«

»Weswegen hätte sie das tun sollen?«

»Sie war ihren Albträumen und Fantastereien endlich entkommen. Und dann ...«

»Das waren weder Albträume noch Fantastereien!«

»Und das wissen Sie so genau, weil Sie damals dabei waren, ja? Sie wissen gar nichts, Frau Mahlo. Sie sind nur eine ...«

»Ich weiß«, fiel ich ihm erneut ins Wort. »Ich bin nur eine übereifrige Nachlassverwalterin, die zu viele Krimis gelesen hat und versucht, Grit vor ihren ominösen Karren zu spannen. Ihre Tochter hat mir davon erzählt.«

»Dem ist nichts hinzuzufügen. War es das dann?«

»Machen Sie sich eigentlich gar keine Sorgen um Ihre Tochter, Herr Doktor Seitz? Ich habe Ihnen erzählt, dass sie verschwunden ist und Sie ...«

»Selbstverständlich mache ich mir Sorgen. Und zwar, dass sie durch Ihren Besuch ihr mühsam erkämpftes Gleichgewicht verloren hat und jetzt psychisch wieder abdriftet.«

Nachts öffnete sich die Kinderzimmertür, ein als Tod verkleideter Mann trat ans Bett der Tochter, erschreckte sie zutiefst und flüsterte ihr den Auftrag ins Ohr, fortan das Steinmännchen im Vorgarten zu hüten. Ja, zugegeben, das klang verrückt. Aber nicht so verrückt, dass es unmöglich war. Trotzdem hatten sich beide Elternteile auf die blühende Fantasie der Tochter geeinigt, anstatt in Betracht zu ziehen, dass sie die Wahrheit sagte. Denn die Tür war ja abgeschlossen gewesen. Hatten sie sich nie gefragt, wie sich eine verschlossene Tür öffnen ließ, ohne Spuren zu hinterlassen? Oder hatten sie es sich nicht fragen wollen?

Auf dem Weg in die Stadt, die in strömendem Regen versank, rief ich über die Freisprechanlage Anne Peukert an. Ich fuhr gerade am Botanischen Garten vorbei, als Grits Schwester sich meldete.

»Mein Vater hat mich bereits informiert. Sind Sie jetzt zufrieden?«

»Dass Ihre Schwester verschwunden ist? Ist das nicht ein wenig zynisch?«

»Den Vorwurf müssen Sie sich gefallen lassen«, sagte sie kalt.

»Sie glauben, Ihre Schwester sei verschwunden, weil …«

»Ganz genau! Weil Sie es einfach nicht gut sein lassen konnten.«

»Was an dieser Geschichte ist gut? Können Sie mir das vielleicht mal erklären? Ist es gut, dass Ihre Schwester als Kind Opfer eines Sadisten wurde und ihr keiner glaubte? Ist es gut, dass sie von Ihnen allen noch heute als psychisch labil dargestellt wird? Ich habe mit ihr gesprochen und …«

»Ach ja – Sie haben mit ihr gesprochen. Und aus diesem einen Gespräch, in dem Grit vermutlich einen ganz passablen Eindruck gemacht hat, schließen Sie auf das Gesamtgefüge.«

Ich bog links in die Südliche Auffahrtsallee und hielt am Straßenrand. »Das *Gesamtgefüge,* nämlich die Familie, hat in Grits Fall versagt. Sie hätten ihr glauben sollen. Sie hat sich nichts zusammengesponnen.«

»Und das wissen Sie so genau, weil Sie damals mit in unserem Kinderzimmer waren?«

»Haben Sie sich nie gefragt, wie der Täter eine verschlossene Wohnungstür hätte überwinden können, ohne Spuren zu hinterlassen?«

»Nein! Wozu auch?«

»Um ihm auf die Schliche zu kommen. Um den Kreis derer einzugrenzen, die problemlos an die Schlüssel Ihrer Eltern hätten gelangen können.«

»Was wollen Sie damit andeuten?«

»Ich finde meine Spekulation ziemlich präzise.«

»Und ich finde Sie unverschämt! Sie können sich glücklich schätzen, dass mein Vater nicht zuhört.«

»Ich würde mich gerne mit Ihrem Vater über die Möglichkeit eines Schlüsseldiebstahls unterhalten. Sobald Ihre Schwester wieder aufgetaucht ist. Im Gegensatz zu Ihnen macht mir ihr Verschwinden nämlich Angst.« Ich war mir bewusst, dass ich ihr vielleicht Unrecht tat. Bei der Sorge war es wie mit der Trauer. Sie nicht zu zeigen hieß nicht, keine zu haben.

»Sie glauben, so vieles über meine Schwester zu wissen. Dabei wissen Sie nicht einmal, dass sie schon öfter über Monate hinweg nichts von sich hat hören lassen. Irgendwann meldet sie sich dann plötzlich wieder.«

»Für ihren Arbeitsplatz wird das wohl kaum gelten.«

»Glauben Sie mir, sie taucht wieder auf.«

Für Anne Peukerts Zuversicht hätte ich in diesem Augenblick einiges gegeben. »Haben Sie nach Donnerstagabend noch einmal mit ihr gesprochen?«

»Nein, dazu bestand keine Veranlassung. Es war alles gesagt.«

Dieses Mal war ich diejenige, die sich verspätete. Veit Kratzler wartete bereits im *Oskar-Maria* auf mich. Von einem der Fensterplätze aus winkte er mir zu. Ich schlug die Kapuze zurück und trug meine tropfnasse Jacke zur Garderobe.

»Ich hatte unterwegs noch ein dringendes Telefonat«, entschuldigte ich mich, als ich zum Tisch kam.

»Und ich dachte, es sei nichts mehr dringend, wenn Sie Ihre Arbeit aufgenommen haben. Schließlich ist die Hauptperson tot.«

Ich lächelte ihn an. »Vermutlich mache ich mir auch von Ihrem Beruf völlig falsche Vorstellungen.«

Mit einer gekonnten Bewegung brachte er sich in Position. »Und die wären?«

»Wollen wir unsere wertvolle Zeit wirklich mit falschen Vorstellungen vergeuden? Mich interessiert die Realität viel mehr. Wie verbringt ein Sachbuchautor zum Beispiel sein Wochenende? Erzählen Sie: Was haben Sie am vergangenen Wochenende gemacht?«

»Paragliding am Wallberg.«

»Im Ernst?«

»Glauben Sie, ich prahle?«

»Nie im Leben!« Mit Mühe gelang es mir, ernst zu bleiben. »Und damit kann man sein gesamtes Wochenende verbringen?«

»Wenn man das Ganze mit ein wenig Wellness und einigen guten Restaurants anreichert, kann dafür schon mal ein ganzes Wochenende draufgehen. Wie wär's, wenn Sie mich beim nächsten Mal begleiten?«

Die Kellnerin kam gerade recht, um unsere Bestellung aufzunehmen. Ich entschied mich für ein Risotto, Veit Kratzler für Tartar mit Ei.

»Das klingt sportlich, was Sie da machen«, schummelte ich mich an einer Antwort vorbei. »Sie müssen ziemlich fit sein. Vermutlich haben Sie nie geraucht, oder?«

»Während der Schulzeit, wie die meisten von uns. Aber dann habe ich es schnell wieder gelassen. Und Sie? Wir sind doch heute eigentlich hier, damit ich endlich mehr über Sie erfahre.«

»Ich habe es immer mal wieder versucht, aber es hat mir nie geschmeckt. Mit Bier ist es mir genauso ergangen. Mögen Sie Bier?«

»Mögen wäre zu viel gesagt, ich trinke es hin und wieder mal, aber eigentlich trinke ich viel lieber Wein. Apropos: Wie wäre es mit einem Glas Weißwein?«

Ich schüttelte den Kopf. »Ich muss noch fahren.«

Er beugte sich vor, legte die Unterarme auf den Tisch und senkte die Stimme. »Bei unserem letzten Treffen hatte ich den Eindruck, dass wir beide uns eine Menge zu sagen haben.« Er schenkte mir einen langen Blick.

Es gab Menschen, die konnten einem mit langen Blicken auf den Grund der Seele schauen, Veit Kratzler schien sich nur auf der Suche nach Bestätigung in meinen Augen spiegeln zu wollen.

»Ich mag es übrigens, wenn Frauen ihr Interesse ganz offenkundig zeigen.«

»Und Sie meinen, das täte ich?«

»Sie interessieren sich für nicht weniger als mein Leben. Und ich interessiere mich für Ihres. Wie haben Sie denn das vergangene Wochenende verbracht?«

»Ich war in Saint-Rémy-de-Provence. Kennen Sie es?«

»Nicht dass ich wüsste.« Für einen Augenblick schien er das Interesse an mir verloren zu haben. Er musterte ganz unverhohlen einige Gäste, die das *Oskar-Maria* betraten. Dann stand er wortlos auf und ging auf einen der Männer zu.

Während sich der Rest der Gruppe der Regenschirme und Jacken entledigte und sich an einem reservierten Tisch niederließ, blieben Veit Kratzler und sein Gesprächspartner am Eingang stehen. Kratzler hatte wieder seine Gockelhaltung eingenommen und ließ sein Gegenüber nicht zu Wort kommen. Bis der Mann ihm die Hand auf die Schulter legte, ihm ein paar Worte zuraunte und sich verabschiedete.

»Mein Verleger«, erklärte er, als er sich wieder setzte und im selben Moment unser Essen serviert wurde. »Wir haben kurz über mein neues Projekt gesprochen. So viel darf ich Ihnen verraten: Er ist begeistert. Aber ich habe auch nichts anderes erwartet.«

»Das freut mich. Wer wird denn nun Ihr neues Buch lektorieren?«

»Das steht noch nicht fest.«

»Es ist sicher schwer für Sie, auf Michaela Breuer zu verzichten.«

»Frau Breuer war für die Kosmetik zuständig, und das können andere auch.«

Für diesen Satz hätte ich ihm am liebsten kräftig gegen sein Schienbein getreten. »Wir haben doch kürzlich über Luise Führmann gesprochen. Erinnern Sie sich?«

»Müssen wir denn immerzu über Tote sprechen? Es gibt doch so viel Lebendiges, zutiefst Vitales, über das sich ein Gespräch lohnen würde. Zumal eines unter vier Augen.« Er zwinkerte mir zu.

»Gut! Reden wir über die Lebenden. Haben Sie damals zufällig die Töchter von Frau Führmann kennengelernt?«

»Wie bitte?«

»Frau Führmann hinterließ zwei Töchter.«

Er hob die Brauen und wirkte für einen Moment irritiert. Dann griff er nach seinem Besteck und widmete sich dem Spiegelei auf seinem Tartar. Mit der Gabel stach er mitten hinein und sah dabei zu, wie das Eigelb sich verteilte. Schließlich blickte er mich versonnen an. »Ich möchte eigentlich nur über eine Frau reden, und das sind Sie. Sie bewegen mich, Frau Mahlo.«

Diesen Satz hatte er wortwörtlich auch Michaela Breuer in einer seiner Mails geschrieben. *Sie bewegen mich, Frau Breuer.*

Er holte theatralisch Luft und fasste sich an die Brust. »Und das in einer Weise, die …«

»Die Sie mir besser nicht verraten, weil ich sonst rot würde?« Auch das hatte er Michaela Breuer geschrieben.

»Ich sehe, wir verstehen uns«, meinte er mit einem schmierigen Lächeln.

Als ich mich kurz darauf mit einem Berg von Arbeit entschuldigte, blieb Veit Kratzler sitzen. Er hatte einen Journalisten entdeckt, der schon lange wegen einer Homestory an ihm dran sei. Sein *Auf bald* klang in meinen Ohren wie eine Drohung. Erleichtert verließ ich das *Oskar-Maria.*

Draußen regnete es immer noch in Strömen. Ich zog meine Kapuze über den Kopf, umrundete die Pfützen und machte mich eilig auf den Weg zum Parkhaus. Als ich mit jemandem zusammenstieß, entschuldigte ich mich im Vorübergehen.

»Wir kennen uns!«, hörte ich hinter mir eine männliche Stimme.

Ich wandte mich um. Ein paar Schritte von mir entfernt stand Kilian Seitz. Er hob die Schultern und ließ sie mit einem entschuldigenden Lächeln wieder sinken. »Mein fotografisches Gedächtnis lässt mich nie im Stich, aber bei Namen muss ich leider passen.« Er sah mich verunsichert an. »Oder verwechsle ich Sie? Haben wir uns nicht gerade erst bei meiner Schwester kennengelernt?«

»Das haben wir«, antwortete ich zurückhaltend. Konnte es wirklich ein Zufall sein, dass wir uns mitten in der Stadt über den Weg liefen und er mich trotz Kapuze über dem Kopf erkannt haben wollte? Oder war er mir etwa gefolgt?

Er suchte unter einem Vordach Schutz vor dem Regen. »Sie sehen mich an, als wäre ich ein Geist«, meinte er lachend.

»Ich denke nur gerade über den Zufall nach.«

»Das habe ich längst aufgegeben. Haben Sie Zeit für einen Kaffee?«

Selbst wenn es kein Zufall und er mir gefolgt war, würde mir hier wohl kaum eine Gefahr drohen. »Gerne, aber nicht mehr als eine halbe Stunde.«

»Mehr Zeit habe ich auch nicht. Ich habe gleich noch einen Termin. Wollen wir ins *Oskar-Maria*?«

»Mir wäre das *Café Luitpold* lieber.«

»Auch gut. Kommen Sie!« Er lief mit großen Schritten neben mir her und hielt mir die Tür auf, als wir wenig später dort ankamen.

Wir ergatterten einen Zweiertisch. Während Kilian Seitz unsere nassen Jacken zur Garderobe brachte, bestellte ich für ihn einen Latte macchiato und für mich ein Wasser.

»Schön, dass Sie mir Gesellschaft leisten«, sagte er, als er sich setzte und sich mit beiden Händen die nassen Haare aus dem Gesicht strich. »Wie geht es Ihnen?«

Er wirkte so offen, dass sich meine Zweifel verflüchtigten und ich sein Lächeln erwiderte. »Gut, danke.«

»Das freut mich, denn als wir uns bei Anne begegnet sind, wirkten Sie etwas angestrengt. Da ging es um diesen Fall, von dem Sie erzählt haben, den mit den Steintürmen. Der hat Ihnen zugesetzt, nicht wahr? Zumindest hatte ich den Eindruck.«

»Er setzt mir immer noch zu.«

»Es ist aber auch wirklich eine unglaubliche Geschichte. Grit hat etwas geträumt, das dann später einer anderen Frau so ähnlich widerfahren ist.«

»Ich glaube nicht, dass Grit das geträumt hat.«

Er wärmte seine Hände an dem Latte-macchiato-Glas, das die Kellnerin vor ihn hinstellte. »Alle sind davon überzeugt. Wie kommt es, dass Sie anderer Meinung sind?«

»Weil mir eine verschlossene Tür nicht als Beweis reicht. Es hätte durchaus jemand an den Wohnungsschlüssel gelangen und sich so unbemerkt Zutritt verschaffen können.«

»In dem Fall ginge es nicht mehr um Albträume eines Kindes, sondern um ein Verbrechen.« Er forschte in meinem Gesicht. »Wollen Sie das damit andeuten, Frau ...?«

»Mahlo.«

»Frau Mahlo. Glauben Sie, dass damals tatsächlich jemand an Grits Bett gestanden hat?«

»Ja, das glaube ich.«

Er blies Luft durch die Nase und schüttelte den Kopf. »Aber dann ...« Seine Gedanken schienen ihn zu erschrecken. »Dann hätten wir Grit all die Jahre Unrecht getan.« Er runzelte die Stirn. »Was ist denn mit der Psychiatrie? Dort war sie doch nicht grundlos.«

»Sie ist wegen eines Nervenzusammenbruchs eingewiesen worden. Luise Führmann hat dort Stein und Bein geschworen, dass niemand in der Wohnung gewesen sei. Und so sind auch die Ärzte von Albträumen ausgegangen und haben Grit entsprechend behandelt.«

»Das waren doch aber Fachärzte.«

»Auch die können sich irren.«

»Sowohl ihre behandelnden Ärzte als auch wir als Familie haben Grit nicht geglaubt. Sie tun es, obwohl Sie sie kaum kennen. Verstehen Sie das bitte nicht als Kritik, aber wie kommen Sie darauf?«

»Damals, als ich die Tagebücher gelesen habe, in denen Luise Führmann mit unumstößlicher Gewissheit von Albträumen ihrer Tochter geschrieben hat, habe ich das keinen Moment lang angezweifelt. Erst als mein aktueller Nachlassfall hinzukam, ist mir ein Licht aufgegangen. Ich glaube nämlich nicht an diesen schier unglaublichen Zufall. Haben Sie heute eigentlich schon mit Ihrem Vater oder Ihrer Schwester Anne gesprochen?«

»Anne hat mich vorhin angerufen.«

»Dann wissen Sie, dass Grit verschwunden ist.«

»Sie geht nicht an ihr Handy«, korrigierte er mich sanft.

»Und sie ist gestern nicht zu ihrer Schicht im Hotel erschienen. Ihr Mitarbeiter hat sie inzwischen als vermisst gemeldet.«

Er sah mich mitfühlend an.

»Wie können Sie da so ruhig bleiben?«, fragte ich.

»Im Gegensatz zu Ihnen kenne ich Grit ganz gut.«

»Jetzt erzählen Sie mir nicht auch noch, dass Ihre Schwester immer mal wieder abtaucht.«

»So ist es allerdings. Was schreckt Sie daran so sehr?«, entgegnete er gelassen.

»Was mich schreckt?« Meine Stimme entglitt mir. »Ihre Halbschwester ist verschwunden!«

»Geht es nicht vielmehr um die Tatsache, dass sie sich nach dem Gespräch mit Ihnen zurückgezogen hat?« Er hielt einen Moment inne. »Nehmen Sie es mir bitte nicht übel, ich will Sie keinesfalls verletzen, aber letzten Donnerstagabend, als Grit bei Anne anrief, da war sie … Ich weiß gar nicht, wie ich es richtig ausdrücken soll. Sie war irgendwie überdreht, euphorisch. Sie redete nur noch davon, mit Ihnen zur Polizei zu gehen. Sie sagte, jetzt würde sie es uns allen endlich zeigen. Das sei ihre Rache für die Psychiatrie damals.«

»Rache?«

»So leid es mir tut, Frau Mahlo, ich würde Ihnen gerne etwas anderes sagen. Aber es geht Grit nicht darum, der Wahrheit, die Sie hinter all dem vermuten, zum Durchbruch zu verhelfen. Sie will uns alle dafür bestrafen, dass sie damals eingewiesen wurde.«

»Wie könnte Grit Sie dadurch bestrafen?«

Er zuckte die Schultern. »Es ist für niemanden schön, wenn die Polizei plötzlich vor der Tür steht und Fragen stellt. Sie will uns ein wenig piesacken und Sand ins Getriebe streuen.«

»Die Polizei würde nicht vor Ihrer Tür stehen, die Sache ist längst verjährt. Grit wäre nur mitgekommen, um mit der Schilderung ihrer Erlebnisse den aktuellen Fall zu untermauern.«

»Ich habe am Freitagnachmittag noch einmal in Ruhe mit Grit gesprochen«, überging er meinen Einwand. »Ihr Anruf am Donnerstagabend hat meinen Vater so in Rage gebracht, dass er sich ins nächste Flugzeug setzen und meiner Schwester einen Besuch abstatten wollte. Ich konnte ihn nur mit Mühe davon abhalten. Und das auch nur, indem ich ihm versprochen habe, sie zur Vernunft zu bringen.«

»Sind stattdessen Sie zu ihr geflogen?«, fragte ich.

Er schüttelte den Kopf. »Ich hatte am Wochenende einen Fotoauftrag. Außerdem ziehe ich bei solchen Entfernungen das Telefon vor.«

»Was heißt das genau – Sie haben sie zur Vernunft gebracht?« Da war er wieder, dieser mitfühlende Blick, als wollte er mir etwas ersparen, was mich verletzen würde. »Nun sagen Sie schon! Schlimmer als die Sorgen, die ich mir um Grit mache, kann es nicht sein.«

»Auch wenn Sie es nicht wahrhaben wollen, Frau Mahlo, aber Grit ist labil und wankelmütig. Nichtsdestotrotz ist sie, und das ist wichtig, in guten Momenten vernünftigen Argumenten gegenüber aufgeschlossen. In unserem Telefonat bin ich Schritt für Schritt mit ihr durchgegangen, welche Konsequenzen ein solcher Besuch bei der Polizei für sie selbst hätte. Als sie Ihnen zugesagt hat, Sie zu begleiten, ging es ihr ausschließlich darum, ihre Familie zu ärgern. Sie hat einfach nicht in Betracht gezogen, dass sie dadurch in ein Räderwerk gerät, das ihr selbst schadet. Als sie das begriffen hat, wollte sie einen Rückzieher machen.«

»Aber das hätte sie mir doch sagen können.«

»Ich vermute, es ist ihr unangenehm.«

In meinem Kopf überschlugen sich die Gedanken. Irgendetwas passte da nicht. »Wenn es nur darum ging, dass ihr Rückzieher ihr unangenehm ist und sie mir aus dem Weg gehen wollte, hätte sie spätestens nach meiner Abreise am Montagmorgen wieder im Hotel auftauchen können. Das ist sie aber nicht. Wie erklären Sie sich das?«

»Dafür habe ich, ehrlich gesagt, auch keine Erklärung.«

Auf dem Rückweg fuhr ich über Pasing und hielt vor einer unter Denkmalschutz stehenden Villa aus dem frühen zwanzigsten Jahrhundert, die sich hinter einem schmiedeeisernen Zaun und inmitten eines völlig verwilderten Gartens befand. Auf der Straße standen zwei Container, von denen einer bereits bis oben gefüllt war. Durch die regennasse Seitenscheibe betrachtete ich das alte, romantisch anmutende Haus voller Befriedigung. An seiner Stelle würde nicht irgendwann ein weiterer dieser gesichtslosen Mehrfamilienbauten entstehen, die die unaufhaltsame Verdichtung weiter vorantrieben. Der Denkmalschutz bewahrte es zum Glück davor.

Ich stieg aus und hielt nach Henrike Ausschau. Sie lehnte in einem verdreckten Schutzanzug, der einmal weiß gewesen war, neben dem Eingang und rauchte. Ihr Haar war unter einem Kopftuch verborgen, um ihren Hals baumelte ein Mundschutz. Ich ließ zwei von Henrikes Helfern passieren, die eine Tür aus dem Haus trugen, bevor ich mich zu ihr gesellte. Sie lächelte mir zu.

»Wie war Paris?«, fragte sie.

»Anders als erwartet, aber schön.«

»Hier hast du nichts verpasst. Es hat fast die ganze Zeit geregnet.« Sie zog fröstelnd die Schultern hoch.

»In Paris hat es auch die ganze Zeit geregnet.«

»Dafür hast du aber eine gesunde Gesichtsfarbe.« Sie beugte sich vor und betrachtete mich mit ihrem Röntgenblick. »Warst du etwa im Solarium?«

»Provenzalische Sonne. Aber du darfst meinen Eltern nichts davon verraten. Versprich es!«

»Du warst in der Provence?« Henrike blickte mich fragend an.

»Ja, in Saint-Rémy. Mit dem TGV ist es quasi ein Katzensprung.«

»Was hast du da gewollt?« Die Frage war kaum ausgesprochen, als einer ihrer Mitarbeiter sie dringend ins Haus rief. »Weißt du was? Erzähl mir das heute Abend. Ich komme bei dir vorbei. Okay?«

18

Martin hatte nicht ganz unrecht, wenn er sagte, dass ich momentan mal wieder mehr Zeit auf detektivische Recherchen verwandte als auf meine eigentliche Nachlassarbeit. Als ich gegen fünf zu Hause ankam, nahm ich mir deshalb vor, heute noch einen kleinen Arbeitsrekord aufzustellen, um mein schlechtes Gewissen zu beruhigen. Tatsächlich gelang es mir, drei Stunden lang alle anderen Gedanken auszublenden und mich nur auf die Akten zu konzentrieren, die vor mir auf dem Tisch lagen. Auf einer hatte Funda mir einen Vermerk hinterlassen. Bei der üblichen Plausibilitätsprüfung eines Kontos war sie auf Unstimmigkeiten gestoßen. Der Verstorbene hatte aus Rente und Mieteinkünften monatlich knapp viertausend Euro zur Verfügung gehabt. Seine regelmäßigen Ausgaben hatten sich auf rund zweitausend Euro belaufen. Die restlichen zweitausend waren jeden Monat abgehoben worden. Die Frage war nun: Hatte er selbst sie abgehoben? Und wenn ja, was hatte er damit gemacht? Er wäre nicht der erste, der Bargeld im Haus versteckte oder im Garten vergrub. Den Garten würden wir nicht umgraben, aber wir würden uns seine Wohnung noch einmal ganz genau ansehen.

Nachdem ich online die Gebühren für Auskünfte beim Einwohnermeldeamt sowie die Schlussrechnung für Strom, Wasser und Heizung in einem Nachlassfall beglichen und die von Funda vorbereitete Korrespondenz unterschrieben hatte, rollte ich meinen Stuhl ein Stück vom Schreibtisch zurück und streckte mich. Meine weitgehend schlaflose Nacht forderte allmählich ihren Tribut. Todmüde stellte ich mich ans geöffnete Bürofenster, atmete tief die Regenluft ein und sah über den bereits im Dunkeln liegenden Hof zum hell erleuchteten *Vini Jacobi*. Es wurde Zeit, mit Simon zu reden.

Ich schloss das Fenster und lief durch den Regen hinüber. Da Simons Kunden nur selten mit dem Rad oder zu Fuß kamen und auf dem Parkplatz keine fremden Autos mehr standen, nahm ich an, dass er allein war. Aber ich hatte mich getäuscht. Er saß mit Natalie Hövel vor seinem PC. Die beiden waren so vertieft in was auch immer, dass sie mich nicht kommen hörten. Sie bemerkten nicht einmal, dass Rosa aufgeregt wedelnd auf mich zusprang. Ich ging in die Hocke und umarmte die Hündin, die ihren Kopf auf meine Schulter legte.

»Na, meine Kleine«, flüsterte ich ihr ins Ohr. »Ich hab dich vermisst.«

In diesem Moment tauchte Simon vor mir auf. »Kris«, sagte er nur und sah mich abwartend an.

Ich erhob mich und sah zu Natalie Hövel, deren Blick immer noch auf den PC gerichtet war. »Hast du einen Moment Zeit?«

»Wofür?«

»Ich würde gerne kurz mit dir reden.«

»Worüber?«

Natalie Hövel machte eine winzige Kopfbewegung in unsere Richtung. Sie schien ihre Ohren zu spitzen.

»Über uns.«

»An meinem Standpunkt hat sich nichts geändert.«

»Aber an meinem.«

Er zog die Brauen zusammen und verschränkte die Arme vor der Brust. »Inwiefern?«

Wieder sah ich zu Natalie Hövel. Dieses Mal trafen sich unsere Blicke, und sie fuhr sich mit einer geschmeidigen Bewegung durch ihre lange, dunkle Mähne.

»Ich kann auch später noch mal wiederkommen.«

»Nein.« Simon dirigierte mich zur Tür hinaus und blieb unter dem gläsernen Vordach stehen. »Inwiefern?«, wiederholte er seine Frage.

Irgendwann musste ich es ihm sagen. Ich gab mir einen Ruck. »Diese *Pause* muss ein Ende haben.«

»Das sehe ich nicht so.«

Ich ließ meinen Blick über seine Gesichtszüge wandern und spürte, wie weh mir dieser Schritt tat. Mit Martin zusammen zu sein und zu wissen, dass ich auf den Moment zusteuerte, in dem ich Simon reinen Wein einschenken musste, war eine Sache, es zu tun, eine völlig andere. Es zerriss mir fast das Herz. »Ich habe mich etwas missverständlich ausgedrückt«, sagte ich leise. »Es ist nicht nur die Pause, die ein Ende haben muss.«

Sekundenlang starrte er mich wortlos an. Dann zeigte er hinter sich. »Du hast da etwas völlig falsch verstanden. Natalie arbeitet für mich. Mehr ist da nicht.«

»Aber bei mir ist mehr.«

Wir hatten beide Tränen in den Augen, als wir auseinandergingen. Simon blieb noch vor dem *Vini Jacobi* stehen und wartete, bis ich im Haus verschwunden war. Im Hausflur lehnte ich mich gegen das Geländer und ließ meinen Tränen freien Lauf. Ich hatte nicht erwartet, erleichtert zu sein, aber ich hatte auch nicht mit diesem bleischweren Gefühl in der Brust gerechnet. Blind vor Tränen stieg ich die Treppe hinauf und ließ mich in meiner Wohnung aufs Bett fallen. Ich fühlte mich wie verloren in dichtem Nebel. In welche Richtung sollte ich gehen? War es überhaupt gut zu gehen, oder sollte ich einfach stehen bleiben und hoffen, dass der Nebel sich irgendwann verzog? Hatte ich gerade einen großen Fehler gemacht?

In den Nebel hinein drang das Geräusch der Klingel. Henrike konnte es noch nicht sein, es war erst halb neun, und sie hatte eine SMS geschickt, dass sie es vor neun keinesfalls schaffen würde. Ich wischte mir die Tränen aus dem Gesicht, lief zur Tür und hoffte, dass weder mein Vater noch meine Mutter davorstand. Mir war nicht nach längeren Erklärungen zumute.

»Wer ist da?«, rief ich.

»Ich bin's.«

Simon! Einen Moment lang starrte ich regungslos die Tür an.

»Mach bitte auf, ich möchte dir etwas geben.«

Ich zog die Ärmel meines Pullis über die Hände, wischte mir damit noch einmal übers Gesicht und öffnete schließlich.

Rosa stürmte in meine Wohnung, bevor Simon wortlos einen Umzugskarton vor meinen Füßen abstellte. »Da ist alles drin, was sie braucht. Geschirr, Leine, Futter, Spielzeug, Heimtierausweis.«

»Was soll ich damit?«

»Du sorgst von jetzt an für sie.«

Perplex sah ich zwischen dem Karton und ihm hin und her. Rosa hatte sich derweil auf meiner Couch zusammengerollt, als ginge sie das alles nichts an. »Rosa ist dein Hund.«

»Sie hängt genauso an dir. Wenn nicht sogar noch mehr als an mir.«

»Ich verstehe nicht, wieso du das machst, Simon. Und sie wird es erst recht nicht verstehen.«

»Unterschätze Rosa nicht.«

»Verstehst du das?«, fragte ich Henrike kurz darauf.

»Sie ist seine Verbindung zu dir.«

»Aber er hängt an ihr.«

»Er hängt auch an dir.«

Ich setzte mich neben die Hündin auf die Couch und zog die Beine an. »So ging es einfach nicht weiter, Henrike.«

»Ich weiß. Und wie ist es mit dem *Unbeschädigten?*«

»Er heißt Martin. Er war mit mir in Saint-Rémy.«

»Bist du seinetwegen dorthin gefahren?«

Ich schüttelte den Kopf. »Er wollte mich in Paris überraschen und ist mir dann in die Provence nachgefahren.«

»Und jetzt?«

»Ehrlich gesagt bin ich ziemlich durcheinander.«

»Und ziemlich verliebt«, meinte sie mit einem Lächeln.

»Auch das.«

Sie betrachtete mich mit ihrem Röntgenblick. »Aber irgendetwas trübt das Ganze. Ist es wegen Simon?«

»Es ist wegen Grit Führmann. Ich habe sie in Saint-Rémy besucht und mit ihr gesprochen. Kurz darauf ist sie verschwunden.« Ich erzählte Henrike ausführlich von den Gesprächen.

Sie nahm den Beutel aus ihrem Tee und ließ ihn in eine kleine Schale fallen. Dann blies sie in die klare grünliche Flüssigkeit.

»Irgendwie werde ich das Gefühl nicht los, dass ich etwas Ungutes angestoßen habe.«

»Dass diese Grit tatsächlich psychisch abgedriftet ist, wie ihr Vater und ihre Schwester behaupten? Oder dass sie sich vor dir versteckt, wie ihr Bruder meint?«

»Dass der Täter von damals bei ihr aufgetaucht ist. Nimm nur mal an, er stammt aus ihrem Umfeld, was ja, wie die Statistiken besagen, nicht unwahrscheinlich ist. Wenn er erfahren hat, was sie vorhat, könnte er sich bedroht fühlen und versuchen zu verhindern, dass sie ihr Vorhaben in die Tat umsetzt. Dazu müsste er lediglich vor ihrem Haus ein Steinmännchen aufbauen. Eines mit sechs flachen, runden

Steinen. Das würde genügen, um sie in die Flucht zu schlagen.«

»Vielleicht ist genau das geschehen.«

»Und daran wäre ich schuld.«

»Daran wäre der Täter schuld.«

»Aber ich hätte das Ganze angestoßen.«

Sie sah mich ernst an. »Ja, das hättest du. Und das wäre, so wie ich dich kenne, mit Sicherheit etwas, woran du lange zu knabbern hättest. Aber keiner von uns kann aus seiner Haut. Du bist dieses Risiko eingegangen. Weil du wolltest, dass Grit Führmann rehabilitiert wird. Weil du wolltest, dass der Vergewaltiger von Michaela Breuer zur Rechenschaft gezogen wird. Und weil du verhindern wolltest, dass es weitere Opfer gibt. Jeder einzelne davon ist ein guter Grund.«

»Aber gute Gründe führen nicht immer zu Gutem. Willst du das sagen?«

»Es gibt keine Garantie dafür.« Sie hielt sekundenlang inne und nahm einen Schluck Tee. »Mach dir nicht so viele Gedanken, Kris. Die meisten Menschen tauchen wieder auf. Und zwar lebend.«

»Das sagt Martin auch. Trotzdem werde ich erst beruhigt sein, wenn ich weiß, dass ihr nichts zugestoßen ist.« Ich ging in die Küche, holte die angebrochene Flasche Rotwein und schenkte mir nach. »So, und jetzt erzähl mir, wie es dir und Arne geht.«

»Er hat an meinem Mini heimlich einen Peilsender angebracht. Er scheint also noch immer misstrauisch zu sein.«

Das musste ich erst einmal sacken lassen. »Wie hast du ihn entdeckt?«, fragte ich schließlich. »Wieso hast du überhaupt danach gesucht?«

»Ich glaube, das ist so eine Art Berufskrankheit. Ich habe zu viele Wiederholungstäter kennengelernt.«

»Und du bist sicher, das Ding stammt von Arne?«

»Es ist das gleiche Modell wie das, das er an meinem Transporter angebracht hatte. Wer sollte es sonst gemacht haben?«

»Jemand von früher?«

»Unwahrscheinlich!« Sie drehte die Kreole in ihrem Ohr und starrte auf den Boden.

»Und wenn du ihm endlich alles sagst?«

»Dann ist es vorbei. Du kennst Arne.«

»Aber wie willst du mit diesem Misstrauen leben?«

»Darüber habe ich in den letzten Tagen lange nachgedacht. Erst war ich wütend und verletzt, hätte am liebsten meine Sachen gepackt und ihm den Hausschlüssel auf den Tisch geknallt. Inzwischen ist all meine Wut verraucht. Er hat ja Grund, mir zu misstrauen. Ich habe ihn vom ersten Tag an belogen. Vielleicht hat er das unterbewusst gespürt. Dann ist dieses Desaster mit Saarbrücken und Bielefeld passiert. Und vielleicht ist da das Gefühl in sein Bewusstsein gedrungen, dass irgendetwas nicht stimmt. Du hast versucht, ihm das auszureden, und ich habe ihm mit meinem Geschenk eine triftige Erklärung geliefert. Aber vielleicht muss er sich erst noch ganz sicher sein. Vielleicht braucht er das, um seine Geister zu verscheuchen.«

»Das heißt, du fährst jetzt ständig mit einem Peilsender durch die Gegend?«

»Ja. Irgendwie empfinde ich das als eine gerechte Strafe für all meine Lügen. Und wenn ich ins Auto steige, sage ich mir, dass dadurch sein Misstrauen mit jeder Fahrt ein kleines bisschen schrumpfen und er seine Sicherheit zurückgewinnen wird.«

Als Henrike um halb zwölf ging, war ich viel zu aufgekratzt, um zu schlafen. Zwanzig Minuten lang drehte ich mit Rosa eine Runde durch die Nachbarschaft. Als ich danach immer noch nicht müde war, setzte ich mich ins Auto und fuhr nach Pasing. Zum Glück geriet ich nicht in eine Alkoholkontrolle. Martin öffnete mir verschlafen die Tür und ließ Rosa und mich hinein.

Er sah ihr dabei zu, wie sie in aller Seelenruhe seinen Küchenboden nach etwas Essbarem absuchte. »Ist sie eine Spionin?«, fragte er.

»Nein, sie lebt jetzt bei mir.«

»Simon hat dir seine Hündin überlassen? Wieso?«

»Vielleicht weil er hofft, dass ich dann eines Tages mit ihr zu ihm zurückkehre.«

Martin sah mich lange an und legte dann die Arme um mich. »Jetzt bist du hier.« Er lächelte und küsste mich. »Guckt sie jetzt etwa zu?«, fragte er nach einer Weile und sah sich suchend nach Rosa um.

Wir fanden sie zusammengerollt auf seiner Bettdecke. Ich wollte sie gerade runterscheuchen, als Martin mich zurückhielt.

»Lass nur. Wenn sie jetzt bei dir lebt, braucht sie hier auch einen Platz zum Schlafen.«

»Du hast nichts gegen einen Hund im Bett?«

»Nur wenn ihr euch am Morgen beide heimlich rausschleicht. Also weck mich bitte, bevor ihr geht.«

19 Wir gingen um kurz vor sechs. Auf dem Heimweg fragte ich mich, ob ich nicht wenigstens ein paar Tage hätte warten sollen, bis ich Rosa mit zu Martin nahm. Aber letztlich spielte der Zeitpunkt keine Rolle. Simon hatte die Hündin bei mir abgegeben. Er war nicht naiv. Er würde wissen, dass sie mich überallhin begleiten würde. Und vielleicht war dieses Wissen auch der Grund für sein Handeln. Vielleicht sollte Rosa mich immer wieder daran erinnern, dass ich eigentlich nicht bei Martin sein sollte.

Um halb acht setzte ich im Büro die Kaffeemaschine in Gang und begrüßte im Garten Alfred. Funda hatte sich in meiner Abwesenheit durchgesetzt und in die Dose mit den Nüssen ein Schälchen ihres Spezialmenüs für Krähen gestellt: Apfel und gekochtes Ei, klein gehackt und vermischt. Ich machte den Test, stellte die Dose offen vor Alfred hin und ließ ihn wählen. Funda gewann.

Ich wollte Alfred gerade einen Vortrag über verwöhnte, bestechliche Verräter halten, als mein Handy klingelte. Es war Kai Broschinski.

»Guten Morgen«, begrüßte ich ihn mit den ewig gleichen Worten. »Gibt es etwas Neues?«

»Ja … leider.«

Ich setzte mich auf die Gartenbank und spürte nur am Rande meines Bewusstseins, dass sie nass war. »Wie schlimm ist es?«

»Sehr schlimm. Grit ist tot.«

Ich weiß nicht, wie lange wir beide schwiegen. Ich saß da, erstarrt, unfähig, einen klaren Gedanken zu fassen, und sah Alfred dabei zu, wie er das gesamte Schälchen leerte und sich zum Schluss mit einer Nuss im Schnabel über die Hecke davonmachte.

»Wie ist sie gestorben?«

»Sie ist verunglückt. Ganz in der Nähe der Steinpyramiden. Sie waren doch dort oben, Sie erinnern sich bestimmt an die *Deux Trous*, den Felsen mit den beiden Öffnungen, die aussehen wie Fenster. Grit muss aus einer dieser Öffnungen in die Tiefe gestürzt sein. Suchhunde haben sie gestern kurz vor der Dunkelheit am Fuß des Felsens in dichtem Gestrüpp gefunden. Es wird vermutet, dass sie bereits seit Samstagnachmittag dort gelegen hat.«

Zusammengerollt wie ein Embryo lag ich auf der nassen Gartenbank. Tief in mir war ein Zittern, das sich wie Schüttelfrost anfühlte. Kälte und Feuchtigkeit schienen in jede Pore meines Körpers zu dringen, während mir Tränen übers Gesicht liefen. Rosa setzte sich vor die Bank, fiepte leise im Rhythmus ihres Atems und stupste mich immer wieder an. So fand uns Funda. Sie fragte, was los sei, aber ich war nicht fähig zu antworten. Als sie aus meinem Blickfeld verschwand, sah ich den schmalen, gelben Eschenblättern zu, wie sie zu Boden segelten. Meine Sinne waren so sehr geschärft, dass ich meinte, sie fallen zu hören.

Im nächsten Moment spürte ich etwas Weiches, das mich umschlang. Es war eine Decke, die Funda über mich breitete.

»Du hast die Wahl«, sagte sie mit ihrer Zimmerbrunnenstimme. »Entweder ich hole jetzt deine Mutter und überlasse ihr das Feld, oder du kommst mit mir nach oben in deine Wohnung und stellst dich dort unter die Dusche.«

Fünf Minuten später lagen meine nassen Sachen auf dem Badezimmerboden und ich ließ Unmengen heißen Wassers über mich laufen. In Jeans und warmem Pulli ging ich schließlich in die Küche, wo Funda in der Zwischenzeit einen Tee gekocht und Baklava in eine Schale gelegt hatte.

»Was ist passiert?«, fragte sie, als ich mich an den Küchentisch setzte wie eine alte Frau, der sämtliche Gelenke wehtaten.

»Grit Führmann ist tot.« In diesem Moment schleuderte der Wind Herbstblätter gegen das Fenster und ließ mich erschreckt zusammenzucken.

»Tot?«

Ich nickte und erzählte Funda, was ich von Kai Broschinski erfahren hatte. »Vermutlich ist sie bereits am Samstagnachmittag gestorben. Weißt du, was das heißt?«

Funda nickte und ließ mich nicht aus den Augen.

»Am Sonntagvormittag habe ich an der Stelle gestanden, wo sie abgestürzt sein muss. Sie muss dort gelegen haben, während ich die Aussicht auf Saint-Rémy bewundert habe.« Ich schluckte gegen den Schmerz an. »Und noch etwas, und das ist sogar viel wichtiger: Wenn sie am Samstagnachmittag gestorben ist, dann frage ich mich, wer mir am Samstagabend von ihrem Handy die SMS geschickt hat. Das Gleiche gilt für die Nachricht, die ich am Sonntagmorgen von ihr erhalten habe.«

»Bei dem Sturz könnte ihr Handy irgendwo hingeschleudert worden sein. Vielleicht hat es jemand gefunden und mitgenommen. Ich meine gestohlen.«

»Leute, die Handys stehlen, entfernen in der Regel die SIM-Karte. Außer sie haben vor, sich die Identität des Bestohlenen zunutze zu machen. Wer immer Nachrichten von Grits Handy gesendet hat, wollte es in ihrem Namen tun.«

»Aber wozu?«

»Ich glaube, um die Suche nach ihr zu verzögern. Solange Nachrichten von ihr kamen, wurde sie nicht vermisst. Damit waren vierundzwanzig Stunden Zeit, um aus Saint-Rémy zu verschwinden und Spuren zu verwischen.«

»Du glaubst, sie wurde umgebracht?«, fragte Funda und zog die Worte in die Länge.

»Vielleicht nicht vorsätzlich, vielleicht ist ein Streit eskaliert und dabei ist sie abgestürzt.«

»Ein Streit mit jemandem, der sie davon abhalten wollte, mit dir zur Polizei zu gehen?«

»Die Vermutung liegt zumindest nahe. Natürlich könnte es alle möglichen Baustellen in ihrem Leben gegeben haben, aber den Eindruck hat sie nicht gemacht. Problematisch war höchstens die Beziehung, die sie mit einem verheirateten Mann eingegangen ist. Sie wusste noch nicht so recht, wie es mit ihm weitergehen sollte. Aber er war definitiv nicht derjenige, der ihr eine SMS geschickt hat, während wir zusammen essen waren. Und er war auch nicht der Anrufer, der sie am Freitagabend unbedingt noch besuchen wollte und den sie versucht hat abzuwimmeln.«

Funda krauste die Stirn unter ihrem Pony und dachte nach. »Hast du nicht gesagt, sie hätte am Samstag diesen Kai Broschinski per SMS gebeten, den Wochenenddienst für sie zu übernehmen? Weißt du noch, was sie da genau geschrieben hat?«

»Dass ihr kurzfristig etwas dazwischengekommen sei, sie nicht zum Dienst kommen könne und er sie bitte vertreten solle. Er hat sich darüber gewundert, weil sie freihatte.«

»Und wenn das eine Art Notruf war, den er aber nicht als solchen erkannt hat? Vielleicht hat sie sich bedroht gefühlt, und vielleicht war das ihre einzige Möglichkeit, zu jemandem Kontakt aufzunehmen – indem sie behauptet hat, sich im Hotel abmelden zu müssen, da sonst nach ihr gesucht würde. Und vielleicht hat derjenige, in dessen Gesellschaft sie war, ihr genau auf die Finger geschaut. Dabei hätte doch solch eine SMS herauskommen können. Meinst du nicht?«

Ich bat Funda, wieder runter ins Büro zu gehen und dort die Stellung zu halten. Ich würde gleich nachkommen. Mit einem dicken Kloß im Hals griff ich zum Telefon, rief in Edgar Seitz' Büro an und bat seine Sekretärin darum, mich mit ihm zu verbinden. Sie sagte, sie würde kurz nachfragen. Keine halbe Minute später informierte sie mich, dass er nicht zu sprechen sei. Wann ich ihn erreichen könne, wollte ich wissen. Ihre Antwort kam prompt und unmissverständlich: Für mich sei er überhaupt nicht mehr zu erreichen.

»Richten Sie ihm bitte mein Beileid zum Tod seiner Tochter aus, und sagen Sie ihm, dass ich eine wichtige Nachricht für ihn habe. Zu Grits Tod.«

Ich saß da und starrte das Handy auf dem Küchentisch an. Es schien eine Ewigkeit zu dauern, bis es endlich klingelte.

»Danke, dass Sie mich zurückrufen, Herr Doktor Seitz. Zunächst einmal möchte ich Ihnen sagen, wie unendlich leid es mir tut, dass …«

»Sparen Sie sich das, Frau Mahlo! Welche Nachricht ist so wichtig, dass Sie mich an einem solchen Tag behelligen?«

Es lag mir auf der Zunge zu fragen, warum er an einem solchen Tag in seiner Kanzlei war. Aber mit den Jahren hatte ich gelernt, dass Menschen auf traurige Nachrichten ganz unterschiedlich reagierten. Die einen zogen sich zurück, die anderen machten erst einmal weiter wie bisher, bis die Nachricht wirklich zu ihnen durchdrang. »Ist es erwiesen, dass Grit bereits am Samstagnachmittag gestorben ist?«

»Das ist eine Frage und keine Nachricht. Worum geht es?«

»So, wie es aussieht, habe ich nach ihrem Tod noch SMS-Nachrichten von ihrem Handy erhalten. Wenn sie tatsächlich bereits am Samstag gestorben ist, dann hat ein anderer in ihrem Namen die Nachrichten verschickt. Verstehen Sie?«

»SMS werden manchmal verzögert übermittelt.«

»Da gab es keinerlei Verzögerungen. Ich habe Grit eine Frage geschickt und bekam sofort eine Antwort. Wissen Sie, ob ihr Handy gefunden wurde?«

»Nein. Was soll das Ganze überhaupt? Meine Tochter ist verunglückt, und Sie …«

»Vielleicht war es kein Unglück, Herr Doktor Seitz.«

Sein Atem ging stoßweise. »Was Sie da andeuten, ist unerhört, Frau Mahlo. Wenn Sie sich auf Kosten meiner Tochter als selbst ernannte Ermittlerin profilieren wollen, kann ich Ihnen nur eindringlich davon abraten. Das hätte Konsequenzen, glauben Sie mir. Und unterstehen Sie sich, Anne mit Ihren kruden Ideen zu konfrontieren!«

»Möchten Sie nicht wissen, warum Ihre Tochter sterben musste?«

»Der Beamte, mit dem ich gesprochen habe, hat mir die Gegebenheiten dort oben an dem Felsen genau beschrieben. Grit ist unachtsam gewesen. Man sagte mir, dass am Samstag ein starker Wind geweht hat. Vermutlich hat sie sich nicht festgehalten und ist einer heftigen Windbö zum Opfer gefallen. Und Sie können sich glücklich schätzen, wenn ich es nicht weiter hinterfrage, warum sie überhaupt unachtsam war. Sonst müsste ich mich nämlich fragen, was sie emotional so sehr beschäftigt hat, dass sie alle Vorsicht hat fahren lassen. Und dann würde sich mir vermutlich direkt der Besuch einer gewissen Nachlassverwalterin aufdrängen, die das ihr übertragene Amt für mehr als zweifelhafte Eskapaden missbraucht.«

Innerlich verschloss ich mich gegenüber seinen Vorwürfen. »Jemand hat nach Grits Tod von ihrem Handy aus mit mir kommuniziert. Das lässt sich nicht wegdiskutieren.«

»Haben Sie eine Vorstellung davon, wie viele Durchgeknallte da draußen herumlaufen? Das wird in Frankreich nicht anders sein. Jemand wird das Handy gefunden und sich einen Spaß daraus gemacht haben.«

»Auf Deutsch? Für wie wahrscheinlich halten Sie das?«

»Ich schlage vor, wir machen hier einen Punkt, Frau Mahlo. Meine Tochter ist gestorben, und ich habe wahrhaftig anderes zu tun, als mit Ihnen solchen Blödsinn zu diskutieren.«

»Ich kann nicht einfach so tun, als gäbe es diese Fakten nicht. Könnten Sie mir Ihren Kontakt bei der dortigen Polizei nennen?«

Er stöhnte auf. »Ich mache Ihnen einen Vorschlag. Heute Abend um neunzehn Uhr fliege ich nach Marseille und fahre dann weiter nach Saint-Rémy, um dort alles Notwendige zu regeln. Ich werde die zuständigen Beamten über das informieren, was Sie mir gesagt haben. Im Gegenzug erwarte ich von Ihnen, dass Sie dann endlich Ruhe geben und meinen Kindern und mir den nötigen Raum zur Trauer lassen.« Er legte auf.

Ich öffnete das Fenster und holte tief Luft. Es fiel mir schwer, diesen Mann, der gerade seine Tochter verloren hatte, zu verstehen. Die Fakten lagen auf der Hand, aber er wischte sie einfach weg. Genauso hatten er und Luise Führmann es mit Grits nächtlichem Besucher getan. Wie konnte sich ein intelligenter Mensch wie er selbst dem leisesten Zweifel verschließen? Oder wusste er etwa, was geschehen war? Hatte er es damals gewusst, und wusste er es heute? Weil er selbst seine Finger im Spiel hatte? Ich erinnerte mich an das, was Kilian Seitz mir erzählt hatte. Nach dem Telefonat mit Grit am vergangenen Donnerstagabend hatte er seinen Vater nur mit Mühe davon abhalten können, zu ihr zu fahren. Was, wenn Edgar Seitz nur so getan hatte, als gebe er seinen Plan auf?

20

Am Morgen war der Himmel noch verhangen gewesen, inzwischen hatte der Föhn die Wolken vertrieben. Die Sonne schien von einem blauen Himmel auf die dunkelrote Amaryllis, die Bens Grab schmückte. Ich bückte mich und sammelte die Blätter auf, die von der Linde gefallen waren und einen gelben Teppich auf dem Grab bildeten.

»Du hättest sie bestimmt gemocht«, sagte ich leise, während mir Tränen übers Gesicht liefen. »Sie hat sich nicht unterkriegen lassen, obwohl alle sie als labil abgestempelt haben. Wenn ich nicht zu ihr gefahren wäre, würde sie vielleicht noch leben. Es …«

»Jeden Tod umgibt ein Wenn.«

Ich schrak zusammen und fuhr herum. Henrike lehnte drei Meter von mir entfernt an einem Baum. Ich hatte sie nicht kommen hören. »Woher wusstest du, dass ich hier bin?«

»Funda hat mich angerufen.«

»Ich komme damit nicht klar.«

»Weißt du, was perfide ist? Es ist meistens ein hartes Stück Arbeit, bis Täter sich ihre Schuld eingestehen. Manche verweigern sich dieser Einsicht ihr Leben lang. Und dann gibt es Menschen wie dich, die sofort die Schuld auf sich nehmen, selbst wenn sie gar keine trifft.«

»Wäre ich nicht zu ihr gefahren …«

»Stopp, Kris! Erstens ist überhaupt nicht klar, dass ihr Tod etwas mit dieser Sache zu tun hat. Und zweitens darfst du so nicht denken, denn sonst stehst du irgendwann morgens nicht mehr auf – aus Angst, irgendetwas anzustoßen, das einem anderen schaden könnte. Wir alle leben in einem sozialen Gefüge, die meisten unserer Handlungen betreffen andere Menschen. Und manchmal gefährden sie unwissentlich andere. Ich kann nur wiederholen, was ich dir gestern Abend schon gesagt habe: Du hattest gute Gründe, Grit Führmann zu kontaktieren. Und diese Gründe werden nicht dadurch zu schlechten, dass sie gestorben ist.«

Ich ließ meinen Blick über den Friedhof schweifen und fragte mich, wie viele Menschen hier begraben lagen, weil ein anderer es gut gemeint hatte. »Und jetzt? Was mache ich denn jetzt?«

»Du machst weiter.«

»Aber wie denn? Grit lebt nicht mehr, sie kann mich nicht mehr zur Polizei begleiten und eine Aussage machen.«

»Aber du kannst ihre Geschichte erzählen und die von Michaela Breuer. Und darauf hoffen, dass es einen Beamten gibt, der zumindest in seinen Computer schaut und nach ähnlichen Fällen sucht.«

Es war einer dieser Tage, an denen ich auf meinen inneren Autopilot schaltete, um zu funktionieren. Im Büro beschäftigte ich mich ausschließlich mit Dingen, bei denen ich keinen Schaden anrichten konnte. Ich mied das Telefon, da ich nicht riskieren wollte, mich im Ton zu vergreifen, wenn mir jemand dumm kam. Und ich ging meinen Eltern aus dem Weg – sie sollten sich keine Sorgen machen.

Rosa strich um mich herum und ließ mich nicht aus den Augen. Sie folgte mir überallhin und legte sich wenn möglich ganz in meine Nähe. Zwischendrin versuchte sie immer wieder, mich zu einem Spaziergang zu animieren. Als ich nachgab und mit ihr hinausging, sprang sie fröhlich um mich herum.

Am frühen Nachmittag kam Arne im Büro vorbei. Er umarmte mich und hielt mich sekundenlang fest. »Henrike hat mir erzählt, was in Frankreich passiert ist. Schlimme Sache. Kann ich etwas tun?«

Ich schüttelte den Kopf.

»Ist alles ein bisschen viel auf einmal, was?« Er trat einen Schritt zurück und legte eine Hand an meine Wange.

»Henrike hat nicht nur das mit Frankreich erzählt, oder?«

»Nein, auch das mit Simon.«

»Es ist besser so, für uns beide. Ich will nicht ständig ein schlechtes Gewissen haben, und er soll auch keines haben.«

»Du meinst wegen Natalie Hövel?«

»Gibt es etwa noch eine andere?«, fragte ich mit einem schiefen Lächeln.

»Ich bin mir gar nicht sicher, ob überhaupt etwas dahintersteckt. Sie bemüht sich zwar sehr um ihn, aber du kennst Simon – er fängt nicht so leicht Feuer.«

»Er hat mir Rosa gegeben.« Sobald die Hündin ihren Namen hörte, kam sie wedelnd angelaufen. Ich ging in die Hocke und streichelte sie. »Warum tut er sich das an?«

»Damit du vielleicht eines Tages mit ihr zu ihm zurückkehrst?«

»Darüber habe ich auch bereits nachgedacht, aber ich glaube das nicht. Simon will keine Frau, die nur auf Umwegen zu ihm zurückkommt. Und letztlich will er auch keine, die ständig in so einen Schlamassel gerät und sich um Dinge kümmert, die sie eigentlich nichts angehen. Das war immer wieder ein Thema zwischen uns. Ich habe ihn oft belogen und ihm einiges verschwiegen, damit es keine Diskussionen gab. So etwas tut einer Beziehung nicht gut.«

»Heimlichkeiten tun keiner Beziehung gut. Trotzdem bitte ich dich, Henrike nie von dem Peilsender zu erzählen.«

»Das habe ich dir versprochen«, beruhigte ich ihn.

»Sie würde mir das nicht verzeihen.«

»Manchmal frage ich mich, ob man sich da nicht etwas vormacht und den anderen unterschätzt. Man glaubt immer ganz genau zu wissen, was der andere einem nicht verzeihen würde, weil es dessen wunden Punkt berührt oder sein Wertesystem ins Wanken brächte. Und daraus entstehen dann immer mehr Heimlichkeiten, und es wird noch schwieriger, sie offen anzusprechen. Manchmal muss ich bei meiner Arbeit Tagebücher durchstöbern – auf der Suche nach Informationen zu Erben oder Geldern. Und da lese ich dann solche Geschichten, dass einer dem anderen etwas verheimlicht. Selbst wenn es nie herauskommt, führt es immer zu unguten Gefühlen.«

»Du willst damit aber jetzt nicht andeuten, dass ich ihr von dem Peilsender erzählen soll.«

Ich winkte ab. »Um Gottes willen, nein! Das war doch nur ein einmaliger und völlig harmloser Testlauf. Du bist ja zum Glück keiner von diesen eifersüchtigen Typen, die hinter jeder Ecke einen Konkurrenten vermuten und ihre Frauen auf Schritt und Tritt überwachen.«

»Es war idiotisch«, sagte er zerknirscht und fuhr sich mit einer Hand über seinen kurz geschorenen Schädel.

»Sei froh! Es ist doch alles gut gegangen. Stell dir vor, sie hätte das Ding entdeckt und die Polizei gerufen.«

»Henrike ist da wie ich«, meinte er mit unverkennbarem Stolz, »sie hat es nicht so mit der Polizei, sie regelt die Dinge lieber selbst.«

Ich spürte, wie sich ein Lächeln auf meinem Gesicht breitmachte. »Ihr beide seid ein wunderbares Paar«, sagte ich aus tiefstem Herzen.

Um kurz nach vier hielt es mich nicht mehr im Büro. Nachdem ich mit Rosa eine schnelle Pipirunde durch den Park gedreht hatte, fuhr ich mit ihr zum Flughafen. Edgar Seitz hatte gesagt, er würde um neunzehn Uhr nach Marseille fliegen, also würde er die Lufthansa-Maschine um neunzehn Uhr fünf nehmen. Ich hätte ihn lieber im Büro abgefangen, aber seine Sekretärin sagte mir, dass er einen Mandantentermin habe und von dort direkt zum Flughafen aufbrechen würde.

Die Fahrt war nervenaufreibend. Feierabendverkehr gepaart mit dem Föhn, der manche Autofahrer aggressiv werden ließ, war alles andere als ein Vergnügen. Als ich am Flughafen schließlich einen Parkplatz gefunden hatte, atmete ich auf. Ich ging mit Rosa in die Abflughalle und suchte mir einen strategisch günstigen Platz, von dem aus ich die Sicherheitsschleuse im Blick behalten konnte. Während ich wartete, rief Martin an. Auch ihm ließ Grits Tod keine Ruhe. Ich erzählte ihm, wo ich war.

»Grits Vater fliegt gleich nach Marseille. Ich werde ihm eine Übersicht der SMS-Kommunikation mitgeben und beten, dass die dortige Polizei das ernst nimmt und Ermittlungen aufnimmt.«

»Das müssen sie ernst nehmen, so etwas können sie nicht ignorieren.«

In diesem Moment sah ich Edgar Seitz auf die Sicherheitsschleuse zugehen. »Martin, ich melde mich später noch mal«, beendete ich das Gespräch und sprang auf.

»Herr Doktor Seitz!«, rief ich ihm hinterher. »Warten Sie bitte!«

Er blieb stehen und sah sich suchend um. Als er mich erkannte, stieg ihm die Wut ins Gesicht.

»Entschuldigen Sie, dass ich Sie hier einfach so abfange, aber ich dachte, dass die Polizei in Saint-Rémy bestimmt genaue Informationen über diesen merkwürdigen SMS-Austausch benötigt. Ich habe Ihnen deshalb eine Übersicht mit den Inhalten und den genauen Uhrzeiten vorbereitet.«

Sekundenlang starrte er mich an, als ginge von mir das Übel schlechthin aus. »Sie hätten mir diese Übersicht auch faxen können«, sagte er schließlich und machte keinerlei Anstalten, das Blatt an sich zu nehmen.

»Ich wollte sichergehen, dass Sie die Übersicht vor Ihrem Abflug auch erhalten.«

Er stöhnte. »Muss ich Ihnen tatsächlich erklären, wie häufig Handys gestohlen werden?«

»Es wurde benutzt, um Grits Tod zu verschleiern!«

»Was erst noch zu beweisen wäre.«

»Genau dafür habe ich die Übersicht erstellt.«

»Grit neigte in ihrer Kindheit und Jugend dazu, Gespenster zu sehen. Und nun kommen Sie, und ich werde das Gefühl eines Déjà-vu nicht los.«

»Ihre Tochter hat kein Gespenst gesehen, Herr Doktor Seitz, sie hat sich nichts eingebildet. Wer immer damals sein Unwesen an ihrem Bett getrieben hat, war aus Fleisch und Blut und hat sich mit einem Schlüssel Zutritt zur Wohnung der Führmanns verschafft. Warum Sie ihr damals nicht geglaubt haben, kann ich nicht nachvollziehen. Aber Sie können es wiedergutmachen, indem Sie ihr jetzt glauben und ihren vermeintlichen Unfall nicht ohne Weiteres als solchen hinnehmen. Geben Sie der Polizei in Saint-Rémy dieses Blatt. Wenn Grit bereits am Samstagnachmittag gestorben ist, dann muss dieser vermeintliche Unfall untersucht werden.«

Er nahm mir das Blatt aus der Hand und verstaute es in seiner Aktentasche, nachdem er es überflogen hatte. »Also gut! Wenn Sie dann besser schlafen können, gebe ich es den zuständigen Beamten.«

»Würden Sie mich anrufen, wenn es etwas Neues gibt?«

»Nein. Ich möchte, dass Sie sich von jetzt an aus den Angelegenheiten meiner Familie heraushalten. Ich hoffe, ich habe mich unmissverständlich ausgedrückt.« Ohne ein weiteres Wort wandte er sich ab und ging Richtung Sicherheitskontrolle, wo er sich in die Warteschlange stellte.

Einen Moment lang sah ich ihm noch nach, dann machte ich auf dem Absatz kehrt und ging zurück zum Parkplatz.

Nach umfassenden Recherchen war es Funda gelungen, einen Erben von Michaela Breuer zu finden. Sie hatte einen Großcousin der Mutter aufgetan, der seit Jahrzehnten in Portugal lebte. Ich verbrachte den Donnerstagvormittag damit, mehrere Mails mit diesem Mann auszutauschen. Er bat mich darum, den Nachlass aufzulösen und das, was davon übrig blieb, auf sein Konto zu überweisen. Er machte einen freundlichen und warmherzigen Eindruck und entschuldigte sich mehrfach dafür, dass er kein Interesse an einzelnen Gegenständen aus Michaela Breuers Nachlass habe. Er habe sie nicht einmal gekannt und zu ihrer Mutter so gut wie keinen Kontakt gehabt.

Zur Sicherheit fragte ich ihn explizit nach den Muscheln, die Corinna Lutz sich wünschte. Selbstverständlich, überschlug er sich fast, ich solle sie der Freundin geben, und wenn sie an Kleidung oder anderen Dingen eine Freude habe, solle ich sie ihr ebenfalls überlassen.

Um die Mittagszeit fuhr ich in die Nordendstraße. Der Föhn blies unvermindert stark, hielt das schöne Wetter über München und ließ das Thermometer weiter steigen. Während der Fahrt dachte ich unentwegt an Edgar Seitz. Ich war mir sicher, dass in Saint-Rémy viel auf ihn einstürmen würde und ich die Letzte war, mit der er sich darüber würde austauschen wollen. Das hatte er unmissverständlich klargemacht. Trotzdem würde ich später versuchen, ihn zu erreichen. Erst einmal klingelte ich jedoch an der Tür von Michaela Breuers ehemaliger WG.

Bruno Weber empfing mich mit einem vorwurfsvollen Blick, dem Sekunden später die entsprechenden Worte folgten. Er hätte das Zimmer in der Zwischenzeit schon hundertmal neu vermieten können, er sitze seit Tagen in den Startlöchern – zur Untätigkeit verdammt, weil nichts vorangehe. Ich würde nie auf seine Nachrichten antworten, und meine Mitarbeiterin würde ihn stets an mich verweisen. Das sei eine unerhörte Vorgehensweise.

»Was ist Ihr Problem, Herr Weber?«

»Mein Problem? Das habe ich Ihnen doch gerade ausführlich geschildert. Michaelas Zimmer könnte innerhalb von einer Stunde neu vermietet sein, wenn es denn leer wäre. In Rohans Zimmer wohnt längst ein Nachmieter.«

»Ich verstehe Ihr Problem trotzdem nicht. Sie erhalten ganz regulär die Miete für Frau Breuers Zimmer.« Bruno Weber kam mir gerade recht, um mich an ihm abzuarbeiten.

»Das ist richtig, aber …«

»Aber?« Er wollte die Miete erhöhen, um seinen Wuchereinnahmen noch eins draufzusetzen. Und ich wollte, dass er genau das zugab.

»Solange das Zimmer nicht ausgeräumt und neu vermietet ist, umweht es der Tod.«

»Darüber würde ich mir an Ihrer Stelle nicht allzu viele Gedanken machen. Immerhin werden wir alle tagtäglich vom Tod umweht. Tatsache ist doch, dass wir in der nächsten Sekunde tot umfallen könnten. Sie, ich, Rohan Kapoors Nachmieter, Michaela Breuers Nachmieter. Der Tod ist allgegenwärtig. Und je eher man sich daran gewöhnt, desto besser.« Ich war unerträglich, und ich war mir dessen bewusst. »Was ist denn nun der eigentliche Grund, warum Sie es so eilig haben?«

Ihm war anzusehen, dass er innerlich kochte. Aber in mir brodelte es mindestens genauso stark.

»Mir wird nichts geschenkt, Frau Mahlo«, presste er hervor. »Ich muss hart für meinen Unterhalt kämpfen.«

Ich lachte auf. »Sie haben zwei Zimmer vermietet, und ich nehme an, dass Sie damit mehr einnehmen, als Sie Miete für die gesamte Wohnung zahlen.«

»Damit habe ich aber noch nicht die Krankenkasse bezahlt und noch kein Brot gekauft.«

»Diejenigen, die bei Ihnen die überhöhte Miete bezahlen, müssen jobben, damit sie über die Runden kommen.«

»Mein Jurastudium bietet nicht den nötigen Freiraum, um zusätzlich noch einem Job nachzugehen.«

»Ihnen ist aber schon klar, dass Sie in den Bereich des Mietwuchers kommen, wenn Sie die Miete weiter erhöhen.« Sein rechtes Auge begann zu zucken, und ich beschloss, dass es genug war. »Sei's drum! Am kommenden Montag wird das Zimmer komplett leer geräumt und steht Ihnen dann wieder zur Verfügung.«

Ich atmete tief durch, als ich die Tür zu Michaela Breuers Zimmer hinter mir geschlossen und das Fenster weit geöffnet hatte. Gegen die Fensterbank gelehnt ließ ich meinen Blick durch dieses Zimmer schweifen, das einmal mit sehr viel Geschmack und Liebe zum Detail eingerichtet worden war. Am Montag würden Henrike und ihre Jungs anrücken, alles ausräumen und nach und nach versilbern.

Ich öffnete den Kleiderschrank, wählte einen weichen, elfenbeinfarbenen Schal aus und wickelte die Muscheln hinein. Dann verabschiedete ich mich von Bruno Weber, der sichtlich froh war, mich loszuwerden, und machte mich auf den Heimweg. Als ich auf dem mittleren Ring in einen Stau geriet, nutzte ich die Gelegenheit, um Edgar Seitz anzurufen. Nach dem fünften Klingeln schaltete sich die Mailbox ein. Ich hinterließ keine Nachricht. Kurz darauf klingelte mein Handy.

»Sie haben versucht, mich zu erreichen?«, fragte Edgar Seitz.

»Ich wollte Sie fragen, ob es etwas Neues gibt.«

»Hatten wir uns nicht darauf geeinigt, dass Sie sich aus den Angelegenheiten meiner Familie heraushalten?«

»Diese Einigung war sehr einseitig.«

Das Rauschen in der Leitung zog sich in die Länge. »Ich habe vor einer Stunde meine Tochter identifiziert«, antwortete er mit rauer Stimme. »Reicht Ihnen das als Neuigkeit?«

»Entschuldigen Sie! Das war unsensibel von mir.«

»Die Untersuchungen haben ergeben, dass es sich um einen tragischen Unglücksfall handelt. Grit ist abgestürzt.«

»Aber was sagt denn die Polizei zu den Nachrichten, die von ihrem Handy aus verschickt wurden?«

»Man hat sich vielfach bei mir für die falsche Information in Bezug auf den Todeszeitpunkt entschuldigt. Grit ist nicht, wie zunächst angenommen, am Samstagnachmittag, sondern rund vierundzwanzig Stunden später gestorben. Sie hat diese Nachrichten selbst verschickt.«

»Vierundzwanzig Stunden? Wie konnte es denn zu solch einem Irrtum kommen?«, fragte ich überrascht.

»Da scheint sich irgendein Polizist wichtiggemacht zu haben. Der Rechtsmediziner hat es dann revidiert.«

»Ist denn das Handy gefunden worden?«

»Ja, es liegt bei ihren Sachen. Und nun bitte ich Sie …«

»Nur eine Frage noch«, unterbrach ich ihn. »Wo wird Grit beerdigt? In Saint-Rémy?«

»Sie wird im Grab neben dem ihrer Mutter die letzte Ruhe finden.«

Bei dem Gedanken drehte sich mir der Magen um. Grit hatte eine große Entfernung zwischen sich und ihre Angehörigen gebracht. Und nun sollte sie ausgerechnet neben der Frau beerdigt werden, die sie nicht einmal in Nächten voller Angst in ihr Bett gelassen hatte?

Rosa und ich machten unsere Brotzeit auf meiner Gartenbank in der Sonne. Während ich ein Leberkäsebrötchen verdrückte, fütterte ich die Hündin mit dem Rest ihrer Lieblingskekse. In den nächsten Tagen würde ich neue backen müssen. Und nicht nur das: Auch das Laub in meinem Vorgarten musste zusammengerecht werden. Außerdem hätte ich meine Wohnung längst einmal wieder einer Grundreinigung unterziehen sollen. Und …

Es funktionierte nicht, auch wenn ich mich noch so sehr anstrengte, die Gedanken an Grit ließen mich nicht los. Was war nach unserem gemeinsamen Essen im *d'Almeran* am Freitagmittag geschehen, dass sie von da an nur noch per SMS mit mir kommuniziert hatte? Warum hatte sie keinen meiner Anrufe angenommen? Stimmte, was Martin zunächst vermutet hatte? Dass ich Grit zu nahe getreten war und sie mir aus dem Weg hatte gehen wollen? Wieder und wieder ließ ich mir unser Gespräch an jenem Mittag durch den Kopf gehen. Ich suchte nach Ansatzpunkten, nach etwas, womit ich sie verletzt oder verschreckt haben könnte. Aber ich fand nichts. Vielleicht war all das sogar schon einen Schritt zu weit gedacht. Grit war sehr offen zu mir gewesen und hatte sich mir, einer Fremden, anvertraut. Hatte sie ein weiteres Gespräch in dieser Form gescheut? So wie man nach zu viel Alkohol einen Kater bekam?

Oder war es etwas gewesen, das nach unserem Gespräch stattgefunden hatte? Hatte irgendjemand oder irgendetwas sie danach so sehr in Atem gehalten, dass ihr nur noch die Zeit für Kurznachrichten geblieben war?

Tut mir leid, aber mir ist etwas dazwischengekommen, ich muss unsere Verabredung leider absagen, hatte sie am Samstagabend geschrieben, als Martin und ich im Restaurant auf sie warteten. Und dann am Sonntagmorgen: *Habe gerade viel um die Ohren, melde mich im Laufe des Tages.* Kurz darauf hatte sie das Handy ausgeschaltet und war zu ihrer Wanderung in die Alpillen aufgebrochen. Wie passte das zusammen?

21

Die drei Amaryllis hatten die gleiche Farbe wie die auf Bens Grab. Sie waren mit viel Grün zu einem ansprechenden Strauß zusammengebunden. Edgar Seitz hielt ihn mir entgegen, als ich ihm meine Bürotür öffnete. Es war kurz nach acht am Ende eines langen Tages und ich hatte gerade meinen Computer ausschalten wollen.

»Darf ich hereinkommen?«

Sekundenlang starrte ich ihn an. Sein Besuch kam völlig überraschend, und es gelang mir nicht einmal annähernd, ihn einzuordnen. »Ja, selbstverständlich«, antwortete ich verdattert. Ich ging ihm voraus, schickte Rosa zurück in ihr Körbchen und blieb dann mitten im Raum stehen.

»Haben Sie fünf Minuten Zeit für mich?« Mit der freien Hand rieb er sich das Kinn.

Ich nickte.

Er hielt mir den Strauß entgegen. »Wollen Sie die nicht erst einmal in eine Vase stellen?«

Ich nahm die Blumen, bedankte mich und lief in die Küche, wo ich mir einen Stuhl heranzog, um eine Vase vom Schrank zu holen.

»Darf ich kurz Ihre Toilette benutzen?«, rief er aus dem Flur.

»Natürlich. Es ist die Tür rechts neben dem Besprechungsraum.«

»Und hätten Sie vielleicht auch einen Kaffee für mich? Ich bin ziemlich übermüdet, da ich in den vergangenen beiden Tagen nicht gerade viel geschlafen habe.«

Während ich die Blumen in die Vase stellte, Kaffee aufsetzte und ein Tablett mit Kaffeebechern, Zucker und Milch belud, fragte ich mich, was er von mir wollte. Schließlich trug ich das Tablett ins Büro und holte die Vase, die ich auf den Tisch mit den Glasbausteinen stellte.

»Wie mögen Sie Ihren Kaffee?«, fragte ich, als ich Edgar Seitz hereinkommen hörte.

»Am liebsten schwarz.« Er ging zu meinem Schreibtisch und betrachtete wortlos das Foto des Steinmännchens, das dort immer noch an der Wand hing.

Ich trat neben ihn und nahm ostentativ einen der Heilsteine in die Hand. Aber er schien es gar nicht zu bemerken. Er wandte sich um und nahm unaufgefordert in dem Sessel Platz. Ich setzte mich ihm gegenüber aufs Sofa. Kaum saß ich, sprang Rosa neben mich und rollte sich ein. Ich schenkte uns beiden Kaffee ein und sah ihn abwartend an.

»Sie fragen sich sicher, warum ich hier bin«, begann er zögernd.

»Ich wundere mich vor allem, dass Sie schon zurück sind.«

»Ich hatte gleich heute Morgen einen Termin bei der Polizei und schließlich im Leichenschauhaus. Danach habe ich in Grits Wohnung nach dem Rechten gesehen. Alles Weitere kann warten. Ich bin heute Nachmittag bereits zurückgeflogen.«

Ich hatte immer noch keinen Schimmer, worauf dieses Gespräch hinauslaufen würde.

»Um es kurz zu machen: Ich möchte mich bei Ihnen entschuldigen.«

»Wofür?«

»Dafür, dass ich so garstig zu Ihnen war. Mein Sohn hat mir gehörig die Leviten gelesen. Ich hätte nicht nur mein eigenes Leid sehen dürfen, sondern auch Ihres. Das ist mir jetzt klar. Sie haben sich sehr für meine Tochter eingesetzt und haben nicht klein beigegeben. Das ist alles andere als selbstverständlich, und dafür möchte ich Ihnen danken.«

»Ich mochte Grit. Sehr sogar. Und ich frage mich immer noch, wie es ihr passieren konnte, von dem Fels zu stürzen.«

Er sah mich an, als empfinde er großes Mitleid mit mir.

»Was soll Ihr Blick mir sagen?«, fragte ich irritiert.

»Etwas, das mir schwerfällt, in Worte zu fassen. Es geht um die Umstände, die zu Grits Tod geführt haben.«

»Sie sagten doch, es sei ein Unfall gewesen. Aus Unachtsamkeit.«

»Grit könnte auch absichtlich unachtsam gewesen sein«, sagte er leise. »Zumindest steht die Vermutung im Raum. Die zuständigen Beamten halten es nicht für ausgeschlossen, dass meine Tochter sich das Leben genommen hat.«

Es fühlte sich an, als trete mir jemand mit Wucht in den Magen. »Nein! Das glaube ich nicht!«

»Ich kann Sie gut verstehen, Frau Mahlo. Deshalb bin ich auch hergekommen. Ich wollte es Ihnen persönlich sagen.«

»Warum?«

»Warum sie sich umgebracht haben könnte?«

»Nein, warum Sie es mir persönlich sagen wollten.«

»Sie waren immerhin eine der Letzten, die mit ihr Kontakt hatten, bevor sie starb.«

Innerlich versteifte ich. Rosa hob den Kopf und sah mich an. »Wollen Sie damit andeuten, dass ich schuld am Tod Ihrer Tochter bin?«

»Ich möchte nur, dass Sie sich keinen Illusionen über Grit hingeben. Zu Ihrem eigenen Besten. Meine Tochter war zeit ihres Lebens labil. Und es kommt immer wieder vor, dass labile Menschen sich für den Tod entscheiden. Wenn eine solche Entscheidung Grits *Unfall* zugrunde liegt, dann ist es an uns, dies zu akzeptieren.«

»Und da rebelliert nichts tief in Ihnen? Sie nehmen das einfach so hin?«

»Im Gegensatz zu Ihnen kannte ich meine Tochter sehr

gut. Wenn ich ehrlich bin, habe ich solch einen Ausgang immer für möglich gehalten.«

»Grit hat in Saint-Rémy ein glückliches Leben geführt. Sie mochte ihre Arbeit, sie hatte sich sogar gerade erst frisch verliebt. Aus welchem Grund hätte sie sich das Leben nehmen sollen?«

»Ich weiß nicht, ob es sinnvoll ist, solche Fragen zu stellen.«

»Sie auszublenden kann ganz sicher auch nicht die Lösung sein. Also, noch einmal: Warum hätte sie das tun sollen?«

»Weil die Vergangenheit wieder aufgewühlt wurde. Grit hatte mit den Jahren in ein relativ stabiles Gleichgewicht gefunden, sie hatte ihre Hirngespinste weit hinter sich gelassen. Ebenso wie die Psychiatrie. Und dann sind Sie gekommen und haben alles wieder hervorgeholt.« Sekundenlang musterte er mich. »Jetzt sehen Sie mich nicht so entsetzt an, Frau Mahlo. Sie wollten es unbedingt wissen.« Er fuhr mit dem Zeigefinger über die Bügelfalte seiner Hose.

Einen Moment lang hatte ich den Eindruck, als wolle er jetzt erst richtig zum Schlag ausholen. Als reiche es noch nicht.

»Manchmal ist die Wahrheit ein gewaltiger Brocken, an dem wir zu ersticken drohen«, sagte er in sanftem Ton. »Deshalb bin ich auch kein Verfechter einer Wahrheit um jeden Preis.«

»Was verfechten Sie denn stattdessen?«

»Sie sind noch sehr jung, Frau Mahlo, Ihnen fehlt die nötige Lebenserfahrung. Deshalb mag Ihnen eine solche Haltung unverständlich sein. Aber es gibt Situationen, da ist es besser, die Wahrheit mit einem gnädigen Schleier zu verhüllen.«

»Ist es das, was Sie damals getan haben? Haben Sie einen *gnädigen Schleier* über der Wahrheit ausgebreitet?«

»Ich weiß nicht, worauf Sie anspielen.«

»Manchmal erscheint dir ein Traum als die Wirklichkeit«, wiederholte ich Grits Worte, die sich mir ins Gedächtnis gebrannt hatten. *»Aber die Wahrheit hat einen unvergleichlichen Klang. Ich erkenne ihn, wenn ich ihn höre.* Meinen Sie das mit diesem gnädigen Schleier? Haben Sie Ihre Tochter davon überzeugen wollen, dass sie den *Tod mit den Steinmännchen* nur geträumt hat? Sie hat Ihnen nie geglaubt, sie hat nur irgendwann gute Miene zum bösen Spiel gemacht. Genau wie in der Psychiatrie, aus der man sie erst entlassen hat, als sie so getan hat, als füge sie sich. Sie haben vorhin gesagt, dass Sie Ihre Tochter sehr gut gekannt haben. Dann müssten Sie eigentlich auch wissen, was für einen starken, unverbrüchlichen Kern sie hatte. Grit wusste ganz genau, dass sie damals nicht geträumt hat, dass dieser Mann aus Fleisch und Blut war.«

Edgar Seitz trank einen Schluck Kaffee und ließ seinen Blick auf mir ruhen. »Ich bin nicht hergekommen, um Schuld zu verteilen, Frau Mahlo. Deshalb ist es auch gar nicht erforderlich, dass Sie sich vor mir verteidigen. Was ich Ihnen gesagt habe, bleibt in diesen vier Wänden. Ich werde nichts davon nach draußen dringen lassen. Ihr Ruf wird keinen Schaden nehmen.«

Es dauerte einen Moment, bis ich die leise Drohung hinter seinen Worten verstand. Sie war dazu gedacht, mich zu treffen, verfehlte jedoch ihr Ziel. Mit Rufschädigung hatten mir schon zu viele gedroht. Ich vergrub meine Hand in Rosas Fell, was die Hündin animierte, sich noch dichter an mich zu kuscheln. »Sie haben die Wahl, Herr Doktor Seitz: Entweder Sie nehmen Ihren Blumenstrauß wieder mit oder er landet im Mülleimer.«

Zehn Minuten lang stand ich unter der heißen Dusche und ging dabei hart mit mir ins Gericht. Mit geschlossenen Augen lehnte ich an der Duschwand und fragte mich, ob es sein konnte, dass Edgar Seitz recht hatte und ich die Wahrheit nicht sehen wollte. Ob ich ihm die Schuld zuschob, um sie mir selbst nicht eingestehen zu müssen. Aber es war kein Selbstschutz, aus dem heraus ich nicht an einen Suizid glaubte. Die Frage war, warum die Polizei daran glaubte. Und warum Grits Vater sich diesem Glauben so ohne Weiteres anschloss.

Ich stellte das Wasser ab, rubbelte mich trocken und schlüpfte in meinen flauschigen Bademantel. Während ich mir die Haare föhnte, überlegte ich, wie die Polizei zu dieser Vermutung gelangt sein konnte. Weil es die wahrscheinlichste war? Wahrscheinlicher noch als ein Unfall? Vielleicht war Grit überhaupt die Erste, die dort hinuntergestürzt war. Andernfalls hätte es sicher Schilder mit entsprechenden Warnungen, eine Absperrung oder zumindest ein Geländer gegeben. Aber warum war dann niemand auf die Idee gekommen, dass sie auch geschubst worden sein könnte? Hatte Edgar Seitz den Beamten etwa erzählt, dass seine Tochter labil gewesen war, dass er mit solch einem Ausgang immer gerechnet hatte?

Mein Handy klingelte. Ich schaltete den Föhn aus und sah aufs Display. Veit Kratzler. Sekundenlang war ich versucht, seinen Anruf zu ignorieren. Doch dann drückte ich die grüne Taste.

»Herr Kratzler, guten Abend.«

»Ich hoffe, ich störe Sie nicht.«

»Ich bin gleich noch verabredet und habe wenig Zeit. Worum geht es denn?«

»Um die SMS, die ich Ihnen vorhin geschickt habe. Sie haben mir noch nicht geantwortet.«

»Ich habe keine SMS erhalten. Wann soll das denn gewesen sein?«

»Gegen acht. Darin habe ich Sie gefragt, ob Sie Lust haben, morgen Abend zu meiner Lesung zu kommen. Ich würde mich sehr freuen. Danach könnten wir noch einen Happen essen.«

»Morgen Abend kann ich leider nicht, da habe ich schon etwas vor.«

»Dann machen Sie doch einen Vorschlag, wann wir uns wiedersehen.«

In meinem Kopf überschlugen sich die Gedanken. »Warum liegt Ihnen eigentlich so viel daran, dass wir uns wiedersehen?«

»So unverblümt, Frau Mahlo?«, fragte er mit rauer Stimme. »Das mag ich. Und wenn Sie es genau wissen wollen: Sie sind mein Typ.«

»Ich dachte, Sie würden eher auf dunkelhaarige Frauen stehen.«

»Wie kommen Sie denn darauf?«

»Hatten Sie nicht mal ein Auge auf Michaela Breuer geworfen?«

Er räusperte sich. »Ich weiß, worauf Sie anspielen. Sie haben meine Mails an sie gelesen. Ja, ich gebe es zu: Es gab eine Zeit, da habe ich Michaela ein wenig … sagen wir umworben. Aber das hatte nichts zu bedeuten. Es war eher wie Klavierübungen, wenn Sie verstehen, was ich meine.«

»Ich glaube nicht.«

»Ach kommen Sie, Frau Mahlo!«

»Nein. Erklären Sie es mir.«

»Manchmal tut es gut, ein bisschen herumzuspielen. Bestätigung brauchen wir doch alle.«

Michaela Breuer hatte ihn nicht bestätigt. Im Gegenteil.

»Haben Sie darunter gelitten, dass Michaela Breuer Sie abgewiesen hat?«

»Was wird denn das jetzt für ein Gespräch?«

»Ein offenes, will ich doch hoffen.«

»Dann will ich mal offen sein«, hauchte er ins Telefon. »Ich mag es ein wenig widerspenstig, das regt meine Fantasie an.«

Auf meinen Unterarmen bildete sich eine Gänsehaut.

»Habe ich Sie jetzt erschreckt, Frau Mahlo?«

»Keine Sorge, so leicht bin ich nicht zu schrecken.«

»Und wann sehen wir uns nun?«

»Ich rufe Sie an.«

Auf dem Weg zu Martin fiel mir die SMS ein, die Veit Kratzler mir angeblich geschickt hatte. An der nächsten roten Ampel holte ich mein Handy hervor, fand sie jedoch nicht. Hinter mir ertönte ein lautes Hupen. Die Ampel hatte längst auf Grün geschaltet, aber ich starrte immer noch aufs Display. Nicht nur fand ich keine SMS von Veit Kratzler, ich fand überhaupt keine mehr. Mein SMS-Speicher war leer. Hinter mir hupte es schon wieder. Ich gab Gas und hätte beinahe einen Fahrradfahrer auf die Motorhaube genommen, der mich in rasantem Tempo schnitt.

»Er muss den Speicher gelöscht haben«, sagte ich zehn Minuten später zu Martin, der auf seinem zu einem Hometrainer umfunktionierten Rennrad saß und kräftig in die Pedale trat.

»Edgar Seitz, der Anwalt?«

»Er ist mit einem Blumenstrauß bei mir aufgetaucht, hat mich in die Küche geschickt, um die Blumen in die Vase zu stellen und ihm einen Kaffee zu machen, und ist derweil zur Toilette gegangen. Mein Handy lag auf meinem Schreibtisch. Er hat nur zugreifen müssen.«

»Und vorher hatte niemand die Möglichkeit?«

»Natürlich hätte vorher auch jemand anderes die Möglichkeit dazu gehabt, ich habe meine Tasche schließlich nicht ständig im Auge. Aber gegen acht hat mir jemand eine SMS geschickt, die ich nicht gesehen habe. Wäre der Speicher vorher gelöscht worden, müsste zumindest diese Nachricht vorhanden sein. Außerdem ist Grits Vater der Einzige, der ein Motiv haben könnte.«

Martin hielt mit dem Radeln inne und wischte sich mit einem Handtuch den Schweiß aus dem Gesicht. »Ich sehe nur nicht, welches. Wenn Grit erst am Sonntagnachmittag gestorben ist, sind die SMS völlig irrelevant, dann hat sie die Nachrichten nämlich selbst verfasst.«

Es kam mir vor, als würde eine Kugel in das für sie vorgesehene Loch fallen. »Ich muss noch mal kurz telefonieren.«

»Und ich wollte gerade unter die Dusche springen.«

»Das passt doch.« Ich ging zu Martin und küsste ihn.

Er hielt mich fest. »Ich dachte eigentlich, dass du mir unter der Dusche Gesellschaft leistest.« Seine Lippen wanderten zu meinem Ohr.

»Heute habe ich schon mehr als genug Wasser abbekommen.« Lachend tat ich einen Schritt zurück, wobei ich fast über Rosa stolperte.

Während Martin von seinem Rad stieg und sich zu Rosa beugte, um sie zu streicheln, zückte ich mein Handy und rief in Frankreich an. Es war erst Viertel nach zehn, Kai Broschinski würde sicher noch nicht schlafen.

Er ging bereits nach dem zweiten Klingeln dran. »Hallo, Frau Mahlo.«

»Hallo, Herr Broschinski. Ich habe nur schnell eine Frage. Sie sagten doch, dass Grit vermutlich am Samstagnachmittag verunglückt sei. Wissen Sie da inzwischen Näheres? Gibt es eventuell neue Informationen?«

»Nein, ich habe nichts weiter erfahren. Wieso?«

»Ich denke sehr viel über dieses Unglück nach und überlege immer, wo ich gerade war, als es passiert ist. Es ist so eine emotionale Sache, vielleicht können Sie das verstehen.«

»Das kann ich schon, aber ich glaube nicht, dass bei einem solchen Unfall die genaue Uhrzeit ermittelt werden kann.«

»Um die Uhrzeit geht es mir gar nicht, eher um den Tag. Sie könnte schließlich auch am Sonntag verunglückt sein.«

»Ach so.« Er dachte nach. »Der Todestag wird in der Sterbeurkunde stehen, und die werde ich sicher für die Personalunterlagen bekommen. Ich kann Sie dann gerne anrufen.«

»Das wäre sehr nett von Ihnen.«

»Grits Vater war heute Vormittag hier und hat ihre persönlichen Sachen abgeholt. Ich hatte ihn fragen wollen, wo sie beerdigt wird, kam aber dann gar nicht mehr dazu. Er hat mir zwar seine Telefonnummer dagelassen, aber ich will ihn deswegen nicht anrufen.«

»Grit wird in München beerdigt. Neben ihrer Mutter.«

»Wirklich?« Er klang unglücklich.

»Ich vermute, sie hätte eine andere Wahl getroffen.«

»Da bin ich mir ganz sicher. Würden Sie mich anrufen, wenn feststeht, wann sie beerdigt wird? Ich würde gerne kommen.«

»Versprochen! In dem Zusammenhang habe ich aber auch eine Bitte: Auf dem Hügel mit den Steinpyramiden gibt es jede Menge wilder Kräuter. Könnten Sie irgendwann dorthin gehen und einen kleinen Strauß pflücken? Den würde ich ihr gerne mit in ihr Grab legen.«

Einen Moment war es still in der Leitung, dann schien er aufzuatmen. »Gerne! Also dann, bis bald ...«

»Darf ich Sie noch etwas fragen?«

»Natürlich.«

»Ist Ihnen schon mal die Idee gekommen, es könnte kein Unfall gewesen sein?«

»Was sollte es denn sonst gewesen sein?«

»Bei solchen Unglücksfällen ist nicht immer genau nachvollziehbar, wie sie zustande gekommen sind.«

»Sie meinen, jemand könnte nachgeholfen haben?«

»Sie hätte es auch selbst tun können.«

»Grit? Wirklich nicht! Sie war ein durch und durch fröhlicher und lebensbejahender Mensch.«

»Haben Sie das auch der Polizei gesagt?«

»Selbstverständlich.«

Nachdem wir uns verabschiedet hatten, setzte ich mich im Schneidersitz auf Martins Bett und starrte hinaus in das Licht der Straßenlaterne. Wieso hätte jemand bei Grits Tod nachhelfen sollen, hatte Kai Broschinski wissen wollen. Die Antwort war vielleicht ganz einfach: Weil jemand nicht wollte, dass sie mich zur Polizei begleitete. Und wer hatte davon gewusst? Ihre Familie – Anne Peukert, Edgar Seitz und sein Sohn Kilian. Grits Schwester war sicher daran gelegen, dass diese alte Geschichte nicht wieder hochkochte. Aber dass sie deshalb nach Saint-Rémy gefahren sein sollte, konnte ich mir nicht vorstellen. Diesen Weg würde nur jemand auf sich genommen haben, der etwas zu verlieren hatte. Zum Beispiel seine Freiheit, wenn durch Grits nächtliche Erlebnisse eine Verbindung zu der Vergewaltigung von Michaela Breuer und möglicherweise noch anderer Frauen hergestellt werden könnte. Das richtete den Scheinwerfer auf Edgar und Kilian Seitz.

Und was war mit Veit Kratzler? Ich hatte ihm lediglich von den Steinmännchen auf Michaela Breuers Computer erzählt. Und von Luise Führmann. Hatte er eins und eins zusammengezählt, herausgefunden, wo Grit lebte und sie besucht? Unwahrscheinlich. Aber nicht völlig ausgeschlossen.

»Könntest du mal kurz auf Empfang schalten?«, hörte ich Martin sagen. Er hatte sich neben mich aufs Bett gesetzt und spielte mit meinen Haaren.

Ich wandte mich zu ihm um. »Hast du eine Idee, wie ich weitermachen soll? Ich bin völlig ratlos und habe mehr und mehr das Gefühl, dass der Weg hier zu Ende ist.«

»Weil du nach den großen, breiten Wegen suchst. Konzentriere dich auf die, die man leicht übersieht. Sie bedeuten möglicherweise ein paar Umwege, aber sie können dich auch zum Ziel führen.«

22

Funda hielt mir am Freitagmorgen einen Vortrag über zeitgemäße Elektronik. Nur weil ich immer noch mit einem schnöden Handy ausgestattet sei, hätte Edgar Seitz überhaupt meinen SMS-Speicher löschen können. Auf einem Smartphone wäre er am PIN-Code gescheitert. Und überhaupt: Was ich denn jetzt machen wolle? Das war die große Frage, auf die ich immer noch keine Antwort wusste. Martin hatte mir empfohlen, mich auf die Wege zu konzentrieren, die leicht zu übersehen waren. Aber auch die musste ich erst einmal finden.

Ich rief Corinna Lutz an und verabredete mich um zehn Uhr mit ihr im Westend, in der Nähe ihrer Praxis. Sie schlug das *Café Cocoa* in der Kazmairstraße vor. Als ich ein paar Minuten zu spät dort eintraf, wartete sie bereits auf mich. Sie saß auf einem Kissen in der Fensterbank und hielt einen großen Becher in den Händen, als wolle sie sich wärmen. Im Hintergrund lief Jazzmusik.

»Schön, Sie zu sehen, Frau Mahlo«, begrüßte sie mich.

Ich setzte mich zu ihr auf die Fensterbank. »Danke, dass Sie Zeit für mich haben.« Nachdem ich mir einen Kakao und einen Muffin bestellt hatte, holte ich die in den Schal eingewickelten Muscheln hervor und legte sie zwischen uns. »Die Erbfrage ist inzwischen geklärt. Michaela Breuers Nachlass geht an einen Cousin ihrer Mutter. Ich habe mit ihm gesprochen, und er hat nichts dagegen, dass Sie die Muscheln bekommen. Und sollten Sie noch an anderen Dingen Ihrer Freundin Interesse haben, wäre auch das kein Problem. Falls Sie also Bücher oder Kleidung von ihr haben möchten, dann geben Sie mir bald Bescheid, ja? Anfang nächster Woche wird das Zimmer bereits geräumt.«

Corinna Lutz berührte mit der Fingerspitze eine der Muscheln. »Danke«, sagte sie und hob den Blick. »Ich habe viel über das kleine Mädchen nachgedacht, von dem Sie mir letzte Woche erzählt haben. Hat sich da eigentlich noch etwas ergeben?«

Ich nahm den Kakaobecher, den der Kellner soeben gebracht hatte, und blies hinein. »Letzte Woche habe ich Sie doch gefragt, ob man einem Kind einreden kann, dass es etwas nur geträumt hat. Sie haben gesagt, dass es möglich sei, ganz besonders, wenn etwas zutiefst Beängstigendes geschehen ist. Dann sei ein Traum weniger bedrohlich. Außerdem sei es für das Kind der einfachere Weg. Letztes Wochenende habe ich die Frau getroffen, die einmal dieses kleine Mädchen war. Wir haben uns lange darüber unterhalten. Dabei hat sich herausgestellt, dass sie sich damals für den schwierigeren Weg entschieden hat. Sie hat sich weder von ihren Eltern noch von den behandelnden Psychiatern einreden lassen, all das nur geträumt zu haben.«

»Wie alt war sie, als es passierte?«

»Beim ersten Mal war sie zehn.«

»Beim ersten Mal? Wie oft war er denn da?«

»Insgesamt vier Mal zwischen ihrem zehnten und vierzehnten Lebensjahr.«

Corinna Lutz legte die Stirn in Falten. »Wenigstens war sie alt genug, um es einzuordnen. Wenn Kinder noch zu jung sind, haben sie keine Kategorien, um das zu tun, und dann ist es schwierig, es wiederzugeben. Außerdem fällt es schwer, etwas im Gedächtnis abzuspeichern, wenn man keine Worte dafür hat. Dann bleibt nur ein ungutes, diffuses Gefühl.« Sie hielt inne. »Wie lange liegt der erste Vorfall eigentlich zurück?«

»Zweiundzwanzig Jahre.«

»Dann fand der letzte also vor achtzehn Jahren statt«, rechnete sie nach. »Michaela wurde vor knapp einem Jahr vergewaltigt. Wenn wir von ein und demselben Täter ausgehen, fällt es schwer zu glauben, dass er siebzehn Jahre lang untätig war. Deshalb wird es vermutlich außer Michaela und Wiebke Hillebrand noch weitere Opfer gegeben haben.«

»Und es ist nicht auszuschließen, dass die allermeisten von einer Anzeige abgesehen haben.«

»Ob man einen Täter anzeigt oder nicht, ist eine ganz schwierige Entscheidung. Michaela und ich haben uns oft darüber unterhalten. Einerseits ist es eine Erlösung, wenn der Täter gefasst und verurteilt wird. Aber natürlich beschreitet eine Frau, die sich zu einer Anzeige durchringt, auch einen beschwerlichen Weg. Angefangen beim Beweis ihrer Glaubwürdigkeit als mutmaßliches Opfer. Leider gibt es ja immer wieder Frauen, die Vergewaltigungen nur vortäuschen. Welchen Bärendienst sie den wirklichen Opfern damit erweisen, scheint sie nicht die Bohne zu interessieren.«

»Wie beweist man eigentlich seine Glaubwürdigkeit?«, fragte ich und brach mir ein Stück von dem Muffin ab.

»Das ist Aufgabe der psychologischen Gutachter vor Gericht. Sie gehen davon aus, dass jemand, der tatsächlich etwas erlebt hat, es lebendiger und detailreicher, gleichzeitig aber auch unstrukturierter schildert als jemand, der lügt. Opfer geben Dialoge wieder und erzählen von ihren Gefühlen während der Tat. Jemand, der lügt, muss sich sehr konzentrieren, vor allem muss er sich merken, was er sagt. Eine forensische Psychologin hat das mal als kognitive Schwerstarbeit bezeichnet. Da bleibt dann kein Raum mehr für eine authentische Schilderung der Tat. Die Lügner erzählen in der Regel nur, was sie angeblich gesehen und gehört haben, sie konzentrieren sich sehr auf den Tatablauf. Die wirklichen Opfer hingegen berichten, was sie gerochen, gespürt und empfunden haben. Sie schildern eine Tat, wie sie in der Realität stattgefunden hat. So zum Beispiel, dass der Täter wütend wurde, weil sich der Knopf an der Jeans des Opfers nur schwer öffnen ließ. Die Realität ist eben detailreicher und komplexer als die Fiktion. Letztlich aber auch sehr viel schwieriger zu beurteilen, als es ein Lehrbuch vorsieht. Denn es gibt auch Opfer, die ihre Aussagen logisch und strukturiert machen. Zum Beispiel weil sie vor der Glaubwürdigkeitsbegutachtung schon so oft vernommen wurden. Deshalb gilt auch nicht der Umkehrschluss, dass ein mutmaßliches Opfer unglaubwürdig ist, weil Hinweise auf die Glaubwürdigkeit fehlen.« Corinna Lutz nahm einen Schluck aus ihrem Becher. »In der Theorie erscheint alles so einfach. Aber in der Praxis treten die Schwächen zutage. Nehmen wir nur einmal die Sache mit dem Detailreichtum als Hinweis auf Glaubwürdigkeit. Detailreich kann ja nur jemand erzählen, der sich überhaupt an die Details erinnert. Aber in einer Bedrohungssituation arbeitet das Gehirn anders, was auch auf die Gedächtnisinhalte einen Einfluss hat. Es gibt zum Beispiel Filmrisse, bei denen die Erinnerung nie zurückkehrt. Wenn aber wichtige Details fehlen, kann der Tatablauf gar nicht mehr schlüssig wiedergegeben werden.« Sie hielt einen Moment inne. »Letztlich ist alles möglich: Gedächtnislücken, Verdrängung oder Erinnerung an jedes Detail. Diese mögliche Bandbreite muss man immer im Auge behalten, wenn man eine Aussage auf ihre Glaubwürdigkeit hin beurteilen will.« Sie gab dem Kellner ein Zeichen, dass sie zahlen wollte. »Ich muss leider gleich los. Um elf wartet ein Patient auf mich in der Praxis. Aber sagen Sie mir doch bitte, ob die junge Frau sich bereit erklärt hat, mit Ihnen zur Polizei zu gehen.«

»Ja, das hat sie.« Ich stockte. »Allerdings ist sie kurz darauf ums Leben gekommen.«

Corinna Lutz wurde blass unter ihren Sommersprossen. »Sie ist tot? Wie ist denn das passiert?«

»Sie ist am vergangenen Wochenende von einem Felsen gestürzt. Ihr Vater will mich glauben machen, sie habe sich umgebracht, aber das nehme ich ihm nicht ab.«

»Dann …« Corinna Lutz griff in ihre Tasche, holte ein fest verschnürtes Päckchen daraus hervor und starrte es an. »Dann macht das hier vielleicht gar keinen Sinn mehr.«

»Was ist das?«, fragte ich.

»Das sind die Beweisstücke von Michaela, der Stick mit den Fotos und das von ihr verfasste Protokoll der Vergewaltigung. Ich habe Ihnen davon erzählt. Ich dachte, Sie könnten all das mit zur Polizei nehmen, wenn Sie mit dieser Frau dorthin gehen würden. Aber jetzt …«

»Vielleicht gehe ich trotzdem. Immerhin gibt es eine winzige Chance, dass schon einmal eine Frau eine Vergewaltigung in Zusammenhang mit Steinmännchen angezeigt hat.« Ich nahm ihr das Paket aus der Hand. »Wissen Sie, was ich mich die ganze Zeit frage, Frau Lutz? Hat er sich seine Opfer zufällig ausgesucht oder gibt es eine Verbindung zwischen den Opfern?«

»Ich halte alles für möglich«, meinte sie nachdenklich. »Ein Entweder-oder genauso wie ein Sowohl-als-auch. Er könnte damals zu dem Kind eine Verbindung gehabt haben und sich später seine Vergewaltigungsopfer zufällig ausgesucht haben. Aber es wird schwierig sein, diese Möglichkeiten einzugrenzen.«

»Vielleicht spielt es eine Rolle, wie sie aussehen. Sowohl Ihre Freundin als auch Wiebke Hillebrand und die Frau, die am Wochenende gestorben ist, waren dunkelhaarig und zierlich.«

»Das wäre dann immerhin schon mal eine Gemeinsamkeit.«

»Es gibt noch eine, und zwar Veit Kratzler. Er kannte Ihre Freundin, und er kannte die Mutter des kleinen Mädchens. Ob es auch eine Verbindung zu Wiebke Hillebrand gibt, weiß ich nicht.«

»Fragen können Sie sie schlecht. Sie würde sofort wissen, worauf Ihre Frage hinausläuft. Und damit wäre der Verdacht auf einen Mann gelenkt, der vielleicht völlig unschuldig ist. Zugegeben, er ist ein unangenehmer und selbstherrlicher Typ, aber das sind viele, das heißt zunächst einmal gar nichts.«

»Ich weiß.« Meine Gedanken wanderten von Veit Kratzler zu den beiden Männern der Familie Seitz. »Wissen Sie eigentlich, ob Ihre Freundin auch jemanden mit dem Namen Seitz kannte? Ich bin nirgends auf einen Hinweis darauf gestoßen, weder auf ihrem Laptop noch in ihrem Adressbuch.«

»Seitz?« Sie dachte einen Augenblick nach und schüttelte dann den Kopf. »Nein, den Namen habe ich nie von ihr gehört.«

Ich legte das Paket auf den Beifahrersitz und ließ den Motor an. Als ich gerade aus der Parklücke setzen wollte, rief Kai Broschinski an. Er hatte die Todesbescheinigung nicht abgewartet, sondern sich direkt an den zuständigen Polizeibeamten in Saint-Rémy gewandt. Das Ergebnis: Grit war bereits am Samstag gestorben, irgendwann in den Nachmittagsstunden. Edgar Seitz hatte mich belogen. Und er hatte ein Motiv gehabt, die SMS-Nachrichten von meinem Handy zu löschen. Nur wen versuchte er damit zu schützen – sich selbst oder seinen Sohn?

Zwanzig Minuten später stand ich vor seiner Kanzlei, die sich über die beiden oberen Etagen einer detailgetreu restaurierten Gründerzeitvilla in Bogenhausen erstreckte. Die Empfangsdame, eine rundliche Mittvierzigerin, begrüßte mich mit einem Lächeln. Ich sagte ihr, es sei wichtig, ich müsse ihren Chef unbedingt sprechen. Über die Hausleitung hielt sie kurz Rücksprache mit ihm und brachte mich dann zu seinem Büro.

Edgar Seitz stand am Fenster und sah hinaus auf die Straße, als ich eintrat. Er reagierte nicht auf meine Begrüßung, sondern wandte mir weiter den Rücken zu. Ich nutzte die Gelegenheit, um mich in diesem Raum umzusehen, der mit viel Leder, Glas, Stahl, abstrakter Kunst und Geld eingerichtet worden war, aber ohne die leiseste Ahnung, wie man eine Atmosphäre schuf, die ein paar Grad wärmer als eiskalt war. Nach einer gefühlten Ewigkeit ging Grits Vater wortlos zu seinem Schreibtisch und deutete auf einen der Besucherstühle.

»Möchten Sie sich doch noch für meine Blumen bedanken?«, fragte er mit undurchdringlicher Miene.

»Gerade habe ich erfahren, dass Grit bereits am Samstag gestorben ist. Warum haben Sie behauptet, es sei am Sonntag gewesen?«

In aller Seelenruhe stützte er die Ellenbogen auf und faltete die Hände. »Spielt der Zeitpunkt wirklich eine so große Rolle?«

»Ich möchte verstehen, weshalb Sie mich belogen haben.«

»Meine Tochter hat sich von Ihnen weich klopfen lassen, mit Ihnen zur Polizei zu gehen. Das wird sie bereut und dann leider keinen anderen Ausweg mehr für sich gesehen haben, als sich das Leben zu nehmen.«

»Glauben Sie tatsächlich, ihr Leben sei ihr so wenig wert gewesen? Sie hätte sich einfach umentscheiden können. Kai Broschinski, Grits Mitarbeiter und Freund, hat Grit als einen durch und durch frohen und lebensbejahenden Menschen beschrieben. Genau so habe ich sie auch kennengelernt. So jemand bringt sich nicht von heute auf morgen um, Herr Doktor Seitz! Und dazu noch aus einem so nichtigen Grund.«

»Es hätten schon viele Leben gerettet werden können, wenn man sich immer ganz sicher sein könnte, wie ein Mensch tickt.« Er sah ostentativ auf seine Armbanduhr. »Sie finden sicher ohne meine Hilfe hinaus.«

»Sie haben die Nachrichten von meinem Handy löschen können«, sagte ich aufgebracht, »mit meinen Erinnerungen wird Ihnen das nicht gelingen. Ich habe mit Ihrer Tochter ausführlich über die Geschehnisse von damals gesprochen. Und sie hat sich einverstanden erklärt, all das vor einem Polizeibeamten zu wiederholen. Am Montag werde ich zur Polizei gehen und dort Grits Geschichte erzählen.«

»Was ihr damals angeblich angetan wurde, ist längst verjährt. Sie würden sich lächerlich machen. Das sollte Ihnen eigentlich klar sein.« Er betrachtete mich abschätzig.

»Die Verstorbene, deren Nachlass ich zurzeit betreue, ist von demselben Täter vor knapp einem Jahr vergewaltigt worden. Im Nachlass dieser Frau befinden sich mehrere Beweisstücke mit …« Am liebsten hätte ich mir auf die Zunge gebissen. Ich hatte mich durch seine abfällige Art provozieren lassen.

»Mit was?«

Stumm schüttelte ich den Kopf.

»Die Beweisstücke einer Verstorbenen sind nichts wert.«

»Das ist nicht gesagt, Herr Doktor Seitz. Immerhin könnten sie die Aussagen anderer betroffener Frauen als Indizien untermauern.«

Er lehnte sich vor und fixierte mich. »Tischen Sie mir hier gerade die Mär von einem Serientäter auf?«

Ich hielt seinem Blick nur mit Mühe stand und spürte ein

Frösteln, als ich ihn mir als genau diesen Täter vorzustellen versuchte. Die Atmosphäre im Raum schien sich zu verdichten.

»Ihre Zeit ist um, Frau Mahlo!«, sagte er gefährlich leise und wandte sich ab. »Schließen Sie bitte die Tür hinter sich.«

Das Gespräch mit Edgar Seitz steckte mir immer noch in den Knochen, als ich zu Hause aus dem Auto stieg. Mit dem Paket unterm Arm ging ich gedankenverloren Richtung Büro. Ich hatte den Hof noch nicht ganz überquert, da ertönte hinter mir eine laute Stimme.

»Frau Mahlo, warten Sie!«

Ich wandte mich um und sah Veit Kratzler auf mich zulaufen. O nein, nicht auch noch er! »Was machen Sie hier?«, fragte ich ihn entgeistert.

»Ich habe auf Sie gewartet.«

Ich folgte seinem Blick, der auf das Paket mit Michaela Breuers Sachen fiel. Ihr Vorname stand darauf und das Datum der Vergewaltigung. Schnell drehte ich es um.

Sein Blick klebte weiter darauf. »Sind das Sachen aus Michaelas Nachlass?« Zum ersten Mal nannte er sie beim Vornamen.

»Ja«, erwiderte ich knapp.

»Und was machen Sie damit?«

»Die Sachen kommen in den Tresor.«

Er machte eine Bewegung, als würde er sich schütteln. »Jetzt stehen wir hier und reden über die Dinge einer Toten. Dabei gibt es so viel angenehmere Themen. Lassen Sie uns doch so schnell wie möglich einen Termin finden, damit wir uns über die schönen und prickelnden Seiten des Lebens austauschen können.«

»Sind Sie deshalb hergekommen?«

Er fuhr sich durch die Haare und lachte. »Ausschließlich deshalb. Wie wäre es am Wochenende? Ich könnte zu Ihnen kommen und bei der Gelegenheit auch mal sehen, wie Sie leben.«

Ich trat einen Schritt zurück, da er mir immer näher zu kommen schien. »Am Wochenende bin ich leider schon völlig verplant.«

»Leben Sie eigentlich allein?«

»Und Sie?«

»Ich sehe schon, wir werden genügend Gesprächsstoff haben.« Er schmunzelte. »Wenn nicht an diesem, dann vielleicht am nächsten Wochenende. Ich werde in jedem Fall am Ball bleiben. So leicht entkommen Sie mir nicht.« Er machte zwei Schritte und blieb dicht vor mir stehen. »Machen Sie's gut, Kristina Mahlo.«

»Ich gebe mir Mühe«, murmelte ich, nachdem er endlich gegangen war.

Ich brauchte frische Luft und Bewegung! Nachdem ich das Paket im Tresor verstaut hatte, schnappte ich mir die Hundeleine und schnalzte mit der Zunge. Rosa schoss aus ihrem Korb hervor und sprang auf dem Weg in den Park schwanzwedelnd neben mir her. Dann ließ ich sie von der Leine. Während sie sich auf die Suche nach Mäusen machte, lief ich quer über die Wiese und steuerte meine Eiche an. Ich wollte mich gerade auf den untersten Ast hangeln, als schon wieder jemand nach mir rief.

»Hey, Kristina.« Rohan stieg von seinem Rad und blieb am Wegrand stehen.

Ich pfiff Rosa zu mir und leinte sie wieder an. »Hallo, Rohan!« Mit ein paar Schritten war ich bei ihm.

»Schön, dich zu sehen«, sagte er fröhlich, ohne Rosa aus den Augen zu lassen. »Ich kann dir gar nicht genug danken für den Tipp mit dem Zimmer. Und dafür, dass du ein gutes Wort für mich eingelegt hast.«

»Das war purer Egoismus. Mit dir gibt es einen weiteren netten Menschen im Haus.«

»Deine Mutter hat mir erzählt, was mit deinem Bruder geschehen ist. Das tut mir leid. Ist bestimmt schlimm für euch alle.«

»Ja, das ist es. Meine Eltern tun sich immer noch schwer damit, Bens Zimmer aufzulösen. Deshalb müsst ihr jetzt mit seinem Geist leben.«

»Er war dein Bruder und der Sohn deiner Eltern – er ist bestimmt ein guter Geist.«

»Und Natalie? Wie kommst du mit ihr klar?«

»Sie macht das beste Curry, das ich je gegessen habe. Davon abgesehen ist sie zum Glück nicht mein Typ.«

»Wieso zum Glück?«

»Wenn ich mich verliebe, möchte ich mich irgendwann entscheiden können, mit der Frau zusammenzuziehen. So wäre es irgendwie die falsche Reihenfolge.«

Ich musste lachen.

»Ich weiß, wie spießig das klingt.«

»Vielleicht ist es eher romantisch.«

»Darf ich dich etwas fragen, Kris?« Er schien sich einen Ruck geben zu müssen. »Was hat es mit dem Steinmännchen auf sich? Warum hat Michaela sich so darüber aufgeregt? Oder habe ich Corinna da falsch verstanden?«

Ich war hin- und hergerissen zwischen der Wahrheit und einer gnädigen Lüge, entschied mich dann jedoch für Erstere. »Vor einem Jahr hat jemand Michaela etwas Schlimmes angetan. Danach hat er ihr ein Steinmännchen vor die Haustür gestellt und ihr aufgetragen, es zu hüten. Andernfalls komme er wieder und tue ihr noch einmal etwas Schlimmes an.«

Rohans Augen weiteten sich. »War sie deshalb so ängstlich und wollte in einer Männer-WG wohnen?«

»Ja.«

Erst in diesem Augenblick schien er die ganze Tragweite zu begreifen. »Und dann ist sie verunglückt … weil meine Nichte das Steinmännchen auf dem Balkon gebaut hat.« Tränen schossen ihm in die Augen, und er wandte den Blick ab.

»Rohan, sieh mich an!« Ich wagte nicht, näher auf ihn zuzugehen, Rosa sollte ihn nicht noch mehr schrecken.

Er schüttelte den Kopf und schlug die Hände vors Gesicht.

»Rohan!«, insistierte ich. »Ohne diesen Mann, der ihr das angetan hat, hätte Michaela die Steine bei euch oben vermutlich noch nicht einmal bemerkt. Wenn überhaupt jemand schuld ist, dann er. Hörst du?«

Er sah mich tieftraurig an. »Ich habe es nicht einmal begriffen.«

»Wie solltest du das denn auch?«

»Dieses Schlimme, was er Michaela angetan hat – war das ein Verbrechen?«

»Es war ein Kapitalverbrechen.«

»Und büßt er dafür?«

»Noch nicht.«

»Weiß man denn, wer es war?«

Ich atmete tief durch. »Vielleicht wird man das nie wissen.«

Im Büro durchstöberte ich den Kühlschrank, fischte mir ein Stück Leberkäse heraus, legte es in die Pfanne und schlug ein Ei darüber. Während beides vor sich hin brutzelte, öffnete ich für Rosa eine Dose Hundefutter, über deren Inhalt sie sich gierig hermachte. Mein Magen knurrte so laut, dass ich ihn mit einem Riegel Schokolade zu beruhigen versuchte.

Ich hatte mein Essen gerade auf einen Teller geladen, als mein Vater ins Büro kam und sich durch ein Klopfen bemerkbar machte.

»Setz dich doch zu mir«, forderte ich ihn mit einer einladenden Geste auf.

Er winkte ab. »Ich bin auf dem Sprung zu einer Kundin. Ich wollte dir nur schnell etwas sagen.« Er trat von einem Fuß auf den anderen und schien für einen Moment aus dem Konzept geraten zu sein.

»Was denn? Raus damit!«

»Weißt du, wie stolz ich auf dich bin? Du bist ein wunderbarer Mensch und eine sehr liebevolle Tochter. Es ist nicht leicht, die richtigen Worte zu finden. Denn wenn ich sage, dass du immer ein offenes Ohr für deine Mutter und mich hast, könnte es bei dir so ankommen, als würden wir erwarten, dass das immer so bleibt. Ich weiß, dass es nicht selbstverständlich ist, was du tust. Und ich habe mir schon oft gewünscht, du wärst ein kleines bisschen egoistischer. Du …«

»Aber …«

»Kein Aber! Lass das einfach mal so stehen. Ich bin nämlich noch nicht fertig. Ich finde auch, dass du deinen Freunden eine gute Freundin bist und dass du deine Arbeit mit viel Herzblut und Gewissenhaftigkeit machst.« Er stieß einen erleichterten Seufzer aus. »So! Das musste mal gesagt werden.«

»Ist etwas passiert, Papa?«

»Nein! Wieso sollte etwas passiert sein?«

»Du klingst so seltsam.«

»Was ist seltsam daran, wenn ich meiner Tochter endlich einmal sage, was ich von ihr halte?« Er schien keine Antwort zu erwarten. »So, und jetzt lass dich nicht weiter beim Essen stören.« Und schon war er wieder weg.

Nachdem ich tief in Gedanken mein Essen verputzt hatte, klopfte ich an die Tür meiner Mutter. Sie trug Bademantel und Handtuchturban und hatte ihre Gesichtshaut unter einer dicken Schicht schlammgrüner Paste versteckt.

»Ich gönne mir heute einen Schönheitsnachmittag«, begrüßte sie mich. »Ich muss erst um sieben ins Hotel. Diese Maske soll übrigens wahre Wunder bewirken.«

»Du brauchst keine Wunder!«

Sie lächelte mich herzlich an. »Komm rein! Magst du einen Yogi-Tee?«

»Seit wann trinkst du so etwas?«, fragte ich überrascht.

»Ich möchte mich auch von innen reinigen.«

»Ich bleibe lieber bei Kaffee.« Ich ließ mich auf dem hellblauen Küchenstuhl nieder und sah meiner Mutter dabei zu, wie sie die Kaffeemaschine anwarf.

»Wenn du mehr schlafen würdest, Kris, bräuchtest du wesentlich weniger Kaffee.«

»Was spricht gegen Kaffee?«

»Deine hohe Dosis. Auf Dauer ist das nicht gut. Warum machst du nicht mal einen Kurs? Ich habe gehört, dass Meditation bei Schlafstörungen gut sein soll. Außerdem könntest du ein bisschen mehr Sport treiben. Bewegung an der frischen Luft macht ebenfalls müde.« Sie stellte einen Kaffeebecher vor mich hin und setzte sich auf den lilafarbenen Stuhl.

»Müde werde ich von alleine, Mama, dafür brauche ich keinen Sport. Und ändern muss man an einer Situation doch nur etwas, wenn sie einen belastet oder stört. Aber mich stört es nicht, wenn ich früh aufwache, eigentlich habe ich das sogar ganz gerne. Dann ist alles noch still und ruhig, und ich kann gut nachdenken.«

Sie musterte mich und runzelte die Stirn. »Auf Dauer ist

es nicht gut, mitten in der Nacht aufzuwachen und nicht wieder einzuschlafen.«

Ich nahm einen Schluck Kaffee und sah sie über den Becher hinweg an. »Ich werde darüber nachdenken.«

»Versprochen?«

»Mach dir keine Sorgen! Sag mir lieber, was mit Papa los ist. Er kam vorhin bei mir rein, um mir zu sagen, dass er stolz auf mich ist und mich wunderbar findet.«

»Ja und?«

»Ich finde das seltsam.«

»Aber er hat doch recht. Ich schließe mich ihm in jedem Punkt an.«

»Du weißt doch gar nicht, was er noch alles gesagt hat.«

»Ich kann es mir vorstellen.«

»Ist irgendetwas passiert?«

»Wieso?«

»Mama, ich bitte dich!«

Meine Mutter wich meinem Blick aus und fegte Brötchenkrümel vom Tisch auf den Boden. »Die Tochter einer seiner Kundinnen ist ganz plötzlich an einem Herzinfarkt gestorben.«

»Aber nicht diese Tamara, oder?«

Sie schüttelte den Kopf. »Die ist viel zu zäh.«

»Und jetzt glaubt ihr, ich könnte auch an einem Herzinfarkt sterben? Deshalb der Vortrag über den Kaffee?«

»Die Kundin deines Vaters leidet sehr darunter, ihrer Tochter nie gesagt zu haben, dass sie sie liebt. Ich denke, dein Vater wollte das verhindern.«

»Für den Fall, dass ich morgen sterbe?«, meinte ich trocken. »Bei euch beiden darf man wirklich nicht zu Aberglauben neigen.«

Meine Mutter tat meine Bemerkung mit einer wegwerfenden Geste ab. »Hans und ich haben gestern Abend zusammengesessen, und wir sind zu dem Schluss gekommen, dass jeder Mensch in dem Bewusstsein sterben sollte, geliebt worden zu sein.«

»Ich hoffe, dass ihr euch das bei der Gelegenheit dann auch gegenseitig geklärt habt.«

»In erster Linie ging es in dem Gespräch um unsere Kinder.« Sie stockte, sah zum Fenster hinaus und dann wieder zu mir. »Meinst du, Ben hat gewusst, wie viel er uns bedeutet hat?«

Ich beugte mich über den Tisch und nahm ihre Hand in meine. Dann hielt ich ihren Blick fest. »Das hat er, Mama, ganz sicher sogar!«

23

Es war einer dieser Tage, der längst aus dem Ruder gelaufen war und in den ich keine Ruhe mehr hineinbekam. An Arbeiten war nicht zu denken. Jedenfalls nicht an meine eigentliche Arbeit, dazu war ich viel zu unruhig. Es musste endlich wieder Ruhe einkehren. Ich hatte es Edgar Seitz gegenüber nicht nur so dahingesagt, dass ich Montag zur Polizei gehen würde, ich hatte es fest vor. Ich würde Grits Geschichte und Michaelas Paket in kompetente Hände legen. Und die ganze Geschichte würde für mich ein Ende haben.

Mein Blick wanderte von dem Steinmännchen auf dem Foto an der Wand zu den vier Heilsteinen, als mein Telefon klingelte. Nur mit halbem Ohr verfolgte ich, was auf den Anrufbeantworter gesprochen wurde. Bis ich Kilian Seitz' aufgeregte und zugleich vorwurfsvolle Stimme erkannte.

»Mein Vater hat vorhin in der Kanzlei einen Schwächeanfall erlitten! Ich hoffe, Sie hören das!«

Ich nahm den Hörer ab und meldete mich.

»Haben Sie gehört, was ich gesagt habe, Frau Mahlo?«

»Ja, das habe ich. Aber ich frage mich, warum Sie so klingen, als wäre es meine Schuld.«

»Weil er diesen Anfall direkt nach Ihrem Besuch hatte. Meine Frau hat zum Glück geistesgegenwärtig einen Arzt alarmiert. Der hat ihm ein Beruhigungsmittel gespritzt.«

»Wie geht es ihm jetzt?«

»Besser«, antwortete er. »Mein Vater ist dreiundsiebzig, Frau Mahlo, er steckt Aufregungen nicht mehr so leicht weg. Haben Sie denn das nicht bedacht, als Sie bei ihm hineingestürmt sind?«

Auf mich hatte Edgar Seitz bisher noch nie einen geschwächten Eindruck gemacht, nicht einmal einen altersgemäßen. Er wirkte deutlich jünger und agiler. Und er war einer der drei möglichen Verdächtigen auf meiner Liste. Wenn nicht sogar derjenige, auf dem der stärkste Verdacht lastete. Ihn mir als Tod verkleidet am Bett seiner Tochter vorzustellen, fiel mir jedoch genauso schwer wie die Vorstellung von ihm als Einbrecher und Vergewaltiger. Aber da wurde ich vermutlich gerade Opfer meiner Vorurteile.

»Worüber hat er sich denn eigentlich so aufgeregt?«, fragte ich.

»Über Ihre Drohung, mit irgendwelchen Beweisen zur Polizei zu gehen. Mein Vater ist in großer Sorge um Anne. Grits Tod trifft sie hart, so wie uns alle. Aber Anne ist zudem in einer sensiblen Phase. Wie Sie wissen, ist sie erst vor ein paar Monaten Mutter geworden. Wenn Sie da jetzt etwas lostreten, wird man Anne natürlich auch behelligen und befragen. Und sie wird sich darüber vermutlich genauso wie mein Vater aufregen. Und wofür? Dafür, dass sich am Ende doch nur herausstellen wird, dass Grit sich das alles eingebildet hat.«

»Wieso sind Sie sich dessen eigentlich so sicher?«

»Das kann ich Ihnen sagen. Allerdings wirft das nicht gerade das allerbeste Licht auf mich. Ich kann mich nur mit meinem Alter damals entschuldigen. Ich war ein aufgeblasener Grünschnabel, der nur Blödsinn im Kopf hatte, worauf ich nicht gerade stolz bin. Um es kurz zu machen: Ich habe ihr einmal einen Steinturm in ihr Zimmer gestellt. Das war kurz nachdem sie aus dem Internat zurückgekehrt war. Ich wollte mich ein kleines bisschen an ihr rächen, weil sie Anne und mich bei unserem Vater verpetzt hatte. Er hatte uns strikt verboten, uns zu treffen, aber wir haben uns nicht immer an dieses Verbot gehalten. Wie Teenager halt so sind.

Grit ist ausgeflippt, als sie die Steine gesehen hat. Sie hat sich so sehr hineingesteigert, dass sie schließlich in die Psychiatrie eingewiesen werden musste. Fürchterlich war das. Zu meiner Entschuldigung kann ich nur sagen, dass ich mit so einer starken Reaktion nicht gerechnet habe, ich wollte sie lediglich ein wenig ärgern.«

»Und Anne?«

»Sie wusste von meinem Streich und hatte genau wie ich ein schlechtes Gewissen.«

Und sie hatte mich belogen, aber das überraschte mich nicht. »Erinnern Sie sich noch, wie viele Steine Sie damals aufeinandergeschichtet haben?«

»Wie viele Steine? Ist das Ihr Ernst?«

»Ja.«

»Ganz ehrlich, Frau Mahlo, ich habe sie nicht gezählt. Hätte ich das tun sollen?«, fragte er mit leisem Spott.

»Der Täter hat sie abgezählt.«

»Sie klingen ein wenig wie Grit.«

»So, wie Sie es sagen, hört es sich nicht gerade wie ein Kompliment an.«

»Wissen Sie, was ich bereue? Dass ich nie mit Grit über diesen Steinturm, den ich ihr ins Zimmer gestellt habe, gesprochen habe. Im Nachhinein denke ich, dass das diesen seltsamen Bann hätte brechen können. Das geht mir in diesen Tagen sehr nach. Ich habe das Gespräch mit ihr immer wieder hinausgeschoben, ich bin gar nicht auf die Idee gekommen, dass es bald schon zu spät sein könnte. Wie denn auch? Grit war noch so jung. Aber man sollte so etwas nicht auf die lange Bank schieben, das weiß ich jetzt.«

Dieser Gedanke schien sich wie ein Virus durch den Tag zu ziehen. Erst meine Eltern und jetzt auch noch Kilian Seitz.

»Dabei hätte ich es wissen können«, sagte er in meine Gedanken hinein.

»Was hätten Sie wissen können?«, versuchte ich, den Faden wiederzufinden.

»Dass Menschen manchmal sehr früh sterben. Mein Adoptivbruder ist nur vier Jahre alt geworden.«

»Das muss schlimm für Sie und Ihre Familie gewesen sein.«

»Genauso schlimm wie für Ihre. Ich habe Sie gegoogelt, ich wollte ein wenig mehr über Sie erfahren, und dabei habe ich das mit Ihrem Bruder gelesen. Aber ich schweife ab, entschuldigen Sie. Ich will Sie gar nicht länger von Ihrer Arbeit abhalten. Ich möchte Sie nur bitten, noch einmal in Ruhe nachzudenken, ob wirklich richtig ist, was Sie da vorhaben. Die beiden Menschen, die es unmittelbar betroffen hat, sind tot. Und es gibt ein paar Lebende, denen Sie das Leben dadurch schwerer machen würden.«

»Zu diesen Lebenden zähle ich jedoch auch den Täter. Und wenn ich ihm sein Leben schwerer machen kann, wenn er vielleicht sogar gefasst würde, dann wäre es das wert.«

»Überschätzen Sie sich da nicht ein wenig, Frau Mahlo?«

»Ich glaube, ich schätze die Chancen einer solchen Aktion ganz realistisch ein. Aussicht auf Erfolg besteht nur dann, wenn wenigstens eine ähnliche Anzeige vorliegt. Und das gilt es herauszufinden.«

Kilian Seitz hatte noch einen schwachen Versuch unternommen, mich umzustimmen, indem er mir bereits jetzt die Schuld zuschob, sollte sein Vater einen weiteren Schwächeanfall erleiden, aber ich war nicht darauf eingegangen. Nachdem wir das Gespräch beendet hatten, ließ ich Rosa kurz vor der Dämmerung noch schnell in den Garten. Während sie durch die Büsche stob und im Zickzack unsichtbaren Spuren über die Wiese folgte, setzte ich mich auf die hüfthohe Mauer, auf der die Bonsais meiner Mutter standen. Die Blätter waren herbstlich verfärbt, einige waren bereits abgefallen. Mein Blick wanderte zu Bens Laterne, in der die Kerze ruhig brannte. Ich dachte an die Frage meiner Mutter, ob mein Bruder gewusst hatte, dass er geliebt wurde, und musste lächeln. Wenn es einer gewusst hatte, dann Ben.

Motorengeräusche rissen mich aus meinen Gedanken. Sie stammten von zwei Wagen, die gerade auf den Parkplatz einbogen. Die Leute, die ausstiegen, waren Kunden vom *Vini Jacobi*. Ich sah zur alten Scheune, in der ebenfalls Licht brannte. Durch die Glastür sah ich Henrike mit einer älteren Frau sprechen. Als hätte sie telepathische Fähigkeiten, wandte sie mir in diesem Moment den Blick zu und winkte.

Im Dachgeschoss wurde ein Fenster geöffnet, es war Rohans Zimmer. Kurz darauf kam meine Mutter eilig aus dem Haus. Sie war fünf Minuten zu spät dran und musste sich sputen, um noch rechtzeitig ihren Spätdienst im Hotel anzutreten. Sie hauchte mir einen Kuss auf die Wange und rief mir im Weggehen über die Schulter hinweg zu, ich solle mich nicht erkälten. Auf der Mauer sei es viel zu kalt.

Am liebsten hätte ich ihr hinterhergerufen, dass mir gerade so warm ums Herz war, dass ich mich bestimmt nicht erkälten würde. Im Nebenhaus, in der Scheune und im Haupthaus brannten Lichter, und diese Lichter waren Sinnbilder für die Menschen um mich herum, in deren Nähe ich mich aufgehoben fühlte. Es war ein guter Moment, den ich am liebsten festgehalten hätte. Bis mir bewusst wurde, dass ich ihn gar nicht festhalten musste. Er würde immer wiederkehren.

»Rutsch mal ein Stück«, sagte Henrike und setzte sich neben mich. Sie zündete sich eine Zigarette an und blies den Rauch hinter sich. »Was ist dir denn da gerade durch den Kopf gegangen? Du hast irgendwie entrückt ausgesehen.« Sie sah zu Bens Kerze. »Hast du an deinen Bruder gedacht?«

»Ich habe daran gedacht, wie froh es mich macht, hier zu leben.« Ich breitete die Arme aus, als könne ich damit den gesamten Hof umfangen. »Anfangs war all das aus der Not geboren. Aber mit den Jahren ist es zu meinem Zuhause geworden. Meine Eltern haben mir heute übrigens gesagt, dass sie mich lieb haben. Falls ich überraschend sterben sollte.«

Henrike lachte. »Im Ernst? Die beiden sind ja wirklich immer wieder für Überraschungen gut. Die sollten sich mal lieber gegenseitig gestehen, wie lieb sie sich haben. Apropos Überraschungen. Weißt du, was seltsam ist? Arne hat den Peilsender plötzlich wieder abgenommen.«

»Vermutlich ist er endlich zur Vernunft gekommen.«

»Einfach so?«

»Er wird eingesehen haben, dass es Blödsinn ist, was er da macht. Wie ich Arne kenne, schämt er sich sogar.«

»Und du hast da nicht interveniert?«

»Henrike, deine Skepsis ist eine Berufskrankheit. Ganz allmählich solltest du die mal bekämpfen.«

»Ich war schon immer skeptisch, deshalb war ich überhaupt so eine gute Polizistin.« Sie drückte ihre Kippe an der Mauer aus. »Mir wird kalt, ich gehe wieder rüber. Und sollte in den nächsten zehn Minuten kein Kunde auftauchen, mache ich Schluss für heute. Arne hat uns in irgendeinem neuen Restaurant einen Tisch reserviert. Hast du Lust mitzukommen?«

»Ein anderes Mal. Heute bleibe ich lieber hier.«

Draußen war es inzwischen dunkel geworden. Während ich im Büro die restliche Post erledigte, sah ich aus dem Augenwinkel, wie sich alle paar Minuten auf dem Hof der Bewegungsmelder ein- und ausschaltete. Da Henrike inzwischen geschlossen hatte, handelte es sich vermutlich um Kunden des *Vini Jacobi*. Ich sah hinüber und beobachtete, wie Simon vor seiner Ladentür mit einem Mann sprach. Ihn zu sehen versetzte mir einen leisen Stich. Und dennoch machte sich in mir die Gewissheit breit, dass es richtig gewesen war, mich von ihm zu trennen.

Ich wandte den Blick ab und rief Martin an. Er klang müde und sagte, er habe einen stressigen Tag mit schwierigen Auftraggebern gehabt und sehne sich nur noch nach einer heißen Dusche, einem Glas Wein, einem großen Teller Nudeln und ganz viel Liebe. Ich versprach ihm all das und lud ihn zu mir ein.

»Ich dachte, das Hofgelände sei Sperrzone für mich.«

»Die Zeiten ändern sich.«

»Was hat denn da den Ausschlag gegeben?«

»Dein umwerfender Charme.«

»Den hatte ich schon immer.«

»Ich weiß.«

»Und ich werde nicht hinterrücks erschossen, wenn ich deine Wohnung betrete?«

»Ich hoffe nicht. Also los – mach dich auf den Weg!«

Ich hatte die Verbindung gerade unterbrochen, als mein Handy klingelte. Jemand flüsterte so leise in den Hörer, dass ich im ersten Moment kein Wort verstand.

»Wie bitte? Was haben Sie gesagt?«

»Deine Mutter hat dunkles Haar, sie trägt einen schwarzen Hosenanzug mit einer weißen Bluse darunter. In diesem Moment begleitet sie gerade einen neuen Gast zum Aufzug.«

Mir wurde eiskalt. »Was soll das?«

»Was glaubst du?«

»Ich weiß es nicht, sagen Sie es mir!«

»Wie wäre es mit den Beweisstücken?«

»Welche Beweisstücke?« Das Atmen fiel mir schwer.

»Lass es uns abkürzen. Du weißt ganz genau, worum es geht. Wenn du sofort losfährst, kannst du deine Mutter retten. Na? Ist das ein Angebot?«

Mein Herz raste. »Wohin soll ich die Sachen bringen?«

Rosa, die meine Angst spürte, sprang aufgeregt an mir hoch. Ich ging in die Knie und umschlang sie mit dem freien Arm, während ich mich so sehr auf die Stimme des Mannes konzentrierte, dass ich sekundenlang meinte, nur noch Rauschen zu hören. »Wohin?«, fragte ich panisch.

»Zwanzig Meter hinter der Einfahrt zum Hotel, in dem ich deine Mutter gerade beobachte, ist eine Bushaltestelle. Wirf das Paket in den Abfallkorb und fahr sofort weiter! Solltest du es wagen, Beweise zurückzuhalten oder die Polizei zu benachrichtigen, stirbt deine Mutter. Es ist ganz leicht«, flüsterte er und klang dabei auf eine grausame Weise liebevoll. »Hast du mich verstanden?«

Meine Stimme drohte zu versagen. Ich räusperte mich. »Ja.«

»Sag: Ja, ich verstehe es.«

»Ja, ich verstehe es. Hören Sie! Ich …«

»Nein, du hörst mir zu! Solltest du an dem Ernst der Lage zweifeln, dann wirf kurz einen Blick nach draußen auf die Steinmauer mit den Bonsais.«

»Es ist dunkel draußen, ich kann sie nicht sehen.«

»Dann geh raus. Ihr habt doch einen Bewegungsmelder.«

Mit dem Handy am Ohr rannte ich mit Rosa im Schlepptau nach draußen. In der Scheune brannte kein Licht mehr, Henrike war bereits gegangen. Aber sie hätte mir in diesem Moment auch nicht helfen können. Ich hatte mir das alles selbst eingebrockt, und ich musste auch selbst damit fertigwerden. Außer Atem kam ich vor der Mauer zum Stehen.

Während mein Blick über die Bäumchen irrte, begann Rosa aufgeregt zu kläffen.

»Scht!« Ich beugte mich zu ihr und drückte sie an mich.

»Bist du dort?«, fragte die flüsternde Stimme.

»Ja.«

»Und? Siehst du ihn?«

Wäre mir nicht schon übel gewesen, dann wäre es spätestens jetzt geschehen. Ich starrte auf die Stelle zwischen dem Apfel-Bonsai und der Ulme. »Ja.« Das Steinmännchen bestand aus sechs runden Steinen, die sich nach oben hin verjüngten. Tränen schossen mir in die Augen, sodass ich für einen Moment nichts mehr sehen konnte. Ich ließ Rosa los und wischte mir mit dem Handrücken über die Lider.

»Dann gehe ich davon aus, dass du mich verstanden hast.«

Panik schnürte mir die Kehle zu, und mir wurde schwindelig. Atmen, ich musste atmen! Ich schloss die Augen und versuchte, mich allein darauf zu konzentrieren, Luft in meine Lungen zu pumpen.

»Ist Ihnen nicht gut? Kann ich Ihnen helfen?«, drang eine weibliche Stimme in mein Bewusstsein. Sie gehörte einer drahtigen Mittsechzigerin, die eine Rotweinflasche in der Hand hielt und mich besorgt betrachtete.

»Alles in Ordnung«, beeilte ich mich zu sagen.

»Sind Sie sicher? Ich bin Ärztin. Ich könnte …«

»Nein, nein!«, winkte ich ab. »Ich bin völlig okay. Ich habe nur gerade über etwas nachgedacht. Aber vielen Dank!«

»Das ist doch selbstverständlich«, meinte sie mit einem Lächeln und ging zu ihrem Auto.

Mein Herz raste immer noch, als ich ihren Rücklichtern hinterhersah und das Handy wieder ans Ohr nahm. »Die Frau ist fort. Hören Sie?«

»Du holst jetzt die Beweisstücke und fährst augenblicklich los. Hast du das verstanden?«

»Ja.«

»Im Interesse deiner Mutter sollten die Sachen in zehn Minuten in dem Abfallkorb liegen.«

»Das schaffe ich nicht. Die Pippinger Straße ist um diese Uhrzeit völlig verstopft.«

»Setz dich aufs Rad und fahr durch den Park.«

»Dafür sind zehn Minuten zu knapp.«

»Das ist verdammt noch mal dein Problem. Los jetzt! Die Uhr läuft.«

Die Nummer auf dem Display verschwand, und ich hetzte los. Rosa setzte mir bellend nach. »Alles okay, meine Kleine, alles okay«, wiederholte ich wie ein Mantra. Ich schickte die Hündin in ihr Körbchen und rannte zum Tresor.

Mit zitternden Fingern öffnete ich ihn und zerrte das Paket heraus. Trotz der Panik funktionierte mein Kopf. Der Mann hatte es allein auf die Beweismittel abgesehen, und er wollte möglichst viel Druck auf mich ausüben, damit ich gar nicht erst zum Nachdenken kam. Letztlich würde es keine Rolle spielen, ob ich nun zehn oder zwölf Minuten bis zu diesem Abfallkorb brauchte. Mein Verstand sagte mir, dass meine Mutter nicht wirklich in Gefahr war. Aber mein Herz hämmerte mir ein, dass es in einer solchen Situation keine Gewissheit gab.

Ich riss das Paket auf, nahm den Beutel mit den Steinen und den Stick mit den Fotos heraus, öffnete den Umschlag mit dem Protokoll, kopierte es in Windeseile und schob es wieder zurück. Dann griff ich nach der nächstbesten Plastiktüte, schob Schlafanzughose, T-Shirt und einen blutverschmierten Stofffetzen, der aussah, als stamme er von einem Laken, hinein und legte schließlich den Umschlag dazu. Ich wollte gerade alles wieder verpacken und neu beschriften, als ich den Stofffetzen noch einmal hervorholte und ein Rechteck davon abschnitt.

Zwei Minuten später saß ich auf meinem Fahrrad und radelte mit klopfendem Herzen durch den stockdunklen Park. Als ich die Stelle passierte, an der ich vor einem Jahr überfallen worden war, begann die Wut in mir hochzukochen und die Panik in den Hintergrund zu drängen. Ich fühlte mich wie eine Marionette, die von einer flüsternden Stimme dirigiert wurde. Und sosehr ich mich auch angestrengt hatte, ich konnte dieses Flüstern keinem der drei Männer, die ich in Verdacht hatte, zuordnen. Corinna Lutz hatte recht gehabt: Flüstern veränderte eine Stimme bis zur Unkenntlichkeit. Es hätte jeder der drei gewesen sein können. Oder keiner.

In halsbrecherischem Tempo bog ich auf die Von-Kahr-Straße, über die sich in beide Richtungen Autoschlangen schoben. Ich fuhr an dem hell erleuchteten Hotel vorbei, in dem meine Mutter nichts ahnend ihrer Arbeit nachging, und bremste kurz hinter der Bushaltestelle. Eine circa Zwanzigjährige saß auf der Bank. Mit Stöpseln in den Ohren und einem Smartphone in der Hand schien sie nichts um sich herum wahrzunehmen. Ich lehnte mein Fahrrad an einen Zaun, nahm das Paket und ließ es in den Abfallkorb fallen. Ohne mich umzusehen, stieg ich wieder aufs Rad und bog ein Stück weiter rechts in einen kleinen Weg, der hinter dem Hotel entlangführte. Nach zwanzig Metern hielt ich an und versuchte, die Bushaltestelle zu erkennen, aber sie war hinter Bäumen verborgen. Ich stellte das Rad ab und wollte gerade zu Fuß zurückgehen, als mein Handy klingelte. Der Wind trug das Rauschen des Verkehrs bis zu mir, ich musste das Telefon an mein Ohr pressen und mir das andere zuhalten, damit ich überhaupt etwas verstand.

»Ist dir das Leben deiner Mutter so wenig wert?«, flüsterte der Mann.

»Ich …«

»Halt den Mund!«

Wo war er? Ich scannte das Areal vor mir mit Blicken. Oben auf der Fußgängerbrücke, die über die Von-Kahr-Straße führte, ungefähr dreißig Meter von mir entfernt, stand ein Mann seitlich ans Geländer gelehnt. Er telefonierte und sah in meine Richtung. Er trug einen dunklen Mantel, hatte einen Schal mehrmals um den Hals gewickelt und einen Hut tief in die Stirn gezogen. Von seinem Gesicht war nichts zu erkennen.

»Sollten wir uns wiederbegegnen«, flüsterte die Stimme, »werden wir uns beide an genau diesen Moment erinnern. Aber im Gegensatz zu dir werde ich stets genau wissen, mit wem ich es zu tun habe. Du hingegen kannst dir nie sicher sein.« Sekundenlang schwieg er. »Wie fühlt sich das an?«

Er genoss es, mich zu provozieren und zu quälen. Ich hatte nicht vor, seinen Genuss noch zu steigern. »Was glauben Sie, wie sich das anfühlt?«

»Oho, jetzt werden wir aber mutig.« Er gab einen kehligen Laut von sich. Die Worte, die folgten, kamen wie Pistolenschüsse. »Ich habe dich etwas gefragt!«

»Sie haben, was Sie wollten. Oder liegt das Paket etwa noch im Abfallkorb?« Wie in Zeitlupe setzte ich mich in Bewegung.

»Bleib, wo du bist!«

Ich blieb stehen.

»So ist es brav. Und jetzt setz dich auf dein Rad und fahr nach Hause.«

Während ich ihn betrachtete, maß ich einmal mehr die Entfernung zwischen uns ab. Dreißig Meter ließen sich nicht in Sekundenschnelle überwinden. Mir würde immer noch genügend Zeit bleiben, um ihm auf meinem Rad zu entkommen. »Ich würde Sie gerne noch etwas fragen.«

»Was?«

»Wie vielen Frauen haben Sie ein Steinmännchen vor die Tür gestellt?«

»Du stellst die falsche Frage.«

»Wie lautet die richtige?«

»Wie viele Steintürme sind stehen geblieben?«

Ich wiederholte seine Frage und begriff in der Sekunde, dass die Stimme direkt neben meinem Ohr war. Er stand nur Zentimeter hinter mir. Ich hatte die ganze Zeit über den falschen Mann im Blick gehabt. Und jetzt wagte ich nicht, mich umzudrehen. »Wie viele Steintürme sind stehen geblieben?«, fragte ich nach einer Ewigkeit, in der ich erstarrt war, er mir über den Oberschenkel gestrichen und mir etwas in meine Hosentasche geschoben hatte.

»Letztlich alle«, flüsterte er. »Und jetzt ab mit dir!«

24

Die fünfzig Meter bis zum Hotel legte ich zitternd zurück. Bevor ich in die Lobby ging, um mich zu vergewissern, dass mit meiner Mutter alles in Ordnung war, holte ich den Gegenstand aus meiner Hosentasche. Der flache, runde Achat gehörte mit Sicherheit in Michaela Breuers Sammlung von Heilsteinen. Er stand für Stärke, Stabilität und Kraft aus innerer Balance, erinnerte ich mich an das, was ich einmal darüber gelesen hatte. Meine Balance musste ich allerdings erst einmal wiederfinden. Minutenlang lehnte ich an der Hauswand, um meiner Mutter nicht in diesem Zustand gegenüberzutreten.

Als ich sie schließlich in der Lobby entdeckte, unterhielt sie sich gerade mit einem Gast über Restauranttipps und die schnellste Verbindung in die Innenstadt. Sie hatte mich sofort entdeckt und gab mir ein Zeichen, auf sie zu warten. Zwei Minuten später kam sie mit einem Lächeln auf mich zu.

»Kris, was ist los?«

»Ich wollte nur kurz Hallo sagen.«

»Das machst du doch sonst nie«, meinte sie skeptisch. »Ist etwas mit Hans?«

»Mama, es ist gar nichts! Ich kam nur gerade hier vorbei und dachte, ich schau schnell mal bei dir rein.«

»Ich arbeite jetzt seit vier Jahren hier und …« Sie wirkte alarmiert und forschte in meinem Gesicht nach einer Antwort auf ihre unausgesprochene Frage.

»Ich weiß, dass du meine Besuche in dieser Zeit an einer Hand abzählen kannst.«

»Besser hätte ich es nicht auf den Punkt bringen können. Also: Was ist los?«

»Ist dir in den vergangenen Stunden hier im Hotel ein Mann aufgefallen, der dir seltsam vorkam?«

»Was meinst du mit seltsam?«

»Hast du dich von jemandem beobachtet gefühlt?«

»Kris, was ist los?«

»Antworte doch bitte einfach auf meine Frage, Mama«, flehte ich sie an. »Es ist wichtig für mich.«

Sie trat einen Schritt zurück und betrachtete mich mit gerunzelter Stirn.

»War irgendetwas komisch heute?«, fragte ich noch einmal.

»Du bist komisch. Und wenn du mir nicht augenblicklich sagst, worum es hier geht, dann …« Im Drohen war meine Mutter nicht versiert. Ihr fiel auf Anhieb nichts ein, womit sie mich hätte unter Druck setzen können. Deshalb vollführte sie eine hilflose Geste mit den Händen. »Muss ich mir Sorgen machen?«

Ich ging zu ihr und legte die Arme um sie. »Nein, Mama, du musst dir keine Sorgen machen. Vergiss einfach, dass ich hier war, ja?« Wäre ihr jemand aufgefallen, hätte sie es mir längst erzählt. Mit jeder weiteren Frage würde ich sie nur noch mehr verunsichern.

»Aber …«

»Es ist alles gut, Mama.«

»Bist du sicher?«

Ich nickte. »Ganz sicher!«

Auf dem Rückweg mied ich den dunklen Park und fuhr ausschließlich durch hell erleuchtete Straßen. Als ich auf den Hof bog, entdeckte ich Martins Wagen und gleich darauf ihn. Er lehnte im Hauseingang und sah mir mit undurchdringlicher Miene und vor der Brust verschränkten Armen entgegen. Ich lehnte mein Rad gegen die Hauswand und erstickte seine Vorwürfe mit einem langen Kuss. Dann kuschelte ich mich in seine Arme und legte meine Wange an seine. In diesem Moment war es mir gleichgültig, ob Simon mich möglicherweise dabei beobachtete.

»In ziemlich genau einer Minute wäre ich verschwunden«, sagte Martin.

»Verschwinden ist ein Wort, das mir Angst macht. Du darfst nie verschwinden, hörst du?«

»Dann lass mich nicht noch einmal so lange warten.«

»Es tut mir leid.«

Ein Kunde, der aus dem *Vini Jacobi* kam, ließ den Bewegungsmelder aufflammen. Ich sah zur Mauer und suchte das Steinmännchen. Aber es stand nicht mehr dort. Er war mir wieder zuvorgekommen.

»Was ist?«, fragte Martin.

»Das erzähle ich dir oben. Komm!« Ich nahm seine Hand und zog ihn hinter mir her. Im Hausflur drückte ich ihm meinen Wohnungsschlüssel in die Hand und bat ihn, vorzugehen. Ich müsse nur schnell noch Rosa aus dem Büro befreien.

Die Hündin sprang aufgeregt um mich herum, als ich die Tür öffnete. »Alles gut, meine Kleine«, murmelte ich und sammelte die Reste von Michaela Breuers Beweisen zusammen. Ich tat sie in einen gepolsterten braunen Umschlag, klebte ihn zu und verstaute ihn im Tresor. Ich wollte gerade das Büro abschließen, als Veit Kratzler anrief. Sekundenlang war ich versucht, das Handy in die nächste Ecke zu pfeffern. Stattdessen holte ich tief Luft und meldete mich.

Im Hintergrund lief Musik. »Kennen Sie den Song?«, fragte er und drehte ihn lauter. Elvis Presley sang *Have I told you lately that I love you?* »Dabei musste ich gerade an Sie denken, Frau Mahlo.«

»Wo sind Sie gerade?«

»Im Auto auf dem Weg nach Augsburg, dort habe ich gleich eine Lesung. Hatte ich Ihnen das nicht gesagt?«

Wollte er mich damit in Sicherheit wiegen? Mir beweisen, dass er nicht der Mann bei der Bushaltestelle gewesen sein konnte, weil er gerade auf dem Weg nach Augsburg war?

»Frau Mahlo?«

»Entschuldigung. Was haben Sie gesagt?«

»Ist Ihnen eine Laus über die Leber gelaufen? Sie sind so kurz angebunden. Dabei dachte ich, Sie könnten mir am Telefon ein wenig meine Fahrt versüßen.«

»Mir ist gerade nicht so sehr nach Süßholzraspeln zumute, Herr Kratzler, ich hatte es heute mit einem ziemlich üblen Gesellen zu tun.«

»Dann verfolgt er Sie hoffentlich nicht in Ihre Träume.«

»Keine Sorge! So weit reicht seine Macht nicht!«

»Habe ich Ihnen schon einmal gesagt, dass ich kämpferische Frauen mag? Wir müssen uns sehr bald wiedersehen.«

»Ich rufe Sie an, Herr Kratzler, okay?«

»Aber spannen Sie mich nicht zu lange auf die Folter!«

Kaum hatten wir das Gespräch beendet, überprüfte ich auf seiner Website, ob er tatsächlich eine Lesung in Augsburg hatte. Was das anging, hatte er nicht gelogen. Aber er hätte problemlos vorher in Obermenzing die Beweisstücke einsammeln können. Tief in Gedanken verschloss ich das Büro und eilte mit Rosa die Treppe hinauf.

Martin stand an meinem Bücherregal und strich mit dem Zeigefinger über die Buchrücken. »Hast du nicht gesagt, du würdest nachts, wenn du nicht schlafen kannst, Biografien lesen? Ich kann hier gar keine entdecken.«

»Erstens ist kein Platz mehr in dem Regal. Zweitens gab es eine Zeit, da hatte ich nicht genug Geld, um mir Bücher zu kaufen. Damals habe ich mir angewöhnt, sie auszuleihen.

Zufrieden?« Manche Lügen gingen mir erschreckend leicht über die Lippen.

»Entschuldige, das ist eine Berufskrankheit. Ich gleiche immer ganz automatisch die Informationen, die ich im Kopf habe, mit der Realität ab.«

»Laut den Informationen, die ich in meinem Kopf habe, wolltest du eine heiße Dusche, ein Glas Wein, einen großen Teller Nudeln und ganz viel Liebe.« Ich ging zu ihm und blieb dicht vor ihm stehen. »Bestehst du eigentlich auf dieser Reihenfolge?«

Martin strich mit der Nasenspitze über meine Wange. »Ganz und gar nicht.«

Es war weit nach Mitternacht, als wir einschliefen. Ich hatte Martin von meinem abendlichen Erlebnis erzählt. Er hatte sich alles in Ruhe angehört und dann gemeint, ich könne von Glück reden, dass die Sache so glimpflich ausgegangen war.

Glimpflich – dieses Wort hatte ich im Kopf, als ich um kurz nach sechs aufwachte. Glimpflich war es tatsächlich ausgegangen, immerhin war niemand zu Schaden gekommen. Meine Mutter hatte nichts von all dem mitbekommen, und mit etwas Glück würde sie auch meine bohrenden Fragen längst vergessen haben.

Leise setzte ich mich im Bett auf und lehnte mich gegen das Kopfteil. In den vergangenen Tagen war so viel geschehen. Die Bilder in meinem Kopf legten sich übereinander und vermischten sich. Und es war immer wieder ein Bild, das die anderen beiseiteschob und sich in den Vordergrund drängte – das von dem Mann auf der Brücke, das ein Trugbild gewesen war. Ein anderer hatte mich an seinen Fäden tanzen lassen.

Später am Abend hatte ich in Martins Beisein die Handynummer dieses Mannes angerufen. Mir war schon vorher bewusst gewesen, wie unsinnig das war. Er würde keine Simkarte benutzt haben, deren Nummer zurückzuverfolgen war, sondern ein Prepaid-Handy, dessen Karte schließlich in irgendeiner Mülltonne gelandet war. Trotzdem hatte ich es versuchen müssen.

Während Martin tief und fest schlief, machte ich mir einen Kaffee und setzte mich mit meinem Laptop an den Küchentisch. Hatte ich mir bisher noch nicht sicher sein können, dass der Täter überhaupt einer meiner drei Verdächtigen war, so bestand inzwischen kein Zweifel mehr daran. Die Frage war nur, wer von den dreien schuldig und wer unschuldig war.

Vor zweiundzwanzig Jahren hatte der Täter an Grits Bett begonnen. Zu dieser Zeit war Edgar Seitz einundfünfzig Jahre alt gewesen, sein Sohn Kilian sechzehn und Veit Kratzler dreiundzwanzig. Letzterer war ein ausgemachter Kotzbrocken, selbstherrlich und arrogant. Und das war er vermutlich auch schon vor zweiundzwanzig Jahren gewesen. Wie empfindlich er auf Zurückweisung reagierte, wusste ich aus dem Mailverkehr von Michaela Breuer. War er auch von Luise Führmann einst in die Schranken gewiesen worden? Und hatte ihn das bewogen, sich zu rächen? Erst an ihrer Tochter und später dann, als er auf den Geschmack gekommen war, an anderen Frauen?

Und Kilian Seitz? Welches Motiv für die nächtlichen Besuche am Bett seiner Halbschwester hätte er haben können? Auch wenn Grit das aus ihrer Sicht weit von sich gewiesen hatte, kam ich in seinem Fall immer wieder auf Eifersucht. Aber besaß ein Sechzehnjähriger bereits die Kaltblütigkeit für solch eine Tat? Oder bedurfte es dafür viel eher einer ausgeprägten Skrupellosigkeit?

Und schließlich Edgar Seitz. Er hätte diese grausame *Kar-*

riere im Zimmer seiner Töchter mit einundfünfzig starten und mit Anfang siebzig noch Vergewaltigungen begehen müssen. Selbst das war nicht ausgeschlossen. Zumal inzwischen einiges auf ihn als Täter wies. Er war derjenige, der mich über Grits Todestag belogen und vermutlich meinen SMS-Speicher gelöscht hatte. Er war derjenige, der mir weismachen wollte, dass seine Tochter sich das Leben genommen hatte. War er auch derjenige, der mir gestern Abend ins Ohr geflüstert hatte?

Ich machte eine kleine Fotorecherche im Internet und stellte in einer Datei drei Bilder nebeneinander. Dann klemmte ich mir den Laptop unter den Arm und lief auf Socken hinunter zu meiner Mutter. Trotz ihres Spätdienstes würde sie bereits wach sein. Ich klopfte leise und wartete, bis sie mir öffnete. Sie schaute mich verschlafen an, drückte mir einen Kuss auf die Wange und schlurfte vor mir her in die Küche.

»Du kommst gerade recht«, sagte sie. »Der Kaffee ist schon fertig.«

Ich setzte mich auf meinen angestammten Platz, zog die Beine an, umschlang sie mit den Armen und sah meiner Mutter dabei zu, wie sie uns beiden Kaffee in Becher goss.

»Du siehst müde aus«, konstatierte sie, als sie sich zu mir an den Tisch setzte.

»Ich habe sechs Stunden geschlafen. Ganz bestimmt länger als du.«

»Ich bin kein Maßstab.«

Ich trank einen Schluck Kaffee und zog den Laptop heran. »Kannst du mir einen Gefallen tun, Mama, und dir mal drei Fotos ansehen?«

»Zeig her!«

Ich öffnete die Datei, drehte das Gerät zu ihr und beobachtete, wie sie sich erst ihre Lesebrille aufsetzte und dann stirnrunzelnd die Fotos der drei Männer betrachtete.

»Also der Linke ist viel zu alt für dich, den daneben finde ich zu schön, und der rechts …« Sie neigte den Kopf. »Nein, der ist auch nichts für dich, der hat etwas von einem Gockel.« Allem Anschein nach glaubte sie, meine Bildergalerie sei eine Art Partnerbörse.

»Hast du einen von denen schon mal gesehen?«

»Warum sollte ich? Sind die denn nicht aus dem Internet?«

»Ich habe sie mir danach ausgesucht, ob sie in der Nähe wohnen.«

»Aber …«

»Gleich, Mama, beantworte bitte erst mal meine Frage.«

Sie nahm sich Zeit, schüttelte aber nach einer Weile den Kopf. »Nein, von denen kommt mir keiner bekannt vor. Aber wieso suchst du denn überhaupt? Willst du nicht lieber …? Ich meine, Simon ist so ein prima Kerl. Zugegeben, er ist nicht immer einfach. Aber welcher Mann ist das schon?«

»Ich«, kam es aus dem Flur.

Ich fuhr auf meinem Stuhl herum und traute meinen Augen nicht. Im Türrahmen stand auf bloßen Füßen mein Vater. Er trug Schlafanzughose und Sweatshirt. Sein graues Haar war ungekämmt und auf seiner Wange zeichnete sich eine Falte des Kopfkissens ab.

»Zieh dir besser Socken an, Hans.«

»Was macht denn Papa hier?«, fragte ich, nachdem er wieder Richtung Schlafzimmer verschwunden war.

»So naiv können wirklich nur Kinder fragen.«

Ich betrachtete sie staunend. »Das ist ja eine schöne Überraschung.«

»Du solltest keine voreiligen Schlüsse daraus ziehen«, beeilte meine Mutter sich zu betonen. Dabei kehrte sie mir den Rücken zu und füllte für meinen Vater Kaffee in einen Becher.

»Deine Mutter ist eine unabhängige Frau, die sich nicht festlegen will«, sagte mein Vater, als er auf Socken in die Küche kam. Er zwinkerte mir zu und küsste meine Mutter in den Nacken. Dann setzte er sich zu mir an den Tisch.

»Deine Tochter schaut sich auf Partnerbörsen um.«

»Das klingt, als sei es etwas Schlimmes«, konterte mein Vater. »Dabei habe ich das auch schon gemacht.«

»Du?« Meine Mutter lehnte am Küchenschrank und sah meinen Vater entgeistert an.

»Wieso nicht?«

»Was wolltest du da?«

»Was wohl?«

»Ich dachte, diese Tamara sei die Tochter einer deiner Kundinnen.«

»Ist sie auch.«

Ich klappte meinen Laptop zu, nahm einen letzten Schluck Kaffee und stand auf. »Ich gehe dann mal wieder hoch.«

»Gestern Abend stand da ein Mann vor der Tür, der auf dich gewartet hat«, hielt mein Vater mich zurück. »War das dieser Freund, mit dem du flirtest?«

»Ja, das war er.«

»Sieht sympathisch aus. Trotzdem hoffe ich, dass …«

»Ich weiß, Papa.«

»Kann mich bitte mal jemand aufklären«, forderte meine Mutter und sah dabei mich an. »Um welchen von den dreien auf deinem Laptop handelt es sich denn?«

»Um keinen!«

Martin und ich liefen schweigend nebeneinanderher durch den Englischen Garten, während Rosa mit zwei anderen

Hunden über die Wiese tollte. Der Boden war bedeckt von Blättern in den unterschiedlichsten Herbstfarben. Der Himmel darüber war milchig weiß und die Luft kühl. Mein Gehirn fühlte sich wie betäubt an, nachdem es gestern auf Hochtouren gelaufen war. Es war, als würde es sich sträuben, mich an eine ganz bestimmte Erinnerung zu lassen. Ich wusste, sie war da, aber sie entwischte mir immer wieder.

»Kennst du das, wenn man eine diffuse Erinnerung hat, aber sie nicht zu fassen bekommt?«, fragte ich Martin.

»Ich glaube, das kennt jeder. Womit hat sie zu tun?«

»Mit dem Mann von gestern Abend. Etwas, das er gesagt hat, spukt mir wie ein Schatten im Kopf herum.«

»Dann setz dich an deinen Laptop, wenn wir zurück sind, schreib euer Telefonat Wort für Wort auf und schau dann immer wieder darüber. Irgendwann wirst du wissen, was es ist.«

Zwei Stunden später hatte ich im Büro alles notiert, war aber nicht schlauer als zuvor. Ich hätte nicht einmal sagen können, ob es etwas war, das er gesagt hatte, oder ob mir aufgefallen war, wie er etwas gesagt hatte. Ich musste loslassen, vielleicht würde die Antwort dann von ganz allein kommen.

Ich hatte mich gerade erst in eine schwierige Akte vertieft, als Edgar Seitz anrief. Ihm sei durchaus bewusst, dass heute Samstag sei und ich vermutlich schon etwas vorhätte. Aber er würde mich gerne zum Essen einladen. Er habe im *Les Deux* in der Innenstadt einen Tisch reserviert und würde sich freuen, wenn ich käme.

Ich war hin- und hergerissen. Was, wenn er tatsächlich der Täter war? Andererseits: Was sollte schon Lebensbedrohliches geschehen – an einem Samstagabend mitten in einem Restaurant? Edgar Seitz würde mir wohl kaum Gift ins Essen träufeln. Beherzt sagte ich zu.

Das *Les Deux,* inmitten der Schäffler-Passage gelegen, hatte einen Michelin-Stern, wie ich im Internet herausgefunden hatte. Was bezweckte Edgar Seitz mit einer solchen Einladung? Wollte er mir seine Macht demonstrieren? Mir zeigen, dass er alles tun, sich im wahrsten Sinne des Wortes alles leisten konnte, ohne dafür zur Rechenschaft gezogen zu werden?

Schon von draußen war zu sehen, dass das Restaurant gut besucht war. Mit Rosa an der kurzen Leine stieg ich die Treppe hinauf, suchte den Raum nach Edgar Seitz ab und entdeckte ihn hinten links. Nachdem ich meine Jacke an der Garderobe abgegeben hatte, ging ich auf ihn zu.

Er verzog sein Gesicht zu einem müden Lächeln. »Haben Sie sich Begleitschutz mitgebracht?«

»Das kann nie schaden.« Ich breitete für Rosa eine Decke neben meinem Stuhl aus und sah mich kurz um. Angesichts der eleganten Atmosphäre in diesem Raum fragte ich mich einmal mehr, warum er ausgerechnet diesen Ort für ein Treffen gewählt hatte. »Wollen Sie mir imponieren, oder warum haben Sie sich für dieses Restaurant entschieden?«

»Ich esse gerne gut, und ich schätze es, wenn Tische so weit auseinander stehen, dass man sich ungestört unterhalten kann.«

Ich betrachtete den Raum unter diesem Aspekt und musste ihm recht geben.

»Und wo wir gerade beim Thema sind: Darf ich Sie bitten, mir Ihr Handy zu geben?«

Ich sah ihn ungläubig an.

»Ihr Handy.« Er streckte erwartungsvoll die Hand aus.

»Es befinden sich keine Nachrichten mehr darauf, die Sie löschen könnten.«

»Aber jedes Gerät hat ein integriertes Mikrofon. Also schalten Sie es bitte aus, und geben Sie mir das Handy.«

Ich gab mir einen Ruck und tat wie mir geheißen. Ostentativ schaltete er sein Smartphone ebenfalls aus. Dann sah ich ihm dabei zu, wie er zur Garderobe ging und beide Geräte in der Innentasche eines Mantels verschwinden ließ, der hoffentlich sein eigener war.

»Bevor wir das Restaurant verlassen, bekommen Sie Ihr Handy zurück«, versprach er mir geschäftsmäßig. »So, und nun lassen Sie uns in Ruhe in die Karte schauen.«

Nachdem wir uns für Petersfisch und Bayerischen Rehrücken entschieden und er den passenden Wein ausgewählt hatte, beugte Edgar Seitz sich ein wenig vor und faltete die Hände auf dem Tisch.

»Ohne lange um den heißen Brei herumzureden: Ich möchte die Beweise, von denen Sie mir erzählt haben. Sie sind Nachlassverwalterin. Ich habe mich kundig gemacht. Ihresgleichen verkauft häufig Gegenstände aus Nachlässen, an denen niemand mehr ein Interesse hat. Die Erlöse fließen in die Staatskasse, auf die Konten von Gläubigern oder Erben, denen Bares lieber ist als ein antiker Sekretär. Habe ich das in etwa korrekt wiedergegeben?«

Es fiel mir schwer, mir meine Überraschung nicht anmerken zu lassen. Was lief denn hier nur? Ich schwieg und sah ihn abwartend an.

»Die Erben dieser jungen Frau werden da nicht anders sein und ganz sicher kein Interesse an irgendwelchen ominösen Beweismitteln haben, deren Beweiswert ohnehin zweifelhaft ist. Ihnen wird Geld vermutlich lieber sein«, fuhr er fort und beugte sich noch ein Stück weiter vor. »Es stünde Ihnen, Frau Mahlo, aber selbstverständlich auch frei, den Betrag dafür, über den noch zu reden wäre, unter Umgehung der Erben für Ihre Dienste einzustreichen. Ihre üblichen Honorare sollen nicht gerade üppig sein, habe ich mir sagen lassen.«

Inzwischen war mir klar, warum er die Handys aus unserer Nähe verbannt hatte. »Über welche Summe reden wir denn hier eigentlich?«

Auf seinem Gesicht breitete sich ein zufriedenes Lächeln aus. Es schien sagen zu wollen, dass jeder Mensch bestechlich war und es letztlich nur auf die Summe ankam. »So viel, dass Sie auf unbestimmte Zeit ein unbeschwertes Leben führen können«, raunte er. »Wie klingt das in Ihren Ohren?«

»Sehr verführerisch, muss ich gestehen. Aber bevor wir uns auf eine Zahl einigen, würde mich interessieren, warum diese Beweise für Sie überhaupt so wichtig sind.«

»So gierig, Frau Mahlo? Glauben Sie, dieses Wissen würde Ihnen helfen, die Summe in die Höhe zu treiben?«

»Es ist eher Neugierde. Ich würde gerne verstehen, aus welchem Grund ich bestochen werde.«

Er schnalzte mit der Zunge und schüttelte leicht den Kopf. »Was für ein unschönes Wort. Ich möchte Sie nur ein wenig unterstützen, mehr nicht.«

»Dann sagen Sie mir, warum.«

Der Kellner brachte unseren Wein und ließ Edgar Seitz probieren. Aus dem kurzen Gespräch, das sich zwischen beiden Männern entspann, entnahm ich, dass er hier bekannt war. Kaum war der Kellner gegangen, hob Grits Vater sein Glas und nahm einen großen Schluck.

»Sie möchten wissen, warum? Die Sache ist ganz einfach. Ich will, dass meine Tochter Anne endlich zur Ruhe kommen kann. Sie ist gerade erst Mutter geworden, wie Sie wissen. Und ihr wurde in den letzten beiden Wochen viel zugemutet.«

»Unter anderem der Tod ihrer Schwester«, warf ich ironisch dazwischen.

»Legen Sie bitte nicht jedes meiner Worte auf die Goldwaage. Sie wissen genau, wie ich das meine. Anne leidet sehr, und ich möchte, dass das ein Ende hat. Und sollten Sie diese ominösen Beweise zur Polizei tragen und dort von Grits Fantastereien erzählen, ist ein Ende der ganzen Geschichte nicht abzusehen. Ich will meine Tochter schützen, das ist alles.«

»Sie wollen mir auf unbestimmte Zeit ein unbeschwertes Leben bescheren. Also reden wir hier über eine nicht ganz unbeträchtliche Summe. Verstehe ich das richtig, Herr Doktor Seitz?«

Er fixierte mich und nickte.

»So viel Geld für ein ruhiges Leben Ihrer Tochter, zu der Sie über viele Jahre hinweg nicht einmal öffentlich gestanden haben. Was ist das? Späte Reue?«

Ihm war anzusehen, dass er innerlich kochte, aber er riss sich zusammen. »Ich habe bei meinen Töchtern damals vieles versäumt. Ist es etwa ein Verbrechen, das wiedergutmachen zu wollen?«

Das Verbrechen hatte er hauptsächlich an Grit begangen. Und er wurde ihr selbst nach ihrem Tod nicht gerecht. Ich sah sie vor meinem geistigen Auge und hätte heulen können. »Sie haben sich umsonst hierher bemüht«, sagte ich in dem Moment, als unsere Vorspeisen serviert wurden. Ich wartete, bis wir wieder allein waren. »Ich kann Ihnen die Beweise nicht mehr verkaufen, sie sind mir gestern abgejagt worden.«

Er starrte auf seinen Teller, griff nach der Gabel und probierte ein Stück Leberparfait. Irrte ich mich, oder wirkte er tatsächlich erleichtert? Ich hätte beim besten Willen nicht sagen können, ob ihn diese Nachricht überraschte oder nicht.

Sekundenlang schloss er genussvoll die Augen. »Sie müssen das probieren. Es ist köstlich«, sagte er und deutete mit der Gabel auf meinen Teller.

Anstatt seiner Aufforderung zu folgen, rührte ich mich nicht.

Er aß in aller Ruhe seinen Teller leer, dann hob er den Blick. »Sie sagen, die Beweise wurden Ihnen abgejagt?«

»Jemand hat mich erpresst, sie herauszugeben.«

»Und? Haben Sie etwas zurückbehalten? Wenn ja, dann kann ich Ihnen versichern, dass auch diese Reste ihren Wert haben.«

Darum ging es ihm also. Sekundenlang kam es mir vor, als säße ich mit ihm auf einer kleinen, feinen Insel des Bösen. Ich nahm meine Gabel und probierte das Leberparfait. Dabei ging es mir jedoch weniger um ein Geschmackserlebnis als darum, Zeit zu gewinnen.

»Waren Sie das gestern Abend?«, fragte ich ihn rundheraus.

»Ich weiß nicht, worauf Sie hinauswollen. Aber ich wiederhole gerne meine Frage, Frau Mahlo: Haben Sie etwas zurückbehalten?«

Aus meiner Tasche, die über der Stuhllehne hing, zog ich einen kleinen Plastikbeutel hervor. Wortlos nahm ich Stein für Stein und schichtete daraus ein kleines, sich nach oben hin verjüngendes Gebilde.

Das Schweigen am Tisch zog sich in die Länge. Die Teller waren längst abgeräumt, als Edgar Seitz immer noch auf das Steinmännchen starrte.

»Warum sind Sie bereit, viel Geld für die Beweismittel aus einem Vergewaltigungsfall zu zahlen?«, fragte ich ihn. »Ruhe für Ihre Tochter erscheint mir als Argument im Vergleich zu all dem, was geschehen ist, geradezu lächerlich. Geht es Ihnen nicht viel eher um Straffreiheit? Darum, davonzukommen – mit den nächtlichen Besuchen bei Grit? Und mit mindestens einer Vergewaltigung?«

Edgar Seitz stöhnte auf. Er musterte mich, als gehe von

mir das Übel schlechthin aus. »Sie …«, setzte er an, als eine Frau an unseren Tisch trat und zwischen uns beiden hin- und hersah.

Sie war schätzungsweise Ende sechzig, sehr schlank, sehr elegant und in einer seltsamen Verfassung.

»Gerlinde«, sagte er unwirsch und zog die Stirn in Falten.

Gerlinde? So hieß seine Frau. Ich rief mir die Fotos von ihr aus dem Internet in Erinnerung und glich sie mit dem Original ab. Die Frau, die sich gerade wie selbstverständlich zu uns an den Tisch setzte und mich mit einem müden Blick betrachtete, war Gerlinde Seitz.

»Sie sind also die Neue«, sagte sie mit einer melodischen Stimme, die nicht über ihre Erschöpfung hinwegtäuschen konnte. Sie wirkte wie jemand, der einen langen, mühsamen Weg hinter sich hatte und an einer Zwischenstation angekommen war, die jedoch keine Erholung versprach.

»Unsinn!«, wies ihr Mann sie zurecht. »Was fantasierst du dir da nur wieder zusammen? Du bringst mich in eine äußerst peinliche Situation.«

Ich wandte mich seiner Frau zu. »Ich freue mich, Sie kennenzulernen, Frau Seitz. Mein Name ist Kristina Mahlo. Ich bin Nachlassverwalterin und in dieser Funktion mit Ihrem Mann in Kontakt gekommen.«

Sie schien mich gar nicht gehört zu haben. »Du hast mir etwas von einem wichtigen Geschäftspartner erzählt, den du ausgerechnet an einem Samstagabend treffen musst. Von einer Blondine Anfang dreißig war nicht die Rede, soweit ich mich erinnern kann.«

Beflissen brachte der Kellner ein Gedeck und Gläser und fragte sie nach ihren Wünschen. Sie winkte ab, sie habe keinen Durst.

Edgar Seitz machte Anstalten aufzustehen. »Ich würde

dich bitten zu bleiben, meine Liebe, aber hier handelt es sich um einen geschäftlichen Termin, der dich nur langweilen würde. Soll ich dir ein Taxi rufen lassen?«

Sie ignorierte ihn und betrachtete mich. In ihrem Blick lagen weder Eifersucht noch Hass, sondern nur diese Müdigkeit. Und ein unbestimmtes Interesse. »Sie und Edgar trennen gut vierzig Jahre. Was fasziniert Sie so sehr an diesem alten Mann, dass Sie bereit sind, für ihn Ihre Jugend zu opfern?«, fragte sie ohne jegliche emotionale Regung.

Was mich an diesem Mann faszinierte? »Frau Seitz, da liegt tatsächlich ein Irrtum vor. Hier geht es weder um Faszination noch darum, etwas zu opfern.« Doch, um Opfer ging es sehr wohl. Ich wollte diesen Satz auf den Tisch knallen, ihn Edgar Seitz um die Ohren schleudern, aber ich hielt mich zurück. Diese Frau einzuweihen, würde höchstens eine weitere Baustelle eröffnen, klären würde sich dadurch wohl kaum etwas.

»Worum geht es Ihnen dann?«, fragte sie.

»Gerlinde, ich bitte dich! Das ist jetzt wirklich unpassend.« Für einen Moment verlor er die Beherrschung und schlug auf den Tisch, sodass die oberen beiden Steine herunterrutschten und Gläser klirrten.

Gerlinde Seitz betrachtete die Steine und schien völlig von ihnen gefangen genommen zu sein. Sie beugte sich vor und stupste sie mit dem Zeigefinger leicht an. Es schien ihr schwerzufallen, den Blick abzuwenden.

»Ich bestelle dann mal die Rechnung und schlage vor, wir vertagen uns«, sagte Edgar Seitz an mich gewandt und gab dem Kellner ein Zeichen. Als er an unseren Tisch trat, murmelte Seitz etwas von Unpässlichkeit und einem schnellen Aufbruch.

Gerlinde Seitz nahm einen der Steine in die Hand und betrachtete ihn. Sie wirkte irritiert, als versuche sie, einen

Zusammenhang herzustellen, wo sich für sie keiner herstellen ließ.

»Was verbinden Sie damit, Frau Seitz?«, folgte ich meiner Intuition.

»Nichts!«, kam Edgar Seitz, der mit halbem Ohr zugehört hatte, seiner Frau zuvor. »Was sollte sie auch damit verbinden?«

»Unser Sohn Kilian hat früher gerne Steintürmchen gebaut. Es mussten immer sechs Steine sein und alle möglichst rund. Das war so eine Marotte von ihm. Erinnerst du dich nicht, Edgar? Kristoffer hat sie dann immer wieder umgeworfen, und es gab ein höllisches Geschrei.«

»Lass doch, Gerlinde, das ist Schnee von gestern. Ich glaube nicht, dass Frau Mahlo sich dafür interessiert.«

»Ich interessiere mich sogar sehr dafür, Frau Seitz. Können Sie mir ein bisschen mehr darüber erzählen?«

»Schluss jetzt!«, befahl Edgar Seitz, stand auf und postierte sich auffordernd hinter dem Stuhl seiner Frau.

Die ignorierte ihn jedoch. »Für unseren Kleinen war es ein Spiel, das ihn immer wieder aufs Neue begeistert hat. Sobald er ein Steintürmchen sah, war kein Halten mehr. Er musste es unbedingt umwerfen.« Sie schien in ihren Erinnerungen zu versinken. »Ich habe versucht, Kilian klarzumachen, dass er der Ältere war, dass es wichtig sei, Kristoffer ein Ventil für seine Wut zu lassen. Aber was das anging, zeigte unser Sohn leider keinerlei Einsicht. Er hat sich stets benommen, als habe sein kleiner Bruder ihm den Krieg erklärt. Als gebe es nichts Wichtigeres als diese verdammten Türme.«

Edgar Seitz legte ihr die Hand auf die Schulter. »Komm jetzt bitte, Gerlinde! Ich bringe dich nach Hause.«

Sie wirkte, als sei sie längst darüber hinaus, seine drängende Hand von ihrer Schulter schütteln zu wollen. Vielleicht nahm sie sie auch gar nicht wahr. »Wir hatten Kristoffer nur drei Jahre, müssen Sie wissen. Und diese drei Jahre sind dahingeflogen. Hätte Kilian sich nicht zusammenreißen und seinen Bruder gewähren lassen können? Nur für diese kurze Zeit?« Sie schluckte. »Das habe ich mich hinterher oft gefragt.«

»Haben Sie ihn das auch gefragt?«

»Selbstverständlich. Jedes Mal hat er als Antwort einen neuen Steinturm im Garten aufgestellt. Und ich bin dann nachts aufgestanden und habe ihn mit dem Fuß umgetreten.«

»Gerlinde, es reicht jetzt!« Edgar Seitz hatte Mühe, sich im Zaum zu halten. »Frau Mahlo ist ein Geschäftskontakt. Und du plapperst private Interna aus, als sei sie eine deiner Busenfreundinnen. Morgen wird es dir leidtun.« Es klang, als wolle er ihr unterstellen, betrunken zu sein. Dabei wirkte sie völlig klar.

»Über das Stadium, dass mir etwas leidtut, bin ich längst hinaus, Edgar. Das müsstest du eigentlich wissen. Und jetzt setz dich wieder hin, du erregst bereits Aufmerksamkeit.« Ihre Lethargie war von ihr abgefallen und sie zeigte sich von einer überraschend durchsetzungsstarken Seite.

Ihr Mann stellte sich hinter seinen Stuhl und knetete die Lehne, sodass seine Knöchel weiß hervortraten. Mit zornigem Blick fixierte er mich. »Frau Mahlo, ich darf Sie daran erinnern, dass wir gerade dabei waren, eine Vereinbarung auszuarbeiten. Wenn Sie möchten, dass diese Vereinbarung ihre Gültigkeit behält, dann verlassen Sie augenblicklich mit mir das Restaurant.«

Einen Teufel würde ich tun. »Mir wäre es auch lieber, Sie würden sich setzen«, sagte ich und wandte mich an seine Frau. »Haben Sie sich mal gefragt, wie es sich für Kilian angefühlt haben muss, dass dem Zerstörungseifer seines Bruders kein Einhalt geboten wurde?«

»Maßen Sie sich gerade an, unser Erziehungskonzept infrage zu stellen?«, konterte sie.

»Mir geht es nicht um Ihre Sicht als Eltern, sondern um die Ihres Sohnes. Ich bin nämlich überhaupt nicht der Meinung, dass sich jüngere Geschwister alles erlauben dürfen.«

Sekundenlang presste Gerlinde Seitz die Lippen aufeinander. »Wir haben Kristoffer als Einjährigen adoptiert. Sein erstes Lebensjahr war nicht einfach gewesen, es war bestimmt von Verwahrlosung und Lieblosigkeit. Er war ein schwieriges Kind und hat mich in Atem gehalten. Aber er hatte jedes Recht dazu, verstehen Sie? Er hatte einen verdammt schlechten Start. Was man von unserem Sohn Kilian nicht behaupten kann. Sein Start war ein wunderbarer. Kilian war ein ruhiges, unauffälliges Kind. Als Kristoffer zu uns ins Haus kam, hat er uns allerdings ein paar weniger schöne Seiten gezeigt. Die habe ich ihm jedoch nicht durchgehen lassen. Meiner Meinung nach war ihm durchaus zuzumuten, für seinen Bruder ein wenig zurückzustecken. Kilian war ja immerhin schon zehn. In dem Alter kann man Vernunft von einem Kind erwarten.« Sie erhob sich und stützte sich einen Moment lang an der Tischkante ab. »Wie hast du gesagt, Edgar? Das sei Schnee von gestern? Für mich ist es immer noch, als sei es erst gestern gewesen.« Sie holte tief Luft und straffte die Schultern. »Warum steht dieses Steintürmchen eigentlich da?«

»Ich habe es mitgebracht«, sagte ich und ließ Stein für Stein zurück in den kleinen Plastikbeutel fallen. Sollten sich darauf jemals die Fingerabdrücke des Täters befunden haben, würden sie spätestens jetzt verwischt sein. Aber vermutlich waren sie das schon lange.

»In ein Restaurant?«, fragte sie irritiert. »Wozu?«

Ich gab Rosa ein Leckerli, stopfte ihre Decke in meine

Tasche und stand auf. »Ihr Mann wird es Ihnen erklären können.«

Edgar Seitz ergriff den Arm seiner Frau und zog sie hinter sich her zur Garderobe. Erst jetzt nahm ich meine Umgebung wieder wahr. An einigen Tischen hatten sich die Köpfe in unsere Richtung gedreht. Was nicht verwunderlich war. Wir hatten vermutlich Stoff für die unterschiedlichsten Spekulationen geliefert. Ich folgte den beiden zur Garderobe und hinderte Rosa daran, beim Hinausgehen ihre Nase den anderen Tischen zu nähern.

Edgar Seitz, der seiner Frau in den Mantel geholfen hatte, zog aus seinem mein Handy und reichte es mir.

»Du hast ihr Handy?«, fragte Gerlinde Seitz.

»Das ist heutzutage üblich bei geschäftlichen Besprechungen«, fertigte er sie kurz angebunden ab.

»Wenn es eine geschäftliche Besprechung war, warum haben Sie dann dieses Steintürmchen aufgebaut?«, fragte sie mich.

»Es war die Antwort auf eine Frage, die Ihr Mann mir gestellt hat.«

»Was, sagten Sie, machen Sie beruflich?«

»Ich bin Nachlassverwalterin.«

»Und Ihr Name?«

»Kristina Mahlo.«

25

Während ich mir drei Eier in die Pfanne schlug, um meinen knurrenden Magen zu besänftigen, kreisten meine Gedanken ausschließlich um Kilian Seitz. Grits Halbbruder hatte als Kind Steinmännchen gebaut. Die Frage war: Hatte er es ausschließlich als Kind getan oder auch noch später? Gerlinde Seitz' Worte klangen mir noch im Ohr: *Es mussten immer sechs Steine sein und alle möglichst rund.*

Kurz nach zehn an einem Samstagabend war sicher nicht die ideale Zeit, um Corinna Lutz anzurufen. Aber sie war erwachsen, sie konnte sagen, wenn es ihr nicht passte. Ich war mir jedoch sicher, dass sie an dieser Information sehr interessiert sein würde.

Und so war es auch. Als ich ihr kurz umriss, worum es ging, war sie ganz Ohr. Ich beschrieb ihr die Familienkonstellation der Familie Seitz, soweit sie sich mir erschloss, und erzählte ihr von dem überraschenden Treffen mit Gerlinde Seitz.

»Frau Lutz, ich weiß, dass es trotz dieser Steinmännchen möglich ist, dass Kilian Seitz nicht der Täter ist, dass sich alles ganz anders verhält. Aber wenn wir mal kurz davon ausgehen, dass er es ist – welche Erklärung gäbe es dann dafür?«

»Sie meinen, wenn es eine schlüssige Erklärung gäbe, könnten Sie sicherer sein, was Ihre Vermutung angeht? Das ist gewagt, das wissen Sie. Ich kann nichts anderes tun, als zu spekulieren und aus den wenigen Eckdaten, die Sie mir genannt haben, eine Geschichte zu konstruieren, eine von mehreren möglichen. Mit weiteren Daten ließe sich womöglich ein ganz anderes Bild zeichnen.«

»Können Sie es trotzdem versuchen? Sie arbeiten doch Tag für Tag mit Kindern und Jugendlichen. Sie kennen ihre Geschichten und wissen, was woraus entsteht.«

Sie schwieg einen Moment und schien nachzudenken. »Also gut, ich versuche es. Aber bedenken Sie bitte, dass ich das nur für Ihren ganz persönlichen *Hausgebrauch* tue. Verstehen Sie? Sie können sich mit meinen Spekulationen nicht an die Polizei wenden.«

»Ich weiß.«

»Okay. Ich fange mal bei dem adoptierten Kind an. Solch ein Kind bringt immer seine eigene Geschichte – eine Art Hypothek – mit in die neue Familie. Es bedarf besonderer Aufmerksamkeit. Dafür müssen nicht einmal, wie im Fall des kleinen Kristoffer, Verwahrlosung und Lieblosigkeit vorliegen. Einer Adoption geht immer der Verlust der Ursprungseltern voraus. Ein adoptiertes Kind verlangt seinen neuen Eltern erst einmal sehr viel mehr ab als das leibliche Kind, das in dem Fall zurückstehen muss. Für die Eltern entsteht durch die Adoption ein enormer emotionaler Aufwand, nicht zuletzt müssen sie sich selbst beweisen, dass sie das adoptierte Kind genauso lieben können wie das leibliche. Und das leibliche Kind fragt sich, warum es den Eltern nicht genügt. Aber es geht für dieses Kind, in unserem Fall für Kilian, nicht nur um diese Frage. Da spielt sich noch etwas anderes ganz Entscheidendes ab. Gegen ein zunächst einmal benachteiligtes Kind kann man schlechter wüten. Gegenüber einem solchen Kind ist das leibliche Kind immer im Nachteil. Die Mutter hat es Ihnen gegenüber zum Ausdruck gebracht: Sie hat von ihrem leiblichen Sohn, der einen guten Start hatte, erwartet, hinter dem weniger begünstigten Adoptivbruder zurückzustehen.« Corinna Lutz hielt einen Moment inne. »Selbst aus dem Wenigen, was wir wissen, können wir davon ausgehen, dass der kleine Kristoffer sehr viel Aufmerksamkeit benötigt hat und sicher alles andere als pflegeleicht war. Insofern wird der Fokus der Eltern auf dem Adoptivkind gelegen haben, und Kilian wird sich minderwertig und einsam gefühlt haben. Wenn ich das als Ausgangssituation nehme und hinzufüge, dass der Kleine immer wieder zerstört hat, was der Große aufgebaut hat, und sich die Eltern trotzdem stets hinter ihn gestellt haben, dann wird das ganz sicher nicht spurlos an Kilian vorbeigegangen sein. Ehrlich gesagt, wäre es ein Wunder, wenn diese Konstellation keine Spuren hinterlassen hätte.«

»Spuren im Sinne von Wunden?«

»Es gibt kein Kind, das ohne Wunden aus seiner Kindheit hervorgeht. Aber manche schlagen sich im übertragenen Sinne nur das Knie auf, andere erleiden schwere Unfälle. Wunde ist nicht gleich Wunde. Es gehört Glück dazu, an einem behüteten, liebevollen Ort aufzuwachsen – unter der Obhut von Menschen, die die Bedürfnisse ihres Kindes wahrnehmen und sensibel darauf eingehen. Aber selbst dort wird es immer auch Wunden geben. Die Frage ist, wie wir mit den Wunden umgehen, die uns zugefügt wurden. Es gibt ganz sicher Jungen, die in einer vergleichbaren Konstellation aufgewachsen sind wie Kilian. Die einen schaffen es, damit klarzukommen und ein Leben zu führen, das nicht von Verbrechen geprägt ist. Die anderen vergewaltigen Frauen und hinterlassen ihnen Steinmännchen. Wissen Sie, worauf ich hinauswill?«

»Er hätte ebenso gut einen ganz anderen Weg einschlagen können.«

»Noch etwas kommt hinzu«, fuhr sie fort. »Nämlich die Frage, was der Tod seines Adoptivbruders bei ihm ausgelöst hat. Ich halte es für ziemlich wahrscheinlich, dass er dem Kleinen zu dessen Lebzeiten oft den Tod gewünscht hat. In dem Fall ist nicht auszuschließen, dass er sich später mit

Schuldgefühlen geplagt hat. Wie alt war er, als sein Bruder ums Leben kam?«

»Kilian war dreizehn, Kristoffer vier.«

»Dreizehn«, zog sie das Wort in die Länge. »Da stand er vermutlich gerade am Beginn der Pubertät, wo sich ohnehin so vieles ändert. Durch den Tod von Kristoffer war der *Zerstörer* verschwunden. Kilian konnte seine Steinmännchen wieder aufbauen, ohne Gefahr zu laufen, dass sie umgestoßen wurden. Vielleicht hat er dann jedoch herausgefunden, dass es noch seine Halbschwestern gab. Aus seiner Sicht gab es dadurch wieder neue potenzielle *Zerstörer*. Vielleicht haben die beiden Mädchen sein Bild von der kleinen Familie zerstört, die gerade erst wieder entstanden war. Er musste den Vater schon wieder teilen.«

»Könnte Kilians Minderwertigkeitsgefühl durch die Entdeckung der Mädchen neuen Zündstoff bekommen haben?«

»Das ist anzunehmen. Und das Ganze könnte in Hass auf seine Halbschwestern umgeschlagen sein.«

»Die überhaupt nichts dafür konnten. Warum hat er nicht den Vater dafür gehasst und sich mit den Mädchen verbündet?«

»Weil der Vater vielleicht auf einem Sockel stand, von dem er ihn nicht stürzen wollte. In dem Fall hätte sich seine Seele einen anderen Weg suchen müssen, um mit den negativen Gefühlen umzugehen. Reifer und angemessener wäre es natürlich gewesen, in dem Vater den Schuldigen zu erkennen und die Halbschwestern von jeder Schuld freizusprechen.«

»Aber nicht jeder Vater steht auf einem Sockel.«

»Da haben Sie recht. Wenn er allerdings dort steht, hat sich schon etwas Ungutes in die Beziehung geschlichen.«

»Und was ist in einem solchen Fall mit der Mutter?«, fragte ich.

»Auf sie kommt es an. Wenn sie nicht existent ist, sich also aus welchen Gründen auch immer zu wenig kümmert, dann wird der Vater noch wichtiger. Und in der Konstellation mit der Zweitfamilie hätte dann die Trauer und das Verlassenheitsgefühl für Kilian umso größer sein können. Die Betonung liegt auf hätten und könnte. Das ist alles reine Spekulation!«

Ich ließ mir all das durch den Kopf gehen. »Der Täter hat ausschließlich an Grits Bett gestanden. Zufall? Oder könnte es dafür einen Grund gegeben haben?«

»War sie vielleicht der Liebling des Vaters? Wissen Sie etwas darüber?«

»Ich weiß nur, dass Edgar Seitz seine Tochter Grit wohl immer *seine kleine Prinzessin* genannt hat. Jedenfalls sagte das ihre Schwester.«

»Kleine Prinzessin klingt nach Liebling.«

»Kilian war sechzehn, als er damit begonnen hat, Grit nachts an ihrem Bett zu erschrecken.«

»Wenn er es denn wirklich war, Frau Mahlo. Wie hätte er zum Beispiel erfahren sollen, welche Tochter der Liebling des Vaters war? Die Zweitfamilie wurde doch geheim gehalten.«

»Vielleicht hat der Vater mal mit den Töchtern telefoniert und Kilian hat ihn dabei belauscht. Für ihn dürfte es übrigens auch ein Leichtes gewesen sein, an den Hausschlüssel der Zweitfamilie zu kommen. Vielleicht hatte sein Vater ihn an seinem Schlüsselbund, vielleicht in seiner Aktentasche oder in einer Schreibtischschublade, wer weiß. Ein Sechzehnjähriger ist gewitzt genug, um so etwas herauszufinden. Er hätte sich diesen Schlüssel nur für kurze Zeit ausborgen müssen. Am Morgen wäre er wieder an Ort und Stelle gewesen. In der Zwischenzeit konnte er in der fremden Wohnung ein und aus gehen. Und als die Familie dann in die neue Wohnung gezogen war, musste er nur wiederholen, was sich bereits zuvor für ihn bewährt hatte.«

Corinna Lutz stieß einen unglücklichen Seufzer aus. »Und irgendwann hat er möglicherweise damit begonnen, in die Wohnungen von alleinstehenden Frauen einzubrechen, die seinen Schwestern ähneln, und sie zu vergewaltigen.«

Sekundenlang war es still in der Leitung. Wir hingen beide unseren Gedanken nach.

»Warum die Steinmännchen?«, fragte ich in die Stille hinein. »Was könnte es damit auf sich haben?«

Den Geräuschen nach zu urteilen zündete sie sich eine Zigarette an und öffnete ein Fenster. »Vielleicht war es anfangs so etwas wie ein *Ich bin auch noch da.* Vielleicht wollte er seine Eltern damit auf sich aufmerksam machen. Später könnte es dann zu einem Kontrollinstrument geworden sein. Etwas, das diese Frauen überwacht. An seiner Stelle. Für Passanten ist es nur ein Steinmännchen, etwas ganz Alltägliches. Wir haben ja schon einmal darüber gesprochen: Mit den Steinen hatte er sich einen Code geschaffen, den nur er und seine Opfer verstanden. Im Gegenzug hat er Fotos von den Frauen gemacht, hat also etwas von ihnen mitgenommen, das sie in einer sehr verletzlichen und erniedrigenden Situation zeigt. Mit all dem hat er sie über die eigentliche Tat hinaus schwer verletzt. Womit wir wieder bei den Wunden wären. Kilian Seitz wäre nicht das erste Opfer, das später zum Täter wird.«

»Es ist seltsam, Frau Lutz. Wenn ich ihn mir als kleinen Jungen vorstelle, empfinde ich durchaus Mitgefühl. Aber das verliert sich völlig, wenn ich an ihn als Täter denke.«

»Kilian Seitz ist mit Sicherheit nicht als Täter geboren worden. Vielleicht hat er eine genetisch ungünstige Disposition, die in Verbindung mit der zweifellos ebenfalls ungünstigen familiären Konstellation eine explosive Melange gebildet hat. Es hätte jemand eingreifen und die Weichen anders stellen müssen. Aber das ist wohl nicht geschehen.«

Ich schlief unruhig in dieser Nacht, wälzte mich von einer Seite auf die andere, schloss den Vorhang, damit der Vollmond nicht ins Zimmer schien, und öffnete ihn wieder, weil ich das Gefühl hatte, zu wenig Sauerstoff zu bekommen. Um fünf Uhr morgens gab ich auf, verrührte Kakao mit heißer Milch und setzte mich mit den Tagebüchern von Luise Führmann im Schneidersitz aufs Bett. Ich blätterte sie durch, las hier und da noch einmal hinein, entdeckte aber nichts, was ich nicht bereits wusste.

Meine Gedanken wanderten zu Grit, die über die Jahre hinweg gelernt hatte, mit ihren Wunden zu leben. Mit den Wunden, die ihr von ihrem Halbbruder zugefügt worden waren. Davon war ich inzwischen felsenfest überzeugt. Er hatte ein perfides, sadistisches Spiel mit ihr gespielt. Aber letztlich hatte sie sich davon nicht unterkriegen lassen. Fernab ihrer Familie hatte sie sich ein Leben geschaffen, in dem sie sich mit all ihrer Zuversicht und ihrem Frohsinn eingerichtet hatte. Nur um dann von einer Sekunde auf die andere für immer herausgerissen zu werden. Nicht zum ersten Mal haderte ich mit dem Schicksal, das für solch grausame Wendungen sorgte.

Oder hatte jemand Schicksal gespielt? Diese Frage spukte mir nach wie vor im Kopf herum. Kilian Seitz hatte gewusst, was Grit vorhatte. Was er nicht hatte einschätzen können, war, ob Grits Geschichte in Verbindung mit der von Michaela Breuer bei der Polizei auf offene Ohren stoßen würde, weil sich vielleicht doch eine vergewaltigte Frau aus seinem Schatten gelöst hatte und zur Polizei gegangen war. Sein Alibi für das Wochenende, an dem Grit starb, war ein dringender Fotoauftrag. Ob das wirklich stimmte, war fraglich.

Er hätte sich nach Grits Anruf am Donnerstagabend am nächsten Tag ins Auto setzen und nach Saint-Rémy fahren können. Freitagmittag hatte sie in meinem Beisein eine SMS erhalten, die sie die Stirn hatte runzeln lassen. Am Abend hatte sie sich am Telefon gegen einen Anrufer zur Wehr gesetzt, der sie unbedingt noch an diesem Abend hatte sehen wollen. Am Samstagnachmittag war sie dann verunglückt. Was war in der Zwischenzeit geschehen?

Ich holte Kilian Seitz vor mein inneres Auge – diesen sympathischen, gut aussehenden Mann, der mir im Café Luitpold in aller *Offenheit* gestanden hatte, dass er Grit einen Streich gespielt hatte, kurz nachdem sie aus dem Internat zurückgekehrt war. *Ich habe ihr einmal einen Steinturm in ihr Zimmer gestellt*, hatte er gesagt und hinterhergeschickt, dass er bereue, nie mit ihr darüber gesprochen zu haben. Wenn er der Täter war, hatte er sie damit noch posthum verhöhnt.

Mit einem Mal war es, als fiele mein Blick auf ein Puzzleteil, nach dem ich lange gesucht hatte. Es war winzig und leicht zu übersehen, aber es verband ganz entscheidende Teile. *Ich habe ihr einmal einen Steinturm in ihr Zimmer gestellt.* Einen Steinturm. Kilian Seitz war der Einzige, der die Steinmännchen so nannte. Damit wählte er ein ganz ähnliches Wort wie seine Mutter, die sie als Steintürmchen bezeichnete. Mein Puls beschleunigte sich. Ich öffnete meinen Laptop und las das Protokoll, das ich über das Telefonat mit dem Täter erstellt hatte, wie Martin es mir geraten hatte. Das, was mir wie ein Schatten im Kopf herumgespukt war, hatte ich endlich erwischt. Er hatte mich nach draußen zu der Steinmauer mit den Bonsais geschickt. Als ich dort stand, hatte er gefragt: *Und? Siehst du ihn?* Ihn, den Steinturm. Nicht es, das Steinmännchen. Später dann hatte ich ihn gefragt, wie vielen Frauen er ein Steinmännchen vor die Tür gestellt habe. *Du stellst die falsche Frage*, hatte er geantwortet. Die richtige laute: *Wie viele Steintürme sind stehen geblieben?* Das Flüstern des Mannes hatte seine Stimme verschleiert, aber seine Wortwahl hatte ihn verraten.

Möglichst leise, um niemanden im Haus zu wecken, lief ich durchs Treppenhaus nach unten ins Büro. Ich öffnete den Tresor und holte den Umschlag mit den Beweisstücken, die ich hatte retten können, hervor. Noch vor ein paar Tagen hätte ich mir nicht vorstellen können, Michaela Breuers Vergewaltigungsprotokoll zu lesen. Es wäre mir als ein ganz massiver Einbruch in ihre Intimsphäre vorgekommen. Jetzt zwang ich mich dazu. Es war entsetzlich, was dieser Mann ihr angetan hatte. Während ich Satz für Satz las, brannten sich mir ihre Worte ins Gedächtnis und ich wünschte mir, sie nie gelesen zu haben.

Bis ich zu dem Satz gelangte, nach dem ich suchte: *Von jetzt an wirst du den Steinturm im Vorgarten hüten, andernfalls komme ich wieder. Hast du mich verstanden?* Das war der Original-Wortlaut des Täters. Wieder war es der Steinturm, aus dem später ein Steinmännchen wurde, weil es der gängigeren Bezeichnung entsprach. Was fing ich jetzt mit meinem Wissen an?

26

Um kurz nach zehn an diesem Sonntagmorgen rief Veit Kratzler an, um mir von seiner Lesung in Augsburg zu erzählen und mich zu einem gemeinsamen Spaziergang zu überreden.

»Ich habe Ihnen doch gesagt, dass ich an diesem Wochenende keine Zeit habe«, sagte ich leicht genervt. »Und um ehrlich zu sein, wäre ein gemeinsamer Spaziergang ohnehin keine gute Idee.«

»Ich bin für Alternativen offen. Ich hätte da sogar spontan den einen oder anderen Vorschlag.«

»Und ich habe einen Freund.«

»Ich mag Konkurrenz.«

Das glaubte ich ihm aufs Wort. Vor allem mochte er es, die Konkurrenz aus dem Feld zu schlagen. »Lassen Sie uns hier einen Punkt machen, Herr Kratzler.«

»Warum haben Sie mit mir geflirtet, wenn Sie kein Interesse an mir haben?«

»Ich habe nicht mit Ihnen geflirtet. Ich bin auf Sie eingegangen, um etwas herauszufinden.«

Sekundenlang war es still in der Leitung. »Das klingt, als hätten Sie mich benutzt. Und ich lasse mich nicht gerne benutzen. Möchten Sie wissen, was ich von Frauen wie Ihnen halte?«

»Eher nicht. Machen Sie's gut, Herr Kratzler.«

Nur Sekunden nachdem ich auf den roten Hörer gedrückt hatte, klingelte es an der Tür. Ich lief in den Flur und öffnete. Eingerahmt von der nebligen Herbststimmung stand dort Anne Peukert. Alles an ihr wirkte perfekt. Ihre Kleidung, ihr Make-up, ihre Frisur. Nichts davon konnte jedoch über ihren erschöpften und traurigen Gesichtsausdruck hinwegtäuschen.

»Ich bin mir bewusst, dass heute Sonntag ist. Darf ich Sie trotzdem kurz stören?«

»Kommen Sie rein!« Ich ging mit ihr in den Besprechungsraum und nahm ihr den Mantel ab. »Möchten Sie etwas trinken? Einen Kaffee oder ein Wasser?«

»Nein, nichts, danke.« Sie setzte sich.

»Wo haben Sie Ihr Baby gelassen?«, fragte ich und nahm ihr gegenüber Platz.

»Meine Schwiegereltern sind an diesem Wochenende zu Besuch, sie streiten sich vermutlich gerade darum, wer die Kleine auf dem Arm halten darf. Außerdem ist mein Mann zu Hause.« Sie holte tief Luft. »Sie fragen sich sicher, warum ich hier bin. Unsere letzte Begegnung war ja nicht gerade …« Sie sah mich mit einem Blick an, der Entschuldigung genug war.

»Schwamm drüber!«

»Danke. Ich …« Sie stockte und lächelte, als es klingelte. »Das wird mein Bruder sein. Er will mit mir in eine Fotoausstellung gehen, um mich auf andere Gedanken zu bringen. Wir haben uns hier verabredet. Sie haben doch nichts dagegen, oder?«

»Wer?« Sekundenlang hoffte ich, mich verhört zu haben.

»Mein Halbbruder Kilian. Sie haben ihn doch kennengelernt. Wollen Sie nicht öffnen?«

Nein, das wollte ich ganz und gar nicht. Aber es war der falsche Moment, um mich zu widersetzen. Er sollte nicht einmal ahnen, wie weit ich ihm auf die Spur gekommen war. Deshalb begrüßte ich ihn mit einem Lächeln, nahm die Hand, die er mir entgegenstreckte, und ging mit ihm ins Besprechungszimmer. Dort drückte er seiner Schwester einen Kuss auf die Wange und ließ sich neben ihr nieder.

Obwohl ich mir sicher war, dass er mir in ihrem Beisein nichts tun würde, hatte ich ein ungutes Gefühl. Ich riss mich zusammen und versuchte, meine Gesichtszüge zu entspannen.

»Frau Mahlo, was ist mit Ihnen?«, tat er besorgt. »Haben Sie schlecht geschlafen?«

»Heute Nacht war Vollmond.«

»Das erklärt natürlich alles.« Er schenkte mir ein unwiderstehliches Lächeln und legte gleich darauf seiner Schwester den Arm um die Schultern. »Hast du Frau Mahlo schon erklärt, warum du hier bist?«

Sie schüttelte den Kopf.

»Soll ich?«, fragte er, woraufhin sie stumm nickte.

»Meine Schwester quält sich sehr mit dem Gedanken, dass ihre letzte Unterhaltung mit Grit in einen Streit gemündet hat. Sie, Frau Mahlo, haben am nächsten Tag ja noch mit Grit gesprochen, und Anne ...«

»Ich möchte wissen, ob Grit Ihnen etwas über unsere Auseinandersetzung erzählt hat«, fiel sie ihm ins Wort.

»Sie sagte, dass Sie und Ihr Vater sie davon abhalten wollten, mit mir zur Polizei zu gehen.«

»Mehr hat sie nicht gesagt?«

»Worauf genau kommt es Ihnen denn an, Frau Peukert?«

»Ich habe ein paar unschöne Dinge zu ihr gesagt. Und ich würde gerne wissen, ob sie ...« Sie sah hinaus in den Nebel und schien nach den passenden Worten zu suchen. Dann wandte sie den Blick zu mir und wischte sich die Tränen aus den Augenwinkeln. »Ich frage mich die ganze Zeit, ob ich sie so sehr damit verletzt habe, dass sie sich ...«

»Das Leben genommen hat?« Ich wusste noch genau, was sie zu Grit gesagt hatte. Dass sie sich diesen Schritt gut überlegen solle. Wenn sie mit mir zur Polizei ginge, würde sie nur wieder als Fantastin dastehen – genau wie damals in der Psychiatrie. Das war gemein, aber kein Grund, sich umzubringen. »Wie kommen Sie darauf?«, fragte ich.

»Mein Vater glaubt es, und …« Sie drehte sich kurz zu ihrem Halbbruder. »Wenn du ehrlich bist, glaubst du es auch. Du versuchst nur immer, mich zu beruhigen.«

O ja, das konnte er ganz bestimmt – sie vordergründig beruhigen, hier und da jedoch ein paar Widersprüchlichkeiten einbauen, die die eigentliche Botschaft transportierten. Mir hatte er weismachen wollen, Grit habe allein aus Rachegefühlen mit mir zur Polizei gehen wollen, *um es ihnen allen endlich zu zeigen*. Inzwischen war ich mir sicher, dass diese Worte überhaupt nicht gefallen waren. Sie passten einfach nicht zu Grit. Aber sie passten zu einem manipulativen Lügner.

»Frau Mahlo?«, fragte Anne Peukert angstvoll. »Was denken Sie?«

»Ich habe mir gerade noch mal das Gespräch mit Ihrer Schwester ins Gedächtnis gerufen. Sie hat Ihnen keine Vorwürfe gemacht, eigentlich hat sie das Telefonat im Nachhinein sogar ganz gelassen gesehen. Sie sagte, Sie beide hätten eben unterschiedliche Wege, mit der Vergangenheit umzugehen.«

»Was auch immer sie damit gemeint hat«, warf Kilian Seitz dazwischen.

»Glauben Sie überhaupt, dass Grit sich umgebracht hat?«, fragte Anne Peukert nun.

»Nein. Am Tag, bevor sie verunglückt ist, war sie fröhlich und guter Dinge. Sie mochte ihre Arbeit, sie hatte Freunde gefunden und sich gerade verliebt. Sie hatte gar keinen Grund, sich das Leben zu nehmen.«

»Sie war labil«, gab sie zu bedenken.

»Nein, Frau Peukert, das war sie nicht. Jedenfalls habe ich sie so nicht kennengelernt.«

»Aber was ist denn jemand, der sich einen *Tod mit Steinmännchen* einbildet? Das war doch verrückt. Das war es doch!« Mit einem schnellen Blick holte sie sich bei ihrem Bruder Rückenstärkung.

»Wissen Sie, was ich glaube?«, entgegnete ich. »Die Vorstellung, dass nachts einfach jemand Ihre Wohnung betritt, war für Sie selbst so monströs, dass Sie sich in die Vorstellung gerettet haben, es sei reine Einbildung. Grit hat sich von ihrer Überzeugung nie abbringen lassen. Sie wusste, was sie erlebt hatte.«

Anne Peukert sah mich fassungslos an und schüttelte dann den Kopf. »Ich glaube das einfach nicht. Nichts davon ist geschehen.«

»Was ist denn nun aus Ihren Plänen geworden, zur Polizei zu gehen?«, fragte Kilian Seitz scheinheilig, während er seiner Schwester beruhigend über den Arm strich.

»Ich habe den Plan aufgegeben.«

Anne Peukert stieß einen leisen Seufzer aus. »Ich muss gestehen, ich bin froh, dass Sie so entschieden haben. Und mein Vater wird es auch sein, da bin ich sicher. Ihn hat Ihr Vorhaben ziemlich umgetrieben.«

»Er hatte deshalb sogar diesen Schwächeanfall«, sagte Kilian Seitz mit unüberhörbarem Vorwurf in der Stimme.

Das Bewusstsein, mit einem Vergewaltiger und vielleicht sogar einem Mörder am Tisch zu sitzen, schnürte mir die Kehle zu. Und so, wie es im Moment aussah, würde er mit seinen Verbrechen davonkommen. Das war eine bittere Pille, die zu schlucken mir schwerfiel. Aber ich hatte nicht die leiseste Idee, wie ihm beizukommen sein sollte. »Ich hoffe, Ihr Vater hat sich inzwischen erholt«, sagte ich lahm und versuchte mich an einem Lächeln. »Mir tut sehr leid, was geschehen ist.«

»Wir haben uns Sorgen um ihn gemacht«, sagte Anne

Peukert. »Als Kilian mir von dem Schwächeanfall erzählte, habe ich einen großen Schrecken bekommen. Mir ist bewusst geworden, wie sehr ich doch an meinem Vater hänge. Das war nicht immer so. Unser Verhältnis war lange Zeit eher schwierig. Wir durften ja nicht einmal sagen, dass er unser Vater ist. Aber vermutlich wissen Sie das alles aus den Tagebüchern meiner Mutter.«

»Es ist drei Jahre her, dass ich sie gelesen habe, an vieles erinnere ich mich nicht mehr.« Ich sah sie mitfühlend an. »Eine solche Situation ist für ein Kind bestimmt sehr belastend. Wie haben Sie sich dabei gefühlt?«

»Illegal, so als dürfte es uns gar nicht geben. Sowohl unsere Mutter als auch unser Vater haben uns immer wieder eingeschärft, dass es ihm sehr schaden würde, wenn bekannt würde, dass es uns gibt. Und eigentlich sei es doch toll, dass wir so ein großes Geheimnis teilten und gemeinsam hüteten. Mir ist das immer vorgekommen wie Zuckerguss auf etwas Schrecklichem.« Sie fuhr sich mit der Hand in den Nacken. »Wir hatten lange keinen Kontakt, aber nach der Geburt meiner Tochter habe ich meinen Vater angerufen. Wenn ich ihn schon kaum als Vater hatte, soll meine Tochter ihn wenigstens als Großvater haben.« Sie sah zu Kilian Seitz. »Ich habe dich immer beneidet.«

Er lächelte sie an. »Und dann standst du eines Tages vor mir, ich erinnere mich noch genau daran. Ich bin aus allen Wolken gefallen, als du gesagt hast, du seist meine Halbschwester.«

»Und ich erinnere mich noch genau an das Donnerwetter, das auf uns niedergegangen ist.« Sie lachte auf, doch gleichzeitig traten ihr Tränen in die Augen. »Ich wünschte, Grit könnte jetzt hier mit uns am Tisch sitzen.« Eine ihrer Tränen vermischte sich mit Wimperntusche und hinterließ eine schwarze Spur auf ihrer Wange. Anne Peukert wischte sie mit dem Handrücken fort und fragte nach der Toilette.

Ich sah ihr hinterher, wie sie aus dem Raum eilte und dabei gegen die Tischkante stieß.

»Es ist für uns alle schwer«, sagte Kilian Seitz in getragenem Tonfall, als seine Schwester den Raum verlassen hatte.

»Wissen Sie schon, wann Grit beerdigt wird?«

»Der Termin steht immer noch nicht fest. Soll ich Sie anrufen, sobald ich etwas erfahre?«

»Das wäre sehr nett.«

»Wie geht es Ihnen jetzt?«, fragte er und beugte sich ein wenig in meine Richtung.

»Wie es mir geht? Das sollte ich eigentlich Sie fragen. Sie haben Ihre Halbschwester verloren.«

Er sah mich lange an. »Sie wissen, wie es ist, jemanden zu verlieren.«

Zum Glück kehrte Anne Peukert in diesem Augenblick an den Tisch zurück. »Ich würde Sie gerne noch etwas fragen, Frau Mahlo«, sagte sie, als habe sie in den vergangenen Minuten neue Kraft geschöpft. »Grit ist immer in den Alpillen gewandert. Ganz in der Nähe von ihrer üblichen Wanderstrecke ist sie verunglückt. Ich habe mir das auf der Karte angesehen, die sie mir mal geschickt hat. Sie …«

»Sie hat Ihnen eine Karte geschickt?«, unterbrach ich sie und versuchte, meine Überraschung zu verbergen.

»Ja, ungefähr vor einem Jahr. Ich hatte ihr geschrieben und sie nach ihrem neuen Leben in Saint-Rémy gefragt. Und da hat sie mir ihre Tage dort beschrieben.«

»Hat sie Ihnen auch beschrieben, dass sie hoch oben auf einem Hügel eine kleine Steinpyramide gebaut hat und dort immer ihre Yogaübungen machte?«

Anne Peukert nickte. »Sie hat mir sogar Fotos geschickt. Erinnerst du dich, Kilian? Ich habe sie dir gezeigt.«

Er tat so, als müsse er nachdenken. Dann schüttelte er den Kopf. »Du hast sie mir bestimmt gezeigt, aber mein Gedächtnis lässt mich leider gerade im Stich.« In einer entschuldigenden Geste drehte er die Handflächen nach oben.

»Ich war dort oben auf dem Hügel«, sagte ich.

»Waren Sie auch dort, wo sie verunglückt ist?«, fragte Anne Peukert.

»Ja, unwissentlich.«

Sie zögerte und nestelte mit den Fingern an einem Knopf ihrer Bluse. Ihr war anzusehen, dass sie sich mit ihrer nächsten Frage schwertat. Ich war mir ziemlich sicher, worauf diese Frage hinauslief, aber ich würde den Teufel tun und sie ihr in den Mund legen. Auf solch einen Schnitzer wartete Kilian Seitz nur. Ich sah sie abwartend an.

»Wenn Grit sich nicht das Leben genommen hat, wie könnte es denn dann zu diesem Unglück gekommen sein?«, brachte sie schließlich hervor.

»Vergangenes Wochenende hat ein starker Mistral geweht. Wenn man in den Öffnungen der *Deux Trous* steht, muss man sich besonders bei Wind gut festhalten. Es gibt dort keinerlei Sicherungen. Vielleicht war es eine heftige Bö, die ihr zum Verhängnis geworden ist.«

»Aber was hat sie dort gewollt? Die *Deux Trous* liegen doch ein Stück entfernt von dem Hügel, auf den sie immer gestiegen ist.«

Kilian Seitz legte seine Hand auf ihre. »Du suchst nach etwas, das du nicht finden wirst, Anne. Nicht alles, was Menschen tun, hat einen Grund.«

Ich hätte ihr gerne gesagt, dass die Hand, die auf ihrer lag, ihrer Schwester vermutlich einen tödlichen Stoß versetzt hatte. »Vielleicht wollte sie die Aussicht auf Saint-Rémy genießen«, sagte ich stattdessen. »Sie ist ganz bestimmt nicht dorthin gegangen, um sich von dem Felsen zu stürzen. Quälen Sie sich nicht weiter mit diesem Gedanken. Sie trifft keine Schuld.«

»Wen denn dann?«

»Wie bitte?«

»*Sie* trifft keine Schuld, haben Sie gesagt. Dabei haben Sie das *Sie* so betont, als treffe sie einen anderen.«

Anne Peukert hatte ein gutes Gespür. Es signalisierte ihr unterschwellig, dass etwas nicht stimmte. Aber sie bekam dieses Etwas nicht zu fassen. Warum nur hatte sie vor zweiundzwanzig Jahren dieses Gespür nicht genutzt und ihrer Schwester geglaubt? Dieser Gedanke war kaum in meinem Kopf, als ich ihn auch schon wieder daraus verbannte. Anne Peukert traf tatsächlich keine Schuld. Auch sie war damals noch ein Kind gewesen. Genau wie Grit.

Ich holte tief Luft und straffte die Schultern. »Ihre Schwester hatte einfach nur Pech. Letztlich läuft es darauf hinaus.«

»Das sehe ich auch so. Es war Schicksal«, fügte Kilian Seitz hinzu.

»Schicksal«, wiederholte ich das Wort am Montagmorgen, als ich mit Henrike und Funda im Büro Tee trank und ein Baklava nach dem anderen futterte. »Der spielt Schicksal und brüstet sich noch damit.«

»Wird er damit durchkommen?«, fragte Funda in die Runde und streichelte Rosa, die sich auf dem Sofa an sie gekuschelt hatte.

»Das ist zu befürchten«, antwortete Henrike. »Sein Opfer von damals ist tot. Die Frau, die vergewaltigt wurde, ebenfalls. Die Beweise, die sie hinterlassen hat, sind für sich genommen wertlos. Nur wenn sich andere Opfer an die Polizei gewandt haben sollten, könnten die Sachen als Indizien dienen.«

»Schade, dass wir niemanden bei der Kripo kennen. So jemand könnte sich doch mal schlaumachen, ob es weitere Fälle gibt«, sagte Funda.

»Ja, wirklich schade«, kam es von Henrike.

Dass ich selbst noch nicht darauf gekommen war. Ich musste an Martins Kontakt denken, über den er mir im Lenhardt-Fall Informationen besorgt hatte. Vielleicht konnte dieser Kontakt noch einmal tätig werden. Ich würde ihn später fragen.

»Macht es euch nicht auch verrückt, dass der unbehelligt weiter da draußen herumläuft und irgendwann die nächste Frau vergewaltigen wird?«, fragte Funda.

»Am liebsten würde ich ihm eine Falle stellen«, sagte ich.

»Denk nicht mal drüber nach! Hörst du?« Henrike sah mich eindringlich an und richtete ihren Blick dann auf Funda. »Das Gleiche gilt für dich! Dieser Mann hat möglicherweise seine Halbschwester umgebracht. Die Hürde, eine von euch beiden zu töten, wäre längst nicht so hoch.«

Ich nahm einen Schluck Tee und sah aus dem Fenster in den dichten Nebel, der sich auch an diesem Tag nicht lichten wollte. »Ich überlege die ganze Zeit, wie er es gemacht haben könnte. Vermutlich hat er sich Freitag vor einer Woche kurzerhand ins Auto gesetzt und ist nach Saint-Rémy gefahren. Von unterwegs hat er sich vielleicht das erste Mal bei Grit gemeldet. Es könnte die SMS gewesen sein, die sie während unseres gemeinsamen Essens bekam. Und als er abends angekommen war, wollte er Grit unbedingt noch sehen. Das könnte der Anruf gewesen sein, den Kai Broschinski mitbekommen hat. Und …«

Funda bedeutete mir, dass sie fortfahren wollte. »Und

dann ist er Grit auf ihrer Wanderstrecke gefolgt. Er kannte sie ja offensichtlich von der Karte und den Fotos, die Grit ihrer Schwester geschickt hat.«

»Sie könnte ihn auch eingeladen haben, sie zu begleiten«, überlegte Henrike. »Selbst wenn ihr Verhältnis nicht so eng war, wie du sagtest, waren sie immerhin Halbgeschwister.«

»Okay, möglich«, sagte ich. »Ob nun gemeinsam oder nacheinander lassen wir mal dahingestellt sein. Irgendwann werden sie dort oben angekommen sein. Und dann wird es einen Moment gegeben haben, in dem es ihr in seiner Gesellschaft mulmig wurde und sie vielleicht sogar Angst bekam.«

»Da hat sie dann zu ihm gesagt, dass sie keine Zeit mehr hätte«, übernahm Funda wieder. »Dass sie ins Hotel müsse. Und er hat sie womöglich gedrängt, eine SMS zu schreiben, dass sie später käme.«

»Und hat ihr beim Schreiben über die Schulter gesehen«, dachte ich laut. »Das würde ihre seltsame SMS an Kai Broschinski erklären, obwohl Grit an dem Wochenende freihatte.«

»Es war kein Irrtum, sondern ein Notruf«, brachte Henrike es auf den Punkt.

»Nach dieser SMS muss er sie zu den *Deux Trous* gelockt und sie von dort oben in die Tiefe gestoßen haben«, sagte ich traurig. »Und anschließend hat er mithilfe ihres Handys simuliert, dass sie noch am Leben sei. Er muss derjenige gewesen sein, der mir die Nachrichten geschrieben hat. Zum ersten Mal am Samstagabend, als er vermutlich längst auf dem Weg zurück nach München war. Könnte man das nicht über die Verbindungsdaten von Grits Handy abfragen? Darin müsste doch aufgelistet sein, in welche Funkzellen sich das Handy jeweils eingewählt hat.«

»So etwas bekommst du nur mit einem richterlichen Beschluss«, wandte Henrike ein.

»Aber den gäbe es doch sicher, wenn Kilian Seitz überführt würde.«

»Selbst dann würde es nur beweisen, dass das Handy zu einer bestimmten Zeit an einem bestimmten Ort war. Aber nicht, wer es in Händen hielt. Ähnlich gelagert ist das Problem mit möglichen DNA-Spuren auf der Schlafanzughose oder dem Laken von Michaela Breuer. Die DNA allein beweist noch kein Verbrechen.«

»Vielleicht wäre ihm über seinen Vater beizukommen. Edgar Seitz spielt eine nicht ganz unwesentliche Rolle in dem Ganzen. Als er versucht hat, mir die Beweise abzukaufen, hat er behauptet, er wolle damit seine Tochter Anne schützen. Sie sei gerade erst Mutter geworden und solle nicht mit dieser leidigen Geschichte von früher behelligt werden. Dabei wollte er nur seinen Sohn schützen. Kilian hat als Junge überall diese Steinmännchen gebaut, immer gleich – mit sechs runden Steinen. Und dann behauptet seine Tochter eines Tages steif und fest, dass nachts jemand an ihrem Bett gestanden hat. Jemand, der ein Steinmännchen vor der Tür hinterlassen hat. Und da soll er nicht eins und eins zusammengezählt haben?«

Henrike ließ sich das durch den Kopf gehen und nickte schließlich. »Was nichts anderes bedeutet, als dass er seine Tochter geopfert hat. Anstatt seinem Sohn Einhalt zu gebieten, hat er Grit in die Psychiatrie einweisen lassen. Dabei wäre einigen Menschen viel erspart geblieben, wenn er seinem Sohn beizeiten kompetente Hilfe organisiert hätte.«

»Aber Kilian hat eine Menge riskiert, als er die Steine vor der Tür der Führmanns aufgebaut hat«, meinte Funda. »Er musste doch damit rechnen, dass sein Vater ihm so auf die Schliche kommt.«

»Vielleicht wollte er ihn provozieren«, gab ich zu bedenken. »Oder vielleicht wollte er auch entdeckt werden.«

Funda stieß einen tiefen Seufzer aus und verteilte den restlichen Tee auf unsere Gläser. »Eigentlich sind beide zu fürchten, jeder auf seine Weise. Der Apfel fällt nicht weit vom Stamm. Heißt es nicht so?«

27

Henrike hatte es übernommen, Michaela Breuers WG-Zimmer aufzulösen. Sie würde alles, was sich zu Geld machen ließ, im Auftrag der Nachlassverwaltung verkaufen. Der Erlös würde an den Erben gehen. Nachdem sich unsere kleine Morgenversammlung aufgelöst hatte, rief Corinna Lutz an, um mir zu sagen, dass sie gerne die Bücher ihrer Freundin haben würde. Ich stellte den Kontakt zu Henrike her und war froh, dass nicht alles in fremde Hände gehen würde.

Als Funda um kurz vor eins ging, beschloss ich, eine Pause zu machen und mit Rosa eine Runde durch den Park zu drehen. Ich kam jedoch nur bis zur Hofeinfahrt, wo eine dunkle Limousine neben mir hielt. Als das Fenster auf der Fahrerseite heruntergelassen wurde, erkannte ich Gerlinde Seitz. Sie bat mich, ihr fünf Minuten zu gewähren.

»Was führt Sie zu mir, Frau Seitz?«, fragte ich sie, als wir uns im Besprechungszimmer gegenübersaßen.

Sie sah sich in dem Raum um, als sei sie auf einem fremden Planeten gelandet. Dann legte sie ihre Hände auf den Tisch und betrachtete abwesend ihre manikürten und zartrosa lackierten Nägel. »Das Steintürmchen auf dem Tisch im *Les Deux.*«

»Was ist damit?«

»Sie sagten, mein Mann würde mir erklären können, warum Sie es dort aufgebaut haben. Da ich von ihm keine befriedigende Antwort erhalte, frage ich noch einmal Sie: Was hat es damit auf sich?«

»Das ist eine längere und komplizierte Geschichte«, versuchte ich mich herauszuwinden.

»Mein Mann hat alles getan, um mich misstrauisch zu machen. Erst konnte er mich am Samstagabend nicht schnell genug von Ihnen weglotsen. Zu Hause ist er mir dann ausgewichen und hat alles als eine Lappalie abgetan, in die ich nur etwas hineininterpretieren würde. Hätte dieses Steintürmchen nicht dort auf dem Tisch gestanden, würde ich davon ausgehen, dass Sie die neue Geliebte meines Mannes sind. Sie würden durchaus in sein Beuteschema passen.« Sie sezierte mich mit ihrem Blick.

Einmal mehr fiel mir ihre Müdigkeit auf, die nichts mit mangelndem Schlaf zu tun zu haben schien. »Wie bereits gesagt, Frau Seitz, ich bin Nachlassverwalterin und habe mich in dieser Funktion an Ihren Mann gewandt.«

»Mein Mann ist Anwalt für Arbeitsrecht.«

»Das ist mir bekannt.«

»Hat es irgendetwas mit meinem Sohn zu tun?«

»Wie kommen Sie darauf?«

»Sechs runde Steine zu einem Türmchen aufeinandergeschichtet – vor den Augen meines Mannes.«

»Es waren einfach nur Steine, Frau Seitz, die Zahl war einem Zufall geschuldet.«

»Mache ich tatsächlich einen so beschränkten Eindruck?«

Ich hielt ihrem Blick stand und überlegte fieberhaft, was ich sagen sollte.

»Wie wäre es mit der Wahrheit?«, fragte sie, als hätte sie meine Gedanken gelesen. »Ich kann Ihnen versichern, dass ich nicht unter ihrem Gewicht zusammenbrechen werde. Ich habe es schon mit ganz anderen Wahrheiten aufgenommen.«

Ich fragte mich, wie weit ihr Vorstellungsvermögen über einen notorisch fremdgehenden Mann hinausreichte. Ganz sicher würde sie nicht erfahren wollen, dass ihr Sohn ein Vergewaltiger und vermutlich sogar ein Mörder war.

Allmählich verlor sie die Geduld. »Also entweder Sie lassen sich jetzt eine überzeugende Geschichte einfallen oder Sie sagen mir, was los ist.«

»Ich betreue zurzeit einen Nachlassfall, der mich an einen meiner früheren Fälle erinnert hat. In beiden Fällen spielten Steine eine Rolle.«

»Inwiefern?«

»Vor vielen Jahren gab es jemanden, der sich nachts an das Bett eines kleinen Mädchens gestellt und ihm aufgetragen hat, das Steinmännchen vor der Haustür zu hüten.«

Sie wechselte ihre Sitzposition, als habe sie Schmerzen. »Und was hat das mit Ihrem jetzigen Fall zu tun?«

»Frau Seitz, ich unterliege der Schweigepflicht, ich kann Ihnen keine näheren Angaben dazu machen.«

»Mit meinem Mann reden Sie ja offensichtlich auch darüber. Und ich hatte nicht den Eindruck, dass dem ein Mandat zugrunde liegt.«

»Auch in meinem aktuellen Nachlassfall spielen Steine eine Rolle.«

»Inwiefern?«

»Eine Frau wurde vergewaltigt, der Täter hat ihr ein solches Steingebilde hinterlassen.«

»Wo ist mein Mann da ins Spiel gekommen?«

»Ich schlage vor, dass Sie das ihn fragen. Ich möchte Ihnen darauf nicht antworten.«

»Dieses kleine Mädchen, das Sie erwähnt haben, handelt es sich dabei um eine der Töchter meines Mannes?« Sie musterte mich herablassend. »O bitte, schauen Sie nicht so! Ich weiß schon lange von Edgars Zweitfamilie, von seiner überaus kompetenten Sekretärin, die vor ein paar Jahren das Zeitliche gesegnet hat, und von seinen Töchtern. Wie alt sind die beiden jetzt? Sie müssen auch schon um die dreißig sein.«

Ich hatte Grits Kommentar zu Gerlinde Seitz noch im Ohr: *Die weiß es doch längst. Aber sie ist eine von denen, die es stillschweigend hinnimmt.* »Die jüngere der beiden ist kürzlich ums Leben gekommen«, sagte ich.

Hinter ihrer Stirn schien es zu arbeiten. »Haben Sie ein Glas Wasser für mich?«

»Selbstverständlich.« Ich lief in die Küche, holte eine Flasche und Gläser und goss uns beiden ein. »Ich denke, dass Sie alles Weitere mit Ihrem Mann besprechen sollten.«

»Was kommt bei Ihnen heraus, wenn Sie eins und eins zusammenzählen, Frau Mahlo?«, fragte sie, als habe sie mich gar nicht gehört.

»Ich kann Ihnen nicht folgen.«

»O doch, das können Sie. Aber aus irgendeinem Grund rücken Sie nicht mit der Sprache heraus. Haben Sie Angst? Vor meinem Sohn?«

»Wie kommen Sie ausgerechnet auf Ihren Sohn?«

»Weil man meinem Mann vieles vorwerfen kann, aber es würde mich wundern, wenn er ein Vergewaltiger wäre.«

Und bei ihrem Sohn würde es sie nicht wundern? Die Frage lag mir auf der Zunge, aber ich hielt mich zurück.

»Allerdings kann ich mir meinen Sohn in dieser Rolle auch nicht recht vorstellen. Er ist mit einer attraktiven Frau verheiratet. Kilians Thema ist Konkurrenz. Auf die eine oder andere Art zieht sie sich durch sein Leben. Er hat seinen kleinen Bruder als Konkurrenten empfunden. Und letztlich auch seinen Vater. Deshalb hat er eine Frau geheiratet, auf die Edgar mit Sicherheit schon ein Auge geworfen hatte. Liane ist eine Überfliegerin, sehr attraktiv, sehr charmant. Sie wird einmal die Kanzlei übernehmen.« Sie trank das Glas halb leer. »Ich kann mir vorstellen, dass es Kilian Freude gemacht hätte, seine kleine Halbschwester zu erschrecken. Sie war schließlich auch eine Konkurrenz um die Gunst seines von ihm über alles bewunderten Vaters.«

»Warum erzählen Sie mir all das, Frau Seitz?«

»Um mir Klarheit zu verschaffen.«

»Sie könnten Ihre Offenheit später bereuen.«

»Sie machen sich Sorgen um mich?«, fragte sie amüsiert. »Das brauchen Sie nicht. Es gibt ganz sicher Dinge, die ich bereue, aber sie haben nichts mit Offenheit zu tun. Eher mit Blindheit.«

Sie hatte mir noch eine Minute lang schweigend gegenübergesessen und durch mich hindurchgesehen. Dann war sie gegangen. Und mir war ein diffuses Gefühlsgemisch geblieben. Angst vor Kilian Seitz spielte dabei eine Rolle, aber auch eine gewisse Furcht davor, was Gerlinde Seitz umtrieb. Hinter ihrer Müdigkeit hatte Entschlossenheit gelauert. Als würde sie eine schonungslose Bilanz ziehen und alles aus dem Weg räumen, das sie daran hinderte.

Martin half mir am Abend dabei, sie und den Rest ihrer Familie für ein paar Stunden aus meinen Gedanken zu verbannen. Wir holten uns vietnamesisches Essen, tranken Weißwein dazu und sprachen über Gott, die Welt und seinen Job, von dem ich immer noch viel zu wenig wusste. Er machte keinen Hehl daraus, dass er mit all seinen Geschichten versuchte, mir seine Arbeit schmackhaft zu machen. Und er betonte, dass es ihm ernst damit sei, mich als Partnerin in seine Detektei aufzunehmen. Ich solle wenigstens darüber nachdenken und dabei ehrlich zu mir sein. Denn in den vergangenen Wochen hätte ich bereits zum dritten Mal in einem Jahr deutlich mehr Zeit in Detektivarbeit als in Nachlässe gesteckt.

Ich schlief mit diesem Gedanken ein und erwachte für meine Verhältnisse erst spät aus einem bleiernen, traumlosen

Schlaf. Bevor ich mich hinausschlich, hinterließ ich Martin einen Kuss auf einem Zettel und klebte ihn auf seine Kaffeemaschine.

Als ich um halb sieben auf den Hof fuhr, fiel mein Blick als Erstes auf Bens erleuchtete Laterne. Dann wanderte er zu den Fensterläden meiner Mutter, hinter denen wie immer um diese Uhrzeit bereits Licht brannte. Wenn ich gleich den Hausflur betrat, würde es dort nach aufgebackenen Brötchen und Kaffee riechen.

»Guten Morgen«, hörte ich eine vertraute Stimme, die Rosa in ein Freudengeheul ausbrechen ließ. Simon saß im ersten Stock des Nebengebäudes auf der Fensterbank. In der Hand hielt er einen dampfenden Becher Kaffee. »Magst du auch einen?«

Sekundenlang war ich unfähig zu sprechen. Mein Herz klopfte und tat gleichzeitig weh, und in meinem Kopf entstand ein wüstes Durcheinander.

»Es ist nur ein Kaffee, Kris«, sagte Simon.

Ich nickte und ging zögernd zu der Holztreppe, die zu seiner Wohnung führte. Rosa überholte mich und überfiel Simon, der uns an der Tür erwartete. Er ging in die Hocke, streichelte sie und sprach beruhigend auf sie ein. Dann erhob er sich und ging voraus in die Küche, wo er mir einen Kaffee eingoss.

»Du bist früh auf«, sagte ich.

Er rieb sich mit den Fingerknöcheln über seinen Bart. »Ich konnte nicht mehr schlafen.«

Tief in mir spürte ich eine Traurigkeit, die ich in seinem Blick wiederzuerkennen glaubte. »Wie geht es dir?«

»Ich bin ziemlich durcheinander«, antwortete er mit einem schiefen Lächeln. »Und es tut mir weh, wenn dein Auto nachts nicht auf dem Hof steht.«

»Simon, ich …«

»Nein!«, wehrte er ab. »Keine Entschuldigungen und keine Erklärungen. Bitte nicht. Das würde noch mehr wehtun. Ich bin ja selbst schuld, ich habe völlig überreagiert, als ich dich da nachts beim Telefonieren belauscht habe. Vielleicht wäre gar nichts weiter daraus entstanden.« Er lehnte sich mit dem Rücken gegen die Arbeitsplatte und ließ seinen Blick über mein Gesicht wandern. »Ist es etwas Ernstes zwischen dir und diesem Mann?«

»Wann weiß man, ob etwas ernst ist?«

»Wenn man sich angenommen und aufgehoben fühlt und wenn man glaubt, angekommen zu sein.«

»Es ist alles noch viel zu frisch«, wich ich aus, um Simon nicht zu verletzen. Auch bei ihm hatte ich mich aufgehoben gefühlt, ich hatte mir sogar Kinder mit ihm gewünscht. Vielleicht hatte Henrike recht damit, dass ich vor der Verantwortung geflohen war – genau in dem Augenblick, als es wirklich ernst wurde und Simon mit mir zusammenziehen wollte. Aber wäre es nur das, würde ich Martin und meinen Gefühlen für ihn nicht gerecht. Martin war für mich so viel mehr als nur ein Fluchtpunkt.

»Ich habe viel nachgedacht in den vergangenen Tagen«, sagte Simon. »Erst war ich so weit, für mich und den Laden eine neue Bleibe zu suchen. Weil wir uns hier ständig über den Weg laufen und weil ich nicht weiß, wie ich damit auf Dauer zurechtkommen werde. Aber dann ist mir bewusst geworden, wie sehr der Hof zu meinem Zuhause geworden ist. Ich kann hier nicht fortgehen. Außerdem hat Arne mir klargemacht, dass wir uns bei ihm und Henrike ohnehin immer wieder begegnen würden. Also bleibe ich und lerne, damit umzugehen.«

»Ich muss das auch erst noch lernen«, sagte ich bedrückt.

Er kam zu mir und setzte sich auf die Sessellehne. Ich lehnte meinen Kopf an seine Seite und spürte hinter meinen geschlossenen Augenlidern Tränen, als er den Arm um mich legte.

»Ich glaube nicht daran, dass eine Liebesbeziehung in eine Freundschaft münden kann. Trotzdem würde ich es gerne versuchen. Ich möchte, dass du ein Teil meines Lebens bleibst.«

»Ich würde dich gerne etwas fragen.« Ich wischte mir die Tränen fort.

»Es geht um Natalie, habe ich recht?«

Ich nickte.

»Sie hat sich in mich verliebt, aber ich habe ihr gesagt, dass sie sich keine Hoffnungen machen darf.«

»Alle sagen, dass sie dich zum Lachen bringt.«

»Das tut sie. Und das fühlt sich gut an. Aber es reicht nicht.«

Ich machte keinen Hehl daraus, in Martin verliebt zu sein, war aber gleichzeitig froh, dass Simon sich nicht verliebt hatte. Was war ich nur für ein Mensch? Ich stellte diese Frage Arne, als er am Vormittag auf einen Kaffee bei mir im Büro vorbeischaute. Er musste nicht lange über eine Antwort nachdenken. Seiner Meinung nach war meine Reaktion zutiefst menschlich, zumindest menschlich im Sinne einer Mehrheit. Vermutlich gebe es eine Minderheit, die altruistisch genug war, die Sache anders zu sehen, hatte er gesagt. Aber zu der zählten wir wohl beide nicht. Ihm würde es in einem ähnlich gelagerten Fall ganz genauso gehen. Obwohl er es für ausgeschlossen halte, sich noch einmal in eine andere Frau zu verlieben.

»Ich habe mir früher nie vorstellen können, dass ich das einmal sagen würde, aber mit Henrike möchte ich alt werden«, sagte er mit einem Seufzer. »Ich bete immer, dass es ihr umgekehrt genauso geht.«

»Frag sie doch einfach, dann weißt du es.«

»Mit so einer Frage tue ich mich schwer«, sagte er betrübt.

»Sie ist garantiert einfacher als die Montage eines Peilsenders«, meinte ich grinsend.

»Henrike darf das nie erfahren, Kris. Du kennst sie, sie würde mich sofort verlassen. Sie würde mir das nicht verzeihen.«

»Weißt du, was ich glaube, Arne? Man kann eine Menge verzeihen, wenn man bereit ist, über seinen Schatten zu springen. Du würdest ihr doch auch verzeihen, wenn sie irgendeine Dummheit begangen hätte, oder?«

Er fuhr sich mit der Hand über seinen kahl geschorenen Schädel. »Ehrliche Antwort?«

»Was sonst?«

»Kommt auf die Dummheit an.«

Mit einem Klopfen im Rahmen der Küchentür machte Funda sich bemerkbar. »Ich muss euch mal kurz stören. Diese Frau Seitz hat in den letzten fünf Minuten dreimal angerufen. Sie müsse dich unbedingt sprechen, Kris, es eile. Könntest du sie vielleicht schnell zurückrufen?«

Arne stand auf und drückte mir einen Kuss auf die Wange. »Ich muss ohnehin los.«

Zehn Minuten später saß ich im Auto und fuhr Richtung Gern. An diesem Tag hatte sich der Nebel endlich gelichtet. Darüber war eine graue Wolkendecke zum Vorschein gekommen, die Regen versprach. Es war ein kühler, trister Herbsttag, dem ich mit laut aufgedrehter Musik zu begegnen versuchte. Während ich einen Song mitsummte, dessen Titel ich nicht kannte, dachte ich über Gerlinde Seitz nach. Sie hatte sehr bestimmt geklungen, als sie sagte, sie habe etwas Dringendes mit mir zu besprechen, und fragte, ob ich zu ihr nach Hause kommen könne. Mir wäre ein Café lieber, hatte ich eingewandt, woraufhin sie meinte, sie würde mich nur ungern um diesen Gefallen bitten, aber sie habe Kopfschmerzen und wolle die Wohnung nicht verlassen. Meinen Vorschlag, uns an einem anderen Tag zu treffen, hatte sie abgewiegelt.

»Bitte, Frau Mahlo, kommen Sie zu mir«, hatte sie gefleht. »Sie haben nichts von mir zu befürchten.«

Das letzte Mal, als mir jemand einen ähnlichen Satz gesagt hatte, war die ganze Sache nur deshalb gut ausgegangen, weil Henrike beherzt eingegriffen hatte. Ich war hin- und hergerissen, entschied mich dann aber hinzufahren. Welche Gefahr sollte schon von einer fast siebzigjährigen Frau ausgehen?

Die wunderschön restaurierte alte Villa im Herzen von Gern war in zwei Maisonettewohnungen aufgeteilt, von denen das Ehepaar Seitz die linke bewohnte. Als Gerlinde Seitz mir die Tür öffnete, sah ich auf den ersten Blick einen langen Flur, Eichenparkett, hohe Decken, Stuck, Kristallleuchter und wertvolle Antiquitäten. Sie ließ mir Zeit, mich umzusehen.

»Seien Sie so nett, Frau Mahlo, und lassen Sie Ihr Handy hier auf der Kommode«, sagte sie in einem Ton, als bitte sie mich um meinen Mantel, um ihn dann zur Garderobe zu bringen.

Ich traute meinen Ohren nicht und sah sie entsprechend an.

»Ich habe viel von meinem Mann gelernt. Und nun auch noch, dass man bei vertraulichen Gesprächen die Elektronik besser vor der Tür lässt.«

Widerstrebend folgte ich ihrem Wunsch. Bevor ich das Handy auf der Kommode deponierte, schaltete ich es jedoch aus. Meine Erfahrung mit Edgar Seitz war mir eine Lehre gewesen.

Seine Frau führte mich an verschlossenen Türen vorbei in einen Raum, der sich hinter einer Doppeltür befand und zum Garten hinausging. Das Fenster neben dem wuchtigen Schreibtisch zur Linken war geöffnet und ließ kühle Luft hinein. Rechts stand um einen Rauchglastisch herum eine Sitzgruppe aus vier cognacfarbenen Ledersesseln. Auf dem Tisch befanden sich Gläser, eine Karaffe mit Wasser und eine Duftkerze, die ein Vanillearoma verströmte, jedoch nicht über den kalten Zigarrenrauch hinwegtäuschen konnte, der aus allen Ritzen zu strömen schien.

»Bitte setzen Sie sich.« Sie wies mir einen der Sessel zu und ließ sich mir gegenüber nieder, nachdem sie das Fenster geschlossen hatte. »Ich weiß es sehr zu schätzen, dass Sie gekommen sind.« Ihr Blick wanderte kurz durch den Raum, als wolle sie sich vergewissern, dass alles an seinem Platz war. »Dies ist das Arbeitszimmer meines Mannes. Sie fragen sich vielleicht, warum ich ausgerechnet diesen Raum für unser Gespräch gewählt habe.« Sie sah mich abwartend an.

»Erklären Sie es mir«, kam ich ihrer unausgesprochenen Bitte nach.

»Weil bei meinem Mann alles seinen Anfang genommen hat, und deshalb soll es bei ihm auch enden. Edgar ist ein gnadenloser Egoist, dem eine Familie nicht genug war.« Wieder ließ sie ihren Blick durch den Raum schweifen, als begegne sie dort in jedem einzelnen Gegenstand ihrem Mann. »Es ist immer wieder seltsam, hier zu sitzen. Wenn er es wüsste, würde er fuchsteufelswild. Sie müssen wissen: Dieser Raum ist tabu, es sei denn, man erhält eine ausdrückliche Einladung von ihm.«

»Was meinen Sie damit?«, fragte ich mit einem mulmigen Gefühl und zog meinen Schal enger um den Hals, weil mir kalt war. »Was soll hier enden?«

»Ich habe gestern Abend lange mit ihm gesprochen, aber

er hat sich wie immer aus allem herausgeredet und mir die Wahrheit vorenthalten. Wenn ich ehrlich zu mir selbst bin, dann habe ich ihn lange damit durchkommen lassen. Es schien leichter zu sein und weniger wehzutun. Aber da täuscht man sich. Irgendwann verfängt man sich selbst in all diesen Lügen. Es werden zu viele. Haben Sie schon einmal versucht, ein großes Knäuel zu entwirren? Entweder müssen Sie viel Geduld mitbringen, oder aber Sie gehen radikal vor und benutzen eine Schere.«

»Damit zerschneiden Sie dann aber den Faden«, blieb ich in ihrem Bild. »Und letztlich wäre alles zerstört.«

»Dafür gäbe es den Knoten nicht mehr.«

Was ich spürte, war nur der Hauch einer Ahnung, kaum greifbar. Worauf zielte all das ab? »Für welche Methode haben Sie sich entschieden?«

»Ich habe meinen Sohn heute Morgen zum Frühstück eingeladen und ihm gesagt …« Sie deutete meinen Blick richtig und unterbrach sich. »Keine Sorge, Frau Mahlo. Von ihm droht Ihnen keine Gefahr. Das kann ich Ihnen versichern. Ich habe ihm gesagt, dass ich alles weiß. Angefangen bei Kristoffer über seine Halbschwester bis hin zu der Vergewaltigung, wenn es denn überhaupt bei einer geblieben sein sollte. Er …«

»Kristoffer?«

Einen Moment lang schien ihr das Atmen schwerzufallen, als laste etwas auf ihrer Brust. »An dem Vormittag vor fünfundzwanzig Jahren, als Kristoffer in unserem Gartenteich ertrank, war ich unterwegs. Es war ein Samstag und ich hatte einen Friseurtermin. Mein Mann war mit beiden Jungen zu Hause geblieben. Er hatte mir versprochen, sich mit ihnen zu beschäftigen, immerhin sahen sie ihn während der Woche kaum.« Sie hielt kurz inne und bewegte den Kopf, als horche sie in die Vergangenheit. »Bei meiner

Rückkehr war es bereits zu spät. Beide haben mir dann von dem Unglück berichtet, dass mein Mann kurz im Haus war, dass Kristoffer in seiner Abwesenheit in den Teich gefallen ist, dass Kilian seinen Vater um Hilfe gerufen hat und dass Kristoffer schon nicht mehr atmete, als Edgar ihn aus dem Teich zog.« Sie legte ihre Hand auf die Brust, als versuche sie, ihr Herz oder ihren Atem zu beruhigen. »Ich habe damals nicht herausgefunden, was wirklich geschehen ist, aber dass bei dem Unglück etwas nicht mit rechten Dingen zugegangen war, das wusste ich. Meinem Mann war nicht nur der Schock ins Gesicht geschrieben, sondern auch ein schlechtes Gewissen. Ich bin sicher, er hatte die Jungen nicht nur für einen Moment allein gelassen. Vermutlich hat er sie zum Spielen rausgeschickt, um in Ruhe Zeitung lesen zu können.« Sie räusperte sich und trank einen Schluck Wasser. »Kilian war dreizehn, als Kristoffer starb. Er war ein kräftiger Junge. Er hätte sich sicher ein wenig anstrengen müssen, um seinen Bruder aus dem Teich zu ziehen, aber es hätte ihm gelingen können. Nur hat er es gar nicht erst versucht. Er hat nicht einmal um Hilfe geschrien. Dabei wäre Hilfe ganz nah gewesen. Auf dem angrenzenden Grundstück waren zwei Gärtner mit Pflanzarbeiten beschäftigt. Aber Kilian ist ins Haus gelaufen und hat meinen Mann gesucht. Er hat wertvolle Zeit verstreichen lassen, Zeit, die Kristoffer das Leben gekostet hat.« Sie schloss die Augen, atmete tief durch und öffnete sie wieder.

»Keiner von uns weiß, wie er handelt, wenn er unter Schock steht«, sagte ich leise. Es fiel mir schwer, mir einen Dreizehnjährigen vorzustellen, der seinen Bruder ganz bewusst und mit Absicht ertrinken ließ. »Kilian war ja selbst noch ein Kind. Halten Sie es nicht für möglich, dass ihn eine solche Situation überfordert hat?«

»Er war ein zutiefst eifersüchtiges Kind. Mir war das nicht

bewusst – bis zu dem Moment, als Kristoffer in unser Haus kam. Wenn ich mir etwas vorzuwerfen habe, dann das, dass ich Kilians Eifersucht unterschätzt habe. Oder besser gesagt das, was aus solch einem zerstörerischen Gefühl heraus entstehen kann. Dabei hätte ich auch das wissen können.« Sie schluckte. »Ich habe damals ganz genau gespürt, dass Kilian mich anlügt, dass irgendetwas an der Geschichte nicht stimmte. Aus meinem Mann war wie immer nichts herauszubekommen. Er hat seinen Sohn gedeckt. Und damit letztlich auch sich selbst.«

»Gedeckt? Was meinen Sie damit?«

»Edgar hat Kilians Geschichte verteidigt und mir unterstellt, eine schlechte Mutter zu sein. Nur eine schlechte Mutter könne ihren Sohn einer solchen Tat verdächtigen.« Ihr Lachen klang hart. »Und ein guter Vater deckt den Mantel des Schweigens über eine solche Tat. Ganz besonders ein Vater, in dessen Lebensplan Scheitern nicht vorgesehen ist.«

Ich hatte schon so vieles gelesen und gehört, trotzdem rebellierte alles in mir gegen die Vorstellung, dass ein Dreizehnjähriger seinen kleinen Bruder umbrachte. Ihm einen Streich spielen, ihn ärgern, ihn schubsen und sich mit ihm prügeln, ihn sogar verletzen – ja. Aber ihn ganz bewusst sterben lassen?

»Jetzt endlich kenne ich die Wahrheit, Frau Mahlo. Kilian hat es getan.«

»Wieso sind Sie sich da so sicher?«

»Ich habe ihn heute Morgen direkt danach gefragt. Und wissen Sie, wie seine Antwort lautete? Er sagte: *Ihr wolltet doch immer, dass ich Kristoffer in Ruhe lasse. Nichts anderes habe ich getan.*«

28

Im Raum schien es um einige Grad kälter zu werden. Ich zog die Schultern hoch und schlang die Arme um meinen Körper. »Sie meinen, Kilian hat damit zugegeben, seinen Bruder umgebracht zu haben?«, vergewisserte ich mich.

»Kristoffer sei ein Störenfried gewesen, hat er gesagt, vom ersten Tag an habe sich alles nur noch um ihn gedreht. Er habe alles zerstört.« Sie sah mich eindringlich an. »Um jemanden umzubringen, muss man ihm nicht zwingend einen Stoß versetzen. Es reicht schon, ihm beim Ertrinken zuzusehen. Er habe dem kleinen *Nichtsnutz* jedoch nur einen Denkzettel verpassen wollen. Damit, dass er so schnell das Atmen einstellen würde, habe er nicht gerechnet.« Sie bewegte ihren Kiefer hin und her, um ihn zu lockern. »Es wird ja gerne den Müttern die Schuld gegeben, wenn etwas schiefgeht. Ich frage mich die ganze Zeit, was ich hätte anders machen können. Besser. Aber vielleicht bin ich gar nicht schuld, vielleicht ist mein Sohn ein böser Mensch. Vielleicht war er das schon als Kind.«

Ich musste an das denken, was Corinna Lutz zu mir gesagt hatte. Dass Kilian Seitz mit Sicherheit nicht als Täter geboren wurde. Dass bei ihm eine ungünstige genetische Veranlagung in Verbindung mit der familiären Konstellation eine explosive Mischung gebildet haben könnte. Dass jemand hätte eingreifen und die Weichen anders stellen müssen. Dass es diesen Jemand aber offensichtlich nicht gegeben hatte.

»Glauben Sie, dass er ein böser Mensch ist?«, fragte sie.

»Jemand hat einmal gesagt, dass nicht der Mensch böse ist, sondern die Tat.«

»Das halte ich für Haarspalterei. Was glauben Sie? Sagen Sie es mir!«

»Spielt es denn überhaupt eine Rolle, was ich glaube?« Mir wurde immer beklommener zumute. Gerlinde Seitz schien überhaupt keine Hemmungen zu haben, mir ihren Sohn ans Messer zu liefern.

»Warum drücken Sie sich davor? Weil Sie Angst vor ihm haben? Ich kann Ihnen versichern, dass er nicht plötzlich aus irgendeinem Schrank springt und über Sie herfällt. Sie sind hier sicher vor ihm.«

»Also gut: Ich glaube, dass Ihr Sohn sich einiges hat zuschulden kommen lassen. Ich finde ihn zum Fürchten und ich hoffe inständig, dass es irgendwann gelingt, ihn für seine Taten zur Rechenschaft zu ziehen.«

»Ich habe ihn auch danach gefragt, was er damals seiner Halbschwester angetan hat«, sagte sie gedankenverloren.

»Und?«

Sie streckte den Nacken und schob das Kinn ein wenig vor. »Er habe nicht verstanden, warum Kristoffer überhaupt *nötig* gewesen sei. Wir hätten doch ihn gehabt. Wenn wir ihn wenigstens gefragt hätten und er hätte Nein sagen können. Aber wir hätten ihn vor vollendete Tatsachen und sein Leben damit auf den Kopf gestellt. Nach Kristoffers Tod sei für ihn endlich wieder Ruhe eingekehrt, er habe geglaubt, dass nun alles wieder gut werde. Aber dann habe er von den Mädchen erfahren und begriffen, wohin sein Vater so regelmäßig verschwand. Er habe ihn mit ihnen telefonieren hören – mit seinem kleinen Engel und seiner kleinen Prinzessin. Es habe nach einem Paradies geklungen. Das habe Kilian ein wenig stören wollen, er habe schließlich auch keines gehabt. Deshalb habe er einen kleinen Schrecken dort hineintragen wollen. Nichts weiter.« Sie sah auf ihre Hände. »Einen kleinen Schrecken«, wiederholte sie die Worte, als könne sie es nicht fassen. »Ich habe ihn gefragt, ob er auch die Frau, die er vergewaltigt hat, bloß *erschrecken* wollte. Wissen Sie, was er mir darauf mit einem widerlichen überheblichen Grinsen geantwortet hat? *Wir reden hier nicht von* einer *Frau.* Ich wollte wissen, wie viele es gewesen waren, aber darüber hat er sich ausgeschwiegen. Es steht immer wieder geschrieben, dass man bei manchen Menschen in einen Abgrund sehen würde. Wie solch ein Abgrund aussieht, begreift man aber erst, wenn man wirklich hineinschaut.« Sie schien in sich selbst zu versinken und mich vergessen zu haben.

»Frau Seitz?«, brach ich das Schweigen nach einer Weile.

Sie hob den Blick, legte die Arme auf die Sessellehnen und ließ sich mit einem leisen Stöhnen zurücksinken. Sie wirkte plötzlich klein und zerbrechlich in dem wuchtigen Sessel. Aber alles andere als schwach und labil, so wie ihr Mann sie Luise Führmann gegenüber dargestellt hatte. »Ich habe mir nichts vorgemacht, als wir Kristoffer adoptierten. Im Gegenteil: Ich wusste, dass solch ein Kind eine Herausforderung sein würde. Aber genau das wollte ich. Ich wollte etwas meistern, mich beweisen. Und ich wollte wenigstens für einen Menschen wirklich wichtig sein, und wenn es nur dieser Kleine war. Kilian war anfangs sehr pflegeleicht und ein wenig eigenbrötlerisch, mit ihm hatte ich so gut wie keine Arbeit, außerdem war er völlig auf seinen Vater fixiert. Er stellte keine Herausforderung dar. Ich dachte, wenn es mir gelingt, aus diesem vorbelasteten adoptierten Kind ein fröhliches zu machen, würde mein Mann mich mit anderen Augen sehen. Können Sie sich vorstellen, wie das ist, wenn man nachts wach liegt und sich wünscht, genauso einen Heiligenschein verpasst zu bekommen wie die Geliebte Ihres Mannes, mit der er zwei engelsgleiche Töchter hat? Von der er immer geschwärmt hat, wie tüchtig sie sei, wie sie jede Herausforderung meistere. Natürlich hat er mir gegenüber von ihr nur in ihrer Funktion als Sekretärin geschwärmt. Aber die andere, viel stärkere Rolle klang immer hindurch. So etwas tut weh.«

Bei diesen Sätzen ging mir vieles durch den Kopf. Angefangen bei der Frage, warum Gerlinde Seitz bei diesem Mann geblieben war. Aber ich wusste, dass vieles weniger leichtfiel, wenn man ein Kind hatte. Dass es Menschen gab, die die Hoffnung auf eine Veränderung nie aufgaben. Und andere, die so sehr in tradierten Verhaltensmustern gefangen waren, dass *Gehen* für sie keine Option war. Das waren die, die bis zum bitteren Ende durchhielten.

Zum ersten Mal sah ich sie lächeln. Mit einer überraschenden Wärme, die in einem See von Traurigkeit zu schwimmen schien. »Ich wollte Kristoffer zu einem lebensfrohen Jungen machen. Ich wollte für ihn wichtig sein. Ich glaubte, mir alles ganz genau ausgemalt zu haben. Aber dann kam alles anders. Dieses Gefühl zu ihm hat mich völlig unvorbereitet getroffen. Man könnte auch sagen, es hat mich überrumpelt. Die Liebe zu diesem Kind war das Innigste und Zärtlichste, was ich jemals erlebt habe. Und je mehr diese Liebe wuchs, desto größer wurde mein schlechtes Gewissen Kilian gegenüber. Ihn habe ich nie so lieben können, nicht in dieser Intensität. Er hat sich dafür auf grausame Weise gerächt.«

Die Stille, die auf ihre Worte folgte, hatte etwas Endgültiges. Wie ein Punkt, der am Ende einer Geschichte gesetzt wird. Doch es war noch nicht das Ende.

»Sie fragen sich vielleicht, warum ich Edgar nicht verlassen habe«, durchbrach sie die Stille und kniff die Augen zusammen, während sie aus dem Fenster sah. Die Wärme, die sie gerade noch ausgestrahlt hatte, war verschwunden. »Ich habe lange Zeit die Hoffnung nicht aufgegeben, dass sich unsere Beziehung zum Besseren wendet. Dass er sich besinnt und diese Frau aufgibt. Ich habe als leise Botschaften immer wieder Sinnsprüche über Wahrheit und Aufrichtigkeit herumliegen lassen …«

»Manchmal erscheint dir ein Traum als die Wahrheit«, wiederholte ich, was ich von Grit gehört hatte. *»Aber die Wahrheit hat einen unvergleichlichen Klang.* So etwas in der Art?«

»Das war einer der Sprüche. Woher kennen Sie ihn?«

»Von der verstorbenen Tochter Ihres Mannes. Er wollte sie damit der Wahrheit verpflichten.«

»Ausgerechnet er. Wie zynisch.« Sie verzog angewidert das Gesicht. »Er hat sich nie geändert.«

»Und dennoch sind Sie bei ihm geblieben. Warum?«

»Ich habe das gute Leben an seiner Seite geschätzt. Sie sind noch jung und mögen das verurteilen, aber Edgar hat mir immer einen guten Lebensstandard geboten. Er ist fürsorglich. Selbstverständlich nur, solange es nach seinem Kopf geht. Er hätte mich nicht versorgt, wenn ich gegangen wäre. Außerdem hätte er nicht ohne Weiteres auf Kilian verzichtet. Edgar ist ein Mann, der alles haben und auf nichts verzichten will. Und er kann einschüchternd sein.« Sie schüttelte bedächtig den Kopf. »Anfangs dachte ich in meiner Naivität noch, ein Anwalt sei in jedem Fall integer und rechtschaffen, jemand, der für das Recht anderer einsteht. Aber Edgar steht nur für das Recht des Stärkeren ein. Und ich glaube, er hat sich lange Zeit in seiner Rolle als toller Hecht gesonnt. Immerhin hat er es gleich zwei Familien an nichts fehlen lassen. Sechs Menschen sind sehr komfortabel in seinem Kielwasser geschwommen – zwei Frauen, vier Kinder. Bis das Wasser sich eintrübte. Aber auch das hat er auf seine Weise gelöst, er hat es ausgesessen, es ignoriert.« Sie sah mich mit einer Eindringlichkeit an, die den Raum in Schwingungen zu versetzen schien. »Edgar kann so vieles.

Aber er ist nicht fähig zur Anteilnahme, er kann nicht lieben. In jedem Konflikt, in jeder Schwierigkeit sieht er nur sich, nie den anderen. Diese Perspektive fehlt ihm völlig. Leider fehlt sie auch meinem Sohn, genauso wie die Fähigkeit zu lieben. Seine Frau ist für ihn nur der Triumph über seinen Vater. Er, Kilian, hat den Shootingstar in der Kanzlei seines Vaters erobert.« Sie lächelte erschöpft. »Noch vor zehn Jahren wäre ihm das nicht gelungen, da hätte Edgar selbst zugegriffen.« Sie stockte und lauschte ihren Worten nach. »Vermutlich hat er das sogar.«

Die Atmosphäre im Raum wurde immer bedrückender. Ich ließ mich tiefer in den Sessel sinken und betrachtete mein Gegenüber. Noch immer konnte ich Gerlinde Seitz nicht einschätzen. Was bewog sie, mir all das zu erzählen? Man konnte ihr einiges vorwerfen, angefangen bei dem Versuch, ein Kind zu benutzen, um in der Achtung ihres Mannes zu steigen. Was man ihr nicht vorwerfen konnte, war Selbstmitleid. Sie ging schonungslos mit sich ins Gericht. Dass sie ihre blinden Flecke nicht entdeckte, war ihr nicht vorzuwerfen. Die waren immer nur für die anderen sichtbar. Innerlich rückte ich ein Stück ab, um vielleicht aus ein wenig mehr Distanz zu begreifen, was hier vor sich ging. Jedes Wort, das sie sagte, klang nach einer Lebensbilanz. Aber warum jetzt und hier?

»Wissen Sie, Frau Mahlo, wenn ich meinen Mann beizeiten verlassen hätte, hätte ich meinem Sohn vielleicht ein Vorbild sein können«, drang sie zu mir durch. »Um ein anderes Leben zu führen. Ein authentischeres. Eines, in dem er nicht glaubt, auf die Finanzspritzen seines Vaters angewiesen zu sein und gleichzeitig mit ihm in Konkurrenz zu stehen. Aber wenn ich ehrlich bin, dann glaube ich nicht, dass ich ihm als Vorbild genügt hätte. Dass ein Vorbild überhaupt irgendetwas hätte verhindern können. Für Kilian war immer nur wichtig, sich seinem Vater zu beweisen, Anerkennung von ihm zu bekommen. Er hat sich geweigert zu lernen, mit Niederlagen umzugehen.« Sie legte die Handflächen wie zum Gebet aneinander und sah darauf. »Ich habe mir viele Gedanken über diesen Vergewaltigungsvorwurf gemacht. Im ersten Moment konnte ich mir meinen Sohn so nicht vorstellen, dann aber plötzlich doch. Ich habe ihn gefragt, ob er sich an diesen Frauen für seine Niederlagen habe rächen wollen. Oder ob er sich an seiner Macht, seiner Überlegenheit berauscht habe. Wissen Sie, was er mir geantwortet hat?«

»Was?«, fragte ich, war mir jedoch nicht sicher, ob ich die Antwort überhaupt noch hören wollte. Sie hatte mich an der Hand genommen und war dabei, mich hinter sich her in einen Sumpf zu ziehen, der mich zutiefst verstörte.

Sie antwortete nicht gleich, sondern schien in ihrem Kopf etwas nachzulauschen. »*Macht ist tatsächlich wie ein Rausch,* hat er zu mir gesagt. Und wirkliche Macht lasse sich lange auskosten. Darum sei es bei der Pflege der Steintürme gegangen.« In ihrer Miene spiegelte sich eine Mischung aus Entsetzen und Ekel. »Er hat mir mit einem Lächeln ins Gesicht gesagt, dass er immer wieder mit tiefer Befriedigung an den Steintürmen vorbeigefahren sei und jeden einzelnen Moment genossen habe. Denn, und es war ihm wichtig, dieses *Denn* zu betonen: Niemand habe sie in der Nacht mit dem Fuß umgestoßen. O ja, er habe mich damals dabei beobachtet.« Sie verbarg ihr Gesicht in den Händen und gab ein gequältes Stöhnen von sich. Dann ließ sie ihre Hände sinken. »Dieser eine Satz hat ausgereicht, um mir die Schuld zuzuschieben. Verstehen Sie?« Ihr Blick verfing sich in meinem wie der eines Ertrinkenden.

Ich konnte ihn weder abwehren noch ihm ausweichen. Sekundenlang war ich in ihm gefangen. »Hat Ihr Sohn

Ihnen das alles freiwillig erzählt, Frau Seitz?«, fragte ich mit rauer Stimme.

Sie nickte. »Es schien ihm sogar eine große Genugtuung gewesen zu sein. Die Vorstellung, mich mit diesem entsetzlichen Wissen zu belasten – in der Gewissheit, dass ich es nie über mich bringen würde, ihn anzuzeigen.«

Ich rutschte unruhig auf dem Sessel herum und blieb schließlich auf der Kante sitzen. »Und warum erzählen Sie es mir? Sie gehen doch sicher nicht davon aus, dass ich Ihre Wohnung verlassen und über all das schweigen werde.«

Sie stand auf und bedeutete mir, ihr zu folgen. »Kommen Sie, ich möchte Ihnen etwas zeigen. Dann werden Sie verstehen, dass es nicht auf Ihr Schweigen ankommt. Nicht mehr.«

Während ich zögernd meine Schritte setzte und Gerlinde Seitz in den Flur folgte, hatte ich das Gefühl, Kilian Seitz würde jeden Moment aus einer der Türen kommen. Mein Herz klopfte bis zum Hals. Gerlinde Seitz blieb stehen, öffnete die Tür neben dem Treppenaufgang und stieß sie auf. Mit einer unmissverständlichen Geste ließ sie mir den Vortritt. Immer noch zögernd betrat ich die Küche, während sie hinter mir im Türrahmen stehen blieb.

Mein Blick fiel auf den gedeckten Frühstückstisch mit Kaffeekanne, Butterschale, verschiedenen Marmeladen und einem gefüllten Brötchenkorb. Der lange Tisch war für zwei gedeckt. Einer der Teller war unberührt, auf dem anderen lag ein halbes Croissant. Der Geruch in dem Raum verschlug mir den Atem. Nicht weil er so intensiv war, sondern weil er so unverwechselbar war.

Am liebsten hätte ich die Augen geschlossen. Aber ich zwang mich hinzusehen. Die Wand zwischen den beiden großen Fenstern war voller Blutspritzer. Ein Stillleben, das dort hing und eine Schale mit Zitronen zeigte, hatte auch etwas abbekommen, ebenso wie die hellgrauen Vorhänge, die links und rechts der Fenster drapiert waren. Ich drehte mich zu Gerlinde Seitz um. Sie schien jede meiner Bewegungen zu verfolgen und bedeutete mir mit einem Nicken, mich weiter vorzuwagen.

»Hinter dem Tisch«, sagte sie mit unbewegter Miene. »Gehen Sie nur. Es kann Ihnen nichts geschehen.«

Einen Moment lang war es wie in einem Traum, in dem ich rennen wollte, aber nicht konnte, weil meine Beine bleiern waren und mich daran hinderten. Dann tat ich einen großen Schritt, gab einen unartikulierten Laut von mir und blieb wie zur Salzsäule erstarrt stehen. Vor mir am Boden lag Kilian Seitz. In seiner Stirn war ein Loch, seine Augen waren halb geöffnet, um seinen Kopf herum hatte sich eine Blutlache gebildet. Ich stützte mich an der Tischkante ab und starrte auf den Mann, der einigen Menschen die Hölle bereitet hatte.

In meinem Kopf drehte sich alles. Entsetzen mischte sich mit Angst. Mir war übel von dem Anblick und dem Geruch von Blut, und ich wusste, ich würde keines von beidem je vergessen. Das Bild von Grits totem Halbbruder grub sich mit aller Macht in mein Gedächtnis. Dort würde es bleiben und sich mit anderen Schreckensbildern mischen.

»Wer hat das getan?«, brachte ich schließlich hervor und wünschte mir, mein Handy in der Hosentasche zu haben, um die Polizei rufen zu können. Kilians Mutter hatte es offensichtlich bisher nicht getan. Und das ängstigte mich noch mehr.

»Ich habe das getan.« Ihre Stimme klang ruhig und gefasst.

Wie in Zeitlupe drehte ich mich zu ihr um. In der Hand hielt sie eine Pistole, deren Lauf auf meinen Bauch zielte, mein Herz stolpern ließ und mein Gehirn in einen Extremzustand versetzte. Sekundenlang überkam mich der kaum zu bändigende Gedanke an Flucht. Wobei *Gedanke* vermutlich viel zu weit gegriffen war. Ich schien aus nichts als Instinkt zu bestehen.

»Frau Mahlo! Hören Sie mich?«

Ihre Stimme drang zu mir durch.

»Kommen Sie, begleiten Sie mich noch für ein paar Minuten in das Arbeitszimmer meines Mannes. Dann können Sie gehen und die Polizei alarmieren. Das verspreche ich Ihnen.«

Wie viel war das Versprechen einer Frau wert, die gerade ihren Sohn umgebracht hatte? Ich wischte die Frage beiseite. Letztlich spielte die Antwort keine Rolle, denn ich hatte keine Wahl. Sie ließ mich vorgehen und folgte mir dicht auf den Fersen. Im Flur blieb ich kurz stehen und maß die Entfernung zur Wohnungstür. »Haben Sie sich so weit vorgewagt, nur um jetzt am Ende zu kneifen?«, fragte sie dicht neben meinem Ohr.

»Wenn es um mein Leben geht, ist Kneifen durchaus eine Option.« Meine Stimme klang wie ein Krächzen.

»Und was ist mit der Wahrheit? Jetzt haben Sie immerhin noch die Chance, ihr ein Stück näher zu kommen.«

»Es reicht mir, sie in der Gerichtsverhandlung zu hören.«

»Dazu wird es nicht kommen, Frau Mahlo. Gegen Tote wird nicht ermittelt.« Sie versetzte mir mit der Waffe einen leichten Stoß Richtung Arbeitszimmer.

In winzigen Schritten setzte ich mich in Bewegung. »Haben Sie Ihren Sohn deshalb getötet? Damit nicht gegen ihn ermittelt wird?«

Sie schob mich vor sich her und wartete mit ihrer Antwort, bis wir uns wieder gegenübersaßen. Wir ließen uns gegenseitig keine Sekunde aus den Augen.

»Ich wollte, dass Schluss ist«, sagte sie mit gerunzelter Stirn. Sie wirkte hoch konzentriert und angespannt.

Ich hätte nicht sagen können, wie ich mir das Gespräch mit einer Mörderin vorgestellt hätte, ich hätte nur sagen können, wie ich es mir nicht vorstellte – so erschreckend normal.

»Selbst wenn er vor Gericht gekommen wäre«, fuhr sie fort, »hätte mein Mann ihn wieder rausgehauen, so wie er es damals getan hat, als Kristoffer starb. Deswegen habe ich ihn gerichtet.«

»Vielleicht hat Ihr Mann versucht, Kilian zu schützen. Damals war er noch ein Kind.« Ich hatte es kaum ausgesprochen, als mir bewusst wurde, wie falsch meine Annahme war. Wäre es Edgar Seitz darum gegangen, sich vor sein Kind zu stellen, dann hätte er das Gleiche für Grit tun müssen, als sie nachts von ihrem Halbbruder heimgesucht wurde. Aber er hatte es nicht getan. Er hatte auch hier vertuscht und hatte dabei zugesehen, wie seine Tochter in die Psychiatrie eingewiesen wurde.

»Sie haben recht«, hörte ich Gerlinde Seitz sagen. »Kilian war noch ein Kind. Aber er war ein böses Kind. Eines, aus dem ein böser Mann geworden ist. Wir haben das nicht verhindern können. Und es wird sicher einen Gutachter geben, der beweist, dass wir das Böse in ihm sogar noch gefördert haben.« Sie mahlte mit den Kiefern und betrachtete die Waffe in ihrer Hand. »Letztlich wird man mit Fingern auf uns zeigen und uns die Schuld geben. Das, was geschehen wird, zeichnet sich bereits in Ihrem Blick ab, Frau Mahlo. Und in Ihren Worten, wenn Sie Kilian verteidigen und sagen, dass er damals noch ein Kind war. Wie mir das zum Hals raushängt. Als könne ein Kind gar nicht böse sein.« Zum ersten Mal wurde sie lauter. »Aber dieses Kind hat seinen Adoptivbruder getötet. Dieser Jugendliche hat seine Halbschwester zu Tode erschreckt. Und dieser Mann hat Frauen vergewaltigt und schließlich seine Halbschwester getötet. Kilian war ein Monster. Und ich habe es geboren.«

»Er hat Grit getötet?«

»Er ist zu ihr gefahren, um sie von diesem *törichten Vorhaben*, wie er das nannte, abzubringen. Aber sie sei störrisch und überheblich gewesen. Also habe er dem ein Ende gemacht. *Dem.*« Sie schien das Wort wie einen Fremdkörper in ihrem Mund hin und her zu drehen. »Ihm sei jedoch nichts nachzuweisen. Er habe sein Handy zu Hause gelassen und sich eines besorgt, das nicht zu ihm zurückzuverfolgen sei. Wissen Sie, wie das in meinen Ohren klang, Frau Mahlo?«

»Wie ein vorsätzlicher Mord.«

»Er hatte es nicht verdient weiterzuleben. Wenn mich eine Schuld trifft, dann die, dass ich dieses Monster geboren und großgezogen habe. Aber ich habe diese Schuld getilgt.«

»Sie haben mir erzählt, wie innig die Liebe zu Ihrem Sohn Kristoffer war. Inniger als jedes Gefühl davor. Sie sind nicht die einzige Mutter, die ihre Kinder auf unterschiedliche Weise liebt. Ich glaube, das geschieht öfter, als es zugegeben wird. Und ich bin mir sicher, dass Sie auch Ihren Sohn Kilian einmal geliebt haben. Wann haben Sie damit aufgehört?« Ich war mir sicher, die Antwort bereits zu kennen, aber ich wollte sie aus ihrem Mund hören.

»An dem Tag, als er Kristoffer hat sterben lassen.«

»Was er getan hat, war unrecht«, sagte ich leise. »Aber auch das, was Sie getan haben, ist unrecht, Frau Seitz.«

»Fragen Sie sich nicht auch manchmal, was Recht ist und was richtig? Es kann richtig sein, die Grenze zu überwinden, die das Recht zieht.« Sie musterte mich. »Warum haben Sie sich die Mühe gemacht und diese ganze Sache verfolgt?«

»Weil ich befürchtet habe, dass dem Vergewaltiger mit den Steinmännchen weitere Frauen zum Opfer fallen würden. Ich hatte gehofft, dass er gefasst und überführt würde.«

»Darüber hat er gelacht. Gelacht.« Sie legte den Kopf in den Nacken und sah zur Decke, um sich gleich darauf daran zu erinnern, dass sie mich besser im Auge behielt. »Er sagte, es gebe keine Beweise. Zumindest nichts, was vor Gericht als Beweis taugen würde. Und für einen Indizienprozess würde es nicht reichen. Er dachte, das würde mich beruhigen. Vermutlich weil es seinen Vater beruhigt hätte.« Mit einem Mal wirkte sie todmüde. Ihr schienen fast die Augen zuzufallen. »Haben Sie noch eine Frage, Frau Mahlo?«

»Nicht im Moment.«

»Es gibt nur noch diesen einen Moment.«

Als ich begriff, was sie damit meinte, rutschte ich auf der Sitzfläche des Sessels vor. Sie hob die Waffe, die die ganze Zeit über in ihrem Schoß gelegen hatte.

»Wenn Ihr Mann für Kilian einen guten Verteidiger besorgt hätte, würde er das Gleiche bestimmt auch für Sie tun.«

Sie schüttelte den Kopf. »Das, was vor mir liegt, ist nicht erstrebenswert. Ich hätte beizeiten gehen sollen, aber ich habe den Zeitpunkt verpasst.« Sie beugte sich zur Seite, nahm ein kleines, hellblaues Bündel von dem Sessel neben ihr und legte es sich in den Schoß. Ohne mich aus den Augen zu lassen, schlug sie es auf.

Es war eine flauschige Babydecke. Darin zum Vorschein kamen ein knallrotes Kinder-T-Shirt mit einem Tigerkopf darauf und ein paar winzige, weiche Schuhe. Sie strich zärtlich mit ihren Fingern darüber. Nach einer Weile schlug sie das Tuch wieder zu und drückte sich das kleine Bündel ans Herz.

»Ich habe zwei Bitten an Sie, Frau Mahlo. Ich möchte, dass Kristoffers Sachen mit mir beerdigt werden.«

»Frau Seitz, bitte …«

»Meine Entscheidung ist längst gefallen. Mit ein wenig Abstand werden Sie sie eines Tages vielleicht sogar verstehen. Versprechen Sie mir, dass Sie meinem Wunsch nachkommen.« Sie hielt meinen Blick wie im Schraubstock.

»Wenn ich es verspreche, ist es, als würde ich Sie gehen lassen.«

Sie atmete tief ein. »Ich vertraue Ihnen. Sie werden das Richtige tun.«

»Wie lautet Ihre zweite Bitte?«, fragte ich sie schnell. Von irgendwoher musste Hilfe kommen. Es konnte doch nicht sein, dass …

»Ich bitte Sie, jetzt zu gehen und mich allein zu lassen.«

Wie in Zeitlupe schüttelte ich den Kopf und konnte nicht damit aufhören. »Das kann ich nicht, Frau Seitz. Ich könnte nicht damit leben, gegangen zu sein. Bitte«, flehte ich sie an. »Tun Sie es nicht!«

Sie lächelte mich fast liebevoll an, hob die Waffe an ihre Schläfe und drückte ab.

29

Gerlinde Seitz hatte ihr Leben dort beendet, wo in ihren Augen alles seinen Anfang genommen hatte – bei ihrem Mann, einem gierigen, selbstherrlichen Egoisten. Sechs Menschen waren lange Zeit komfortabel in seinem Kielwasser geschwommen, wie sie sich ausgedrückt hatte, zwei Frauen und vier Kinder. Und wie hatte all das geendet? Als verheerende Familienbilanz mit drei Morden und einem Suizid. Von seinen Frauen lebte keine mehr, von seinen Kindern nur noch Anne Peukert. Edgar Seitz, der Patriarch, hatte seinen Mantel des Schweigens über Kristoffers Tod und über Grits nächtliche Qualen legen können, aber für alles, was folgte, hatte dieser Mantel nicht mehr ausgereicht. Er hatte Grit von der Wahrheit erzählt, von ihrem unvergleichlichen Klang, von Trugbildern, die nicht zur Wahrheit taugten. Und dann hatte ihn die Wahrheit eingeholt.

Ich hätte mir gewünscht, ihn von Trauer gebeugt zu erleben, umweht von einem Hauch von Demut. Nicht aus Rache, sondern aus einer fast kindlichen Sehnsucht nach einer verlässlichen Ordnung. All diese Menschen waren seine Familie gewesen. Sie konnten doch nicht bloß Staffage gewesen sein. Ich wollte mir die Illusion bewahren, dass sie ihn tief drinnen berührt hatten und dass ihn auch ihr Tod berührte.

Als ich ihn acht Tage später an Grits Grab beobachtete, war ich mir dessen nicht sicher. Aufrecht und mit unbewegter Miene stand er vor dem in die Tiefe gelassenen Sarg. Für Grit hätte ich mir einen ganz offensichtlich liebenden, in Tränen zerfließenden Vater gewünscht. Aber wäre er zu dieser Liebe fähig gewesen, hätte er andere Entscheidungen getroffen.

Wie hatte Grit in Saint-Rémy zu mir gesagt? Sie habe sich eine Löwenmutter anstatt einer Leistungsmutter gewünscht. Luise Führmann war den leichteren Weg gegangen und hatte die immer wiederkehrenden nächtlichen Ereignisse als Hirngespinst ihrer Tochter abgetan. Vielleicht hatte auch einfach ihre Fantasie nicht ausgereicht, um das, was geschehen war, für möglich zu halten. Oder es hatte ihr am Vertrauen gemangelt, dass Kinder sehr wohl zwischen Fantasie und Realität unterscheiden konnten. Wie auch immer – in ihrem Fall ließ sich nicht von Schuld reden, im Fall von Edgar Seitz schon. Er musste gewusst haben, wer sich hinter dem *Tod mit den Steinmännchen* verbarg. Weder hatte er es aufgeklärt, noch war er für Grit eingetreten. Geschweige denn hatte er Kilians Treiben ein Ende gesetzt. Es würde nie Gewissheit geben, dass Michaela Breuer, Wiebke Hillebrand und den anderen Frauen die Vergewaltigungen erspart geblieben wären, wenn Edgar Seitz seinem Sohn Einhalt geboten und ihm professionelle Hilfe besorgt hätte. Aber es hätte immerhin eine berechtigte Chance bestanden.

Anne Peukert ging an Grits Grab sichtlich auf Abstand zu ihrem Vater. Sie schien ihn auszublenden und nur Augen für den blumenübersäten Sarg zu haben. Falls sie ihn überhaupt sah, denn ihre Augen schwammen in Tränen. Wir hatten uns kurz vor der Beerdigung noch einmal gesprochen. Ihre Erschütterung war so groß, dass sie Mühe gehabt hatte, ihre Gedanken zu artikulieren. Es war schwer gewesen, mit anzusehen, wie hart sie mit sich ins Gericht ging. Sie verzieh sich nicht, dass sie Grit nicht geglaubt und sich in Kilian so sehr getäuscht hatte. Ich musste an Luise Führmann, die *Leistungsmutter* denken, die bei ihren Töchtern nach Perfektion gestrebt hatte. Gnädig mit sich zu sein, passte nicht in dieses Bild. Grit war es gelungen, sich daraus zu lösen. Vielleicht würde es Anne mit der nötigen Hilfe und Unterstützung auch eines Tages schaffen.

Ich wartete, bis die meisten gegangen waren, und sah zum Himmel. Er war grau und verhangen und schickte immer wieder leichte Regenschauer zur Erde. In Saint-Rémy war es heute nicht besser. Ich hatte am Morgen den Wetterbericht für die Region gelesen.

Kai Broschinski trat neben mich. Grits Mitarbeiter und Freund hatte Wort gehalten und Wildkräuter auf dem Alpillenhügel gesammelt, auf dem Grit stets in der Nähe der beiden Steinpyramiden ihre Yogaübungen gemacht hatte. Er hatte zwei Sträuße gebunden, die wir auf ihren Sarg fallen ließen. Den Beutel mit Steinen, den er mir mitgebracht hatte, würde ich so lange hüten, bis Grits Grab zurechtgemacht war. Dann würde ich aus den kantigen Kalksteinen der Alpillen eine kleine Steinpyramide für sie auf ihrem Grab errichten. Ich hatte Anne Peukert gefragt, ob es ihr recht sei, und sie war einverstanden.

Der Termin für die Beerdigung von Gerlinde Seitz stand noch nicht fest. Bis es so weit war, hütete ich das kleine hellblaue Bündel mit Kristoffers Sachen. Ich rief Edgar Seitz an, um ihm von dem Wunsch seiner Frau zu erzählen. Mit harschen Worten forderte er mich auf, ihm alles auszuhändigen, aber ich weigerte mich. Dieser Mann bog sich alles so zurecht, wie er es brauchte. Wie sollte ich mir da sicher sein, dass er den letzten Wunsch seiner Frau respektieren würde? Widerstrebend nannte er mir den Namen des Beerdigungsinstituts, das Gerlinde Seitz' letzten Weg organisieren würde.

»Zum Schluss noch eine Frage, Frau Mahlo«, sagte er in

eisigem Tonfall. »Wie kommen Sie mit der Tatsache zurecht, dass meine Tochter, mein Sohn und meine Frau noch leben würden, wenn Sie Ihre Nase nicht in Dinge gesteckt hätten, die Sie nichts angehen?«

»Das wird sicher nicht leicht werden, Herr Doktor Seitz. Aber vielleicht wird mir dabei das Bewusstsein für die Realität helfen. Ihre Tochter wurde von Ihrem Sohn getötet. Ihr Sohn von Ihrer Frau. Und Ihre Frau, Herr Doktor Seitz, hat sich nicht zufällig Ihr Arbeitszimmer für ihren Suizid ausgewählt. Sie hat mir den Grund genannt: Weil bei Ihnen alles seinen Anfang genommen habe, solle es auch bei Ihnen enden. Sie seien ein gnadenloser Egoist, dem eine Familie nicht genug gewesen sei.« Ich ließ meine Worte einen Moment wirken. »Sind Sie jemals auf die Idee gekommen, dass Kilian professionelle Hilfe gebraucht hätte? Und zwar zu einer Zeit, als das Ruder vielleicht noch hätte herumgerissen werden können?«

Ich lauschte noch in den Hörer, als er längst aufgelegt hatte. Mir war er keine Antwort schuldig, aber er wäre sie den Menschen schuldig gewesen, die unter Kilian gelitten und durch seine Hand zu Tode gekommen waren. Erst jetzt wurde mir mit voller Wucht bewusst, welcher Gefahr er Grit damals ausgesetzt hatte. Er hatte gewusst, dass Kilian für Kristoffers Tod verantwortlich war. Und er hatte nicht sicher sein können, dass er Grit nachts *nur* zutiefst erschreckte. Er hatte alles einfach laufen lassen, hatte sich gegen die Wahrheit und für den Mantel des Schweigens entschieden, dabei aber nicht bedacht, wie stark es darunter gären würde.

Aber auch Gerlinde Seitz, für die ich gegen jede Vernunft eine leise Sympathie hegte, hatte Kilian nicht geholfen. Sie hatte aufgehört, ihn zu lieben, als er Kristoffer sterben ließ. Von dem Tag an hatte sie ihn sich selbst überlassen. Auch sie war sich bewusst gewesen, wozu er fähig war. Und auch sie war nicht eingeschritten. In ihren Augen war er das böse Kind gewesen. Unabänderlich.

Irgendjemand hatte einmal die Familie als die Keimzelle des Bösen bezeichnet. Simon und Arne würden dem hinzufügen, dass sie ein Ort voller Unberechenbarkeiten und Grausamkeit sein konnte. Für Henrike war sie von Lieblosigkeit und Schuldzuweisungen geprägt gewesen. In den Augen ihrer Mutter war Henrike der Sündenbock für deren gescheitertes Leben gewesen. Für mich war die Familie immer noch ein Ort der Geborgenheit. Als ich Martin fragte, was für ihn Familie bedeute, musste er nicht lange darüber nachdenken und antwortete mit einem Lächeln: *meine Großeltern*. Selbstverständlich fragte ich auch Funda. Ihre Antwort: *Ganz viel Liebe!*

Wie nicht anders zu erwarten war es schwer, mit den Bildern zurechtzukommen, die in mein Gedächtnis gemeißelt worden waren wie in eine Steinmauer. Grits Lachen vermischte sich dort mit Kilians totem Blick und Gerlinde Seitz' Lächeln, kurz bevor sie abgedrückt hatte.

Und auch Edgar Seitz' Vorwurf, dass drei Menschen noch leben könnten, wenn ich den Stein nicht ins Rollen gebracht hätte, verfolgte mich. Michaela Breuers Freundin Corinna Lutz half mir dabei, diese Schuld nicht auf mich zu nehmen, sondern sie bei den Tätern zu lassen.

In mehreren Befragungen bei der Kripo erzählte ich von den beiden Stunden, die ich vor ihrem Tod mit Gerlinde Seitz verbracht hatte. Ich erzählte aber auch die Geschichte von Grit Führmann und ihren Erlebnissen mit dem *Tod mit den Steinmännchen*. Und ich lieferte dort die restlichen Beweisstücke von Michaela Breuers Vergewaltigung sowie ihr erschütterndes Protokoll ab. Es stimmte, was Gerlinde Seitz gesagt hatte: Gegen Tote wurde nicht ermittelt. Trotzdem würde die Kripo etwas tun. Sie würde das Damoklesschwert, das über möglichen anderen Opfern von Kilian Seitz schwebte, zerstören. Indem sie das Tatmuster bekannt gab und auch, dass er keiner Frau mehr gefährlich werden konnte. Das hatten die Beamten mir zugesichert.

Wiebke Hillebrand hingegen sollte es nicht durch die Kripo erfahren, sondern von mir. Als ich bei ihr klingelte und ihr erzählte, dass ihr Peiniger tot war, war ihr anzusehen, dass sie sich nichts sehnlicher wünschte, als mir glauben zu können, dass sie es jedoch nicht wagte. Also lieferte ich ihr alle Fakten, die sie brauchte, um es als wahr anzunehmen. Es dauerte zwei Tage, bis sie sich traute, aus dem Schatten des Täters herauszutreten und die Steine aus ihrem Vorgarten verschwinden zu lassen.

Die Tagebücher von Luise Führmann ließen mir noch keine Ruhe. Nur durch sie hatte ich überhaupt die Parallele zu dem Fall von Michaela Breuer entdeckt. Ohne diese Parallele würde ich immer noch glauben, Grit habe unter Albträumen gelitten. Ich hatte viel aus all den persönlichen Erinnerungen gelernt, die ich in den vergangenen sieben Jahren gelesen hatte. Auch dass manches nur wirklich zu begreifen war, wenn auch die andere Seite zu Wort kam. Dass eine Seite für das Gesamtbild nicht reichte und sogar ein Trugbild schaffen konnte.

Luise Führmann hatte sich ihre Geschichte so zurechtgelegt, wie sie am besten damit hatte leben können. Mit ihrer Sicht auf die Welt und ihrer ganz persönlichen Wahrheit, die nicht Grits gewesen war. Diese Wahrheit, die sie aus welchen Gründen auch immer nicht hinterfragt hatte, hatte viel angerichtet.

Und so verstaute ich sämtliche Tagebücher aus meiner Bettschublade in zwei Umzugskartons, fuhr sie zum Wertstoffhof und sah erleichtert dabei zu, wie die Presse sie zermalmte. Bei meiner Arbeit würde ich immer wieder gezwungen sein, in persönlichen Lebenserinnerungen zu lesen, aber ich würde es nicht mehr in meinen schlaflosen Nächten tun. Und wer weiß, vielleicht würde ich sogar über Martins Angebot nachdenken, meinen detektivischen Spürsinn in geordnete Bahnen zu lenken und mit seinem zu kombinieren. Bisher war der Gedanke noch viel zu neu, aber ich würde genug Zeit haben, ihn von allen Seiten zu beleuchten.